연애하는 척 사랑하는 척 결혼하는 척

천·놀하는 사랑하는 결혼하는
척. 척. 척.

초판 1쇄 찍은 날 § 2009년 10월 13일
초판 1쇄 펴낸 날 § 2009년 10월 20일

지은이 § 홍윤정
펴낸이 § 서경석

편집장 § 문혜영
편집책임 § 유경화
편집 § 조수희

펴낸곳 § 도서출판 청어람
등록번호 § 제1081-1-89호
등록일자 § 1999. 5. 31
어람번호 § 제5-0243호

주소 § 경기도 부천시 원미구 심곡 2동 163-2 서경B/D 3F (우) 420-822
전화 § 032-656-4452 팩스 § 032-656-4453
http://www.chungeoram.com
E-mail § eoram99@chollian.net

ⓒ 홍윤정, 2009

ISBN 978-89-251-1962-5 03810

hungeoram romance novel

연애하는 척

사랑하는 척

결혼하는 척

홍윤정 지음

도서출판 청어람

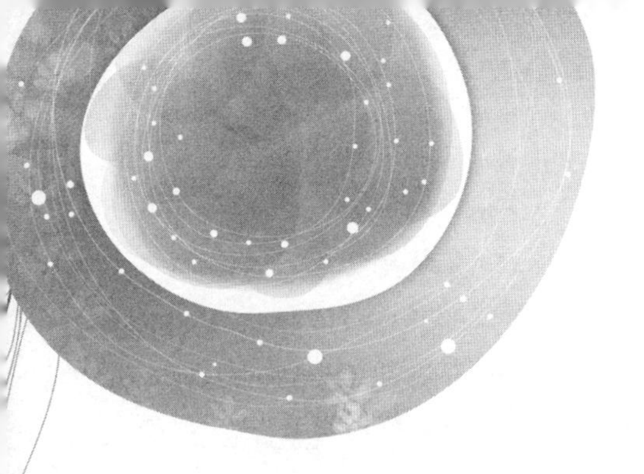

목차

"그나저나 봤니? 아까 그 계집애 말이야."

강해가 막 화장실 칸에 들어앉았을 때, 한국 사교계의 최고 '가십걸' 이라고 스스로 떠들고 다니는 서지희의 목소리가 들려왔다. 마치 화장실 안에 아무도 없다고 생각하는 양, 목소리가 크고 들떠 있었다. 흥청망청한 파티의 분위기에 흠뻑 취해 있는 게 틀림없었다.

그녀는 친구 지욱을 스토커처럼 따라붙어 다니면서 괴롭히던 여자로, 얼마 전 회사까지 찾아온 그녀를 자신의 권한으로 내쫓았던 적이 있었다. 친구가 바를 오픈했다는 소식에 축하해 주기 위해 한달음에 달려온 이곳에서 좋지 않은 기억을 공유하고 있는 서지희를 만나게 되다니. 사교계는 이래서 싫어, 혼잣말을 중얼거리며 강해는 잠자코 앉아 있었다.

"계집애라니, 누구 말이니?"

새침한 것 같으면서도 도도하고 당당함이 느껴지는 이 목소리는 세완건설 사장의 외딸, 김진영이었다. 중소기업으로 시작해서 업계에서 당당히 1위를 차지하는 기염을 토하고 있는 아버지 덕분에 사교계에서도 혜성처럼 등장해 숱한 화제를 뿌리고 있는 아가씨였다. 완벽한 S라인에 화려한 이목구비로 수많은 남자들을 안달하게 만들고 애간장을 태우는 솜씨가 가히 양귀비급이라 뒷소문이 참으로 무성했다. 그런 쪽에 전혀 관심을 두지 않고 살아왔던 강해마저도 그녀의 이런 인기몰이를 알고 있을 정도였으니, 현재의 최고 대세녀, 사교계의 꽃이라고 해도 과언이 아닐 것이었다.

"있잖니, 윤강해. 이번에 파혼당한. 걔 혼자 왔더라?"

속살거리듯 말하는 서지희의 목소리에 강해는 흠칫 놀랐다. 서지희와 김진영이 자신에 대한 얘기를 하고 있었다.

두 집안과 회사에 엄청난 이익을 가져다줄 결혼을 포기한 이유가 뭘까. 그것도 약혼을 5년이나 질질 끈 후에. 이상하지 않아? 정략결혼이 싫어서 서로 합의하에 조용히 파혼했다지만, 솔직히 말이 안 돼. 윤강해와 결혼하면 LS그룹에서 확고부동한 위치를 차지하게 될 텐데, 어떤 남자가 그걸 쉽게 포기하겠어? 분명히 뭔가가 있어. 윤강해에게 문제가 있는 게 아닐까? 등등.

수많은 사람들의 쑥덕임을 들어왔지만, 이렇게 직접적으로 가까이서 듣는 건 처음이었다.

'무너지지 마, 윤강해. 이건 네 자존심 문제야.'

강해는 마음의 준비를 하며 두 주먹을 꽉 틀어쥐고 이를 앙다물었다

5년간 아슬아슬, 힘들게 이어온 약혼을 파한 지 불과 두어 달. 지금까지 강해는 수많은 억측과 의혹, 의심의 시선을 견뎌왔었다. 대놓고 물어보진 못했지만, 사람들은 그녀의 약혼 경위를 무척이나 궁금해했다. 아마도 그녀가 LS그룹의 유일무이한 상속녀였고, 그녀가 고른 인물이 창립자의 손자인 김선욱이었기 때문일 것이다.

두 사람의 결합은 복잡한 후계구도로 인해 내부 분열이 일어나고 있던 LS그룹 주주들의 확신을 심어줄 복안 중의 복안이었다. 그것이, 둘의 약혼이 재계 초미의 관심사가 된 이유임과 동시에 파혼이 된 후에도 뒷말이 무성해진 이유였다. 거기에 선욱이 다른 여자와의 결혼을 서두른다는 소문이 일자, 사람들의 쑥덕공론은 더욱 격렬해졌다.

"파혼당한 건지, 파혼을 한 건지는 정확하게 모르는 거잖니. 함부로 말하는 건 좀 그렇다, 애."

"당연히 파혼당했겠지. 그 여자, 내가 좀 아는데 엄청 도도하고 잘난 척하거든? 이야기하다 보면 소름이 돋을 정도로 차갑기도 하고."

지희가 쌤통이라는 듯 속살거렸다. 진영은 짐짓 윤강해의 편을 들 듯 대신 변명해 주었다.

"그럴 만하잖아. 재벌 상속녀인데."

"그러니까 더 알 만하지. LS그룹의 상속녀라는 어마어마한 배경에도 파혼당할 정도면 안 봐도 뻔하지 않니?"

"그런가?"

"재수없어. 어떤 남자가 그런 여자를 좋아하니? 제 잘난 맛에 사는 계집애야. 으~ 밥맛."

"뭐, 솔직히 김선욱이 아깝긴 했지. 능력도 출중하고 그만하면 외모도 끝내주고. 재산 규모도 윤강해한테 절대 밀리지 않는다고 알고 있어. 그 아버지가 LS그룹 창립자니까 배경도 빵빵하지, 아마."

화장실 칸 너머의 진영은 은근슬쩍 지희의 말에 동조했다. 눈을 게슴츠레하게 뜨고 마스카라를 바르며 그녀는 미소를 짓고 있었다. 겉으론 화장하는 데 정신을 쏟고 있는 모습이었지만 머릿속으로는 윤강해에 대한 생각으로 복잡했다. 물론 그녀가 파혼을 당했다는 데에 진영은 자신의 전 재산을 걸 수도 있었다.

"나, 작년에 김지욱이랑 잘해보려고 했는데 윤강해 그 계집애 때문에 완전 망했잖니."

"김지욱? 김선욱 동생? 네가 어떻게 알고?"

"아는 선배가 김지욱 친구랑 사귀고 있거든."

"그래?"

　약간 의외라 진영은 지희를 곁눈질로 훑었다. 찌질한 계집애인 줄 알았더니. 그런 연줄까지 가지고 있다면 나름 경계의 대상이었다. 지희는 진영의 기분을 전혀 알아채지 못한 듯 계속해서 신나게 나불대기 시작했다.

　"아무튼 대따 재수없는 여자였어. 그런 계집애니 약혼한 지 오 년이나 지났는데 차이지. 도대체 뭣 때문에 오 년이나 결혼을 안 하고 있었대?"

　"음, 나도 그건 좀 궁금해."

　"보통 약혼하면 일 년 안에 결혼하지 않나?"

　"피치 못할 사정이 있었나 보지."

　"아무리 피치 못할 사정이라도 그렇지. 오 년은 너무 길잖아. 나이가 어린 것도 아니었으면서."

　"글쎄다. 난 별로 궁금하지 않은데."

　궁금하지 않은 척해야지만 더욱 열을 올리며 떠벌릴 테다. 그 심리를 누구보다도 더 잘 아는 진영은 심드렁한 말투로 속눈썹 올리는 데 주력하는 척했다. 예상대로 지희는 진영의 곁으로 바싹 붙어 서며 속살거렸다.

　"내 생각엔 윤강해, 그 계집애 불감증이 아닐까 싶어."

　"불감증?"

　"뻣뻣하고 차갑고 새침하잖니. 그 정도 재력에 얼굴도 받쳐주는데 남자가 왜 걷어차니? 약혼 기간만 오 년인데. 분명히 불감증일 거야."

“음, 그것도 말은 된다.”

가능성이 아예 없는 말은 아니지만, 그렇다고 썩 신빙성있는 추리는 아니었다. 그 깍쟁이 같은 윤강해가 결혼도 아닌 약혼한 남자와 불감증 테스트를 해봤을 리가 없었다. 진영이 아는 윤강해는 아무에게나 신체적인 터치를 쉽게 허용하는 애가 아니었다. 오히려 스킨십을 너무 거부해서 파혼당했다는 설이 더 설득력이 있었다. 남자들은 우아하고 품격있으면서도 동시에 섹슈얼한 여자를 원하지, 밤낮 없이 고상하려고 드는 여자를 원하는 게 아니니까.

“분명히 임석인과도 찢어질 거야.”

순간 자그마한 마스카라 뚜껑을 닫던 진영의 손길이 딱 멈추었다.

‘임석인.’

국내 굴지의 스포츠그룹, 필러스(FeelUs)의 사장이자 회장인 임호윤의 하나밖에 없는 아들. 연예인들과의 몇몇 스캔들로 인해 문란하고 화려한 재벌 2세라는 타이틀이 붙긴 했으나, 그럼에도 불구하고 현존하는 국내 미혼남 중 최고의 조건을 가진 남자. 그는 진영이 얼마 전부터 자신의 것으로 만들기 위해 물밑 작업을 벌이고 있는 목표물이기도 했다.

“너도 알지? 필러스그룹의 임석인이랑 윤강해가 결혼할지도 모른다는 소문.”

물론 안다. 그 애길 듣고 얼마나 웃어댔던지. 감히 두 사람이 어울리기나 한가? 최고의 미모를 자랑하는 연예인들에게도 코웃음을 날리는 임석인이 약혼자에게 차이기나 하는 윤강해를 퍽이나 원하겠다. 만약 그게 사실이라면 윤강해의 배경이 좋아서일 것이다. LS그룹의 하나밖에 없는 상속녀라는 사실은 김선욱에게 파혼당한 사실을 모조리 상쇄시킬 만큼 대단한 위력을 지닌 배경이니까.

진영이 짜증나는 건 바로 그것이다. 윤강해한테 뭐 하나 꿀리는 것 없이 완벽하게 우월한 자신이 딱 하나 약한 것, 집안. 아무리 혜성처럼 나타나 업계를 휩쓸었다고는 하나 LS그룹의 영향력에 비하면 세완건설의 그것은 조족지혈이었다. 윤강해가 자신의 집안을 무기로 나온다면 진영은 당해낼 재간이 없었다. 지금까지 사교계의 꽃이라 불리며 최고의 주가를 자랑하던 자신이 그깟 집안 배경 때문에 윤강해에게 밀린다는 사실이 진영은 미치도록 분했다. 더불어 먼저 눈도장을 찍어놓고 유혹하고 있는 임석인을 빼앗길 수 있다는 사실 역시 죽도록 짜증났다.

"그런 소문이 어디 한두 개니?"

속마음을 숨긴 채 흔들림없는 표정으로 진영은 대꾸했다. 아무렇지도 않다는 듯 부드러운 그녀의 말투에 지희는 고개를 좌우로 흔들며 새침하게 말했다.

"근데 정말 그건 좀 신빙성이 있거든. 우리 아빠가 그러는데 임호윤 회장님이 윤강해한테 홀딱 반해서 자기 며느리 삼고 싶다고 노래를 부르고 다닌대. 팬티고무줄보다도 더 질기고 뻣뻣한 윤강해가 뭐가 그리 좋다고.”

“걔가 어른들이 좋아할 타입이긴 하지.”

“넌 그 결혼이 성사될 거라고 생각하니?”

안 되지, 성사되면.

“낸들 아니?”

“임석인, 그 남자. 여자 밝히기로 소문난 남자잖아. 그런 남자가 윤강해랑? 진짜 안 어울린다고 생각하지 않니?”

“뭐, 윤강해는 현모양처 타입이잖아. 어떻게 보면, 임석인의 수많은 스캔들을 일시에 잠재워 줄 수 있는 적임자이니 나쁘진 않은 조합이지.”

“그래도 그렇지. 평생 함께해야 할 아내자리에 어떻게 그런 따분한 여자를 앉혀?”

“너 참 순진하다? 임석인이 윤강해가 좋아서 원했을 것 같아?”

“그럼……?”

멍청하게 지희가 두 눈을 깜빡이며 말끝을 흐렸다. 진영은 가볍게 웃음을 흘리며 그녀를 거만하게 흘겨봐 주었다. 그리곤 한쪽 눈썹을 슬쩍 끌어 올리며 차갑게 대답했다.

“정략이지. 순수하게 조건만 놓고 따지면 윤강해가 대한민국 최고잖아?”

“아……!”

또다시 맹하게 지희가 입을 벌리며 고개를 끄덕인다. 거기까

지는 생각 못했다는 듯. 지희는 윤강해가 파혼당했다는 사실에
만 골몰했던 게 틀림없었다. 파혼이란 게 결코 자랑스러운 경력
은 못 되니까. 특히 파혼 직후 상대 남자의 결혼설이 나오고 있
는 실정이라면 더더욱 의혹의 눈길을 보낼 수밖에 없었다. 하지
만 이 바닥이 어딘가? 자신들의 기득권을 유지하기 위해 결혼마
저도 정략적으로 이용하는 사교계가 아닌가. 아무리 5년간 다른
남자의 여자로 지내왔다고는 하나 굴지의 대그룹, LS의 상속녀
라면 어디서든 환영받게 되어 있었다.

진영은 표독스럽게 입술을 비틀며 거울을 응시했다. 윤강해
와는 비교도 할 수 없이 아름답고 섹시한 여성이 거울 속에서
자신을 노려보고 있었다. 모든 남자들이 찬양해 마지않는 미모
의 여자. 파혼으로 5년 만에 다시 결혼시장 매물로 나온 윤강해
를 대적할 수 있는 유일한 인물. 윤강해가 아니었다면 사교계
최고의 인기녀로 손쉽게 임석인을 가질 수 있었을, 바로 그 여
자. 김진영.

"안 뺏겨."

진영은 입술을 비틀며, 다분히 사악한 어조로 중얼거렸다. 아
까와는 180도 달라진 진영의 말투에 서지희가 깜짝 놀라 돌아
보았다. 진영은 마스카라를 쥔 손을 부들부들 떨며 윗니로 아랫
입술을 질끈 깨물고 있었다. 분노가 등천한 모습에 지희는 두
눈을 번쩍 떴다.

"윤강해처럼 따분하고 잘난 척하는 계집애를 임석인이 좋아

할 리 없어. 남자들은 머리 좋고 잘나 빠진 계집애, 피곤해하거든. 특히나 걘 다른 남자의 손을 거쳐 온 여자잖아. 아무리 돈 많은 공주님이라도 오 년이나 딴 남자 품에 있던 여자야. 누구라도 찝찝해할걸?"

진영은 이글거리는 눈으로 거울 속에 비친 자신의 눈을 뚫어져라 바라보며 중얼거렸다. 마치 불안한 마음을 다잡기라도 하듯 자신에게 최면을 거는 듯한 모습이었다. 한편의 공포영화를 방불케 하는 장면에, 지희는 식겁한 표정으로 중얼거렸다.

"그, 그렇긴 해……."

"아무리 정략결혼이라 해도 과거 있는 여자는 싫어하게 되어 있어. 사람이란 원래 그래. 자기 흠은 못 봐도, 상대의 흠은 절대 지나치지 못하지. 특히 남자들은 더."

"그럼 또 파토나는 거?"

"당연한 거 아니니?"

"그건 좀 쌤통인데?"

지희는 저절로 지어지는 미소를 얄궂게 그리며 종알거렸다. 눈앞에 좌절하여 무릎을 꿇고 흐느끼는 윤강해를 떠올리는 것만으로도 지희는 일종의 희열을 느끼고 있었다. 강해에게 한 번 된통 당한 경험이 있어선지 생각만 해도 고소했다. 아마도 강해를 '아버지와 배경만 믿고 자신이 무슨 공주라도 되는 양 콧대를 세우고 다니는 밥맛 짱 없는 계집애'라 여기며 시기하고 질투하는 여자라면 누구나 그리 생각할 것이다.

“생각만 해도 고소하다, 얘. 임석인한테 또 한 번 차이고 나면 그 기고만장했던 코가 납작해지겠네. 아휴— 기대돼.”

“아무튼 윤강해가 임석인과 약혼하는 일은 없을 거야. 내가 그 남자 찍었거든.”

진영이 뚫어질 듯 거울을 노려보던 시선을 떼곤 희미하게 미소를 지으며 말했다. 야릇한 뉘앙스를 풀풀 풍기는 그녀의 어투에 놀라 지희는 두 눈을 크게 키우며 소리쳤다.

“어머! 너, 그 남자랑 뭐 있구나?”

“조만간 좋은 소식 있을 테니까 기다려 봐.”

“어머, 어머! 웬일이니! 벌써 그 사람이랑 잘되고 있는 거야?”

“지금까지는. 아주 잘되고 있지.”

진영이 자신만만한 얼굴로 빙긋 웃었다. 백 안에 화장품을 채워 넣으며 어깨를 으쓱하는 그녀의 표정은 벌써 임석인을 차지한 듯 의기양양했다. 어찌 믿지 않을 수 있을까. 진영이 파티장에 들어서기만 해도 수많은 남자들이 침을 흘리며 그녀의 뒤를 따라다니는 진풍경이 연출되고 있는 지금인데. 그녀는 정말 최고의 인기를 구가하고 있었다. 그런 그녀의 호언장담이니 지희는 당연히 믿어졌다. 사실이야 어쨌든, 임석인이 진영에게 넘어가는 건 시간문제로 보였다.

“기다려. 너도 좋은 사람 소개해 줄게.”

“어머, 정말?”

지희는 대세녀에게 들러붙어 묻어가려는 속내를 여실히 드러내며 열심히 지희의 기분을 맞춰대기 시작했다. 기분이 한결 좋아진 진영은 어깨의 먼지를 털며 거울을 보았다. 완벽한 미모를 자랑하는 자신의 얼굴을 이리저리 훑어보며 불안했던 마음을 조금씩 다잡아갔다. 절대 윤강해에게 임석인을 빼앗길 수 없다고, 속으로 다시금 다짐하는 순간이었다.

"누구 마음대로?"

그때였다. 갑자기 아무도 없는 줄 알았던 화장실 칸막이 문이 쿵, 소리를 내며 거칠게 열렸다. 진영과 지희가 깜짝 놀라 뒤를 돌아보자, 칸막이 안에서 낯익은 여자가 걸어나오고 있었다.

'윤강해!'

지희는 단번에 그녀를 알아보았다.

"지키지도 못할 약속은 함부로 하면 안 되지."

흠 하나 없이 깔끔한 어조, 메이크업, 차림새의 윤강해가 슬쩍 희미하게 미소를 지으며 비꼬았다. 너무나 놀라 지희는 입을 벌린 채 눈동자를 미친 듯이 껌뻑거렸다. 뒷담화의 주인공이 같은 시간, 같은 공간에 있을 거라곤 생각지도 못했던 그녀였다. 지희는 무뇌아처럼 시기심에 들떠 미친 소릴 지껄였던 자신의 행동을 후회하며 발발 떨었다. 하지만 진영은 눈 하나 깜빡하지 않고 죄책감없는 얼굴로 강해를 마주 보고 있었다.

"어머, 이게 누구야? LS그룹의 공주님 아니야? 아니, 그런데 쥐새끼처럼 거기 숨어서 뭐 하는 거니? 공주님 체면에, 좀 우습다."

"너희들하곤 말 섞기 싫어서 나가길 기다렸어. 그런데 얘기가
꽤 기네."

강해는 도도하고 콧대 높은 공주님답게 흔들림없이 싸늘하게
대답했다. 표정 하나, 목소리 하나, 흐트러짐없이 단정하고 평
온한 그녀의 모습은 표독스러움을 대놓고 드러내는 진영보다
훨씬 더 매서워 보였다. 이런 순간에조차 품위를 잃지 않고 입
가에 희미한 미소까지 머금고 있는 모습이 짐짓 섬뜩해 보이기
까지. 정말 얄미울 정도로 당당해 보였다.

"그러셨어? 그럼 우리가 하는 얘기 다 들었겠구나? 내가 임
석인 씨와 결혼할 거란 얘길 듣고 화났나 보네."

"화가 나지 않았다면 거짓말이겠지."

"그래서? 내가 무슨 약속을 못 지킨다는 거니? 설마 임석인
씨 얘기는 아니겠지?"

진영은 뻔뻔스럽게도 웃고 있었다. 마치 차라리 이렇게 된 게
잘됐다는 듯. 강해가 듣고 있다는 걸 알았더라도 그녀는 아마
아까와 똑같이 말했을 게 틀림없었다.

"왜 아니겠니? 넌 임석인, 그 남자랑 결혼 못해."

"아, 그러셔? 왜? 네가 그 남자를 유혹이라도 해보려고?"

네 주제에? 진영은 그렇게 말하는 듯 두 눈동자를 굴려 강해
의 전신을 훑어보았다. 피가 싸하게 식는 걸 느끼며 강해는 천
천히 숨을 몰아쉬었다. 분노가 머리끝까지 치밀어 올랐다. 처음
으로 그녀는 상대의 면상에 침을 뱉고 싶다는 천박한 생각에 사

로잡혀 버렸다. 옳지 않은 충동을 꾹 누르며 강해는 소름이 쫙 끼치는 냉소를 머금었다.

"그 사람은 이미 내 남자거든."

팔짱을 낀 그녀는 턱을 치켜들고 도도하게 선언했다.

제1장. **스스로 불구덩이에 빠지다**

'미쳤어. 넌 미친 거야, 윤강해.'

화장실을 나오며 강해는 스스로에게 외치고 있었다. 아무리 화가 났어도 그런 말은 하지 말았어야 했다. 자신의 명예를 지키기 위해 남의 이름을 팔아먹는 짓은 파렴치한이나 저지르는 짓이 아닌가. 그건 그녀가 가장 싫어하는 짓이었다. 게다가 그 상대가 임석인이라니. 정말 수치스러운 일이었다. 그 순간, 너무나 짜릿하고 통쾌한 기분을 맛보았다는 사실은 진짜 윤강해 인생 최악의 수치였다.

하지만 아직도 김진영의 충격적인 표정이 뇌리에 선명하게 떠올랐다. 그 순간, 재빨리 표정을 수습하고는 웃기다고, 말도 안 된다고 되받아치긴 했지만 강해는 알았다. 진영이 정말로 놀랐었다는 걸. 어찌나 속이 시원했던지, 십 년 앓던 이가 쏙 빠진 기분이었다. 너무나 통쾌한 나머지 자신이 어떤 미친 짓을 저질렀는지조차 까먹을 정도였다. 하나, 그건 진정한 복수가 될 수 없었다. 왜냐하면 거짓말이었으니까.

"언니, 왜 그래? 화장실에서 무슨 일 있었어?"

친구들 무리와 얘기를 하던 마린이 다가왔다. 지금은 고인이 된, 아버지의 절친한 사업친구, 김형준의 조카로서 아버지 역시 출판계의 거물인 박마린은 약혼자였던 김선욱의 사촌동생이다. 선욱과는 깨졌지만, 강해는 여전히 그들 가족과 가깝게 지내오고 있었다.

사람들은 선욱과의 약혼도 깨진 마당에 그 집 식구들과 여전히 돈독한 사이를 유지하고 있는 그녀를 이해 못하는 것 같았다. 지당하다. 가끔 그녀 자신마저도 아무렇지도 않은 척, 연기하고 웃는 스스로에게 질릴 정도이니까. 당연히 그들을 대할 때마다 마음이 아프다. 아무리 한 번 마음을 접었다고는 하나, 어릴 때부터 십수 년을 사랑해 왔던 남자가 아닌가. 절대 멀쩡할 수 없는 게 현실이었다.

하지만 그 십수 년만큼 사랑했던 건 선욱뿐만이 아니었다. 선욱도, 그의 가족도, 모두 그녀에겐 소중했다. 심지어 선욱이 사랑하는 리나까지도 강해에겐 의미있는 존재였다. 그랬기 때문에 순순히 그들의 사랑을 축복하고 박수 쳐주는 것이었다. 그

때문에 쓰린 마음은 스스로 상처에 소금을 붓고 소독하며 세월을 약 삼아 절로 치유되도록 방치하는 수밖에 달리 방법이 없었다.

"아무것도 아니야. 그냥…… 난 이만 가봐야 할 것 같아. 내일 아침 일찍 회의가 있다는 사실을 깜빡했어."

"아직 일곱 시밖에 안 됐어. 좀 더 있다 가도 될 것 같은데."

"아니야, 가봐야 돼. 넌 더 있다가 와. 난 갈게."

"어떻게 그래? 같이 왔는데."

마린은 걱정스러운 얼굴로 강해를 보았다. 늘 침착함을 유지하는 강해가 지금은 매우 불안하게 보였다. 분명히 화장실에서 무슨 일이 있었던 게 틀림없었다. 아까 웬 잡것들이 화장실로 들어가던데. 혹시 거기서 무슨 소리 들은 거 아닐까? 그, 머리는 텅 비어서는 남자 하나 잘 골라서 평생 놀고먹을 궁리만 하는 것들이 혹……?

사교계에 발을 들여놓으면 들여놓을수록 마린은 썩은 물에 몸을 담그고 있다는 생각을 지울 수가 없었다. 머리가 홀딱 빈 이 계집애들은 부모님이 주는 돈을 물 쓰듯 쓰면서 강남 어느 나이트가 물이 좋고, 성형수술은 어디가 감쪽같고, 청담동 어느 바에 가면 킹카들이 즐비하고, 명품 백은 어떤 게 유행이고, 할리우드 스타들은 요즘 이런 화장품을 주로 쓴다더라 등등의 수다를 떤다. 물론 대부분은 직장도 없으시고. 뭐, 대학졸업 후 백수로 놀고 있는 마린도 할 말 없기는 마찬가지지만 그녀는 적어도 된장녀는 아니다. 최소한 자기 분수를 안다 이거다. 그래서 모친으로부턴 노상 밥값 언제 하냐는 구박을 받고, 남들한텐 빈대 좀 고만 붙으란 구박을 받고 있지만.

'하여튼 주제들은.'

된장 주제밖에 안 되는 것들이 남의 티끌은 어찌나 잘도 보는지. 둘만 모이면 남의 얘기에 헛소문 퍼뜨리는 것도 다반사였다. 요즘 사교계 최고의 이슈인 강해의 파혼 얘기는 당연히 그들의 좋은 뒷담화 재료일 것이다. 그 된장녀 둘이 화장실에서 쑤군거리는 걸 강해가 들은 게 틀림없었다. 내 이것들을 그냥.

"누구야? 쟤야? 김진영?"

마린은 화장실 쪽에서 막 나오고 있는 세완건설 사장 딸을 흘겨보며 턱짓을 했다.

"쟤가 언니한테 뭐라고 했지?"

"아니라니까. 나, 은새한테 말 못하고 가니까 네가 대신 미안하다고 전해줘."

방은새는 오늘 파티의 주최자였다. 뒤돌아 바삐 걸어가는 강해를 보며 마린은 손에 들고 있던 케이크 접시를 탁자에 내려놓았다. 도저히 마음이 안 놓여서 강해를 저대로 못 보낼 것 같았다. 저러다 사고라도 나면…….

요즘 그녀의 기분과 컨디션을 생각해 본다면 사고, 충분히 날 수 있었다. 겉으로는 선욱과 리나의 결혼 결정에 박수를 보내고 있지만, 어디 그 속이 속이겠는가. 썩어 문드러지고 있을 것이

다. 워낙 자존심도 세서 쿨한 척 선욱을 보내주었지만 혼자 남
은 그녀는 세인들의 관심과 의혹의 시선을 한 몸에 받아야 하는
사태에 직면해 있었다.

거기다가 남들 눈이 무서워 아무 집안에나 시집보내려는 아
버지와도 싸우고 있질 않은가. 강해는 요즘도 그 임석인가 뭔가
하는 여자 연예인 킬러와 결혼시키려고 하는 아버지와 치열한
사투를 벌이고 있었다. 그걸 생각하면 불쌍하단 소리가 절로 터
져 나오는 마린이었다. 마린은 깊은 날숨을 내쉬며 서둘러 강해
의 뒤를 따르기 시작했다.

"언니, 같이 가!"

주차장에 파킹한 차를 타고 막 시동을 걸려는 강해는 오른쪽
구석에서 손을 흔들며 달려오는 마린을 보며 눈살을 찌푸렸다.
지금은 혼자 있고 싶은데…….

"안 따라와도 된다니까 그러네."

"마침 따분해 돌아가시기 일보 직전이었어. 언니 핑계 대고
나올 수 있으니, 잘됐지 뭐."

조수석에 올라타 안전벨트까지 매며 마린이 히죽거렸다.

"집으로 갈 거지? 그럼 나도 같이 가자. 간만에 언니 침대에
누워서 뒹굴어봐야겠다. 언니 방 TV 진짜 죽여, 응? 지난번에
내가 사다 놨던 과자 그대로 있지?"

과자도 킵해놓는 애는 박마린밖에 없을 게다. 강해가 과자류

를 별로 좋아하지 않아서 그나마 다행이지. 휴, 한숨을 쉬며 강해는 마지못해 고개를 끄덕였다. 아무래도 마린의 마수에서 벗어나긴 힘들 것 같았다. 아무렇지도 않은 척 떨떠름하니 웃으며 강해는 천천히 차를 출발시켰다. 물론 머릿속엔 자신이 아까 저질러 놓은 일에 대해 미친 듯이 생각하고 있었다. 임석인…….

임석인!

'임석인—!'

지금쯤 그 입 싼 계집애들이 온 파티장에 소문을 파다하게 내버렸을 것이다. 남의 입방아에 오르내리는 게 한두 해의 일도 아니었건만 강해는 너무나 신경 쓰였다. 상황이 상황인만큼 남들 눈에 불쌍하게 비치는 건 참을 수가 없었다. 지난달까지 '약혼한 지 오 년이나 지났는데 왜 강해와 선욱은 결혼을 하지 않을까' 로 수군거렸던 그들은 이제 '임석인과 사귄다는 소리는 모두 자작극이었대—' 라고 수군거릴 게 분명했다.

"돌아버리겠다…….."

평소 하지 않던 말을 중얼거리며 강해는 질끈 눈을 감았다 떴다. 임석인의 자신만만하고 여유있는 표정이 떠오르자 한숨이 저절로 나왔다. 사람의 속내를 꿰뚫어 보는 듯한 날카로운 눈빛과 비아냥거리는 말투로 그녀를 진저리치게 만들던 그 사람을 두고 왜 그런 망발을 서슴지 않았는지 스스로가 저주스러웠다.

"무슨 일이야, 도대체?"

강해는 두 눈에 힘을 주고 전방을 사나운 눈길로 노려보고 있었다. 마린은 고개를 갸우뚱거리며 다시 한 번 그녀를 불렀다.

"언니."

"……."

"언니!"

"으, 응?"

강해가 살짝 놀라며 마린을 곁눈질로 보았다. 다른 생각에 빠져 있었던 게 분명했다. 모든 일에 냉철하고 이성적인 경향이 짙은 강해가 이렇게 멍 때리는 모습은 처음이었다. 확실히 뭔가가 있어. 마린은 입술을 비틀며 두 눈을 가늘게 좁혀 떴다.

"뭐야? 무슨 일 있는 거 맞지? 무슨 일인데 그래?"

"아무 일도 아니……."

아니라고 말해야 했지만 목구멍에 걸려 거짓말이 나오지 않았다. 고리타분하고 정석밖에 모르는 그녀에게 거짓말은 쉽지 않은 일이었다. 강해와 태어날 때부터 알고 지내왔던 마린도 그 점에 대해 잘 알고 있는 듯 히죽 웃으며 말했다.

"하나도 빠짐없이 다 말해. 다."

"하아—"

한숨이 저절로 나왔다. 눈빛에 날카로움도 사라져 썩은 동태 눈처럼 몽롱한 눈동자로 강해는 자동차를 부드럽게 갓길에 세웠다. 자동차가 완전히 멈춰 작은 움직임마저 사라진 순간, 강해는 거의 토할 것 같은 얼굴을 핸들에 묻었다. 그리고 울상이 된 목소리로 중얼거렸다.

"나 미쳤나 봐, 마린아. 왜 그랬을까?"

몇 시간 뒤, 강해와 마린은 강해의 방 침대에 있었다. 마린은 언제나처럼 스낵을 풀어 넣은 볼(bowl)과 TV리모컨을 옆구리에 끼고 반쯤 누워 있었고, 강해는 세운 무릎을 두 팔로 끌어안고 침울한 표정을 짓고 있었다.

"아우, 쟤 좀 봐. 앞트임 제대로 했네. 쟤 눈 좀 봐봐. 응? 봐봐."

헐리웃 스타를 취재한 외국 프로그램을 보며 마린은 강해의 종아리를 툭툭 건드렸다. 오십대를 코앞에 둔 여성 무비스타가 화려한 드레스를 입고 인터뷰에 응하고 있었다. 강해는 얼굴을 찡그리고 마린을 돌아보았다. 어떻게 모든 사실을 다 듣고도 저렇게 천하태평일 수가 있을까. 제 일이 아니니 저러지 싶으니, 마린이 끝없이 야속해지는 그녀다.

"왜? 뭐야? 아직도 그 생각이야?"

강해의 절망이 가득한 표정을 흘낏 보더니 마린이 너무나 가벼워 날아갈 것 같은 목소리로 묻는다.

"아직도라니. 당연한 거잖아. 해결된 게 하나도 없는데."

"걔네들 신경 쓸 필요 없다니까. 누가 걔들 하는 소릴 믿어? 걔네 신용없거든?"

"그걸 위로라고 하는 거야, 지금?"

"언니는 잘못한 거 하나도 없어. 나라도 그렇게 말했을 거야.

계집애들. 아까 알았으면 내가 가만 안 놔두는 건데. 아니, 제들이 뭔데! 남이 파혼을 하든 결혼을 하든, 제들이 뭔 상관이냐고? 기가 막혀서 원.”

앗, 실수! 마린은 순간적으로 튀어나온 말에 제 입술을 손으로 눌렀다. 파혼이란 단어에 강해가 얼마나 민감한지 뻔히 알면서, 왜 하필 지금 이런 말을 했을까! 마린은 방정맞은 제 입을 주먹으로 꿍꿍 찧어버리고 싶었다.

“내 말은 그게…….”

“…….”

수습해 보려고 했지만 강해의 눈동자에는 이미 반쯤 아픔이 떠올라 있었다. 고개를 숙이고 시선을 내린 그녀의 표정은 심상치 않아 보였다. 생각 탓인지, 꽤나 처량 맞아 보이기까지. 구체적으로 언급하지 않았지만 다들 그녀 앞에서 ‘선욱’이나 ‘파혼’ 얘기는 금기시하고 있는데. 하여튼 입이 방정이라니까, 속으로 자신을 탓하며 마린은 발딱 상체를 세웠다. 그리곤 일부러 큰소리로 쾌활하게 말하며 분위기를 전환시켰다.

“고민할 거 없어, 언니.”

마린은 씩씩하게 한 손으로 강해의 어깨를 툭툭 치며 낙천적으로 말했다.

“솔직히 거짓말한 것도 아니잖아. 임석인 씨랑 실제로 맞선도 봤다면서. 그럼 적어도 거짓은 아니지. 나중에 뒷말이 나오면, 그때 가서 사실대로 말하면 돼. 맞선을 보고 결혼까지 생각했지만 생각이 바뀌었다. 어때? 완벽한 알리바이지?"

"그런데 문제가 있어, 박마린."

"뭔데?"

"난 임석인 씨랑 맞선 본 적 없어. 내가 두 번 다…… 펑크 냈어."

엥?

"그, 그랬어?"

당황해 마린은 손등으로 이마를 훔치는 시늉을 했다. 혹시라도 뾰족한 수를 내놓을까 강해는 마린만 뚫어져라 바라보고 있었다. 어쩔 거? 마린은 침울한 표정으로 현실을 말해주었다.

"거짓말 맞네."

잠시 희망에 차 있었던 강해의 표정이 또다시 점점 일그러져 갔다. 마린은 하는 수 없이 끝까지 남겨두었던 직격탄을 날렸다.

"빠져나갈 구멍이 없겠어."

"아우! 그러니 이 일을 어떡해. 지금쯤 그 사람 귀에 들어갔을지도 모르는데."

강해는 암담한 마음으로 두 손에 얼굴을 묻었다. 어떻게 해야 할지 알 수가 없었다. 두 번이나 자신을 바람 맞춘 상대가 '그 남자는 내 남자'란 소릴 떠들고 다녔다는 걸 알면 임석인도 가만있지 않을 것이다. 비웃고 짜증내고 이상한 여자라고 욕할 테지.

하지만 그보다 더 무서운 건, 그랬다는 사실이 아버지의 귀에 들어가는 것이었다. 아버지가 이 사실을 알면 이 일을 빌미로 당장 결혼을 추진할지도 모를 일이었다. 이제 어떡하지? 강해는 정말 죽고만 싶었다. 게다가 그 얄미운 가십걸들이 비웃을 걸 생각하니 울화가 치밀었다. 그 두 계집애의 코를 납작하게 만들 수만 있다면 정말이지 임석인과 진짜 결혼이라도 할 수 있을 것 같았다. 더 이상 선욱과 자신에 대해 아무 소리 못하도록 콱 짓밟아주고 싶은데. 더 이상 스스로 비참해지지 않도록 당당히 맞서고 싶은데……!

방법이 없었다.

"내가 봤을 땐, 이 시점에서 언니가 할 수 있는 대처 방법은 딱 세 가지야."

그때, 하늘의 계시마냥 정수리로 똑 떨어지는 한마디 말이 있었으니. 강해는 손바닥에 묻었던 얼굴을 퍼뜩 들어 마린을 바라봤다. 구세주라도 만난 표정으로 그녀는 마린을 다그쳤다.

"그게 뭔데?"

마린은 책상다리를 하고 앉아 빙긋 웃으며 손가락 하나를 세워 강해의 코앞에 들이댔다.

"첫째, 그 남자랑 그냥 사귀어 버린다."

"뭐?"

"두 번이나 바람 맞췄다면서. 그건 그 사람이 언니한테 한 번 바람을 맞았는데도 불구하고 두 번째 자리에 또 나왔다는 거잖

아. 그 말은 그쪽도 언니한테 관심이 있다는 거지. 고로, 언니가 사귀자고 말하면 그 사람도 군말없이 승낙할 거야.”

“미쳤니? 그 사람을 내가 왜 싫다고 했는데. 바람둥이라서 그래, 바람둥이라서. 너 몰라?”

“알지. 연예인 킬러. 그래도 어떻게 해? 일은 이미 벌어졌는데.”

“난 못해.”

“알았어. 뭐, 정 그렇다면 두 번째 방법도 있으니까.”

마린은 씩 웃으며 손가락 두 개를 들어 허공에 콕 찔렀다.

“둘째, 걔네들한테 사실대로 말…….”

마린이 채 말을 끝맺기 전에 강해는 험하게 인상을 쓰고 있었다. 그 고상하고 순수한 얼굴이 험하면 얼마나 험하겠냐만. 하여튼 그녀는 거의 처키 같은 표정으로 마린을 노려보며 고개를 휘휘 내저었다.

“하면! 안 되겠지?”

마린은 태연하게 엄지와 검지를 접고 나머지 손가락을 펴들어 살랑살랑 흔들었다.

“세 번째 방법. 내 생각엔 이제 제일 그럴싸한 것 같아. 그 남자한테 사실대로 말하고 도움을 요청하는 거야.”

“뭐, 뭐라고?”

“그냥 그 계집애들한테 보여주기만 하면 되는 거잖아. 임석인 씨랑 만나는 장면만 연출해서 몇 번 보여주면 그 계집애들도 할 말 없어지는 거 아니야? 나중에야 뭐, 그냥 사귀다 헤어졌다고 대충 둘러대면 되니까 처음 두어 번만 만나면 되는 거지. 어때?”

강해는 기가 막힌 소리에 놀라 입을 벌리며 눈살을 찌푸렸다. 강해처럼 현실적이고 정상적인 정신세계를 가진 사람에게서는 절대로 나올 수 없는 생각이었다. 사람들이 왜 그렇게 마린더러 사차원 소녀라고 말하는지 이제야 알 것 같았다.

“그 사람한테 그런 부탁을 하라고?”

“뭐가 어때서? 맞선도 본 사이에. 아는 사람 편의도 봐주고 그러는 거지. 아무리 바람둥이라도 그런 융통성은 있을 거 아니야.”

“맞선 안 봤다니까. 내가 두 번 다 펑크 냈다고 말했잖아.”

“그냥 ‘척’만 하는 거잖아. 사귀는 척. 연애하는 척. 결혼하는 척. 별로 어려운 것도 아닌데 언니가 부탁하면 들어주지 않을까?”

“그게 끝이니?”

세 번째 방법은 고려해 볼 가치도 없다는 듯 강해는 물었다. 아니, 왜? 그 방법이 제일 그럴싸하구만. 효과도 만점일 거고 뒤탈도 없을 것 같고. 비록 임석인이 협조해 주지 않는다면 무용지물인 방법이긴 하지만, 그래도 한 번 시도해 볼 만한 가치는 충분하다고 마린은 생각했다. 그녀는 어깨를 으쓱하며 스낵을 입안에 던져 넣었다. 더 이상 생각해 낼 방법은 없다는 뜻이었다.

"이 상황에 과자가 목구멍으로 넘어가?"

쏙 마린의 입안으로 들어가는 보리스낵을 멍하게 바라보며 강해는 몽롱하게 중얼거렸다. 마린은 다시 볼을 옆구리에 끼고 침대 위에 비스듬히 누웠다. 성형수술의 여왕은 이미 TV 화면에서 사라지고 화장 떡칠한 리포터가 나와 신나게 떠들어대고 있었다. 눈으로 자막을 정신없이 쫓으며 마린은 중얼거렸다.

"그냥 걔들이랑 아예 상종을 하지 마. 만나지도 말고 얘기도 말고, 당분간 모임도 피하고 은둔하는 거야. 소문이 잠잠해질 때까지."

"그건 불가능해. 걔들 몰라? 내가 안 나타나면 물 만난 고기떼처럼 입방아들을 찧을 거라고."

"그럼 어떻게 할 건데? 이것도 싫다, 저것도 싫다. 방법이 없네?"

"너라면 어떻게 할 건데?"

강해는 불안한 얼굴로 마린을 보았다. 마치 그녀가 마지막 생명의 동아줄인 양 간절히 해답을 갈구하는 모습이었다. 그녀와는 반대로 마린은 태연하게 아삭아삭 과자를 씹어대며 망설임 없이 대답했다.

"당근 3번이지. 뭐, 그 사람이 부탁해서 안 들어주면 어쩔 수 없겠지만. 꼭 안 들어줄 거란 법도 없잖아. 나라면 말이라도 꺼내보겠다."

너라면 그러겠지. 강해는 속으로 중얼거리곤 한숨을 내쉬었다. 그녀도 마린처럼 임석인과 아무 관계도 아니라면 그리했을지도 모를 일이었다. 지금으로선 딱히 그 방법 외엔 뾰족한 수가 없으니까. 하지만 그와 강해는 정말 질긴 악연이 있었다. 처음부터 악연이었고 지금까지도 악연이 계속되고 있다는 느낌이었다.

그의 이름이 처음 그녀의 맞선 상대로 언급되어졌던 때는, 작년 가을쯤이었다.

당시 그녀는 선욱과 약혼한 상태였기 때문에 강해는 임석인을 한 번 만나보지 않겠냐는 아버지의 제안을 도무지 받아들일 수가 없었다. 이해도 안 될뿐더러 화마저 났었다. 당연히 그녀는 펄쩍 뛰며 거절했고 그런 와중에 그의 첫인상은 그녀의 뇌리에 매우 강렬하게 박혀 버렸다. 매우 부정적으로. 그리고 우여곡절 끝에 선욱과 파혼하게 된 지난달, 아버지는 끝끝내 그와의 첫 번째 맞선자리를 마련했다. 파혼의 아픔이 채 사라지기도 전에 주선된 자리에 강해는 당연히 나갈 수 없었다. 곧 다시 마련된 두 번째 자리에도 역시 그건 마찬가지였다.

"말은 쉽지. 난 못해."

"왜 못해?"

마린이 과자를 아작거리며 멀뚱멀뚱 강해를 바라봤다. 강해가 도저히 이해 안 된다는 표정이었다. 강해는 자신이 석인에게 했던 짓을 떠올리며 눈을 감았다. 물어보나마나 비웃음만 살 게 뻔했다. 부처님, 공자가 아니고서야 두 번씩이나 모욕을 준 여자의 부탁을 어떤 정신 나간 남자가 들어주겠는가. 게다가 그 부탁이란 건 손발이 오그라드는 유치찬란함 그 자체!

"창피해!"

"미안한데, 언니. 언니는 현실을 좀 더 냉정하게 볼 필요가 있다고 봐. 지금 임석인이 문제가 아니잖아. 한 사람한테만 창피하고 끝낼 것인가, 온 사교계의 비웃음을 살 것인가의 문제야. 임석인은 하나잖아. 그 사람한테 좀 쪽팔리면 어떠냐? 그 된장들의 애깃거리가 되어 두고두고 괴로운 것보다야 훨씬 낫지. 안 그래?"

"그야 그렇지만……."

"임석인한테 쪽팔리고 끝낼래, 그 된장들한테 두고두고 씹힐래?"

오, 이런. 정말 끔찍했다. 두 가지 다, 어느 것 하나 끔찍하지 않은 게 없었다. 대체 그녀는 무슨 정신으로 그런 말도 안 되는 소릴 지껄였단 말인가. 강해는 스스로가 저주스러웠다. 할 수만 있다면 몇 시간 전으로 되돌아가 모든 걸 제자리로 되돌려놓고 싶은 심정이었다.

"근데 임석인, 그 사람은 정말 그렇게 잘났나? 얼마 전 신문에서 살짝 봤는데, 그 탤런트 있잖아. '꿈결 같은 사랑'에 나온 애."

"김정혜."

강해는 자동으로 중얼거렸다.

"언니도 기억하는구나? 김정혜랑 임석인이랑 예전에 스캔들 기사 난 적 있잖아."

그 세상을 떠들썩하게 했던 기사는 강해도 기억하고 있었다. 최정상의 스타인 김정혜와 사귀는 재벌 2세라는 소스도 엄청난 화젯거리인데, 그가 바로 여자 연예인들 사이에서 스타가 되기 전에 꼭 거쳐야 할 대형스폰서 'A모 씨'라는 사실이 불거지면서 엄청난 이슈가 되었던 연예계 최고의 사건이었다. 가수 L모 양, 탤런트 G모 양, 영화배우 K모 양, H모 양, S모 양 등등. 임석인의 돈으로 스타가 된 연예인들은 수도 없이 많았다. 물론 그들 모두 한 번씩은 석인과 스캔들이 났었고, 하나같이 그의 곁에서 몇 달을 못 버티고 떨어져 나가야 했다. 그런 바람둥이와 선을 보라는 아버지를 어떤 딸인들 이해할 수 있을까.

"곧바로 깨졌다고 하던데?"

강해는 떨떠름한 얼굴로 중얼거렸다. 마린은 콧구멍을 벌렁거리며 두 눈에 힘을 주고 고개를 끄덕였다.

"바로 그거야. 곧바로 깨질 걸 알면서도 여자들이 사족을 못 쓴다는 거. 대체 얼마나 잘나면 그 기라성 같은 스타들이 임석인 손끝에서 놀아나는 걸까?"

"제정신이면 그러겠니?"

"뭐, 그렇긴 하지. 김진영만 봐도 머리를 장식품으로 달고 다니는 것 같긴 하더라. 교양머리 없는 계집애 같으니라고."

“걔 얘긴 이제 그만 해.”

생각만 해도 짜증이 났다. 사람 뒤에서 흉보고 깔본 걸 들킨 주제에 뻔뻔하게 미소까지 짓던 그녀는 아무리 생각해 봐도 용서가 안 되었다. 강해의 상식으로는 도무지 이해도 용납도 안 되는 일이었다. 아! 김진영, 걜 생각하면 정말 딱 임석인과 보란 듯이 사귀어 버릴 수도 있겠는데…….

물론 가짜로.

“에휴! 나도 모르겠다. 언니 마음대로 해.”

갈팡질팡 결정을 못하고 고민하는 강해를 두고 마린은 몸을 꿈틀꿈틀 움직여 모로 세우고는 손으로 머리를 받쳤다. 리모컨으로 채널을 돌리며 막 젖니 나는 꼬마아이처럼 맹렬히 과자를 씹어대는 마린의 눈은 이미 TV 모니터에 박혀 떨어지지 않고 있었다.

“정말 너 이럴 거야? 고민 들어준다며.”

“들어줬잖아.”

“들어달랬다고 정말 들어만 주는 거야?”

“해결책도 제시해 줬잖아. 1, 2, 3번.”

“그게 무슨 해결책이야. 현실적으로 시도해 볼 수 있는 게 없는걸.”

“참, 이 언니 골치 아프네.”

맛있는 과자에 TV리모컨만 있으면 만사형통인 그녀의 눈엔 세상 고민 다 짊어진 듯한 강해가 참 답답하게만 보였다. 뭔가 이렇게 복잡하고 생각할 게 많은 걸까? 마린은 고개를 살랑살랑 흔들며 마지못해 자리에서 다시 일어났다. 끙. 누웠다 일어났다 하기도 힘들구만. 에잇!

"언니."

"응?"

"하나를 얻으려면 하나를 버려야 해."

무슨 소리를 하려고? 강해는 마린의 눈을 뚫어져라 바라봤다. 마린은 비장한 눈으로 강해의 어깨를 꽉 쥐더니 입술에 힘을 주고는 고개를 단호하게 끄덕였다.

"내 생각엔 그 된장들한테 본때를 보여주기 위해선 임석인, 그 사람이 필수적으로 필요해."

그건 부인할 수 없는 사실이었다. 강해는 불안한 얼굴로 마린을 주시했다. 그녀가 뭐라고 말할지 내심 두려웠다. 설마 또 그 3번 타령하는 건 아니겠지? 그 방법밖에 없다고 말하려는 건 아니겠지? 제발, 다른 수가 있다고 말해줘, 마린아. 제발!

이윽고 마린의 비장한 입술이 움직였다.

"자존심 버리고 부탁해 봐."

아— 안 돼!

"그 방법밖에 없어."

강해는 사형선고 받은 죄수의 기분으로 침대에 픽 쓰러져 버렸다.

‘똑같은 장소를 택하는 게 아니었어.’

임석인은 고급스러운 수제 문양의 의자 팔걸이를 손끝으로 톡톡 두드리며 초조하게 생각했다. 이곳 파리지안(Parisian)은 단아하면서도 화사하고, 깔끔하면서도 세련된 느낌의 실내장식과 그의 까다로운 입맛에 꼭 맞은 음식 맛 때문에 평소 그가 자주 이용하던 레스토랑이지만, 지금은 바로 그게 문제가 되고 있었다. 그가 자주 이용하고 있다는 점. 그가 파리지안의 최고 VIP라는 이유로 특별관리 대상이 되고 있고, 그래서 그의 일거수일투족이 레스토랑 직원들의 지대한 관심을 이끌어내고 있다는 점.

실수다, 이건.

애초 그녀, 윤강해가 만나고 싶다며 약속 잡기를 원했을 때 모든 걸 눈치 챘어야 했다. 직접 전화까지 해서 먼저 만나자고 한 사람이 설마 약속을 펑크 낼까, 안이하게 생각했던 게 화근이었다. 그땐 정말 득의만만했었다. 천하의 이 임석인을 두 번이나 퇴짜를 놓은 그 콧대 높은 공주가 시간이 흐르니 슬슬 후회가 되나 보다, 생각했었다. 작은 회사 하나를 삼켰을 때보다도 더 통쾌한, 짜릿한 기분이었다. 불모지를 정복했을 때 느끼는 야릇한 쾌감이었다. 하지만 바로 그 기분에 취해 그는 여자의 속셈이 뭔지 간파하지 못하는 실수를 저질렀다.

벌써 그녀는 약속 시간을 30분이나 어기고 있었다. 평소 그는 여자를 기다리는 짓 따위 하지 않지만 상대가 윤강해였기 때문에 기다린 시간이었다. 첫 번째 맞선 때도, 두 번째 맞선 때도, 모두 상대가 윤강해였기 때문에 한 시간이라는 긴 시간을 침묵과 고통과 무한대의 분노 속에서 기다리고 또 기다렸었다. 오직 윤강해, 그녀였기 때문에.

"강해야말로 우리 임 씨 집안의 대를 이을 훌륭한 며느릿감이야. 흠잡을 데라곤 하나도 없지 않느냐. 그만하면 예쁘고 능력있고 예의범절 바르고 어른 공경할 줄도 알아. 네 철부지 같고 어리석은 행실에 비할 바가 못 되지. 어찌나 바르고 야무진지, 난 어려서부터 우리 집 며느리는 그 아이 같은 아가씨였으면 했다. 게다가 LS그룹의 윤 회장의 여식이지 않니. 너한테는 차고도 넘쳐. 이런 복덩이가 또 어디 있다고 싫다는 것이야?"

아버지, 임호윤의 평소 레퍼토리를 떠올리며 석인은 열 손가락 끝이 허예질 때까지 세게 의자의 팔걸이 밑동을 쥐었다. 결혼은 아직 생각없다고, 윤강해와는 결혼할 수 없다고 말하는 석인을 임 회장은 바보등신천지를 보는 듯한 눈으로 바라보며 말했었다. 도대체 윤강해가 어떻게 복덩이로 보인다는 건지, 석인은 도저히 이해가 안 되었다.

예쁘고 능력있다는 건, 석인의 입장에서 결코 큰 장점이 될 수 없었다. 그 정도로 예쁘고 행실 바르며 능력있는 여자들은 이 세상에 쌔고 쌨다. 집안? 석인은 아내의 집안에 덕 보려는 생각이 추호도 없으니 그깟 집안의 배경쯤, 하나도 '훌륭해' 보이지 않았다. 오히려 석인의 눈에 윤강해는 흠이 이루 셀 수도 없이 많은 여자였다.

윤강해라면 그도 지금까지 수많은 공식석상에서 보아왔었다. 그때마다 그녀는 늘 똑같은 표정에 똑같은 자세를 하고 있었다. 감정이 드러나지 않는 인형 같은 존재였다고나 할까. 그녀는 절대로 크게 웃는 법이 없었다. 입을 크게 벌리는 법도 없었고, 말도 크게 하지 않았다. 그것이 예의범절을 지키기 위함이라면 딱히 할 말은 없지만, 그 가면 같은 표정 속에 무슨 꿍꿍이가 있는 건지 석인은 가끔 섬뜩하게 느껴지기도 했다.

하지만 어떡하나. 그런 여자라도 부모님이 마음에 든다니, 만나볼 수밖에. 참아야지. 그나마 사업에 엄청난 플러스가 될 복덩이라고 하니 웬만하면 참아볼 생각이었다. 조금 더 인심 써서, 얘기만 잘 맞으면 결혼도 고려해 볼 생각이었다. 윤강해가 한 시간이 넘도록 약속 장소에 나타나지 않는, 일종의 거부 의사를 밝히기 전까지는.

'1분만 더 주겠어, 윤강해.'

고급 수제브랜드가 붙은 수백만 원짜리 손목시계를 흘낏 내려다보며 그는 생각했다. 석인은 짜증스럽게 아랫입술을 윗니로 긁어댔다. 윤강해로 인해 생겨난 맞선공포증이 다시 되살아나는 것 같았다.

그녀는 끝내 맞선자리에 나오지 않았다. 피치 못할 사정이 있었다는 변명의 말만 그녀의 아버지, 윤 회장으로부터 전달되어졌다. 개운치는 않았지만, 당시 상황에선 믿을 수밖에 없었다. 곧바로 신속하게 다음 맞선 날짜가 잡혔기 때문에. 하지만 두 번째도 똑같은 일이 되풀이되자, 석인은 결론을 내릴 수밖에 없었다. 윤강해 역시 이 우스꽝스러운 결합을 원치 않는다는 사실을. 당연히 아버지의 강요에 시달리고 있을 거란 추측을 내릴 수밖에 없었다.

그 뒤부터 석인은 맞선을 거부하기 시작했다. 그녀의 시위에 동참한 것이다. 두 사람 모두 집안에서 강경하게 버틴 효과인지, 맞선자리는 더 이상 만들어지지 않았다. 다만 끝없는 잔소리와 협박과 시달림이 있을 뿐. 석인은 귀가 시간이 무서워질 정도로 온 식구들의 열화와 같은 들볶임에 온 신경이 가루가 될 지경이었다.

윤강해가 전화를 걸어온 건 바로 그런 와중이었다. 어제 오후, 그녀는 직접 그의 휴대폰으로 연락을 취해왔다. 만나고 싶다는 간단한 말과 함께.

'당신, 날 잘못 건드린 거야.'

잠자는 사자의 코털을 건드려도 유분수지. 가만히 있는 그를 불러내 사람들 앞에서 이런 망신을 줘? 이건 엄연히 조롱이요, 도발이었다. 딱지를 맞고도 그녀의 사정을 이해해 주고 조금이라도 도움이 되고자 함께 맞선을 거부해 주었던 자신을 이런 식으로 건드린 건, 분명 윤강해의 실수였다. 그는 당한 만큼 되갚아주는 사람이었다.

그때, 평소 정승처럼 서 있는 검은 양복과 백발의 레스토랑 지배인이 고개를 트는 게 느껴졌다. 부글부글 끓는 화기로 인해 안절부절못하고 있던 그의 눈동자가 저절로 돌아갔다. 직원들이 손으로 입을 가리고 서로 귓속말을 중얼거리고 있었다. 물론 그들의 시선은 바로 이 자리, 석인을 향해 있었다. 창가, 따스한 햇살이 들어오고 바깥 광경을 볼 수 있는 이 자리는 석인의 지정좌석이나 마찬가지였다. 윤강해로부터 두 번이나 바람맞은 바로 그 악몽의 자리이기도 했다.

낮게 욕설을 중얼거리며 석인은 벌떡 자리에서 일어났다.

약속 시간으로부터 30분하고도 1분이 더 흘러간 지금, 윤강해를 기다리는 건 무의미했다. 레스토랑 직원들한테까지 비웃음을 사며 지금까지 기다렸다는 것 자체가 멍청한 짓이었다. 그는 싸늘하게 식은 얼굴로 천천히 양복재킷 단추를 차례대로 잠갔다. 직접 전화까지 해서 만나자고 했으니 당연히 나타나리라 생각했던 스스로의 멍청함에 발등을 찍고 있었다.

'맹랑한 여자 같으니.'

이건 전쟁이었다. 그녀가 도발한 이상, 그도 가만있지만은 않을 것이다. 냉랭한 미소를 씩 지으며 그는 팔을 아래로 쭉 내려 옷매무새를 가다듬었다. 이제 레스토랑을 나가 그 여자를 어떻게 해야 할지 생각해 볼 작정이었다. 이번에는 절대로 그냥 참고 넘어가진 않을 것이다. 이해할 수 있는 수준을 넘어선 무례함에 대해선 적당한 응징이 필요한 법이니까.

휙, 불같은 분노에 사로잡혀 그는 몸을 돌렸다. 그리고 출입문을 향해 한 걸음 내딛은 석인은 곧 그 자리에서 우뚝 서고 말았다. 고풍적인 적색나무문 앞에 낯이 익은 여자가 서 있었다.

그 여자였다. 윤강해.

그녀가 왔다…….

그녀는 직원의 손짓을 따라 뒤를 돌아보는 중이었다. 그가 서 있는 모습을 발견한 강해는 놀란 것 같았다. 살짝 벌어졌다 이내 닫히는 입술과 더불어, 눈꺼풀도 휙 열렸다 스르르 제자리로 돌아가는 걸 보면.

'좀 낫군.'

한 가지 표정만 지을 줄 알았더니 싸늘한 얼음공주도 당황할 줄은 아는 모양. 그는 심히 시니컬하게 비웃으며 고개를 갸웃했다. '드디어 나타나셨군요' 라는 비아냥거리듯. 아주 잠깐 흔들렸다 곧바로 평정심을 되찾은 얼음공주는 평소와 다름없이 꼿꼿하게 등을 펴고 흔들림없이 차분한 동작으로 테이블 쪽으로 다가오기 시작했다.

"제가 너무 늦었죠?"

긴 생머리를 뒤로 묶어 동그랗게 말아 올린 그녀 특유의 헤어

스타일과 사무적인 냄새가 풀풀 풍기는 회색 치마정장, 5센티쯤 되어 보이는 힐 등은 안타깝게도 판에 박힌 윤강해의 전형적인 모습이었다. 이 여자는 대체적으로 이렇게 입고 다니는 경향이 심했다. 회사에서나 파티에서나. 그렇다 해도 맞선자리에까지 이러고 나올 줄이야. 석인은 아무런 죄의식도 없어 뵈는 평온한 그녀를 바라보며 밸이 꼬이는 걸 느꼈다.

"차가 요 앞에서 펑크가 났어요. 기다리게 해서 죄송합니다. 전화라도 드렸어야 했는데 경황이 없었어요."

전혀 미안함이 느껴지지 않는 목소리, 무표정한 얼굴, 흔하디 흔한 변명. 최악이로군. 석인은 대답없이 몸을 틀어 반대편 의자를 꺼냈다.

"일단 앉으시죠."

"네? 아, 네……."

강해는 어색하게 대답하고는 그가 무릎 뒤쪽으로 밀어 넣어주는 의자에 앉았다. 얼음장보다도 더 차가운 표정으로 서 있던 그가 의자 시중까지 들어줄 거라고는 전혀 예측 못했던 그녀였다. 어쩌면 이 자리를 비즈니스의 일환으로 여기자, 단단히 결심하고 나왔기 때문일 수도 있었다. 아무튼 임석인의 몸에 밴 듯한 자연스러운 배려는 나름대로 그녀에겐 충격이었다.

"생각보다 창의적이진 못하신 것 같습니다. 타이어가 펑크났다는 핑계는 대한민국 국민의 99퍼센트는 생각해 낼 수 있는 거 아닙니까?"

넥타이를 한 손으로 누르며 자리에 앉은 그는 앉자마자 그녀를 향해 일침을 날렸다. 그녀가 일부러 늦게 온 거라고 생각한 걸까? 아니면, 다른 이유가 있을 거라고 넘겨짚는 것?

"사실이에요. 전 그런 거짓말은 안 합니다."

그녀가 똑바로 그를 바라보며 명료한 어조로 대답하자, 그는 히쭉 가히 즐거워 뵈지 않은 미소를 지어 올렸다.

"믿어드리죠. 용건 먼저 들어봅시다. 나와는 얼굴 마주 보는 것도 끔찍하게 생각하시는 분이 어쩐 일이십니까?"

중간에 무어라 대꾸하려는 그녀를 무시하며 석인은 아주 빠르게 물었다. 기분이 썩 좋지 않으니 말투가 곱게 나가지 않는 건 어쩔 수 없는 일이었다. 이 시간 이후 사람들은 그에 대해 쑥 떡거릴 것이다. 임석인이 윤강해를 만나려고 한 시간이나 기다리더라. 한 시간은 두 시간으로, 두 시간은 세 시간으로 부풀려질 테고, 곧 그가 그녀를 죽도록 사랑한다더란 소문으로 와전될 게 뻔했다. 지금까지 그는 그런 말 안 되는 소문들에 시달릴 만큼 시달려 봤다. 빨리 얘길 끝내고 각자 사라지는 게 서로에게 상책이었다.

"죄송합니다만, 전 그런 말씀 드린 적이 없습니다. 어디서 전해 들으신 건지는 모르겠지만……."

"누군가에게 전해 들은 게 아닙니다."

"네?"

객관적인 검증 없는 추측성 멘트를 어떻게 뱉을 수 있는지,

도저히 이해가 안 된다는 얼굴로 강해가 반문했다. 석인은 순간 확신했다. 이 여자의 인생은 한마디로 컴퓨터와 같음을. 핸들을 꺾으면서도 작용반작용의 법칙과 원심력을 생각하고, 추리소설 한 편을 읽어도 연역법, 귀납법 따질 위인임을.

"맞선자리에 두 번이나 나오지 않았잖습니까? 그 태도로 봐서 내가 추측한 거란 말입니다."

"아……."

멍청이. 강해는 멍하니 말끝을 흐리는 자신을 속으로 채찍질했다. 이 자리가 어떤 자린데, 빈틈을 보인단 말인가. 절대 약해 보이면 안 되는 자리이다. 스스로 굴욕적이고 멍청하게 느껴지는 부탁의 말을 건네면서도, 절대 굴욕적으로 보이면 안 되는 자리였다. 어차피 매달릴 생각도 없다. 도와달라고 부탁하는데도 거절한다면, 어쩔 수 없는 것 아닌가? 그가 순순히 승낙할 거라고 생각지도 않으니 아쉬울 것도 없었다. 그러니 절대 안돼 보이거나 안달할 필요는 없다고 그녀는 생각했다.

"무례를 범했다면 죄송합니다."

"됐습니다. 오늘 보자고 한 용건이나 말씀하십시오."

"사실은 제가 부, 부……."

부탁드릴 것이 있어서요. 계획했던 대사는 바로 '부탁'이었다. 한데 어찌 된 영문인지 이놈의 입술이 딱 붙어서 떨어지질 않는다. 목구멍에 커다란 돌덩이가 틀어박혀 숨구멍까지 막고 있는 기분이었다. 한참을 씨름하다 결국 내뱉은 말은, 안타깝게도 '부탁'이 아니었다.

"제안할 게 있습니다."

긴장하니 말투가 딱딱해지고, 딱딱해지는 말투에 따라 자세도 뻣뻣해졌다. 마치 고객 앞에서 첫 브리핑 시간을 갖는 새내기 홍보사원 같은 말투에 임석인의 심드렁하던 눈동자에 흥미로움이 감돌았다.

"그래요? 뭔지 궁금하군요."

그의 잘생긴 눈썹이 휙 위로 끌려 올라갔다. 강해가 LS그룹의 홍보담당 이사라는 사실을 떠올리는 게 분명했다. 사업적인 제안을 위해 만남을 청했다고 생각하는 것이다. 차라리 그런 거라면 얼마나 좋을까. 그렇다면 이렇게 떨리지도, 걱정이 되지도 않을 텐데 말이다. 강해는 처음보다 훨씬 더 느긋하게 자신을 지켜보기 시작한 임석인을 보니 더욱 초조해지는 것 같았다. 내내 조용했던 심장이 쿵쾅쿵쾅 뛰기 시작하면서 팔다리에 힘이 빠지려고 했다.

"말씀해 보시죠."

어디 얼마나 대단한 제안인지 두고 보겠다는 듯 그가 비웃음 섞인 말투로 말했다. 제발 혀가 제 역할을 다해주길 바라며 강해는 천천히 입술을 열었다.

"당신이……."

"……."

"다, 당신이 내 일을……."

도와달라고 해. 어려운 말도 아니잖아. 싫다고 말하면 그만이야.

"내 일을 도, 도와……."

"도와달란 말입니까?"

그녀의 말이 끝나길 기다리던 그가 눈치 빠르게 물었다. 어떻게 설명해야 할지 몰라 무참하게 더듬거리고 있던 그녀에겐 가슴이 뻥 뚫리는 말이었다. 어쩌면 쿨하게 흔쾌히 도와줄지도 모른다는 생각이 들었다. 잠시 흔들려 갈팡질팡하고 있던 강해는 다시금 평정심을 되찾아갔다. 두 눈을 크게 뜨고 아랫배에 힘을 주고는 좀 더 공격적인 어조로 말했다.

"도와주신다면 사례는 충분히 하겠습니다."

"사례?"

아, 이건 단어가 적절치 못했다. 강해는 아랫입술을 깨물어 자신을 벌했다. 이미 충분히 잘나가고 계신 재벌 2세께 사례란 단어를 언급해선 안 되는 것이다. 강해는 어색하게 웃으며 무마하기 위해 애썼다.

"기분 나쁘셨다면 죄송합니다. 일부러 기분 상하게 할 의도로 한 말은 아니었어요. 다만…… 부탁드릴 일이 너무……."

"무슨 일입니까? 돌려 말하지 말고 단도직입적으로 말씀하시죠."

기다리기 귀찮다는 듯 그가 말한다. 짜증이 배어 있는 그 말투에 그녀는 더욱 초조해졌다. 사실 단도직입적인 건 그녀도 좋아하는 방식이다. 하지만 이건 웬만한 용기가 아니고선 절대 단도직입적이 될 수 없는 사안이었다. 아— 여긴 왜 왔을까. 마린의 말 따위 그냥 흘려버리는 건데. 그냥 무시하고 조용히 몇 개월간 근신하는 게 최선인 건데. 강해는 정말 울고 싶을 만큼 참담한 기분을 느끼고 있었다. 하지만 어쩌랴. 여기까지 왔는데, 말이라도 꺼내봐야지.

"부탁드릴 일이 지극히 개인적인 일이라서요. 당연히 사례를 해야 한다고 생각합니다."

"개인…… 적인 일이라고요?"

미심쩍은 듯 그가 조용히 물었다. 싸늘히 식어가는 그의 표정과 고요하기 짝이 없는 목소리가 그녀의 자잘한 솜털들을 한순간에 쫙 일으켜 세웠다. 지금이었다. 지금 이 순간이 가장 중요한 순간인 것이다. 제대로만 말하면 그가 그녀의 도움에 응해 협조해 줄 수도 있었다. 그렇지 못한다면, 물론 가차없이 거절을 당할 수도 있는 문제고. 그걸 생각하니 그녀는 더욱 초조해졌다. 바짝바짝 타는 기분에 그녀는 옆에 놓여 있던 물잔을 덥석 집어 들었다. 살짝 입술을 축인 그녀는 다시 얌전히 잔을 내려놓으며 차분히 얘기를 시작했다. 아니, 차분해지려고 노력하며 얘기를 꺼내었다.

"실은 개, 개인적인 일이 아닐 수도 있어요. 생각하기 나름이겠죠. 공적이라 할 수도 있고, 사적이라 할 수도 있고."

"……?"

"제 말은 그러니까, 아무리 개인적인 부탁이라도 절차는 공적이어야 한다는 거죠. 당연히 부탁을 들어주신다면 사례를 해야 하고, 그건 일종의 고용과도 같은 문제죠. 네, 고용입니다. 어떻게 보면 전 임석인 씨를 고용하고 싶은 겁니다."

"뭐라고요?"

횡설수설하면서도 자신이 무슨 말을 어떻게 하고 있는지 모르고 있던 강해는 일순, 하던 말을 멈추었다. 그의 목소리에 예리한 칼날이 숨겨져 있음을 순간 느껴 버린 것이다. 그리고 깨달았다. 자신이 방금 무슨 소릴 했는지.

"고용하고 싶다고요? 나를?"

그가 무서울 정도로 조용히 물어왔다. 강해는 놀라 자빠질 것 같은 심정으로 두 눈을 크게 떴다.

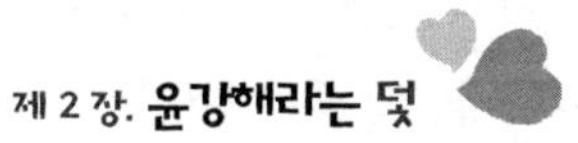

그 순간, 그의 말에 얼어붙은 사람은 윤강해 말고도 한 명이
더 있었다. 주문을 받기 위해 다가온 지배인이었다. 메뉴판을
들고 막 테이블 근처에 멈춰 선 그는 너무나 놀라 허리를 20도
정도 굽힌 상태로 굳어버렸다. 재벌 2세로 엄청난 인기를 구가
하고 있는 임석인이 여자에게 고용을 제의받았다는 사실은 선
뜻 이해가 되지 않을뿐더러, 뭔가 있다는 생각이 절로 들게 했
다. 정말로 호기심을 불러일으키는 발언이었다. 백발이 성성한
그가 듣기에도. 설마 임석인이 이 여자에게 고용되고 싶어서 한
시간 가까이 기다리는 수모를 견뎠던 것일까? 저절로 지배인의
시선이 석인에게로 향했다.

“드디어 내 프러포즈를 받아주는 거야, 당신?”

임석인은 너무나 태연하고 여유로운 얼굴로 그녀가 사랑스러워 미치겠다는 듯 매력적인 미소를 짓고 있었다. 그는 테이블 위에 올라온 그녀의 손을 커다란 자신의 손으로 덮더니 고개를 앞으로 부드럽게 내밀어 속삭였다.

“물론이야. 평생 당신의 하인이 될게. 사랑해.”

순간, 강해의 얼굴은 순식간에 빨개졌다. 남자로부터 이렇게 직접적으로 사랑한다는 소릴 들은 건 진심으로 처음이었다. 이 남자가 대체 무슨 말을 하는 거야? 프러포즈라니!

“저, 저기 임석인 씨…….”

“으음~ 나중에.”

달콤한 목소리로 속삭이는 그는 그녀의 손을 꽉 쥐며 경고를 날렸다. 아무 소리도 하지 말라는 무언의 압력이었다. 강해는 그제야 비로소 어색한 몸짓으로 지배인을 돌아봤다. 나이가 꽤 든 지배인은 임석인의 연극에 속은 듯 흐뭇한 미소를 지으며 고개를 숙였다.

“메뉴는 숙녀 분께 드려요. 난 얼음물이면 되니까.”

“흥분에는 얼음물이 최고지요.”

강해 앞에 메뉴판을 놓고 지배인은 석인을 향해 빙긋 웃었다. 석인과 지배인은 농을 주고받을 정도로 매우 가까운 사이처럼 보였다. 어떻게 대처해야 할지 몰라 강해는 둘의 눈치를 살폈지만 도무지 임석인이 무슨 짓을 꾸미고 있는지 알 길이 없었다.

"맞습니다. 상황이 상황인만큼 흥분이 안 될 수 없네요."

임석인은 지배인에게 매력적인 눈웃음을 치며 말하더니 휙, 갑자기 고개를 틀어 강해를 돌아봤다. 그의 얼굴을 뚫어져라 바라보고 있던 강해는 퍼뜩 놀랐다.

"당신은 뭐 마실 거야?"

"아, 저, 저는…… 커피로 하겠습니다."

"커피 한 잔 부탁해요, 지배인님."

그녀의 말이 끝나자마자 즉각 그가 주문을 했다. 그로서는 강해를 향해 이글이글 타오르는 분노의 기운을 계속 숨기고 있기 힘들어서, 일초라도 빨리 지배인을 쫓아 보내고 싶은 마음에 그리한 거였지만 지배인의 눈에는 그런 그가 '사랑하는 여자와 빨리 단둘이 있고 싶어 안달이 난 남자'로밖에 뵈지 않을 것이다.

"알겠습니다, 임 사장님."

지배인은 단정하게 서서 강해가 들고 있는 메뉴판을 수거했다. 그리곤 인자하기 짝이 없는 미소를 강해에게 지어 보이며 말했다.

"탁월한 선택이십니다, 손님."

"네?"

강해는 얼떨떨한 얼굴로 지배인을 바라봤다.

"이번이 세 번째라는 거 알고 있습니다, 손님. 제가 장담컨대 임 사장님은 진국 중에 진국이시죠. 손님은 최고의 남자를 얻으신 겁니다."

"지배인님."

부글부글 끓는 얼굴로 그가 경고했다. 정말 그의 인생에서 가장 지옥 같은 몇 분이 아닌가 싶었다. 돈에 목숨 걸 듯 창피함도 수치심도 없이 자신의 몸을 던지던 김정혜와도 이렇게 끔찍하진 않았었다. 스캔들 기사 때문에 아버지로부터 지루한 훈계를 들어야 했을 때도, 이 정도는 아니었다.

"아, 이런. 제가 무례하게 두 분 사이에 끼어들었군요. 주제넘었다면 용서하십시오. 임 사장님과는 꽤 오랫동안 알고 지낸 사이라 격의가 없습니다."

"괜찮습니다."

강해는 예의 바른 미소를 지으며 말했지만 속으론 '아뿔싸'를 외치고 있었다. 임석인이 그녀가 연인인 척한 이유를 그제야 눈치 챈 거였다. 맞선 봤던 장소가 여기였다니. '파리지안'에서 만나잔 소릴 들었을 때 어쩐지 귀에 익다 했더니만…….

"미안합니다."

지배인이 사라지자 강해는 무겁게 속삭였다. 거짓이 아니었다. 사실, 석인이 싫었고 만나고 싶지 않아서 맞선자리에 나타나지 않았지만 그에게 특별히 악감정이 있는 건 아니었다. 다만 아버지의 강압적인 태도 때문에 생겨난 반감이 석인에게로 향하게 된 것뿐. 진짜 고의적으로 그의 자존심을 상하게 할 생각은 전혀 없었다. 그간 그가 마음고생을 했을 것을 생각하니 그녀는 정말로 미안해지는 것 같았다.

"뭐가 미안하다는 겁니까? 두 번이나 약속을 안 지킨 것 말입니까? 아니면, 사람들 앞에서 날 돌쇠 취급한 것 말입니까?"

석인이 심드렁한 얼굴로 비아냥거렸다.

"난처하게 할 생각은 없었습니다. 아버지에겐 약속에 나갈 수 없다고 분명히 말했거든요. 전 제 아버지께 의사를 밝혔으니 상관없다고 생각했어요. 한데, 제 생각이 좀 짧았던 것 같습니다."

"날 고용하겠다는 생각도 좀 짧으신 것 같습니다만. 도대체 날 뭘로 고용하고 싶은 건지, 어디 들어나 보죠. 필러스그룹의 임석인 사장을 대체 어디에 써먹고 싶은 겁니까?"

"……."

상황은 그녀의 예상과는 정반대로 흘러가고 있었다. 왜 이렇게 된 걸까? 처음 마린과 머리를 맞대고 생각할 때만 해도 모든 게 잘될 거라고 생각했다. 물론 자신에게 두 번이나 바람을 맞은 임석인이 자신에게 좋은 감정일 리 없었고, 당연히 대화가 술술 자연스럽게 풀릴 리도 만무하다는 걸 그녀도 잘 알았다. 그렇지만 그가 쭉 사회생활을 해왔고 예의가 뭔지 아는 인간인 만큼 당연히 격식을 갖춘 대화를 할 수 있을 줄 알았다.

한데, 그녀의 예상은 보기 좋게 빗나가 버렸다. 그녀는 수천, 수만 가지의 돌발 상황들을 전혀 예측하지 못했던 것이다. 약속 시간 딱 맞춰 집에서 나왔는데 타이어가 펑크났을 때부터 일은 틀어지기 시작했다. 하필 약속을 잡은 장소가 예전 맞선장소였다는 것은 약속 자체에 관심이 없던 강해에겐 두 번째 돌발 사태웠다. 거기다 결정적으로 그녀는 임석인에게 아무것도 설명하지 못했다. 설명은 고사하고, 부탁의 말조차 꺼내지 못했다. 그놈의 자존심이 뭔지.

왜 하필 거기서 '고용'이란 말이 튀어나오냐고. 개한테나 줘버려도 시원찮을 그놈의 CEO병.

여기에 한술 더 떠, 임석인과 친한 지배인이 그녀의 '고용' 제안에 대해 들어버리게 되는 상황까지 벌어졌다. 암담하니 강해는 머리가 다 지끈거리는 것 같았다.

'기왕 이렇게 된 거 빨리 설명하고 끝내자, 윤강해.'

'고용하고 싶다'는 막장 표현까지 서슴없이 남발한 상황에 더 조심할 게 뭐가 있겠는가. 강해는 석인의 눈을 똑바로 바라보고 딱딱하고 사무적인 어조로 결론부터 말하기 시작했다. 아주 단도직입적으로.

"지금부터 딱 육 개월간만 저의 남자친구가 되어주세요."

순간, 석인은 두 눈이 튀어나올 것 같은 충격에 멍해졌다. 뭐가…… 되어달라고?

"사람들 사이에 저와 임석인 씨에 대한 말이 많은 걸로 압니다. 아마 임석인 씨도 한두 번쯤 들으셨을 겁니다. 저는 임석인 씨도 알다시피, 지난 오 년 동안 약혼 관계에 있던 남자가 있었습니다. 사람들 입방아에 오르내리기 딱 좋은 케이스이지요."

김선욱은 LS그룹의 창립자인 故김형준의 아들이자 현 LS의 부사장이었다. 그라면 사업적으로 많이 얽히는 관계로 석인과도 자주 만나는 사이였다. 그가 회장의 딸인 윤강해를 걷어차고 웬 고아아이와 결혼할 계획이라는 소문은 요즘 사교계의 최대 가십거리였다. 김선욱이 걷어찬 윤강해가 그의 차지가 되었다는 것도 물론. 사람들은 임호윤과 그의 아들 석인을 주인이 버린 물건 냉큼 주워 든 거지쯤으로 여기고 있었다.

"그래서 임석인 씨의 도움이 필요해졌어요. 저와 육 개월간만 사귀는 척해주신다면 사례는 충분히 하겠습니다."

사례라고? 정말 돈을 주고 고용하겠다는 건가, 이 여자? 석인은 거의 기가 막힌 심정으로 강해를 매섭게 노려보았다.

"내가 그 일을 맡을 거라고 보십니까?"

"임석인 씨도 딱히 손해 볼 일은 아니니까요. 집안으로부터 결혼 압박을 받고 계신다고 들었어요. 제가 그 일에 조금은 보탬이 될 수 있을 거라고 생각합니다. 보탬이 되도록 노력하겠어요. 전 제 제안이 서로에게 이익이 된다고 생각합니다. 한마디로 윈윈이죠."

"윈윈?"

여자로부터 이토록 철저하게 농락당해 본 적이 있었던가. 그의 '평생' 이런 경험은 처음이었다. 열다섯 살 이래로 그는 언제나 늘 도전의 대상이었다. 선망의 대상이었고, 정복의 대상이었으며 갈망의 대상이었다. 여자들은 하나같이 그의 도깨비방망이 같은 카드와 파괴적인 위력의 입김을 원했다. 그것을 얻기 위해 몸을 던져 왔고 거짓 사랑을 맹세했다. 물론 그 거짓된 행동에 그가 넘어갔던 적은 단 한 번도 없었다. 그는 탐욕을 위해 여자들을 이용하는 남자가 아니라고 자부했다. 그런데 그런 그에게 돈을 주겠으니 육 개월간 남자친구 역을 해달라고? 그를 대체 뭘로 보고?

"미안합니다만, 난 그렇게까지 긴박한 상황이 아니라서요. 내 가족들의 결혼 압박쯤은 내가 충분히 컨트롤할 수 있습니다. 사람들이 뭐라고 하는지는 원래부터 별로 신경 쓰지 않는 편이고요. 대답이 됐습니까?"

"아, 아니, 저……."

이게 아니야. 이런 답을 기대했던 게 아니라고. 적어도 생각은 해보겠다고 할 줄 알았다. 말 한마디로 천 냥 빚도 갚는다는데, 잘만 설명하면 이 기막힌 작전도 쓸 만한 것처럼 포장할 수 있을 것 같았다. 어차피 임석인도 결혼하라는 잔소리가 듣기 싫을 게 아닌가. 진영의 말대로 5년이나 다른 남자의 약혼녀였던 여자를 아내로 맞이하고 싶진 않을 것이다. 한데 단번에 거절당하다니. 이렇게 허무하게 싹둑 잘려 버리다니. 뭘 잘못 말한 걸까? 뭣 때문에 그가 거절한 거지? 다 계획대로 잘 말한 것 같은데! 혹 '고용'이란 말에 아직까지 기분 나쁜 건가?

별의별 생각들이 그녀의 뇌리를 스치고 지나갔다. 그가 거절하면 순순히 받아들이고 포기하겠다던 종전의 생각은 이미 어딘가로 훅 사라져 버린 후였다. 그녀는 정말로 심하게 급박해졌다.

"더 할 말 없으시면 이만 일어서겠습니다."

"잠깐만요."

일어나려다 말고 석인은 눈썹을 치떴다. '뭐 다른 할 말씀이라도?' 하는 듯. 얄밉게도 그는 너무나 태연한 모습이었다. 강해는 초조하게 손을 맞잡고 비틀며 한숨을 내쉬었다.

'침착해, 윤강해.'

그녀는 이 사람 도움이 절실히 필요했다. 그리고 그를 설득하려면 침착해야 했다. 마음을 단단히 먹고 강해는 공손하게 물었다.

"제 제안을 거절하시는 이유가 뭔지 여쭤봐도 될까요? 혹시라도 오해하신 게 있다면 풀어드리고 싶습니다. 사실 제가 고용이라고 말한 건, 뭐라고 말해야 할지 몰라서 얼떨결에 하게 된 말이지……."

"난 사람 갖고는 장난치지 않습니다. 그게 이유예요, 윤강해 씨."

그가 단호하면서도 조용히 대답했다. 하던 말도 채 마무리 못한 강해는 어안이 벙벙한 얼굴로 그를 바라보았다.

"사람을 갖고 장난을 친다고요? 제가요?"

이런 기분 나쁜 말을 대놓고 지껄이는 남자는 그녀 '평생' 처음이었다. 누구나 그녀의 성격을 두고 착하고 공손하고 예의 바르다고 했고, 그 때문에 자라는 내내 최고의 며느릿감이라는 칭찬을 들어왔었다. 그런데 그런 그녀가 이런 질 낮은 비난을 듣게 될 줄이야. 너무나 놀라 그녀는 입만 벙긋거리고 있었다. 그런 그녀에게 석인은 가차없었다.

"체스판의 졸이 필요한 거 아닙니까? 당신 혼자 짠 게임에 여러 사람 놀아나는 거. 그게 당신이 원하는 거 아니냐고요."

"말씀이 좀 지나치신 것 같네요."

"난 원래 고상하게 말하는 사람이 못 됩니다. 사람들 앞에서 위선 떠는 짓은 죽어도 못하죠."

"지금 제게 위선을 떤다고 말씀하시는 겁니까?"

"아니라곤 말 못할 텐데요. 사람들을 속여서 당신이 얻는 게 뭡니까? 자존심? 이미지? 명예?"

"……."

"자존심과 명예를 위해서 사람들을 속이는 게 위선이 아니고 뭡니까?"

그녀는 아무 말도 못하고 망부석마냥 그 자리에 우두커니 앉아 있어야 했다. 마치 범인 다루듯 윽박지르는 임석인에 대해 '아니면 그만이지 당신이 뭔데 훈계야?' 하며 발끈할 법도 하건만. 차마 그럴 수가 없었다. 자신이 얼마나 바보 같은 생각을 했는지 너무나도 잘 알고 있기 때문에. 부끄러워졌다. 다 큰 어른이, 알 만한 사람이 어떻게 이런 유치한 생각을 해낼 수 있냐고 다그치는 것 같아 고개를 들 수가 없었다.

"사람을 잘못 골랐습니다."

그녀를 멸시하듯 깔아보며 석인은 천천히 자리에서 일어났다. 그리곤 뻣뻣하게 앉아 꼼짝하지 않고 있는 그녀를 지나쳐 뚜벅뚜벅, 레스토랑을 나가 버렸다.

"이게 어떻게 된 일인지……?"

얼마나 지났을까. 백발의 지배인 목소리가 가까이 들려오자 강해는 고개를 들었다. 이미 그는 사라진 지 오래. 레스토랑 창가 가장 아름답고 평화로운 분위기의 로열석에는 그녀 혼자 덩그러니 앉아 있었다. 수많은 의혹의 시선을 느끼며 강해는 조용히 자리에서 일어났다.

"차는 마신 걸로 할게요. 죄송합니다."

그 순간에도 인사할 여력이 남아, 그녀는 예의를 차리고는 서둘러 자리를 떴다.

✳

탁. 석인은 들고 있던 서류철을 소리나게 덮으며 인상을 있는 대로 썼다. 그가 좋아하는 노래가 차 안 가득 울려 퍼지고 있고, 회사가 아닌 집으로 향하고 있는 차체는 너무나도 부드러워 서류를 보는 데는 아무 문제가 없는데 왜? 짜증나게, 대체 왜 그 여자의 얼굴이 머릿속에서 떠나질 않는지 알 수가 없었다. 그 여자 때문에 허비한 시간이 얼만데, 그 시간을 만회하기 위해 차 안에서 서류를 들여다보고 있는 이 순간에도 그녀 때문에 집중을 할 수가 없었다.

"뭡니까, 사장님?"

그의 개인 운전기사, 지현후가 실내미러를 통해 그를 살피며 물었다. 그는 '밖에서 낳아온 서출'로 유명한 석인이 재벌집 외아들이 되기 전인 열두 살 무렵부터 친구로 지내오는 녀석이었다. 성격이 천성적으로 우직하고 의리를 목숨보다도 더 중요시하는 녀석이라 석인은 그 어느 사업파트너보다도 더 그를 믿었다. 그 때문에 그와 단둘이 얘기하는 순간에는 석인도 원래 그의 모습으로 돌아오곤 했다. 장난기 넘치고 무모하고 거침없었던 꼬마, 임석인으로.

"지금 서류를 덮었잖아. 네 와이프."

미러 안 현후의 눈동자가 다 안다는 듯 히죽거렸다. 석인은 날카로운 눈으로 친구를 찔러보며 심드렁하니 중얼거렸다.

"미친놈. 서류가 왜 내 와이프야?"

"일과 결혼한 거 아니었어, 너?"

"재미없다."

석인은 들고 있던 푸른 빛깔 서류철을 옆자리에 던지며 몸을 뒤로 뉘었다. 머릿속에서 떠나지 않는 그녀의 모습 때문에 집중이 안 되었다. 이런 식으론 읽으나마나였다.

"임석인 씨를 고용하고 싶은 겁니다."

싸가지없고 오만하고 버르장머리없는 말이었다. 세상 모든

남자들을 자기 발밑에 두려는 콧대 높은 그 '공주님'은 그를 일
개 고용인 취급하듯 대했다. 그리고 그는 자존심이 상했다. 그
는 자신이 이해하고 있는 사태의 전모에 대해서 다시 한 번 생
각해 보았다.

오만. 고용. 자존심…….

대체 어떤 것이 자신의 집중력을 흩뜨리고 있는 건지 그는 되
짚었다. 분명 오판한 게 있었을 것이다. 그렇지 않고서야 이렇
게 혼자 놔두고 온 그녀가 걸릴 리 없었다.

"대체 뭐야? 뭣 때문에 그렇게 골똘해?"

"아무것도 아니야."

"그 여자 때문이야?"

그 여자? 석인은 약간은 경계하는 눈빛으로 현후를 바라봤
다. 현후가 윤강해에 대해서 알고 있을 리 만무한데. 그녀와의
만남은 아무도 모르게 비밀스레 진행되었었다. 당연히 현후도
모르고 있어야 했다.

"김정혜 말이야. 그 찰거머리."

현후가 피식 웃으며 두 눈을 키운다. 그럼 그렇지. 석인은 자
신이 아무래도 노이로제 초기 증상을 보이고 있는 것 같다고 생
각하며 몸을 반듯하게 세웠다.

"그 고릿적 얘긴 그만 할 때도 된 것 같은데."

"음, 그럼 김정혜 때문에 이러는 건 아니군."

"유치하게 스무고개 하는 거냐?"

“이상하니까 그러지. 서류 앞에선 아무것도 안 들리고, 안 보인다며.”

“그래. 그랬지.”

윤강해를 만나기 전까지는. 석인은 또다시 원점으로 돌아오는 생각들을 차분히 정리해 보았다.

오만. 고용. 자존심.

그녀는 부탁을 하기 위해 그를 찾아왔다. 그럼에도 굳이 ‘고용’이란 단어를 씀으로써 그녀는 그의 자존심을 건들었다. 얕보이고 싶지 않았겠지. 공주들의 특성이 원래 그렇다. 모든 걸 자신의 위주로 생각하고, 사람들 위에 군림하고 싶어하며, 거절당하는 데에는 익숙하지 않다. 거기까진 충분히 예상할 수 있는 일이었다. 하지만 그 부탁이 ‘6개월간의 남자친구가 되어달라’라는 건 전혀 생각지도 못한 일이었다. 왜 하필 하고많은 남자들 중 그를 선택했을까?

자신이 윤강해라면, 석인은 절대 임석인이란 남자를 끌어들이지 않을 것이다. 쉽게 이용당할 사람도 아니거니와 수틀리면 대가를 치르게 할 사람이기 때문이다. 임석인을 갖고 장난치는 건 결코 바람직한 일이 아니었다. 그건 스스로 명을 재촉하는 것이나 다름없었다. 차라리 흥신소에 돈다발을 들고 찾아가, 입이 무겁고 스펙 멋들어진 남자를 하나 골라오는 게 낫지 않을까? 그 편이 더 쉽고 빠를 텐데.

‘소문이 무서웠나?’

 척. 척. 척.

그럴듯한 가설이다. 천하를 움켜쥔 공주가 그깟 남자친구 하나 때문에 '고용'이라는 수단을 썼다는 게 알려지면 세상의 비웃음을 살 게 뻔할 테니. 지금 그녀를 둘러싼 수많은 의혹과 소문들을 고려해 보자면, 그녀가 남자들의 손길을 참을 수 없이 혐오스러워한다는 얼음공주說이 탄력을 받아 기승을 부릴 게 자명했다. 안 그래도 다양하고 끔찍한 수준의 온갖 루머들이 곳곳에 살포되어 지긋지긋할 텐데, 거기에 하나 더 보태고 싶진 않았을 것이다.

하지만 아무리 그렇다고 해도 임석인을 선택한 건 오버다. 그가 받아줄 거라고 생각했을까? 뭐 하나 부족함이 없는 그가 뭣 때문에 그녀의 그런 미친 제안을 받아들이겠는가. 생각해 볼 필요도 없이 대답은 당연히 No다. 물론 그녀도 예상했을 것이다. 그 머리 좋은 공주님이 그의 반응 하나 제대로 예상 못하고 자신을 찾아왔을 것 같진 않았다.

문제는 바로 이 지점이었다. 거절할 걸 뻔히 알면서 왜 자신을 찾아왔을까? 그의 비웃음을 받을 게 빤한 제안을 대체 왜, 무엇을 지키기 위해 했던 것일까?

"그나저나 김정혜, 요즘엔 너한테 연락 안 해?"

"또 그 얘기야?"

현후의 질문에 석인은 퉁명스럽게 대꾸한다. 김정혜라면 아주 끔찍한 듯하다. 얼마나 데고 물렸으면 저러나 싶어, 현후는 석인이 안쓰러워졌다. 참 '저런 게 저주받은 안목이라는 걸까?'

하는 생각이 드는 게.

석인은 예능인의 재주를 알아보는 특별한 능력이 있었다. 생모의 끼를 물려받아서인지 그는 얼굴만 보고도, 대화만 몇 번 나눠보고도 그 재능과 배포를 가늠해 냈다. 여배우들의 스폰서로 매년 어마어마한 돈을 투자하지만 늘 흑자를 거두는 것도 그 때문이었다. 문제는 그들이 하나같이 그의 투자를 오해한다는 것이다. 단지 될 성싶은 떡잎을 알아보고 스타가 되도록 도와줬을 뿐인데, 지원을 해주고 배경이 되어줬을 뿐인데, 여자들은 하나같이 그에게 고마움(?)을 표하려고 들었다. 그들 세계에서는 돈 많은 스폰서에겐 반드시 몸을 상납해야 한다는 룰이라도 있는 듯 정말 하나같았다. 그가 거부하면 고마워하는 게 아니라 자존심 상해했고, 김정혜처럼 보복성 폭로기사를 내기도 했다.

더 정확히 말하면 거짓 폭로기사.

"너 좋다는데, 웬만하면 그냥 데리고 살지 그래?"

현후가 농을 던졌다.

"미쳤어?"

"왜? 예쁜데. 대한민국에서 그만큼 예쁜 여자가 몇이나 돼? 또 너라면 사족을 못 쓰잖아. 그러면 된 거 아니야?"

"입이 싸."

석인은 입 싼 여자는 딱 질색이었다. 함부로 몸을 굴리는 여자 역시. 물론 가족들이 대대적으로 반대할 걸 생각하면, 한 번 저질러 보고 싶기도 했다. 그가 김정혜를 며느릿감이라고 데리고 들어가면 혈압 올라 쓰러질지도 모르는 노인네, 임 회장에게 보란 듯이 반항 한 번 해주고도 싶었다. 하지만 착하기만 한 계모를 떠올리자면 그것도 쉽지 않다. 열다섯 살의, 세상에 대한 분노밖에 남아 있지 않았던 질풍노도의 그를 데려다가 목욕시키고 밥 먹이고 학교 보내준 그녀는 세상이 마냥 두려운 것만은 아니라는 걸 처음으로 알게 해준 '천사'였다. 나이 서른다섯 살에 아버지한테 반항하고자 사랑하지도 않는 여자와 결혼하겠다고 나서는 것도 꼴사납고.

"그럼 진짜 윤강해 씨와 결혼하는 거야?"

주머니 안에서 핸드폰이 울리는 것 같아 막 꺼내려는 순간, 현후 녀석이 물어왔다. 윤강해라는 단어가 심하게 그를 자극했다. 뱃가죽이 당겨지는 것 같더니 가슴 한쪽이 욱신거렸다. 대체 이 기분은 뭔지 모를 일이다. 왜 자꾸 켕기는 걸까? 잘못한 것도 하나 없는데. 윤강해는 그런 일을 당해도 쌌다.

"또 무슨 소문을 듣고 그래?"

"소문은 무슨 소문. 아버님한테서 직접 들은 얘기야. 두 집안 어른들이 결혼을 강력하게 추진하고 계시는 것 같던데? 정말 올해 안으로 결혼하는 거 아니야?"

"아버지께서 너한테 그런 얘기를 하셨단 말이야?"

"그뿐인 줄 알아? 잘 좀 설득하고 도와달라는 말씀까지 하셨는데?"

하느님 맙소사.

"정말 미치겠군."

"처음엔 도대체 왜 윤강해 씨를 며느리로 들이고 싶어서 안달을 하시는지 모르겠다, 싶었는데. 생각해 보니 나쁠 건 없다 싶어."

"왜?"

격하게 반대할 거라 작정했는데도, 막상 입을 여니 딴소리가 나왔다. 왜라니. 이건 엄연히 여지가 느껴지는 질문이었다. 이유가 타당하면 그녀와 결혼하는 게 나쁘지만도 않다는 현후 말에 동의하는 거냐, 임석인? 석인은 짜증스럽게 머리카락을 긁어 올리며 휴대전화를 꺼내 들었다. 메시지가 도착해 있었다.

―기분 나쁘셨다면 죄송합니다. 본의가 아니었습니다. 체스판까지는 생각지도 못했습니다. 정말로 사람을 가지고 놀 생각은 추호도 해보지 않았습니다. 임석인 씨를 무시할 마음도 없었어요. 그저

그저? 석인은 액정화면을 끌어 내리기 위해 아래쪽 화살표를 쿡쿡쿡 빠르게 눌렀다. 누구에게 왔는지 번호조차 확인하지 않았지만 상대가 누군지는 어떤 바보라도 알 수 있을 것이다.

"우선 매력적이잖아. 예쁘기만 한 게 아니라 고상한 면도 있고. 언뜻 보면 사람을 주눅 들게 만드는, 묘한 카리스마도 있는 것 같아. 그런 면은 너와 일면 닮은 것 같지 않아? 결정적으로 윤강해 씨는 입이 안 싸잖아."

현후가 강해의 장점을 나열하는 사이 그는 그녀가 보내온 문자메시지를 마저 확인했다. 그리고 미간을 찡그렸다. 대체 이 여자 뭐지? 왜 이러는 거야? 머릿속에는 답을 알 수 없는 의문들로 가득 찼다.

"그 여자 입이 싼지 안 싼지 네가 어떻게 알아?"

문자메시지를 뚫어져라 바라보며 그는 중얼거렸다. 그러자 현후가 아주 간단하다는 듯 쾌활하게 대답했다.

"비싸게 보이잖아."

보내온 메시지는 전혀 비싸 뵈지 않는다. 석인은 다시 한 번 메시지를 천천히 읽어 내려갔다. 번호도 체크하고 내용도 다시 한 번 파악해 나아갔다. 발신자는 틀림없는 윤강해였다. 그녀가 미안하다고, 체스판까지는 생각 못했다고, 사람 가지고 장난칠 생각도 없었고 그를 기분 나쁘게 할 생각도 없었다며 사과하고 있었다. 보낸 메시지 말미에는 '그저 임석인 씨가 필요했어요. 정말입니다. 꼭 협조 부탁합니다' 라는 의외의 애걸복걸이 덧붙여져 있었다. 석인의 머리론 도저히 이해가 안 되었다. 그 도도 공주가 왜 하필 자신에게 이렇듯 굽실거리며 부탁을 해오는 건지.

석인은 휴대폰을 소리나게 닫고는 그것마저 옆자리에 내던졌다. 머릿속이 마치 내란이라도 일어난 것처럼 복잡하고 시끄러웠다. 당장 전화해서 왜 이러는지 묻고 싶은 마음이 그 시끄러운 심정의 절반을 차지하고 있었다. 하지만 그는 몸을 쿠션에

뉘고 눈을 감았다.

"미안하지만 결정적으로 난 그 여자를 매우매우 싫어한다."

"싫어한다고? 네가? 언제부터?"

현후는 놀란 눈으로 그를 보았다. 지금까지 윤강해에 대해서라면 좋은 감정도, 나쁜 감정도 없는 듯 '무관심'으로 일관하던 그가 오늘은 웬일이냐 싶은 것이었다. 석인이 아까 누구와 만나 무슨 얘길 했는지 전혀 모르는 현후로선 당연한 반응이었다.

"오늘부터."

그는 여전히 눈을 감은 채로 말했다.

눈을 감고 집까지 가는 시간 동안, 그는 그럭저럭 평정심을 되찾았다. 윤강해 따위, 머릿속에서 완전히 내몰아 버렸고 그녀의 메시지도 미련없이 지워 버렸다. 그녀가 간절하게 그를 필요로 한다는 건 알겠는데, 그건 미안하지만 그녀의 사정이다. 이쪽에서 관여할 필요도 의무도 전혀 없다는 소리다. 나름대로 차갑게 이성적으로 결론을 내린 그는 평상시와 다름없이 집 안으로 들어갈 수 있었다.

"오빠!"

막 현관문을 열고 들어간 그는 벼락처럼 들려오는 비명 소리에 깜짝 놀랐다. 그의 품에 덥석 안겨오는 이는 다름 아닌 동생 명인. 스물일곱 살인 그녀는 막내 기질이 다분해 약간 응석받이

이긴 하지만 그 또래의 친구들에 비하면 나름 철이 든 축에 속했다. '재벌집 딸이 저 정도면 양반이지' 정도. 비록 이태리 유학 갔다가 공부는 뒷전으로 내팽개치고 교수와 불륜에 가까운 연애나 하고 있었다는 게 발각되어, 석인에게 목덜미 붙잡혀 들어온 전적이 있지만. 그 작은(?) 흠만 빼면 나름 쿨하고 귀여운 동생이었다.

"뭐냐? 기집애가 아무한테나 덥석덥석 안기고."

"오빠가 아무나야? 오빠는 오빠지."

"무슨 기분 좋은 일이라도……?"

명인의 팔을 떼어내던 석인은 하던 말을 멈추었다. 명인의 뒤로 아버지와 어머니가 다가오고 있었기 때문이다. 그의 퇴근길을 이렇게 온가족이 맞아주는 광경은 부담스럽고 낯설었다. 게다가 다들 과하게 웃음꽃이 핀 얼굴들이다. 작년 김정혜 스캔들 이후로 아버지가 그를 향해 웃었던 적은 오늘까지 단 한 번도 없었다. 기분이 살짝 이상해지자 그는 수상쩍은 눈으로 식구들을 훑어보았다.

"뭐예요, 다들?"

"뭐긴 뭐야? 오빠도 참. 은근히 부끄럼 타기는."

"부, 부끄럼?"

이건 또 무슨 신소리? 그는 더욱 미간을 찡그렸다. 그런 그에게 명인은 환하게 웃으며 제 얼굴을 석인에게 들이밀었다.

"어떻게 됐어?"

“어떻게 되다니. 뭐가?”

“강해 언니 말이야.”

그의 표정은 이제 쓰레기통 속으로 처박힌 종이 쪼가리처럼 완전히 구겨졌다. 가족들이 그럼, 그가 윤강해를 만나고 왔다는 걸 안다는 소리인가? 어떻게?

“네가 그걸 어떻게 알아?”

“정말로 만났구나?”

명인은 갑자기 방방 날뛰며 부모님을 향해 괴성을 질러댔다.

“내가 말했잖아요! 맞죠? 맞죠?!”

“어머, 세상에! 큰 결심했다, 석인아. 그래, 만나보고 결정을 내려야지. 무조건 싫다고만 할 게 아니지, 혼사라는 게. 잘했다, 잘했어.”

어머니, 이자경 여사가 석인의 팔을 붙들고 연신 쓰다듬었다. 아버지와의 불화가 전부 석인의 여자 문제, 결혼 문제에서 비롯되었던 것이기에 이번 강해와의 맞선성사가 경직되어 있던 두 부자 사이가 풀어지는 계기가 되어줄 것이라고 그녀는 생각하고 있었다.

“그래. 요 근래 네가 한 일 중에서 제일 잘한 일이다.”

임 회장이 말했다. 아니, 그가 회사에서 얼마나 큰 실적들을 따냈는데 이런 말을? 그 수억 달러에 달하는 수주보다도 윤강해의 가치가 더 높다는 건가? 어처구니가 없어 코웃음이 그냥 나온다.

"인상은 어땠어? 곁에서 보는 것처럼 그렇게 깍쟁이 같아?"

"깍쟁이가 뭐니, 넌. 새언니 될 분한테."

새언니? 누구 마음대로? 석인은 각자들 한마디씩 하느라고 난리법석인 가족들을 향해 손을 내저었다.

"잠깐만요. 조용히들 좀 해보세요."

"마음에 들었어?"

"입 다물어, 임명인."

엄하게 명인의 방방 뜨는 혀를 단속해 놓고 그는 숨을 들이쉬었다. 머릿속에 자꾸만 깜빡이는 경고등이 이 사태가 윤강해, 그녀의 조작에 의한 것일지도 모른다고 말하고 있었다. 그는 크게 숨을 들이쉬며 아슬아슬 간당간당 붙어 있는 정신줄을 가까스로 붙잡고 천천히, 한마디씩 딱딱 끊어 물었다.

"제가, 윤강해 씨를 만난 건, 사실입니다. 그런데 다들, 그 사실을 어떻게 아신 거예요?"

명인의 방방 뜨는 혀가 제일 먼저 떴다.

"내 친구가 파리지안에서 오빠를 봤다던데?"

제 3 장. 피트와 졸리 이후 최고의 결합

"내 소식통들이 사방에 깔린 거, 오빠 몰랐어?"

명인이 방실거리며 대꾸하던 말을 뒤로하고, 석인은 뒤도 돌아보지 않고 이층 자신의 방으로 올라갔다. 있을 수 없는 일이라, 분통을 터뜨리면서 말이다. 어떻게 이럴 수가 있을까. 아무리 세상이 좁다고, 이런 우연이 일어날 확률은 극히 낮은 법이다. 그 수많은 서울 시민 중에 왜 하필 명인의 친구가 그 자리에 있을 수 있냔 말이다. 이건 음모다. 그 머리 좋은 여자가, 집안의 압력에 시달리는 자신을 조종하기 위해 살포해 놓은 덫이 분명했다. 그런 의심이 마구마구 들었다. 윤강해의 평소 완벽하고 치밀한 사업 능력을 보자면 충분히 그러고도 남을 여자이니.

"윈윈이에요."

또박또박 말하며 희미하게 웃던 윤강해를 떠올리며 그는 전투적으로 방문을 열어젖혔다. 거친 손길로 넥타이 매듭을 풀어내며 그는 휴대전화를 꺼내 들었다. 윤강해에게 전화를 걸어 이 문제에 어디까지 개입했는지 추궁해 볼 생각이었다. 하지만…….

"오빠!"

똑똑 소리와 함께 명인의 목소리가 들렸다. 전화를 걸려다 말고, 그는 짜증나는 얼굴로 훌쩍 방문을 열었다. 그러자 밖에서 대기조 노릇을 하고 있던 명인과 부모님이 일시에 쏟아져 들어왔다.

"뭐 하는 거예요?"

석인이 황당한 얼굴로 물었다.

"엿들으려고 했던 건 절대 아니야, 석인아."

이자경 여사가 순진한 미소를 지으며 고개를 가로저었다. 엿들으려고 했다는 게 빤히 보이는 제스처였다. 석인은 눈동자를 위아래로 굴리며 한숨을 내쉬었다. 정말 기막히는 현실이었다. 대체 윤강해의 어떤 점이 가족들을 이렇게 아이들 수준으로 만들어 버리는 걸까? 그는 답답한 마음에 퉁명하게 말했다.

"대체 왜들 이러세요?"

“오빠가 아무 말도 하지 않고 올라와 버렸잖아. 어떻게 됐는지 말해줘야 할 거 아니야.”

“명인이 말이 맞다. 혼사가 어디 너희들끼리만 얘기해서 되는 일이냐?”

임 회장이 묵직하게 한마디 한다. 이런 세상에. 당신 아들이 오늘 윤강해한테 어떤 취급을 당했는지 안다면 결코 이렇게 혼사를 들먹이진 않을 텐데?

“그 여자랑 만난 건 혼사 때문이 아니었어요.”

“그 여자가 뭐니? 앞으로 안사람 될지도 모르는데.”

심란한 마음에 한마디 했건만, 이 여사는 그의 팔을 새침하게 치면서 곱게 눈을 흘겼다.

“안사람이라니요. 아직 그럴 마음 전혀 없다니까요. 그것 때문에 만난 게 아니라고, 이미 말씀드렸잖아요.”

“오빠, 내가 봤을 땐 정말 진지한 브리핑이 필요하다고 봐. 처음부터 끝까지. 오케이?”

명인이 얄밉게 방긋 웃으며 바보놀음에 동참했다. 그러니까 세 식구들이 작당을 해서 석인을 옭아맨 다음, 그로부터 윤강해랑 결혼하겠다는 각서라도 받아낼 심사인 모양인데. 그렇게는 절대로 못합니다.

“나가주세요.”

“오빠!”

“석인아!”

단호한 그의 태도에 당황한 듯 명인과 이 여사가 깜짝 놀라 항의했다. 그러나 석인은 눈 하나 깜짝 않고 넓은 가슴과 긴 팔로 바리케이드를 친 후 시위하는 군중들(?)을 제압하며 밖으로 밀어냈다.

"할 말이 없어요. 전 그 여자랑 아무 관계도 아니고, 관계를 만들 생각도 전혀 없어요. 그럴 가능성도 거의 희박하고요. 아시겠습니까? 그러니 제발 저만의 사적인 공간에서 나가주세요. 모두들 진정들 하시고 각자의 일들에 전념해 주시길 바랍니다."

"오빠! 강해 언니랑 결혼해라. 그 언니랑 오빠가 결혼하면, 브래드 피트와 안젤리나 졸리 이후 최고의 커플이 되는 거라고. 응?"

뒤로 밀려 쫓겨가면서도 명인이 헛소리를 지껄였다. 지치지도 않는지 원. 석인은 냉소적으로 대꾸했다.

"걔네 아직도 안 찢어졌냐?"

"내 생각도 그래. 강해만큼 너랑 딱 맞는 애는 없다고 본다, 나는. 정말 정숙한 애잖아. 기품있고 우아하고, 난 걔를 열 살 때부터 봤지만 그때 이미 내 며느리가 됐으면 싶었다니까."

이자경 여사가 강해의 칭찬을 늘어놓았다. Wow, 미쳐 버리겠다.

"기품있고 우아한 여잔 제 타입 아니란 거 아시잖아요. 저 은근히 싼 놈이에요."

"그런 말이 어디 있어?"

"더 이상 듣기 싫으니까 다들 나가주세요. 저도 사생활이란 것 좀 가져봅시다. 네?"

석인은 세 명의 방해꾼들을 뒤로 더욱 밀어댔다. 뒷걸음질을 치는 두 여인네들이 날카롭고 새된 비명을 질러댔지만 석인은 불도저처럼 막무가내였다. 그때, 여태 아무 소리 않고 서 있기만 하던 임 회장이 근엄하게 말했다.

"너 자꾸 이러면 회사 못 물려받을 줄 알아."

"뭐라고요?"

이 노인이 지금 무슨 소릴 하는 건가? 아들보다 윤강해를 며느리로 들이는 일이 더 중요하다는 소린가?

"여보, 그건 좀 심한 말씀이세요."

"맞아요. 너무 앞서 가셨어요."

"아비 말에 자꾸 반기만 드는 놈을 어떻게 내 뒤를 잇게 해?"

이 여사와 명인이 한소리 하자 임 회장은 외골수답게 더욱 강력하게 밀어붙였다. 옳거니, 이런 식으로 아들의 결혼을 결정지어 버리겠다? 석인은 가볍게 웃고 말았다.

"그렇게 하세요, 아버지."

"뭐야?"

임호윤 회장은 뜨끔한 얼굴로 아들놈의 낫낫한 면상을 멀뚱멀뚱 바라봤다. 석인이 회사에 쏟아붓는 열정과 시간, 돈을 생각하면 이 작전은 당연히 먹혀들어야 했다. 그가 알기로 따로 사랑하는 사람이 있는 것도 아니고, 결혼에 대해 환상을 품고 있을 나이도 지난 놈이니 당연히 회사를 사수하기 위해 강해와 결혼하겠다고 말할 줄 알았던 것이다. 한데 석인의 대답은 의외로 선선하다.

"그 여자가 누구랑 결혼하는지 보시고, 그 여자 남편을 후계자로 삼으시면 되겠습니다. 저야 힘들고 귀찮은 사장 자리, 내놓으라면 당연히 내놓죠. 제가 그 자리에 앉은 후로 얼마나 많은 걸 포기하면서 살아왔는지 아버지도 잘 아실 겁니다. 전 무조건 좋습니다. 회사의 오너라는 자리, 무거운 책무와 어마어마한 업무량, 늘 꽉 짜인 스케줄에서 벗어나고 싶었던 적이 한두 번이 아니었으니까요."

"아니, 이 자식이 근데……!"

"안녕히 가세요."

탁. 드디어 시끄러운 가족들을 몰아내고 석인은 세차게 문을 닫았다. 가족의 일원이 된 지 20년이 넘어가는 지금까지도 적응되지 않는 집안 분위기다. 우울해지고 싶어도 우울해질 틈을 주지 않는 시끌벅적 유쾌한 사람들. 이들이 바로 극성스럽고 주제 넘고 소란스러운 간섭쟁이들, 그의 가족이다. 여기에 수다라면 절대 뒤지지 않는 두 누나까지 합체하면 정말 막강 패밀리가 된다.

열다섯 어린 나이에, 처음 이 집에 들어왔을 때, 그 이질감은 말로 설명이 안 될 만큼 심했다. 생모가 알코올 중독으로 죽고 세상에 혼자 남겨진 이후, 수년 동안 세상의 모든 추잡하고 더

러운 것들에 둘러싸여 외롭게 살아오던 소년에게 다복하고 정
겨운 가족 분위기는 낯설고 두려운 세계일 뿐이었다. 기꺼이 뛰
어들어 함께 뒹굴고 싶지만, 배척당할까 봐 두려웠다. 자신이
마치 깨끗하고 향기로운 목욕탕에 던져진 더러운 오물덩어리
같다고 생각할 정도로.

하지만 가족들은 아버지가 십수 년 전 실수로 잉태한 '불순분
자'를 기꺼이 받아들였다. 나중에 알고 보니 지금의 어머니는
아버지와 재혼한 분으로, 아버지가 두 누님의 친모인 첫 부인과
사별한 이후 만나 부부의 연을 맺었다고 했다. 부인의 죽음을
겪고 방황하던 임 회장이 지금의 어머니와 재혼하기 전 잠시 만
났던 사람이 있었는데, 그녀가 바로 석인의 생모였다. 당시엔
석인의 존재를 모르고 지내다가 나중에야 알고 그를 찾기 위해
갖은 애를 썼다는데, 그때 이미 행방불명이 된 채 거리를 헤매
고 있던 석인을 찾기란 서울에서 김 서방 찾기보다도 더 어려웠
을 것이다.

몇 년 만에 드디어 임 회장에게 발견되어 집으로 들어오게 된
그는, 곧바로 후계자 수업을 받았다. 다행히 그는 머리가 좋았
다. 임 회장이 붙여주는 최고 실력의 과외선생님들을 깜짝 놀래
킬 정도로 정보흡수 능력도 최고였다. 좋은 성적으로 검정고시
를 하나둘 패스했고 무난히 대학에 진학하여 그 어렵다는 경영
자과정을 초고속으로 이수하였다. 물론 그 기적 같은 일들의 이
면에는 가족들의 기대에 부응하기 위해, 깨끗하고 향기로운 목

욕탕에 걸맞은 사람이 되고자 악바리처럼 공부해야 했던 소년의 눈물겨운 사투가 있었다.

그건 보답이자 의무였다. 남편이 밖에서 낳아온 아들을 흔쾌히 받아들인 어머니에, 태생이 불결한 그를 따스하게 감싸 안아주었던 누님들과 동생에, 어떤 식으로든 보은하고 싶었다. 어린 석인은 능력있는 사람이 되어 아버지의 회사를 더 살찌우게 하는 길이 은혜에 보답하는 거라 생각했었던 것 같다.

'하지만 결혼은 달라.'

결혼은 나머지 인생이 어떻게 흘러갈 것인지를 결정할 중요한 지표다. 그는 결혼마저 가족들을 위해, 회사를 위해 억지로 결정하고 싶지 않았다. 나이에 떠밀려 억지로 하고 싶지 않은 것처럼, 싫어하는 여자와 단지 집안에 도움이 된다는 이유로 결혼하는 것 역시 말이 안 된다고 생각했다.

석인은 전화기를 꺼내 가만히 내려다보았다.

방금까지는 당장 윤강해에게 전화해서 '무슨 일을 벌이고 있느냐'고 소리 질러주고 싶었으나 가족들의 호들갑으로 인해 그러고 싶은 생각이 싹 달아났다. 석인은 거칠게 옷을 벗으며 그녀에 대한 생각을 이제는 정말 모조리 기억 저편으로 날려 버리려 했다. 잠이 오지 않아 심하게 뒤척일 때도 그녀에 대해서는 절대로 떠올리지 않았다. 정말 윤강해에 대해선 단 1초도 생각하지 않았다. 그렇다고 자부했다.

그건 진짜다…….

“……!”

아침. 요란하게 벌떡 일어난 건 아니지만, 식은땀을 흘린 상태로 그는 눈을 떴다. 시간을 확인해 보니 아침 7시였다. 늦잠이었다. 평소 그는 6시에 일어나 조깅을 한 후 샤워를 하고 식사까지 마친 후 출근을 했다. 그 일정한 패턴은 웬만해선 무너지는 법이 없었다. 누군가에 의해 자신만의 법칙이 무너진 건 이번이 처음이었다. 머리를 신경질적으로 긁적거리며 손목시계를 협탁 위로 내던졌다.

“미치겠군.”

그녀에 대한 기억 따윈 모조리 다 날려 버릴 생각이었는데, 잠까지 설쳤다니. 대체 그녀가 뭐관데? 하물며 꿈에까지 나온 것 같다. 기억은 나지 않지만, 희미하게 윤강해의 얼굴을 본 것도 같았다. 하려던 전화를 하지 않았기 때문이야. 그러지 않고서야, 꿈에 그녀가 나올 리 없지 않나.

그는 신경질적으로 핸드폰을 쥐어 들고 그녀의 번호를 찾았다. 생각난 김에 지금 전화를 거는 게 나을 것 같았다. 꿈에 나와 괴롭힐 정도면, 심하게 마음에 걸렸다는 뜻이니 통화를 늦춰 봤자 좋을 게 하나 없었다. 아무리 공주여도 출근은 정시에 할 테니, 지금쯤 일어났겠지.

[여보…… 세요…….]

하여간 모든 일은 추측금물이다. 공주께서는 아쉽게도 정시 출근은 하지 않는 모양이었다. 지금 이 시간까지 자고 있다니. 아니면, 그녀도 늦잠을? 아무튼 그녀의 목소리는 오뉴월 카세트 테이프 늘어지듯 심하게 갈라지고 느렸다. 아나운서처럼 당당하고 명쾌하고 위엄마저 서렸던 그 목소리와 동일인물의 것인지 심히 의심스러워지는 순간이었다.

[누구세요…….]

전화번호를 확인하지 않고 받은 듯 그녀는 몹시도 나른한 목소리로 물었다. 순간, 그의 머릿속에 일종의 데자뷰 현상이 일기 시작했다. 투명한 레이스잠옷을 입고, 기나긴 생머리를 새하얀 시트 위에 넓게 펴고 누운 여자가……. 석인은 미간을 잔뜩 찌푸렸다. 갑자기 속이 울렁거리며 아랫배가 묵직해졌다.

[혹시 임석인 씨세요?]

허스키하게 잠긴 그녀의 목소리가 그의 이름을 호명하자, 그는 뜨악해진 채로 두 눈을 부릅떴다. 그가 무엇에 놀라는지 전혀 알 길이 없는 윤강해는 수화기 너머에서 눈을 비비고 있었다. 임석인이 전화를 걸어왔다는 사실에 정신이 번쩍, 잠이 확 달아나는 것 같았다.

"임석인 씨?"

분명히 그의 목소리인데, 왜 대답이 없는 거지? 강해는 휴대폰 액정을 내려다보며 미간을 찡그렸다. 안경을 벗은 상태라 모든 게 흐릿흐릿해, 초점 맞추기가 쉽지 않았지만 액정에 떠 있는 번호와 이름은 분명 임석인이었다. 혹시 목소리 때문에 못 알아듣나 싶어, 강해는 재빨리 목소리 튜닝에 들어갔다.

"큼큼, 저기…… 전화 거신 분, 임석인 씨 아니세요?"

원래부터 잠에서 막 깨면 강해의 목소리는 괴물급이 되어버린다. 평소 낭랑하고 딱 부러진 목소리와는 정반대가 되어버려서 처음 듣는 사람들은 다들 놀라는 편이었다. 이 남자도 웬 헐크가 전화를 받나 놀란 게 틀림없었다. 괜히 놀라게 한 건가 싶어 강해는 약간 미안해졌다.

"여보세요? 임석인 씨?"

훨씬 안정된 톤으로 그녀가 석인을 찾은 지 수십 초, 마침내 그가 대답했다.

[이름 닳아집니다. 그만 하세요.]

퉁명하게. 그래도 이게 어디야. 그나마 정말 다행이지 싶다. 임석인이 아침부터 이리 전화를 했다는 건, 그녀의 부탁을 들어줄 용의가 생겼다는 뜻이니까. 밤새 심사숙고한 이후, 딱 결정을 내린 게 분명했다. 강해는 두 눈을 빛내며 거칠게 숨을 들이쉬었다.

"전화 주셔서 감사합니다. 기다리고 있었어요."

[감사할 것까진 없습니다. 아직 승낙한 건 아니니까요.]

기대감에 부풀어 있는 그녀의 말을 그가 일언지하 딱 잘라 버린다. 그리곤 꽤나 무례한 말투로 명령했다.

[두 가지만 물읍시다. 사실대로 대답하세요.]

죄인 취조하는 듯한 강압적인 분위기로 그가 말한다. 살짝 기분이 나빠지려고 했지만, 강해는 이번만큼은 꾹 참기로 했다. 어쨌든 '아직'이라고 하지 않았나. 아직 승낙한 게 아니란 건, 앞으로 승낙할 수도 있음을 시사하는 말이기도 하다. 희망이 담긴 목소리로 그녀는 똑똑하게 대답했다.

"사실대로 대답할게요."

[어제 우리가 만난 사실, 우리 이외에 또 누가 알고 있습니까?]

그의 질문은 의외로 대답하기 힘든 질문이었다. 당연히 두 사람이 만난 사실은 아무도 몰라야 정상이었지만, 그렇지 못했기 때문에. 사실, 이 일은 아무에게도 알리지 않고 비밀로 하고 싶었다. 아버지가 알게 되면 결혼에 대한 헛된 꿈만 꾸시게 될 게 빤하니. 그는 지금도 딸이 임석인과 결혼하는 것만이 지금의 위치와 영향력, 자존심을 유지할 수 있는 유일한 길이라 여기고 있었다. 기회만 엿보며 여차하면 석인과 엮으려 혈안이 되어 있는 아버지에게 대놓고 석인과 만난다는 말은 당연히 못한다. 친구들도 마찬가지. 두 사람에 대한 헛소문이 퍼질 대로 퍼진 상황에 따로 만난다는 사실을 알면, 한바탕 난리법석이 벌어질 게 빤했다. 이런 상황에서 그녀가 누구에게 털어놓겠는가. 없다, 당연히. 박마린을 빼고는.

"아, 아…… 저……."

[난 우리가 당연히 비밀리에 만났다고 생각했습니다만.]

"다른 누가 알아버렸단 말인가요?"

설마 마린이 소문을?

‘그럴 리가 없어.’

마린이 사차원 소녀이긴 해도 그렇게 지각없는 아이는 아니다. 은근히 배려심도 있고 따뜻한 마음씨를 가지고 있어서, 도무지 미워할 수 없는 캐릭터가 바로 박마린이다. 절대로 그녀가 소문 따월 내고 다녔을 리는 없었다.

[레스토랑에서 우릴 목격했다는 사람이 나타났습니다.]

“아…….”

역시 그럼 그렇지. 마린이 누군데. 소문을 내고 다녔을 리 없지. 괜스레 뿌듯해 혼자 샐쭉 웃고 있는데, 수화기 너머에서 석인의 짜증 섞인 목소리가 날카롭게 날아들었다.

[이상하지 않습니까? 그날, 그 자리에 하필 우리 모두를 알고 있는 사람이 있었다는 사실이.]

“무슨 말씀이시죠?”

[사업하는 사람은 사업가를 믿지 않죠. 이익을 위해선 수단과 방법을 가리지 않는 부류가 바로 사업가라는 족속이니까.]

히쭉 웃고 있던 그녀의 얼굴이 싹 굳어졌다. 다분히 비아냥거림이 들어 있는 그의 말투에 그녀는 기분이 상해 버렸다. 딱히 부연하지 않아도 그가 무엇을 의심하고 있는지 알 것 같았다. 그는 강해가 일을 꾸몄다고 생각하는 게 틀림없었다. 도대체 뭘 어떻게 했을 거라고 생각하는 걸까? 레스토랑에 아는 사람을 시켜 일부러 목격하게 했을 거라고? 아니면, 두 사람이 만났다는 사실을 교묘히 사교계에 퍼뜨렸을 거라고?

“이미 결론을 내리신 것 같네요. 제가 무슨 말을 하길 바라시나요?”

그녀는 싸늘하게 대꾸했다.

[사실.]

“난 모르는 일이에요.”

[…….]

“믿든 안 믿든, 그건 당신 마음이지만…….”

[믿겠습니다.]

그녀의 말을 뚝 끊더니 그가 무뚝뚝하게 대답했다. 더 집요한 추궁이 날아올 거라 여겼던 강해는 일순 말문이 막혀 버렸다. 너무 빠르고 너무 즉각적인 대답. 한 치의 망설임도 없이 믿겠다고 말하는 그는, 그녀가 그리 대답할 줄 미리 알고 있었던 것 같았다. 그래서 그런 걸까? 뇌가 진공상태가 되어버린 듯 몽롱해져 버렸다.

[그딴 시시한 걸로 금세 들통날 거짓말을 하진 않겠죠. 두 번째 질문 하겠습니다. 어제부터 묻고 싶었던 겁니다.]

“말씀하세요.”

한결 차분해진 마음으로 그녀는 조용히 대답했다. 잠시 욱했던 마음은 이미 사라진 이후였다.

[왜 납니까?]

그가 물었다. 순간, 강해는 눈치 챘다. 이 질문에 자신의 명운이 달려 있다는 걸. 이 질문에 대한 대답으로 그가 이 일을 받아들일지 말지를 결정할 거란 걸. 강해는 침을 꼴딱 삼키고는 차분히 되물었다.

"질문을 좀 더 자세히 해주시겠어요?"

[지나가는 남자들 한 사람씩 전부 붙들고 6개월짜리 가짜 남자친구가 되어달라, 부탁한 건 아닐 거 아닙니까? 아무리 대책이 없이 덤볐다고 해도, 나에게 그런 어처구니없는 고용을 제안한 이유는 있겠죠.]

있다, 물론. 당연히 길거리를 지나치는 남자들 따위는 그녀에게 필요치 않았다. 그녀가 원하는 남자는 단 한 사람, 바로 임석인이었다. 그녀는 크게 숨을 들이쉬곤 마음의 준비를 했다. 두근두근. 묘하게 가슴이 뛰기 시작하면서 맘이 떨려왔다. 거절당하기 싫다는 간절함이 비이성적으로 커지는 것 같았다. 마치 사랑 고백하는 사춘기 소녀처럼.

[왜 납니까? 왜 하필 나한테 이런 제안을 한 겁니까?]

그가 재차 묻자, 강해는 사실에 입각해 최대한 간절하게 대답했다.

"모든 여자들이 원하는 남자이니까요."

[……]

건너편에선 대답이 없었다. 나쁘지 않은 반응이었다. 적어도 예상했던 비웃음이나 깔보는 듯한 말투는 아니니 긍정적이라 할 수 있었다. 시험에 통과한 듯한 기분에 안도하며 강해는 조심스럽게 제안했다.

“그럼 자세한 사항은 만나서 얘기할까요?”

✳

그녀의 대답은 충격적이었다. 그 오만하고 콧대 높은 얼음공주의 입에서 그런 칭찬의 말이 흘러나올 거란 생각은 전혀 하지 못했었던 석인이었다. 난데없는 칭찬벼락에 순간 얼굴 간지러워서 혼났다. 남자로서 매력있다는 칭찬이란 하루 심박수만큼이나 자주 듣는 거지만 이렇게 메마른 어조로 직접적이면서 객관화된 데이터 말하듯 진지하게 말하는 건 처음이었다. 마치 9시 뉴스 시간에 아나운서가 전 국민에게 선포하는 듯했다.

〈임석인은 모든 여자들이 원하는 남자입니다.〉

누구에게 들었는지, 참. 형편없는 정보 수집력이다. 그가 결혼상대자로는 최악의 평판을 갖고 있다는 걸 그녀는 모르는 걸까? 여자들은 그의 명성과 돈을 원한다. 그건 누구나 다 아는 비화다, 심지어 그의 가족들까지도.

“하여간 이상한 여자야.”

이상한 건 한두 가지가 아니다. 약혼자에게 걸어차였다는 최악의 스캔들에 시달리고 있는 중에도 임석인은 거들떠보지도 않던 ‘오만하고 콧대 높은’ 공주가 어느 날 갑자기 전화를 걸어 남자친구가 되어달라고 했다는 것부터 이상하다. 유치하게, 그동안 당했던 걸 복수라도 하듯 싸늘하게 거절하고 돌아선 그에게 아무 말도 못한 것도 이상하다. 오만하신 공주는 당연히 무례한 그의 태도를 지적하고 훈계해야 마땅했다. 그런데 조용히 매너 없는 그의 언행을 꾹 참아 넘기더니, 미안하다며 다시 한 번 더 부탁해 왔다. 정말 이상하지 않은가?

그는 창문 너머로 여자가 걸어오는 걸 유심히 바라봤다.

파리지안 레스토랑이 아닌, 그가 한 번도 와본 적 없는 변두리 후미진 곳에 위치한 이 카페는 위험한 상대와의 접선 장소로는 안성맞춤이었다. 손님도 별로 없고 실내조명은 어둑하고, 온통 선팅된 유리로 되어 있어 살짝 음침하기까지 했다. 덕분에 약속 시간 10분 전부터 앉아 있던 그는 그녀가 차를 파킹하고 들어오는 모습을 차분히 관찰할 수 있었다.

윤강해는 여전히 뒤로 붙여 틀어 올린 머리 모양에 클래식 치마정장 차림이었다. 모양 없는 투박한 모양의 검정색 힐에 검정색 안경까지, 정말 딱 사감선생 차림이었다. 저 머리를 확 풀어버리면 속이 시원하겠단 생각을 하며 그는 천천히 다리를 꼬아 몸을 뒤로 느긋이 뉘었다.

그녀의 몸매는 상위 1퍼센트였다. 각선미도 훌륭했고 허리라인도 늘씬했다. 문제는 센스 없는 패션 감각이었다. 자기를 스스로 옭아매려는 느낌이 너무 강했다. 자기 기분을 무시하고 세상의 기준과 시각에 맞춰 움직이는 것 같았다. 그의 저주받은 능력을 활용해 평가해 보건대, 윤강해는 사람들 앞에서 본연의 모습을 숨기는 데 천부적인 자질을 가지고 있었다. 아마도 대외적으로 보이는 모습과 윤강해라는 본질 사이엔 엄청난 갭이 존재하고 있을 것이다.

보라. 출입문 앞에서 옷매무새를 만지며 자신을 완벽하게 꾸미는 모습을. 목소리를 가다듬고 허리를 꼿꼿이 세우며 자세까지 교정한다. 허점 하나 보이지 않게 완벽을 기한 이후에야 그녀는 문을 밀고 카페 안으로 들어섰다.

"일찍 오셨네요."

강해는 자리에서 일어나 자신을 맞는 석인에게 희미한 미소로 감사표시를 했다. 그는 자신의 자리에서 나와 반대편 의자를 꺼내며 그녀가 앉길 기다렸다.

"이번엔 정시에 오셨군요."

"이번엔 타이어가 펑크나지 않았거든요."

"그런 것 같군요."

자리에 앉으며 대수롭지 않게 말하는 그의 시선은 카페 유리문 건너편에 가 있었다. 거기엔 그녀의 자동차가 서 있었다. 그녀가 도착하는 모습을 지켜본 모양이었다. 그가 자신을 쭉 지켜보고 있었다고 생각하니 어쩐지 긴장이 되는 강해다. 강해는 애써 차분히 마음을 가라앉히고, 무릎 위에 놓인 핸드백을 열어 봉투 하나를 꺼내 들었다. 그사이 종업원이 다가왔고 강해의 움직임을 빤히 말없이 지켜보던 석인은 비꼬듯 물었다.

"뭐 드시겠습니까? 커피?"

어제 레스토랑에서 그녀가 주문했던 메뉴라는 걸 떠올려 주는 말이었다. 그의 조롱에도 강해는 꿋꿋이 감정을 자제하고 희미하게 미소를 지으며 종업원에게 말했다.

"커피 한 잔, 그리고 얼음물 한 잔요."

석인은 종업원이 뒤를 돌자마자 너털웃음을 흘렸다. 한 방 먹었군.

"오늘도 내게 얼음물을 선물하시겠다, 이 뜻입니까?"

"어제 주문한 얼음물은 임석인 씨가 직접 주문하셨던 걸로 아는데요."

"그게 간절히 필요하게 만드신 분은 윤강해 씨죠. 설마 오늘도 얼음물이 필요하게 만드실 작정은 아니겠죠?"

"어제 했던 말, 보충해서 설명할 생각이에요. 더 큰 충격은 없을 겁니다."

안전을 약속하겠다는 듯 그녀는 진지하게 말했다. 경찰이 놀란 시민을 타이르듯 부드러운 어조에 석인은 살짝 어처구니가 없어지려고 했다. 일순 자다 놀란 아흔 줄 할아범이 된 기분이었다.

"이건 제가 작성한 거예요. 읽어보시고 이의있으시면 지금 말씀 주세요."

그녀가 봉투를 건네왔다. 탁자 위로 내밀어진 봉투를 그는 불편한 시선으로 바라봤다. 뭘 작성했다는 건지, 심히 못마땅했다. 설마 이런 일을 서류로 남겨 보관하자는 미친 생각을 하고 있는 건 아닐 테지.

"제가…… 읽어드릴까요?"

기분 나쁜 듯 계속 봉투를 노려보자 강해는 조심스럽게 제안했다. 순간 그의 눈이 번뜩이더니 승냥이보다도 더 잽싸게 봉투를 집어 들었다. 그는 봉투 안에 있는 문서를 펼쳐 들며 쏘아보듯 그녀를 노려보았다.

"나도 눈 있습니다."

누가 없다고 했나. 험악하고 무례한 언사에 눈살이 찌푸려졌지만, 강해는 참았다. 그가 이렇게 와준 것만도 감지덕지인 상황에 괜히 그의 심기를 불편하게 할 필요는 없었다. 강해가 생각해도 무모하고 기막힌 계획에 임석인이 최종적으로 합의해줄지는 아직도 미지수였다.

"……."

그의 매서운 눈초리가 문서를 훑었다. 문서의 내용으로 말할 것 같으면, 대략 이렇다.

갑(임석인)과 을(윤강해)은 지금부터 6개월간 서로의 연인인 척 연기를 해주신다. 아무에게도 이 계약에 대해선 발설하면 안 되고 서로의 임무에 충실하여야 한다. 중간에 누구에게든 문제가 생겼을 경우 상대방과 합의하에 서로에게 유익한 결론을 도출하여 해결해야 하고, 어느 한쪽에서 먼저 브레이크를 걸 경우, 이때도 역시 서로의 합의가 있어야만 계약을 해지할 수 있다.

"이게 뭡니까?"

임석인의 눈초리가 휙 날카롭게 올라갔다. 다 읽었다는 뜻이었다. 강해는 내레이터 모델 버금가는 능수능란한 말솜씨로 설명하기 시작했다.

"읽으신 그대로입니다. 제가 일방적으로 고용하고 싶다는 말씀에 화가 나신 듯해서, 약간 조항을 바꿔봤어요. 저도 언제든지 그쪽에서 원하신다면 여자친구의 역할을 해드리겠다는 조항입니다. 물론 임석인 씨께서 원치 않으신다면 요청하지 않으셔도 됩니다. 그건 그냥 옵션일 뿐입니다. 마음에…… 드십니까?"

"이것 보세요……."

"사적인 자리에는 절대 와달라고 하지 않겠습니다. 그냥 공적인 자리, 공식석상에만 제 파트너로 동석해 주시면 됩니다. 6개월이 지나면 당연히 이 계약은 폐기될 것입니다. 그 뒤론 다시는 이런 부탁을 하지도 않을 거예요. 사람들에게는 헤어진 걸로 하겠습니다. 임석인 씨는 아무 말도 하지 않으셔도 됩니다. 사후문제는 제가 모두 잘 처리하도록 하겠습니다. 걱정하지 않으셔도 돼요."

"윤강해 씨."

"대신 절대로 그 기간 동안에는 다른 누군가와 사귀시면 안 됩니다. 저를 굉장히 사랑하는 것처럼…… 행동해 주셔야 해요."

"……!"

정말 알 수 없는 여자였다. 도대체 뭐가 부족해서 이런 걸 계약서로 만들기까지 하는지 모를 일이었다. 게다가 자기를 굉장히 사랑하는 것처럼 행동해 달라고 말하는 저 말투는 뭐지? 사랑이라곤 한 번도 제대로 받아본 적 없는 여자처럼, 사랑을 구걸하다니? 천하를 쥔 공주께서?

"해주실 수…… 있겠어요?"

윤강해는 자기가 너무 많은 걸 바라고 있는 것 같다고 생각했는지 살짝 미간을 접으며 조심스럽게 그의 의향을 물었다. 표정 없는 인형의 미간이 접히는 걸 물끄러미 보면서 석인은 생각했다. 분명 있다고. 윤강해에게는 또 다른 자아가 분명 어딘가에 숨겨져 있다고.

아무도 모르게 저 밑바닥 끝까지 처박아 놔두어서 아마 그 누구도 본 적이 없을 것이다. 그리고 그 진실의 모습은 겉에서 보는 것처럼 인형 같지도, 얼음 같지도, 사감선생 같지도 않을 것이다.

"원하시면 공증도 해드릴게요."

그녀가 약간 긴장한 채 새로운 공약을 디밀었다. 눈치없는 여자 같으니라고. 석인은 충동적으로 손에 들고 있던 서류를 두 조각으로 쫘악— 찢어버렸다.

"임석인 씨!"

놀란 강해의 반응에 다시 한 번 쫘악— 찢으니 그녀가 계약서라고 내민 문서는 순식간에 네 조각 쓰레기로 변해 버렸다.

"왜 이러세요?"

차분하기 이를 데 없던 여자가 엉덩이까지 들썩이며 소리를 질렀다. 비록 보통 여자들의 반응에 비하면 아주 미약한 감정표현이었지만 얼음 같은 무표정보다는 나았다. 석인은 탁자 위에 종이쓰레기를 탁 소리나게 올려놓고는 무뚝뚝하게 말했다.

"앞으로 나와 6개월간 사귈 거라면 적응하세요. 이게 납니다."

"네?"

그, 그럼? 강해는 너무 놀라 두 눈을 동그랗게 떴다. 임석인을 설득하는 게 결코 쉽지 않을 거라 여기고 마음의 준비를 단단히 하고 온 그녀였다. 그런데 이렇게 순순히 응해주다니!

"좋아할 거 없습니다. 당신도 앞으로 내 부모님에게 비호감이 되어줘야 하니까."

"비호감이라니요?"

"당신이라면 사족을 못 쓰는 가족들에게 공주님의 시크함을 보여주세요."

"고, 공주……? 시크함이요?"

"버릇없고 자기중심적이어서 안하무인인 공주님, 뭐 그 정도면 되겠습니다."

"어떻게요?"

"절대 이런 여자가 며느리로 들어와선 안 되겠구나, 하게끔. 잘."

"……"

남에게 비호감이 되어야 하는 건 생각보다 어려운 일일 듯싶다. 한 번도 해본 적이 없는 일이라서 말이다. 잘할 수 있을 것 같지 않아, 강해는 걱정이 되었다. 좋은 이미지를 심어주기 위해 노력하는 거야 자신있지만…….

"물론 이 거래에 금전이 개입되는 걸 나는 원치 않습니다. 이 일이 절대적으로, 사람을 사는 차원과는 달랐으면 좋겠군요. 어찌 됐든 난 돈을 받고 그런 일을 해주는 사람이 아니지 않습니까?"

"아, 전 그런 뜻으로 말한 게 아니었어요. 기분 나쁘셨다면 사과할게요. 전 다만……."

"됐습니다. 뜸 들이지 말고 대답이나 하세요. 못하시겠다면 이번 일은 없던 걸로 하죠."

"아니에요!"

강해는 손바닥을 들며 그의 말을 멈추었다.

"할게요. 해보겠어요. 최선을 다하겠습니다."

최선을 다하겠습니다, 라니. 무슨 신입사원 면접시험 보고 있는 건가? 대놓고 비웃고 싶은 석인이지만 딱히 그럴 수도 없었다. 강해는 사뭇 진지하고 비장해 보였다. 어떻게든 이번 일을 훌륭히 완수해 보겠다는 결연한 의지마저 보였다. 이 일이 그녀에게 얼마나 중요한 일인지 엿보이는 순간이었다.

석인은 마음속에 내려두었던 결정이 과연 옳은 것인가, 다시 한 번 생각해 보았다. 마음 안에서는 도전해 보라고, 윤강해의 껍질을 벗겨보라고, 이 제안을 수락하라고 재촉했다. 사람에 대한 감은 언제나 정확했던 그다. 당연히 윤강해에 대한 느낌도 틀리지 않았을 것이고, 그래서 마음이 시키는 대로 그녀의 제안을 수락할 결정을 내렸다. 하지만 바로 그 때문에 찜찜했다. 윤강해의 진짜 모습이 뭔지 궁금해하는 것도 모자라 그 실체를 벗겨내고 싶다는 충동을, 다른 이도 아닌 자신이 느꼈다는 사실이 석연찮았다. 여자라면 이제 지긋지긋한데, 그런데도 윤강해에게 흥미를 느꼈다는 게 우스웠다.

'그 빌어먹을 데자뷰 때문이야.'

쯧, 짜증스럽게 혀를 차며 그는 인상을 찌푸렸다. 생각하기도 싫은 그 장면을 잊기 위해 석인은 마음을 정리했다. 이 우습지도 않은 광대놀이를 하겠다고 결정한 결정적인 이유. 부모님과 가족들의 극성에서 당분간이라도 해방될 수 있을 거라는 일말의 기대. 부수적으론 이미지도 조금은 상쇄될 것이다. 어찌 됐건 윤강해의 이미지는 조신하고 여성적이며 고상하니까. 그녀가 임석인을 선택했다고 알려지게 되면, 석인의 사생활이 문란하다는 소문들은 조금쯤 잦아질지도 몰랐다. 딱히 그걸 노리는 것은 아니지만, 취향도 아닌 여자의 남자친구 역할을 6개월이나 해주는 건데, 그 정도는 기대해도 되지 않을까.

"또 한 가지. 확인해 둘 게 있습니다."

그가 거만하게 말하자 강해는 초조한 듯 두 눈을 깜빡이며 물었다.

"뭔데요? 말씀하세요."

석인은 최대한 느긋하게 의자등받이에 몸을 기대며 아주 느리게, 천천히 단어를 음미하며 조용히 물었다.

"당신도 나를 사랑하는 것처럼 행동하는 거겠죠, 물론?"

"예?"

의외의 질문에 강해는 말문이 막혀 버렸다. 거기까진 생각해 보지 못했었다. 그를 남자친구라고, 김진영을 포함한 모든 사람들에게 소개하는 것에만 초점을 맞춘 나머지 이 문제에 대해선 아예 까맸다. 하지만 사람들을 감쪽같이 속일 요량이라면 당연히 이쪽에서도 사랑하는 것처럼 연기해 줘야 했다. 과연 그게 생각만큼 잘될까? 한 번도 해보지 않은 일이라, 걱정이 되기 시작했다.

"나더러 당신을 굉장히 사랑하는 것처럼 행동하라면서요. 난 광대가 되고 싶지는 않습니다. 난 당신의 남자가 되는 거지, 변태스토커가 되는 게 아니잖습니까?"

"당연하죠. 맞아요, 그럴 거예요."

에라, 모르겠다. 걱정이 되든 말든, 일단은 대답하고 보자. 어차피 그래야 더 완벽하게 상대를 속일 수 있을 테니까. 어중간하게 시도했다가 들통나서 우스운 꼴 당하는 것보단 힘들더라도 성공 가능성 높은 그 편이 더 나았다. 그녀는 다시 한 번 굳게 마음을 먹고는 두 눈에 힘을 실어 확답을 주었다.

"전 이미 준비되어 있어요. 잘해낼 겁니다."

"그렇다면 내일부터 시작하는 걸로 하죠."

그가 깔끔하게 상황을 정리했다. 결정하기까지가 어렵지, 결정을 내린 이후로는 거칠 것 없이 빠르게 치고 나가는 그의 타입이 엿보였다. 강해는 그래도 혹시 나중에 딴소리하는 건 아닐까 걱정이 되어 넌지시 물었다.

"정말로 계약서 안 쓰셔도 되겠어요?"

"날 믿지 못하겠으면 지금이라도 그만두세요."

대답하는 그는 차가웠다.

"아니에요. 전 그저 임석인 씨가 불안해하실까 봐."

"걱정해 주셔서 고맙습니다만 난 괜찮습니다."

커피와 얼음물을 들고 종업원이 다가오고 있었다. 석인은 자리에서 일어나 재킷의 단추를 채웠다. 볼일을 마쳤으니 그는 이만 회사로 돌아갈 생각이었다. 강해를 만나기 위해 임원회의를 한 시간이나 뒤로 미뤘었다.

"가시게요?"

강해는 당황하지 않은 척하며 물어왔다. 그녀는 당황했으면서도 당황하지 않은 척할 땐 표정이 더욱 인형처럼 굳어지는 경향이 있었다. 두 번 만나 애기를 나눴을 뿐인데 그것마저 읽어버리다니. 임석인은 자신의 본능적인 감각이 저주스러워졌다.

"다행히 얼음물은 필요가 없군요."

"네……."

"그럼 다음에 뵙겠습니다."

살짝 고개를 숙이며 그는 정중히 자리를 뜨려는 찰나였다. 강해는 너무나 다급한 나머지 자신의 옆으로 지나치려는 그의 소매를 붙들었다.

"잠깐만요."

그의 시선이 그녀의 손으로 떨어졌다. 강해는 화들짝 손을 떼며 엉거주춤 자리에서 일어났다. 평소답지 않게 심하게 동요하는 그녀의 모습에 석인은 미간을 찡그렸다. 이 여자, 갑자기 왜 이래?

"뭡니까?"

석인은 단도직입적으로 물었다. 강해는 입술을 깨물더니 모기만 한 목소리로 속삭였다.

"내일모레 모임이 있어요. 같이 가주셔야겠어요, 임석인 씨."

두 사기꾼의 공식모임 참석은 잘 마무리되는 듯했다. 강해의 친구인 이두현의 생일파티였는데, 공식적인 이름은 생일파티였지만 실상은 약혼발표를 위한 파티나 다름이 없었다. 그래서 다들 커플로 와야 된다는 장난기 어린 조건을 달며 초대했지만 사실 그 누구도 강해가 파트너를 대동하고 나타날 줄은 몰랐던 모양이었다.

사람들은 그녀와 석인이 등장하자마자 쑤군거리기 시작했다. 장소로 대여된 거대한 은새의 재즈바가 통째로 술렁거리면서 모인 친구들은 흘낏흘낏 그들을 훔쳐보는 것은 물론, 이 사실을 알리기 위해 전화통을 붙들고 구석으로 가기 바빴다. 말 그대로 사람들은 완전 쇼크 상태였다. 다행히 임석인은 노련했다. 사람들의 관심을 불편해하기는커녕 자연스럽게 받아들였고, 강해의 손을 다정하게 잡고 친구들 사이를 누비는 느긋함까지 보여 사람들을 놀라게 했다.

그는 친화력이 강한 사람이었다. 누구든 그와 만나면 그만이 지니는 독특한 끌림에 매료되어 소문 따위는 모두 집어치워 버리게 되었다. 돈도 많고, 연예계에 영향력도 대단하며 잘생기기까지 했으니 그것만으로도 그는 남녀노소불문 인기를 얻을 만했다. 30분도 안 돼, 그는 재즈바를 거닐며 군데군데 몰려 담소를 나누는 무리들에 끼어 얘기를 나누는 정도가 되어버렸다. 그녀의 도움 없이 혼자. 강해마저도 혀를 내두를 지경이었다.

"놀라워. 혀를 내두르겠어."

속으로 중얼거리던 말이 등 뒤에서 들려오자 강해는 흠칫 놀랐다. 돌아보니 뒤에는 김진영이 서 있었다.

"정말 임석인 씨랑 사귈 거라곤 생각지도 못했는데. 인정해 줄게, 네 영향력."

영향력. 별 의미 없는 단어 같지만 강해는 그 속에 숨은 비수를 느낄 수 있었다. 그 막강한 집안 배경이 아니면 임석인과 사귀는 건 꿈도 못 꿨을 거란 소리였다. 진실이든 아니든, 적어도 김진영은 그렇게 여기고 있다는 뜻이었다. 강해는 무표정한 얼굴로 그녀를 똑바로 바라봤다.

"내가 네 인정을 받자고 석인 씨를 사귀는 것처럼 보였니?"

"아니라곤 말 못할 텐데?"

그녀의 빈정거리는 눈빛이 강해의 위아래를 훑었다. 레이스가 달린 검정색 블라우스와 검정색 재킷, 그리고 치마. 커다란 리본으로 멋을 부려봤지만 누가 봐도 윤강해의 옷차림은 비즈니스 타입이었다. 그나마 검정색의 광택나는 스틸레토 힐은 세련되어 보였지만 전체적으로 그녀는 친구들과 즐기기 위해 남자친구의 팔짱을 끼고 신이 나서 달려온 모양새와는 거리가 멀어 보였다. 한국에서 내로라하는 여자 연예인들을 보고도 눈 하나 깜짝하지 않는 임석인이 강해의 이런 정나미 떨어지는 옷차림에 흡족해할 리 없었다. 분명 일시적으로 잠시 만나는 것뿐이라고 진영은 생각했다. 아니, 그래야 했다. 그게 아니라면…….

"대답할 가치도 못 느끼겠다."

냉소하며 강해가 냉랭하게 대답했다. 그녀 특유의 도도하고 싸한 냉기가 말속에서 느껴졌다. 자신이 얼마나 대단한 존재인지, 얼마나 대단한 위력을 가지고 있는지 스스로 알고 있는 듯한 자신만만함. 재수없다고 생각될 정도로 당당한 말투와 태도가 고스란히 눈에 들어왔다. 평소 그녀에게 느끼던 열등감이 또다시 불처럼 일어나 진영은 속이 부글부글 끓는 것 같았다. 부르르 떨리는 주먹을 쥐고, 진영은 똑같이 비웃으며 응수해 주었다.

"적당한 대답이 떠오르지 않는 건 아니고? 솔직해지시지. 석인 씨, 나 때문에 사귀는 거 아니야? 나한테 보여주기 위해서.

나한테 증명해 보이기 위해서.”

“네가 뭔데? 내가 왜 너에게 뭔가를 증명해 보여야 하지?”

“그야 네가 재수없는 계집애니까 그런 거 아니겠니? 내가 임석인을 가지게 될까 봐 두려웠겠지. 남들 눈엔 또다시 남자를 빼앗기는 한심한 여자로 비춰질 테니까. 가진 거라곤 에베레스트보다도 더 높은 자존심밖에 없는 너이니, 당연히 지고 싶지 않았을 테지.”

“상상력이 대단한데? 소설을 써도 되겠어.”

언제나처럼 윤강해는 전혀 흔들림이 없었다. 과하게 자신을 방어하지도 않을뿐더러 상대의 공격에 분개하지도 않았다. 한마디로 ‘네 마음대로 생각해라, 그래 봤자 변하는 건 없다’ 다. 절대 상대의 도발에 휘말리지 않는 채로 평소처럼 냉정한 태도를 유지하는 강해가 진영은 얄미울 정도로 싫었다. 또한 언제나 이렇게 자신만만할 수 있는 윤강해의 지위가, 돈이, 배경이 미치도록 부럽기도 했다.

“부인하는 거니?”

“네가 어떻게 생각하든 난 관심없어. 상관 안 해.”

“내가 임석인을 유혹하겠다고 해도?”

“이해 못했을까 봐 알려주는 건데, 우린 이미 서로 사랑하는 사이야. 네가 끼어들 틈 같은 거…….”

강해는 잠시 하던 말을 중단하고 씩 웃었다. 뚫어질 듯 진영을 바라보는 그녀의 시선은 자신감에 차 있었다. 너무나 당당해서 보는 사람으로 하여금 분함을 느끼게 만들 정도였다. 저절로 힘이 들어가, 주먹을 쥐고 있던 손이 부들부들 떨려왔다. 손톱이 손바닥을 세게 찌르는 데도 아랑곳 않고 진영은 강해의 얄미운 입술을 노려보았다. 강해는 여유롭기 짝이 없는 얼굴로 비단결처럼 부드러운 목소리로 대답해 주었다.

"없어."

쓱, 오만함이 뚝뚝 묻어나는 꼿꼿한 자세로 그녀는 진영의 옆을 스치고 지나갔다. 그 자리에 못 박혀 서 있는 채로 진영은 입술을 질끈 깨물었다. 도저히 분해서 이대로는 못 참았다. 임석인은 자신의 것이 되어야 마땅했다. 먼저 눈에 넣었고, 먼저 마음에 두었으며, 먼저 접근했다. 어떻게 여기까지 왔는데. 그와 가까워지려고 얼마나 애를 썼는데. 조금만 더 친분을 쌓으면 그를 완전히 사로잡을 수 있을 거라고 생각하던 찰나였다. 딱 그 시기에 윤강해의 파혼 사건이 터지지 않았다면, 어쩌면 지금쯤 그녀는 그의 여자가 되어 있을 수도 있었다. 그걸 생각하면…….

"설마 아직도 사랑을 믿는 건 아니겠지?"

진영은 휙, 고개를 돌려 강해를 찔러보며 말했다. 천천히 강해의 고개도 이쪽을 향해 꺾였다. 오기에 가득 찬 진영의 눈과는 달리 강해의 것은 따분함이 가득 서려 있었다. 진영을 상대하는 게 이젠 피곤하다는 듯. 진영은 다분히 악의적인 미소를 지으며 속살거렸다.

"남자가 속삭이는 사랑의 약속 따위 모두 부질없다는 건, 네가 더 잘 알 텐데?"

강해의 눈빛이 흔들렸다. 진영이 한 말이, 자신의 전 약혼자를 염두에 둔 말이란 걸 단박에 알아챈 것이었다. 자신과 파혼 직후, 곧바로 다른 여자와의 결혼을 준비하는 전 약혼자. 사정이 어찌 됐든 사람들의 눈에 아름답게 비치진 않을 것이다. 선욱도 그 모든 시선과 쑥덕거림을 감내하기로 마음먹고 결혼식을 감행하는 것이었다. 강해는 저도 모르게 꿀꺽, 마른침을 삼켰다.

"잘 봐둬. 너한테 사랑한다고 속삭였던 남자가, 어떻게 반응하는지."

진영은 수많은 남자들을 단숨에 녹여 버릴, 완벽한 미소를 지어 올리며 또각또각, 강해를 스쳐 지나갔다. 보나마나 석인을 향해 가는 것이었다. 강해는 당황해 진영을 말리지 못했다. 그녀의 머리론, 진영이 무슨 짓을 할지 상상이 가질 않았다. 설마 이 많은 사람들 앞에서 그를 유혹할 셈? 바로 이 윤강해의 남자라 소개된 사람을 감히? 제정신을 가진 여자라면 절대 그런 짓은 못할 것이다. 어떻게 그런 막돼먹은 짓을……!

하지만 진영은 이미 상큼하고 달콤한 미소를 지으며 석인을 향해 다가가고 있었다. 눈 깜짝할 사이에 석인이 속해 있는 무리에 끼었고, 석인과 말까지 섞었다. 몇 초 지나지 않아, 석인의 어깨에 손까지 대며 웃는 모습을 보게 되자 강해는 깜짝 놀랐다. 경우에 따라선 친한 사이가 아니더라도 충분히 애교있게 넘어갈 수 있는 장면이었지만, 멀리서 보는 강해의 눈엔 위험천만해 보였다.

"어머, 웬일이니. 임석인 씨가 진영이랑 함께 있잖아? 약혼녀는 어디에 두고?"

멀지 않은 곳에서 누군가 속닥거렸다. 일부러 강해가 듣길 바라는 듯 톤이 높은 그 목소리는 귀에 아주 익은 음성이었다. 강해는 고개를 더욱 빳빳이 들고 진영과 석인을 똑바로 바라보았다. 진영의 손이 그의 팔에서 떨어지지 않고 있었다. 그의 표정은 보이지 않았지만 방긋 웃고 있는 진영의 표정을 보아, 둘의 분위기가 호의적임을 충분히 감지할 수 있었다.

"세상에, 세상에. 저 스킨십 좀 봐."

진영의 손이 그의 등판을 더듬기 시작했다. 강해는 두터운 화장 밑 피부가 서서히 달아오르는 걸 느꼈다. 분노가 치밀어 올랐다. 당장 손을 치워달라고 말해야 하지 않나? 아니면 자신이 직접 떼어내거나, 뒤로 물러서 스스로 떨어질 수도 있었다. 저렇게 가만히 있는 건 거부감이 없다는 뜻이고, 거부감이 없다는 건 여자의 손길을 즐기고 있다는 뜻이었다. 저렇게 멋지게 차려입고 나타났으면 그녀의 기사님이 되어주어야 마땅하거늘. 어떻게 저럴 수가 있어?

저러다가 수많은 사람들이 보는 앞에서 껴안기라도 할 것 같았다. 그런 일이 일어날 거라고 생각하니, 내장이 꼬이는 것 같

은 격렬한 통증이 밀려왔다. 이 수많은 사람들 앞에서 바보가
되느니, 차라리 혀 깨물고 죽는 게 나았다. 그건 도저히 참을 수
없는 굴욕이었다. 왜 하필 김진영한테……!

'실수야, 윤강해. 이건 그 누구도 아닌, 네 실수라고.'

오판이었다. 아무 여자한테나 쉽게 넘어가는 남자한테 남자
친구 역할을 해달라고 부탁한 것부터가 심각한 오류였다.

"분발해야겠다, 누구는. 이러다가 또 빼앗기게 생겼잖아? 하
긴 뭐, 5년 만에 빼앗기는 것보다는 낫겠다. 상처도 덜하고."

귀에 익은 목소리가 또다시 들려왔다. 지속적으로 그녀의 속
을 긁기 위해 무던히도 애쓰고 있는 이는, 다름 아닌 서지희였
다. 아무래도 서지희는 김진영의 시녀가 되기로 작정을 한 모양
이다. 강해는 너무나 싸늘하여 매섭게 날이 선 눈빛으로 휙, 고
개를 돌려 지희를 보았다.

"뒤에서 남의 얘기하는 게 네 취미니?"

"어머."

강해가 듣고 있는 줄은 전혀 몰랐다는 듯 지희가 놀란다. 하
지만 그녀의 눈에 떠오른 당혹감을 강해는 너무나도 잘 읽고 있
었다. 강해는 차분히 지희 앞으로 다가가 섰다.

"숨어서 얘기하지 말고, 내 앞에서 떳떳하게 말하지 그러니?"

"내, 내가 뭐, 뭘 어쨌다고……?"

"분명히 말해둘게. 내가 아무리 바닥까지 떨어진다 해도, 너
희들보단 나아. 너흰 남의 남자 뺏기 위해 물불 안 가리는 천박

한 족속들이잖아? 난 적어도 그런 추잡한 짓은 안 해.”

“뭐?”

순간, 지희의 고운 얼굴이 험상궂게 일그러졌다. 붉으락푸르락, 예전의 일을 떠올리는 듯 그녀는 두 손에 꽉 힘을 주고 입술을 힘주어 깨물었다. 하지만 아무리 분하고 화가 나도, 사실을 부인할 수는 없을 것이다. 지희는 명백히 남의 남자를 가로채기 위해 물불 가리지 않고 날뛰었던 전적이 있었다. 그걸 아는 유일한 인물이 강해이기도 했고. 강해는 냉랭하게 비웃으며 덧붙였다.

“그리고 경고하는데, 더 이상 김선욱 씨 결혼에 대해 헛소문 따위 퍼뜨리지 마.”

“내, 내가 언제 헛소문을 퍼뜨렸다고……?”

서지희의 목소리가 하이소프라노로 올라갔다. 옆 사람들이 힐끗거리기 시작하자 강해는 더욱 화사하고 사람 좋은 미소로 응수해 줬다.

“한 번만 더 내 귀에 들리는 날엔, 법의 심판이 얼마나 매서운지 똑똑히 보여주겠어.”

순식간에 미소를 거둔 강해는 뒤를 돌아 걸어가기 시작했다. 말 한마디 제대로 못하고 당하기만 한 서지희는 분하고 또 분해 가슴에 손을 얹고 거칠게 숨을 몰아쉴 따름이었다. 옆으로 친구 몇 명이 다가와 지희를 부축하는 광경은 분명히 한 방 거하게 얻어맞은 모양새.

 척. 척. 척.

석인은 흐트러짐없는 자세로 빠르게 그 자리를 벗어나는 강해의 뒷모습을 보며 천천히 들고 있던 잔을 지나가는 남자종업원의 쟁반에 내려놓았다. 사소한 말다툼이 있었던 모양인데, 아무래도 강해를 따라가 봐야 할 듯했다.

"석인 씨, 어디 가세요?"

하지만 막 자리를 뜰 무렵, 김진영이 석인의 팔을 붙들었다. 소름이 쫙 돋아 정수리까지 뻗쳤다. 아까부터 작정한 듯 들러붙는 진영을 참아내느라 석인은 해탈의 경지에 올라서고 있었다. 파티가 이렇게 끔찍했던 적도 드물었던 것 같다. 정말 여자들이란. 여자가 몸을 맡기면 남자는 당연히 좋아할 줄 아는 건가. 넝쿨처럼 엉켜 들어오는 진영의 소름 돋는 맨살을 최대한 공손히 떨치며 석인은 예의 바른 미소를 날렸다.

"죄송합니다만, 파트너를 뒤따라가 봐야 할 것 같습니다."

"화장실 가는 거겠죠. 곧 돌아올 거예요."

"몸이 불편한지 알아봐야겠어요. 아까부터 컨디션이 좋질 않았거든요."

"정말 자상하시네요. 강해가 부러운데요?"

석인이 최대한 사무적인 미소로 예의를 차리는 것처럼 보이기 위해 애를 썼음에도 불구하고, 진영은 그를 놓아주기는커녕 오히려 더 적극적으로 잡아끌었다. 이것이 '당신한테 관심있어요'란 의미라는 건 바보천치라도 알 수 있을 것이다. 석인은 그녀의 손을 붙들어 슬그머니 떼어냈다. 그 손길에 짜증이 배어 있다는 건 오로지 본인인 석인만이 알 수 있었다.

"그 말씀, 꼭 전해 드리죠."

짜증이 난 걸 성공적으로 숨기며 그가 진영의 손을 털어냈다. 희미하게 미소 짓고 있던 그의 얼굴은 진영에게 등을 보이는 즉시 굳어졌다. 불쾌하기 짝이 없는 여자임이 틀림없다고 그는 생각하고 있었다. 윤강해가 그나마 김진영 같은 부류가 아니어서 얼마나 다행인지. 강해는 오히려 너무 스킨십을 꺼려하는 게 문제였다. 이대로 계속 각자 움직인다면 사람들이 둘 사이를 한번쯤 의심할 수 있을 것이다.

"어쩐 일이세요?"

여자화장실 앞에서 강해를 기다리던 석인은 갑작스런 목소리에 깜짝 놀랐다. 너무나 차갑고 쌀쌀맞아 윤강해의 이미지와는 괴리감이 느껴졌다. 표정이 없어서 얼음공주라 부르고는 있지만 실은 차갑거나 거만하게 군 적이 별로 없는 그녀였다. 오히려 정중하고 딱딱하다는 표현이 더 어울린다고 해야 하나? 인간미가 떨어지는 것 이외에는 딱히 나쁘지 않은 성격의 소유자였다. 하지만 지금은 왠지…….

"갑자기 사라지기에 따라 나왔습니다."

"용케도 아셨네요. 제가 나오는 걸."

비꼬는 중인가, 이 여자?

"파트너잖습니까."

"그나마 다행이네요. 제가 파트너라는 건 기억하고 계시는 걸 보니."

그녀는 석인의 앞을 지나치며 바의 입구와는 반대쪽으로 걸어가기 시작했다. 석인은 강해의 팔을 붙들었다.

"무슨 말이에요?"

그녀가 걸음을 멈추었다. 잠시 아무 말 하지 않고 서 있더니, 결심한 듯 그녀는 뒤를 돌아 그를 마주했다. 여전히 그녀의 팔은 그에게 느슨히 붙들려 있었다.

"무슨 말인지는 당신이 더 잘 알잖아요."

"내가 돌려 말하는 거 딱 질색이라고 말하지 않던가요?"

"당신이랑 싸우고 싶지 않아요. 싸울 이유도 없고요. 그냥……."

그녀가 고개를 떨어뜨리더니 작은 한숨을 내쉬었다. 석인은 인상을 찌푸렸다. 가볍게 강해의 팔을 쥐고 있던 그의 손에서 그나마 갖고 있던 힘이 스르르 빠져나갔다. 무슨 소리를 하려고 뜸을 들이는지 석인은 강해를 빤히 지켜보고 있었다. 그러는 사이 강해가 시선을 똑바로 들더니 빠르게 말했다.

"없었던 일로 해요."

그리곤 뭐라고 대답할 새도 없이, 뭣 때문인지 질문할 새도 없이, 그녀가 휙 몸을 돌려 걷기 시작했다. 마른하늘에 날벼락도 유분수지. 갑자기 없었던 일로 하자니, 석인은 영문을 알 수가 없었다. 계약서까지 작성했던 일을 제멋대로 파기하려면 이해할 수 있게 설명을 해야 하는 거 아닌가? 아무리 공주님이라지만 이건 너무하잖아. 석인은 아무 설명 없이 혼자 독단적으로 결정을 내리고 사라지는 강해를 향해 쯧쯧, 혀를 찼다. 그리곤 빠르게 그녀의 뒤를 쫓았다.

"이것 봐요."

그녀는 엘리베이터를 지나쳐 계단 쪽을 향해 가고 있었다. 석인은 성큼성큼 빠른 속도로 따라잡아 그녀를 돌려세웠다.

"아무 설명도 없이 혼자 없었던 일로 하자면, 그렇게 되는 겁니까? 무슨 사람이 그렇게 자기중심적입니까?"

"자기중심적이요?"

"내가 무슨 독심술이라도 있는 줄 아세요? 선은 이렇고, 후는 이렇다고 말을 해야 알아들을 거 아닙니까?"

"이것 보세요, 임석인 씨."

강해는 조금씩 진정해 가던 마음이 다시 부글거리는 걸 느꼈다. 그가 자신의 남자로 모임에 왔지만, 그래서 다른 여자가 자기 몸을 더듬어대도 가만히 있었지만, 강해는 모든 걸 자신의 탓이라 여기고 참으려고 했었다. 이런 미친 짓을 벌인 것도 자신이고, 그 일에 동참해 달라고 구걸한 것도 자신이었으니 일이 틀어진 책임은 모두 자신에게 있다고 생각했다. 하지만 그렇다고 임석인이 잘했다는 건 아니다. 그는 약속사항을 저버렸다. 어떤 일이 있어도 그는 강해에게만 충실해야 했단 말이다.

"봤습니다. 말하세요."

얄밉게 그가 재촉했다. 숨을 고르며 강해는 침착해 보려고 애를 썼다. 어쨌든 임석인처럼 형편없는 남자 때문에 이성을 잃고 싶진 않으니까.

"다 끝났어요. 이런 광대짓 그만 하겠다고요, 난."

"계약사항을 제대로 숙지하고 있는지 의심스러워지는 대답이군요. 직접 작성한 것 맞습니까?"

설명이 부족하다는 뜻의 조롱 섞인 야유였다. 더 정확한 설명으로 자신을 이해시켜 보라는 뜻이기도 했다. 강해는 어금니를 사리물었다. 아까의 일을 구차하게 들먹이고 싶지는 않았다. 자기가 무슨 잘못을 저지른지도 모르는 남자한테 설명은 해서 뭐 해? 뭐가 달라질까? 그냥 모든 게 비참하게만 느껴졌다. 왜 이런 상황에까지 왔는지, 그녀는 자신이 너무 싫었다.

"당신 때문에 일이 틀어졌어요. 모든 게 다."

"그 모든 것이란 말에는 정확히 무엇무엇이 포함되어 있는 겁니까?"

"그걸 왜 나한테 묻죠? 당신이 더 잘 알아야 하는 거 아닌가요?"

"아까도 말했잖아요. 난 독심술 같은 거 못한다고."

"그럼 생각이라도 잘 해보세요. 독심술은 못하셔도 생각은 할 줄 아시겠죠?"

그녀는 또다시 애매모호한 비난을 퍼붓더니 계단을 내려가기 시작했다. 뭔지 모르지만 단단히 화가 난 것만큼은 틀림이 없었다. 그리고 그게 모두 그의 잘못이라 여기는 것 같았다. 여기서 순순히 물러나면 빼지도 박지도 못하고 그의 잘못이 되는 것이다. 그는 이유도 없이 그녀의 비난을 받고 싶은 마음은 추호도 없었다. 무슨 일이 있어도 그녀가 화를 내는 이유를 알아야 했다. 석인은 뒤처지지 않게 서둘러, 그녀의 뒤를 따라 내려가기 시작했다.

또각또각, 굽 높은 힐 소리가 건물 전체로 빠르게 울려 퍼졌다. 그 소리를 뒤덮는 남자의 구둣발자국은 느긋하면서도 규칙적이었다. 잠시 후, 강해가 우뚝 자리에서 멈춰 섰다. 아무리 빨리 뛰어도 남자의 걸음을 따돌릴 수는 없음을 깨달은 것이었다. 남자의 발자국 소리도 함께 뚝 멈추자, 그녀는 고개를 쳐들고 일정한 간격을 유지하며 따라오고 있었던 석인을 올려다보았다.

"왜 따라오는 거예요?"

날 선 어조로 그녀가 물었다.

"잊었습니까? 난 당신 파트너예요."

석인이 강해를 굽어보며 비아냥거렸다. 평소 힐을 신고도 그와는 10㎝정도 차이가 나는데, 다섯 계단쯤 아래에 있다 보니 완전히 난쟁이가 된 기분이었다. 170㎝라는, 결코 작지 않은 키의 소유자인 강해로선 지금껏 한 번도 느껴보지 못했던 위압감이었다. 강해는 그 위압감에 지지 않기 위해서라도 더 대차게 말해주어야 했다.

"이젠 아니라고 했잖아요. 다 집어치울 거라고요."

"누구 마음대로? 문제가 생기면 합의하에 결정한다. 잊었어요? 이게 합의하는 겁니까?"

"약속을 먼저 어긴 건 당신이에요."

"약속을 어겼다고? 내가?"

석인이 말도 안 된다는 듯 눈을 치뜨며 물었다. 혹시나 했는데, 역시 정말 그는 모르고 있었다. 둔한 건지, 아니면 알면서도 모르는 건지. 아니아니, 어쩌면 그런 스킨십 정도는 스킨십으로 생각하지 않을 수도 있다. 작은 손길, 팔짱, 옆구리를 파고드는 것 정도는 가볍게 애교로 생각하는 것일지도. 말도 안 된다. 그게 어떻게 애교야? 남자와 여자가 몸을 비비는데 어떻게 웃어넘길 수가 있어? 정말 이런 말까지는 안 하려고 했는데!

"진영이랑 얘기했잖아요."

욱, 하고 치미는 성미를 목 안에 가둔 채로 그녀는 분기에 찬 목소리로 말했다.

"진영이라면, 김진영 씨 말입니까?"

그가 느리게 물었다.

"김진영 씨랑 얘기하면 안 된다는 조항이 있었던가요?"

"상대에게 충실해야 한다는 조항은 있었죠. 당신은 나를 사랑하는 척해야 해요."

"그거야 지금도 잘 주지하고 있습니다만."

"그런데 아까…… 당신은…….."

갑자기 말문이 턱 막혔다. 어디서부터 어떻게 말을 꺼내야 할지 모르겠다. 어떻게 말해야 구차하지 않게 들릴까. 어떻게 말해야 자존심이 상하지 않게 말할 수 있을까. 어디서부터 말해야만 계약자의 당당한 요구처럼 들릴까. 생각하느라 머릿속은 복잡했다. 괜한 간섭을 한다는 소릴 듣게 되지는 않을까, 혹 질투따위 하느냐 핀잔 들으면 어쩌지, 별의별 생각들이 강해의 머릿속을 스쳐 갔다.

그 와중에 석인은 그녀의 다음 말을 느긋하게 기다리려는 듯양복 주머니에 척 두 손을 집어넣는다. 태도로 보아, 그녀가 합당한 대답을 내놓기 전까지 절대 물러서지 않을 것 같았다. 강해는 숨도 쉬지 않고 단숨에 말해 버렸다.

"진영이가 만지는데도 가만히 있었잖아요. 그건 엄연히 위반행위예요. 용납 못해요."

그리곤 그의 대답도 듣지 않고 재빨리 뒤를 돌아 계단을 내려가 버렸다.

'잘 말해줬어. 그 사람도 자신이 뭘 잘못한 건진 알아야 한다고!'

강해는 택시를 잡을 수 있는 큰길가로 내려가 도로 쪽으로고개를 기웃거리면서 열심히 자신을 독려하고 있었다. 안면으로 뜨겁게 피가 몰리는, 알 수 없는 현상에도 불구하고. 모든 게없었던 일이 되더라도 그는 꼭 알아야 했다. 자신이 뭘 잘못했는지.

물론 말해줘 봤자, 그 남자가 강해의 마음을 다 헤아릴 수는 없을 것이다. 그는 오히려 강해를 오만하고 자기중심적이라 비난하겠지. 별로 대단할 것도 없는 이유를 들어 마음대로 계약을 해지하는 못된 공주로 몰아갈 것이 자명했다. 어쩌면 귀찮은 일을 하지 않게 되었으니 잘됐다고 좋아할지도 모르지. 처음부터 그는 이런 일은 별로 좋아하지 않는다고 했으니까. 어차피 제정신으로 결정한 문제도 아니니 잘된 건지도 몰랐다. 진영과 지희에게 비웃음이야 당하겠지만, 다시는 아까 같은 모멸감은 겪지 않아도 될 테니까.

그런 모멸감은 다시는 겪고 싶지 않았다. 그런 경험, 지난 오 년 내내 충분히 겪지 않았는가. 오 년이었다. 약혼자였던 선욱의 관심과 사랑을 받기 위해 처참하리만치 발버둥 친 세월이 자그마치 오 년.

늘 다른 생각에 빠져 있고, 만나면 사업 얘기에만 열을 올리는 약혼자를 바라보기만 했던 비참한 기억들은 다시 떠올리기도 싫다. 약혼자에게 여자로서 어필되지 못하는 심정, 18년을 죽도록 사랑해 온 사람에게 눈길조차 받지 못하는 여자의 심정. 그건 직접 겪지 않고서는 모르는 것이다. 절대로 떠올리고 싶지 않은 악몽이었다.

그런데 그 지독한 악몽이 오늘 다시 되살아났다. 내 남자가, 나의 사람이 다른 여자를 향해 웃고 있는 모습. 나를 등지고 다른 여자를 바라보고 있는 모습. 그 모습은 마치 5년 동안 자신의 약혼자였음에도 불구하고 항상 다른 곳을 바라보았던 선욱을 보는 것 같았다.

'내 남자는, 나만 바라봐야 해⋯⋯.'

그게 그렇게 큰 욕심인 건가? 계약까지 했는데, 다른 곳에는 한눈팔지 않겠다고 철석같이 약속했는데. 임석인이 자신의 곁에만 머물러 주길, 다른 여자에겐 눈길도 주지 않기를, 다른 여자의 손길은 질색하며 거절해 주기를 바라는 게 그렇게 큰 욕심인 건가? 말도 안 되는 요구인 거냐고!

택시 한 대가 서기 시작하자 강해는 핸드백을 손에 쥐고 차도 아래로 내려설 준비를 했다. 생각을 정리하니 한결 마음이 가라앉는 것 같았다. 크게 숨을 들이쉬고 안정된 자세로 그녀는 완전히 정차한 택시 뒷좌석을 향해 한 걸음 다가갔다. 하지만 바로 그때였다. 강하고 힘찬 손아귀가 그녀의 어깨를 감싸더니 비명 지를 새도 없이 그녀를 인도 쪽으로 잡아당겼다.

"기사님! 미안합니다."

임석인이었다. 그는 강해를 옆구리 쪽으로 끌어안고 운전기사에게 몸을 수그리고 양해를 구하고 있었다.

"안 탈 거예요?"

"미안합니다."

그 한마디에 택시는 가버렸다. 뭐 이런? 정말 눈 깜짝할 새에 벌어진 일이라 황당하기 이를 데 없었다. 기가 막힌 얼굴로 택시 뒤꽁무니를 바라보다, 강해는 석인을 휙 돌아봤다. 그는 강해를 아주 빤히, 정말 빤히 내려다보고 있었다. 마치 그녀의 다음 반응을 짐작해 보려는 듯. 마음을 꿰뚫어 보려는 듯. 뭔가 기분이 야릇해지는 것 같아 강해는 그를 세차게 밀어내며 소리쳤다.

"뭐 하는 거예요, 지금?"

그는 순순히 그녀에게서 떨어져 나갔다.

"내 택시를 왜 당신 마음대로 보내 버리는 거예요?"

"내가 이래 주길 바란 거 아니었습니까?"

뭐라는 거야, 이 남자?

"당신이 날 붙잡아주길 바랐다고요? 내가?"

"여자가 그렇게 말하면, 남자들은 보통 뒤따라와 나처럼 하게 되어 있어요."

석인은 빙그레 웃음 띤 얼굴로 느긋하게 말했다. 강해의 얼굴이 점점 빨개졌다. 자신이 무슨 말을 했는지 떠올리고 있는 게 틀림없었다. 얼음공주 윤강해가 수줍어하는 모습을 보게 될 줄이야. 콜럼버스의 아메리카대륙 발견보다도 더 기적 같은 일이었다. 뭐, 좀 더 낫군. 윤강해에게도 감정이란 게 있다는 증거이니까.

"그런 뜻으로 한 말이 아니었습니다."

얼굴이 새빨개진 주제에 말투는 참 똑 부러진다. 강해는 흐트러짐없는 똑똑한 말투로 진실만을 전달하는 아나운서마냥 다부지게 말했다.

"그럼 다행이고. 난 또 질투라도 하는 줄 알았지."

"질투라고요?"

새빨개진 얼굴로 또 한 무더기의 피가 단숨에 몰려들었다. 이러다 혈압으로 쓰러지는 것 아닐까 걱정될 정도로 그녀는 갑자기 흥분하기 시작했다.

"그게 말이 된다고 생각해요? 질투가 뭔지 몰라요? 질투는 좋아하는 사람이……!"

"좋아하는 사람이 다른 여자와 있을 때 하는 거죠."

"내가 당신을 좋아한다는 거예요, 지금?"

"아니라면서요. 아닌데 왜 이렇게 흥분해요? 자꾸 그러면 진짜 질투하는 것처럼 보이니까 그만 진정해요."

얄밉도록 느긋한 목소리로 석인이 말했다. 무슨 생각을 하는지 몰라도, 그는 정말 심하게 즐거워 보였다. 꼴 뵈기 싫을 정도로. 그나마 진짜로 그녀가 질투했다고 여기는 건 아닌 듯하니 다행이지만. 강해는 한 손으로 이마를 짚고는 후욱— 거칠게 숨을 내쉬었다.

"그리고 이건 내 의견인데. 당신과 내가 모임 도중에 빠져나와 따로따로 헤어져 집에 갔다는 게 알려지면, 사람들이 신이 나서 떠들어댈 겁니다."

"미안해요. 제가 조금 흥분했어요."

그래, 이 사람 말이 맞아. 흥분하면 흥분할수록 꼴만 우스워진다고.

"뭘요. 내 눈엔 자연스러워 보이던데. 이제야 좀 사람이랑 얘기하는 것 같네."

"무슨 말이에요?"

"칭찬이니까 그렇게 날 세우지 말아요. 아까, 어디까지 얘기했더라? 김진영?"

칭찬이란 말에 슬쩍 미간을 찌푸리는 강해다. 뭘 칭찬한다는 걸까? 자기 감정 하나 제어 못하는 바보 같은 모습을 보이고 말았는데. 강해가 좀 더 깊게 생각할 틈도 없이 그는 똑, 하고 손가락을 튕겼다.

"아! 용납 못한다, 까지 했네. 그러지 말고 이참에 아예 조항을 넣지 그래요? 다른 이성의 접근은 절대 허용하지 않는다."

"절대 허용하지 말라고는 안 했는데요."

"그럼 김진영 씨의 경우에만 해당되는 겁니까?"

"아니요."

강해가 다소 격앙된 어조로 힘주어 대답했다. 석인은 두 팔을 가슴 근처로 크로스해 팔짱을 끼고 좀 더 빤히 그녀를 들여다보았다. 인간미 없이 완벽하다고만 생각했는데, 오늘의 일을 겪으면서 아주 많은 걸 발견하게 되는 석인이다. 솔직히 윤강해에게 색다른 면이 있을지도 모른다고 생각하긴 했으나, 그게 지금처럼 우격다짐, 떼를 쓰는 모습일 거라곤 생각지 못했다. 언제나 논리정연하고 사리분별이 정확한 여자였으니까. 아까는 그렇게도 상처받은 얼굴을 하고 사람 놀라게 하더니만.

"진영이가 만지는데도 가만히 있었잖아요."

그렇게 말하던 강해의 눈빛은 아직도 생생했다. 상대를 죄책
감에 시달리게 하는, 너무나도 여린 눈빛이었다. 잠깐이었지만
석인은 가슴이 철렁 내려앉는 기분이었다. 여자에게 못할 짓을
한 파렴치한이 되어버린 기분이 들어 순간 움찔했다. 완벽녀 윤
강해에게, 얼음처럼 차가운 표정의 주인공에게 기대할 수 있는
눈빛은 전혀 아니었다. 그 순간 윤강해는 완전히 딴 사람 같았
고 석인은 놀랐다. 덕분에 어쩌면 윤강해의 내면엔 자신이 예상
했던 것보다 더 충격적인 모습이 담겨 있을지도 모른다는 생각
이 더욱더 또렷해지고 있었다.

"이 바보 같은 놀이, 그만 할 거라고 아까 말했을 텐데요?"

"그건 당신의 일방적인 통보였죠. 조항에는……."

"계약 조항에 대해서는 내가 더 잘 알아요. 내가 작성한 거니
까요. 하지만 어차피 임석인 씨도 찬성하실 거잖아요. 원래 거
절하셨던 일 아닌가요? 가족들 때문에 억지로 맡은 일, 이제 됐
다는데 좋아하셔야 되는 거 아니에요?"

"그날의 일을 친절하게 상기시켜 주시니 참 고맙네. 그런데
원래 그랬다…… 로 따지는 거 우습지 않습니까? 당신도 원래는
이 일, 꼭 하고 싶다고 나한테 애걸복걸했잖아요."

"내, 내가 언제요?"

"그러셨습니다."

"……."

자신이 애걸복걸했다는 건 그 누구보다도 강해가 더 잘 알고 있다. 더 이상의 부정은 긍정을 강력하게 뒷받침해 줄 뿐이었다. 강해는 절망감에 휩싸여 고개를 떨어뜨렸다. 어디까지 더 떨어져야 이 상황이 종료될까. 정말 죽고 싶은 마음이었다. 세상을 향해 비웃으며 당당해지고자 남자까지 구해봤지만, 역전 홈런을 날리기엔 자신의 처지가 턱없이 한심하다는 걸 뼈저리게 느끼고 있을 뿐이었다.

사람들의 시선은 여전히 자신을 남자에게 버림받은 구차한 여자라고 말하고 있다. 사랑할 자격도, 사랑받을 운명도 아니라고 말하는 사람들의 시선에 그녀는 점점 더 움츠러들고 있었다. 벗어나려 발버둥을 쳐봐도 이젠 꼼짝없이 나락으로 빠져들 운명인가 보다 싶어 자포자기가 되었다. 이렇게 마음이 산란한데, 끔찍하게 고통스러운데. 대체 이 사람은 왜 이렇게 날 못 잡아먹어서 안달일까, 싶었다. 그 많은 사람들 앞에서 비참하게 만들어놓은 주제에 뭘 그리 잘했다고.

그냥 이대로 놔줬으면 좋겠다고 강해는 생각했다. 아무것도 묻지 않고, 더 이상 잡지도 말고, 그냥 고이 집으로 돌아갈 수 있도록 가만히 있어줬으면 좋겠다고. 더 이상 얘기를 나눴다가는 정말이지, 이 자리에서 울어버릴 수도 있을 것 같았다.

"좋습니다. 정 그러겠다면 한 가지만 묻죠."

입이 굳게 닫힌 강해를 내려다보며 그가 심드렁한 어조로 입을 열었다.

"이쪽에서 감수해야 할 사안에 대해선 어떻게 책임질 겁니까?"

"책임이라니요?"

강해가 살짝 고개를 들며 물었다.

"우리 식구들 말입니다. 당신이랑 사귀기로 했다고, 이미 다 말했단 말입니다. 그건 어떻게 책임질 거냐고요."

"예? 벌써요? 벌써 말하셨어요?"

사실 그가 직접 발표한 건 아니었다. 다만 알고 있을 거라고 확신하고 있을 뿐. 분명 그들은 그와 강해가 함께 파티에 참석했다는 사실을 알아냈을 것이다. 온갖 소식통들을 동원해 강해와 석인의 동향에 대해 일거수일투족을 모조리 파악하고 있겠지. 그리곤 그가 귀가하는 즉시 온갖 질문을 쏟아낼 것이다.

"이 바닥에 비밀이 있다고 생각하십니까?"

"그래도 어떻게 이렇게 빨리?"

"원래 계약을 파기할 땐 파기하는 자가 위약금을 무는 겁니다. 내 가족들 이해시키고 진정시킬 자신 있으시다면 기꺼이 파기해 드리겠습니다."

"그건……!"

답이 안 나오는 문제다. 그건 그녀도 자신이 없는 일이었다.

자신이 생각해 봐도 이해되지 않는 이 미친 일을 어떻게 석인의 가족들에게 납득시킬 수 있겠나. 그녀가 단지 김진영에게 기죽지 않기 위해, 사람들로부터 무시당하지 않기 위해서 석인을 이용했다는 걸 알면 그쪽 집안에서도 절대 가만히 있지 않을 것이다.

"어떻게, 가서 해명이라도 하실 겁니까? 뭐라고 하실 건데요? 댁의 아드님을 내 남자친구로 고용하려고 했습니다, 그런데 한 번 부려보니 효과가 별로라 반품하려고 합니다, 그러니 결혼은 꿈도 꾸지 마십시오. 이렇게 말씀하실 겁니까?"

그가 비꼬며 말했다. 강해는 조심스럽게 그의 눈치를 살피며 물었다.

"그러면 안 되겠죠?"

"물어볼 수 있다는 게 신기하네요. 당연히 안 되죠."

진퇴양난. 그녀의 머릿속에 한자 네 자가 떡하니 떴다. 이러지도 못하고 저러지도 못하고, 무슨 일이 이렇게 꼬인다지? 이젠 마음대로 포기하지도 못하게 생겼다고 생각하니 정신이 아득해지는 것 같았다. 강해는 몽롱한 정신을 가까스로 붙들고 물었다.

"그럼 어떻게 해야 하는 거예요?"

"몰라서 묻습니까? 이대로 밀고 나가야죠."

"난 못한다니까요."

"왜 못해요? 아깐 잘도 하더구만. 그냥 해요, 앞으로 딴 여자

옆엔 얼씬거리지 않겠다고 약속할 테니까.”

그걸 어떻게 믿어요? 반사적으로 튀어나올 뻔한 말이다. 강해는 재빨리 입술을 꽉 다물어 입을 봉해 버렸다. 그딴 소리 해 봤자 또다시 질투하는 거냐는 소리만 날아올 게 뻔하니까. 하지만 심통이 나는 건 어쩔 수 없었다. 아까 그런 장면을 목격했는데 어떻게 그를 믿을 수 있겠는가. 그 순간만 떠올리면 온몸의 피가 거꾸로 솟는 기분인걸.

그의 등줄기를 훑으며 유혹적인 미소를 짓던 진영의 얼굴에 손톱으로 분노의 쌍곡선을 그려놓고 싶었었다. 내 남자 건들지 말라고, 넌 꺼지라고, 표독하게 소리쳐 주고도 싶었었다. 물론 상대가 진영이니 더 그런 격한 감정이 들었겠지만, 하여튼 앞으로 그가 다른 여자와 시시덕거리는 꼴은 죽어도 못 본다. 그러느니 차라리 사람들의 ‘버림받은 여자를 바라보는’ 동정의 시선을 겪고 말지.

“우린 어차피 6개월간 서로에게 매였습니다.”

그가 주머니에서 핸드폰을 꺼내더니 뚜뚜뚜뚜, 버튼을 누르기 시작했다. 빤히 들여다보는 듯한 그의 시선에서 잠시 벗어나게 되자 강해는 저도 모르게 한숨을 내쉬었다.

“그전엔 우리 둘 다 어떤 식으로든 이 계약에서 벗어날 수 없어요. 계약이 얼마나 중요한 건지 윤강해 씨도 잘 알지 않습니까?”

그가 계속 말을 이으며 전화기를 귓가에 갖다 댔다. 그가 누구에게 무슨 전화를 거는지 전혀 모르는 채로 강해는 다소 힘없이 중얼거렸다.

"사인은 하지 않았잖아요."

"서류에 사인하지 않은 약속은 약속이 아닙니까?"

"서로 손해 보는 거 아니니까 상관없잖아요. 어차피 서로 합의가 되면 없었던 일로 할 수 있다는 조항도 있었고요."

찌릿. 전화기를 귀에 댄 채로 그가 그녀를 쏘아보았다. 점점 기어들어 가는 목소리로 옹알거리던 강해는 딱 말을 멈추고 입술을 다물어 버렸다. 그의 표정으로 보아 기분이 좀 상한 것 같았다. 당연한 일이다. 지금 두 사람이 서로 합의할 수 없는 처지라는 건 그 누구보다도 강해 자신이 더 잘 알고 있어야 하니까. 강해는 마지못해 작게 덧붙였다.

"당신 가족들 문제만 아니라면 그렇다는 거예요, 내 말은."

"가족문제보다 중요한 건 약속을 했다는 사실입니다. 난 내 입으로 하는 약속은 꼭 지키는 사람이에요."

"정식으로 계약한 게 아니었어요. 그러니까 부담 가질 필요 없다는 소리이고요."

"당연히 부담 가집니다, 난. 앞으로 육 개월을 함께하려면 나에 대해서 좀 더 제대로 파악하셔야 할 것 같군요, 윤강해 씨."

너무나 원칙적인 말에 강해는 할 말을 잃어버렸다. 그를 이해할 수 없지만, 그렇다고 그를 융통성없는 인간이라 몰아붙일 수도 없었다. 그녀도 약속이란 건 무슨 일이라도 지켜야 한다는 주의였기 때문에. 임석인이 원래부터 이렇게 약속은 칼처럼 지키는 사람이었나? 그의 평판은 거의 최하레벨이나 다름이 없건만. 혼란스러운 심경으로 그녀는 꾹 입을 다물었다.

"어, 나야."

통화가 된 건지 그가 수화기 건너편 사람과 대화를 나눴다.

"여기 건물 앞이야. 차 가지고 이쪽으로 와줘. 어, 그렇게 됐어. 술은 거의 하지 않았으니까 운전은 내가 하고 갈게. 넌 차만 놔두고 돌아가."

[오~ 이 말은 뭐야? 모임이 끝나지도 않았는데 두 사람이 모두 나왔다. 운전은 네가 직접 하겠다. 그건 여자를 바래다주겠다는 거냐, 아니면 둘이 어딘가로 가겠다는 거냐?]

현후가 시답지 않은 농지기를 지껄였다. 석인은 강해가 듣지 못하도록 손으로 입을 가리며 싱거운 친구놈을 향해 욕설을 뱉었다. 현후는 사람 좋은 너털웃음을 흘리며 '아무튼, 오케이! 기다려'를 외쳤다. 석인은 신경질적으로 전화를 끊었다. 강해가 그를 이상한 사람 보듯 바라보고 있었다. 욕설을 들은 게 분명한 얼굴이었다. 머리만 좋은 줄 알았더니 귀도 밝으셔.

"운전기사랑 말을 트고 지내세요?"

"친구예요."

"그런 친구도 있어요?"

"내 태생이 원래 좀 그렇습니다."

강해가 모를 리 없었다. 그가 서출이란 사실은 이 바닥 사람이라면 누구든 다 알고 있는 공인된 소문이니 그녀 역시 알고 있을 것이다. 역시나 그녀는 그가 말한 의미를 알아챈 듯 그를 빤히 바라보며 조용히 혼자 고개를 끄덕였다. 그러더니 예의 똑바른 어조로 말했다.

"그럼 전, 이만 가보겠습니다."

석인의 눈썹이 획 올라갔다. 이 여자, 방금 뭘 들은 거야? 차가 온다는데 이만 가보겠다니. 함께 가기 싫다는 뜻인가?

"임석인 씨 가족에 대해서는 저도 유감이라고 생각해요. 고민 좀 해봐야 할 것 같아요. 생각해 보고 나중에 연락드릴게요."

나중에 연락한다고? 언제? 가족들의 고문에 시달려 반미치광이가 된 후에? 절대 그렇게는 안 된다. 석인은 희미하게 미소까지 띤 얼굴로 짐짓 다정하게 물었다.

"그 말, 당장은 해결책이 없다는 걸로 받아들여도 되겠습니까?"

"네."

기운이 쭉 빠져 강해는 무기력하게 중얼거렸다.

"그럼 아직은 우리의 약속이 유효한 거군요?"

"그렇죠."

"그럼 사람들 시선을 각별히 신경 써야 하겠네요."

그의 이상한 질문들에 시무룩하니 고개를 숙이고 대답하던 강해가 이번엔 불안한 듯 두 눈을 똑 뜨고 그를 바라봤다.

"무슨 말을 하시려는 거예요?"

“태워다 드리죠.”

단도직입적으로 그가 불쑥 말을 꺼냈다. 예상대로 그녀는 놀랐다.

“예?”

작은 희열이 그의 온몸을 짜릿하게 울려왔다. 학생이 선생님으로부터 칭찬스티커를 받은 기분이 이럴까. 석인은 정체를 알 수 없는 묘한 성취감에 휩싸여 나른한 미소를 지었다.

“내가 태생은 좀 그래도 지킬 건 지키는 사람입니다.”

"솔직히 효과가 별로인 건 아니었어요."

운전기사가 대령해 놓은 자동차 조수석에 올라타 앉으며 그녀는 말했다. 자연스럽게 안전벨트를 매며 그의 대꾸를 기다리는데, 석인의 빤한 시선이 느껴졌다. 강해는 고개를 들어 그를 보았다. 약간 의외라는 듯 놀란 얼굴로 서 있는 그는 자동차 도어를 잡은 채였다. 문을 열어주려 했던 모양이었다. 그런데 열어주기도 전에, 그녀가 혼자 알아서 열고 들어가 앉으니 놀란 것이었다. 늘 기사를 대동하며 시중을 받는 공주님이 어쩐 일인가 싶었겠지.

'지긋지긋해.'

녹록치 않은 일이었다, 늘 재벌집 아가씨라는 꼬리표를 달고 살아야 한다는 건. 'LS그룹의 상속녀'가 아닌 한 명의 여자, 사회인이길 그리도 바라고 노력했건만. 사람들은 그녀를 다른 사람과 다를 바 없는 평범한 '한 인간'으로 바라봐 주지 않는다. 회사에서 능력으로 인정받고 제 몫을 해내고 있는 그녀를 아직도 많은 사람들은 '할 일 없는 재벌 아가씨'가 소일을 하고 있는 거라 여기고 있고, 모든 걸 다 가졌으니 남자 정도는 약자를 위해 양보해도 괜찮을 거라고 생각했다. 우스운 일이다.

그녀도 가슴이 있고 감정이 있는 사람인데 어떻게 그게 되나. 가진 게 많은 재벌집 상속녀는 행복함을 추구할 권리도 없다는 건가? 남자에게 사랑받고 싶은 욕구, 사회로부터 인정받고 싶은 욕심을 가지면 안 되는 건가?

돈이 많다는 이유로 성취하고 싶은 욕구마저 없을 거라고, 아니, 없어도 된다고 생각하는 사람들 때문에 그녀는 늘 참고 살아왔다. 자신을 억누르며 살아왔다. 그래서 본의 아니게 '착한 윤강해'라는 이미지를 가지게 되었지만, 이젠 지겹다. 사랑하는 사람마저 조용히 포기하고 난 지금엔, 이런 사람들의 시선마저도 짜증스러웠다.

왜? 왜 재벌집 아가씨는 자동차 도어 하나도 혼자 못 여는 바보멍청이라고 생각하는데? 그녀는 대학에 입학하면서부터 기사를 해고하고 직접 차를 운전하고 있었다. 그룹에 입사한 이후에도 줄곧 혼자서 운전하고, 주변의 도움 없이 출퇴근하고 있었

다. 그게 뭐? 그렇게 놀랍고 대단한 일인가? 오히려 회장 딸이
이사랍시고 출근하면서 기사나 대동하고 다니면, 그게 더 고깝
고 꼴사나워 보이지 않을까? 재벌 상속녀가 취미 삼아 회사에
다니는 거란 사람들의 곱지 않은 시선을 감당하기 위해, 일부러
더 보통의 직장인처럼 하고 다니는 그녀가 이상한 건가?

"뒤에 탈까요?"

잔뜩 곤두선 속내와는 달리 절대평온을 유지한 채로 그녀가
물었다. 그가 왜 당황하고 놀라는지 알고 있으면서도 전혀 모르
는 척, 참으로 시니컬한 목소리였다.

"옆에 타는 게 불편하시면 뒤에 탈게요."

"아닙니다."

그는 금세 대답을 내놓고는 텅, 소리를 내며 조수석 도어를
세게 닫았다. 차체를 빙 돌아 운전석으로 다가가며 그는 히죽
웃었다. 이미 윤강해의 심기가 심히 불편해졌음을 알아차린 후
였다. 겉으론 아무렇지도 않아 보였지만 미묘한 표정의 변화,
작게 흐트러지는 숨결, 신경이 곤두서는 듯한 어투가 그것을 증
명해 주고 있었다. 그녀는 벌써 그가 무엇 때문에 놀란 건지 알
아챈 것이다.

그는 점점 윤강해의 실체가 궁금해지기 시작했다.

윤강해는 흐트러짐 하나 없이 단정한 사람이고, 자존심과 콧
대가 하늘 높은 줄 모르는 데다 일과 집안일을 모두 똑 소리나
게 잘 겸할 줄 아는 팔방미인으로 소문이 자자했다. 참하고 영

리한 윤강해는 어느 모로 보나 탐이 나는 며느릿감으로 집안과
회사를 위해서 꼭 필요한 대어였다. 그게 사교계가 바라본 윤강
해의 위치다. 그가 보는 윤강해의 이미지이기도 했다. 하지만
지금 그의 예민한 감각은 자꾸만 속삭였다. 이 여자, 뭔가 있다
고. 자기 안에 숨겨놓고 내비치지 않고 있는 다른 모습이 어딘
가에 있다고.

"무슨 효과 말입니까?"

운전석에 올라탄 그는 대수롭지 않은 듯 흘려 물었다. 강해는
못 알아들은 듯 '네?' 하며 반문했다.

"효과가 별로였던 게 아니라면서요. 방금 그랬잖아요."

"아, 그거요? 아까 석인 씨가 말했잖아요. 내가 반품하려 한
다고."

"아니란 말입니까?"

"효과가 아주 없었던 건 아닌 것 같아요."

"듣던 중 반가운 소리입니다만. 그렇게 판단하는 근거는 뭡니
까?"

"진영이가 그렇게 나온 걸 보면 알 수 있죠."

"내가 고용된 게 김진영 씨 때문입니까?"

"노코멘트예요."

강해가 딱딱하게 말하곤 시선을 바로 했다. 반듯하게 세운 목
과 90도 각도의 시선은 자로 잰 듯 정확해 봤다. 언뜻 화가 나
보이기도 하고, 나름 날카로운 반응이었다. 석인은 눈썹을 슬쩍

위로 치뜨며 입술을 비틀었다. 대충 일이 어떻게 돌아가는지 알 것도 같았다. 김진영과 윤강해가 서로 좋지 않은 감정으로 얽혀 있는 것이다. 그게 강해가 가짜 남자친구를 구하게 된 실질적인 요인이 되었을 가능성이 높았다.

만약 그런 것이라면 오늘 그는 실수한 것이었다. 진영의 접근을 우호적으로 거절하려던 석인의 태도는 분명 그녀의 눈엔 '뜨뜻미지근함' 으로 보였을 테니까. 그녀는 석인이 단호하게 진영을 밀어내길 바랐을 것이다. 대체 뭣 때문에 김진영과 다툰 것일까? 윤강해는 웬만한 일로는 절대 말다툼을 할 사람이 아닌 것 같은데.

"잠깐만요."

갑자기 가방에서 전화기를 꺼내며 강해가 양해를 구했다. 전화기가 울리고 있었다. 석인은 운전에 집중하며 강해의 통화에 귀를 기울였다.

"어, 두현아!"

이번 모임의 호스트, 이두현이 전화를 걸어온 거였다. 오늘 화두의 한가운데에 서 있던 그들이 순식간에 없어져 나타나질 않으니 놀란 모양이다.

"아니야. 몸이 좀 안 좋았어."

[그래도 나한테는 말하고 갔어야지. 엄청 찾았잖아.]

"즐거운 분위기 망치고 싶지 않아서."

[지금 집으로 가는 중이야?]

"응? 어…… 석인 씨가 태워다 주는 중이야."

강해는 슬쩍 석인의 눈치를 살피며 말했다.

[그럴 줄 알았다. 같이 안 보여서 함께 갔나 보다 했지. 둘이 혹시 갑자기 그게 주체가 안 되어서 사라진 건 아니야?]

두현이 장난스럽게 농담을 해댔다.

"그게 무슨 소리야? 그거라니?"

[몰라서 그러냐? 공공장소에선 절대 해결이 안 되는 그거 말이야.]

"공공장소…… 뭐?"

[아둔하긴. 정말 못 알아들어? 끓어오르는 정염! 욕정! 키스의 수위를 넘어버리는 그 경지!]

두현이 연극조로 오버의 오버를 하며 낯 뜨거운 소릴 해대기 시작했다. 이 녀석, 대체 무슨 소릴 하는 거야?

"야! 이두현!"

강해는 얼굴이 홧홧해지는 걸 느끼며 소리를 빽 질러댔다. 짓궂은 자식 같으니라고. 하여튼 제 버릇 개 못 준다는 말이 딱 맞다. 어려서부터 야한 말만 골라서 하더니, 결혼도 속도위반에 걸려 일찍 하려는 것이 아닌가. 그녀가 이런 말 싫어한다는 걸 알고 난 이후부턴 일부러 장난삼아 더 하던 녀석이었다. 그땐 코찔찔이에 주근깨투성이여서 귀엽기라도 했는데, 지금은 뭐니?

"너 입 다물어."

어릴 때처럼 그녀는 인상까지 팍팍 써가며 윽박질렀다. 그런 그녀를 조롱이라도 하듯 두현이 마구 소리를 내며 웃어 젖혔다.

[이열~ 우리 강해가 드디어 사랑에 눈을 뜨는구나. 역시 석인이 형, 제대로인데? 마스터의 경지야. 내가 한 수 배우러 한 번 떠줘야겠군.]

"아니라니까, 그런 거!"

강해가 두 눈을 부릅뜨고 소리를 치자 석인이 불쑥 물었다.

"왜 그래요?"

"네?"

벌겋게 달아오른 얼굴로 강해가 석인을 돌아보았다.

[오라, 옆에 석인이 형 있네. 나 좀 바꿔줘.]

"무슨 소릴 하려고."

[왜 이래. 나도 아까 석인이 형이랑 친해졌단 말이야. 내 파티에 온 손님이었으니까 작별인사 정도는 해야지.]

"운전 중이라니까."

물론 핑계다. 장난기 발동한 두현이 또 무슨 말을 할지 알 수 없는 이 상황에선 절대 휴대폰을 석인에게 넘겨줄 수 없었다. 하지만 그녀가 '석인은 운전 중'이란 말을 꺼내자마자, 주행 중이던 자동차의 속도가 확 줄어버렸다. 냉큼 둘러보니 이미 석인은 차를 바깥차선 쪽으로 붙이고 있었다.

강해는 두 눈을 크게 뜨고 석인을 돌아봤다. 눈으로라도 어떻게든 말하고 싶었다. 왜 세우는 거냐고. 그냥 쭉 가라고. 난 두

현과 당신이 통화하는 걸 바라지 않는다고. 하지만 그는 전방을 주시한 채 그녀 쪽을 돌아보지도 않더니만, 차를 다 세우고 나서 손을 쓱 내밀었다.

"차 세웠어. 이리 줘."

차 세웠어, 이리 줘? 갑자기 웬 반말이시람. 그녀의 불쾌한 표정을 읽었는지 석인이 씩 웃었다. 그리곤 손가락으로 전화기를 콕콕 가리켰다. 두현이 들을 수도 있으니 연인용 말투를 사용해야 한다는 뜻이었다. 강해는 전화기 쪽으로 뚝 시선을 떨어뜨린 채 표정을 일그러뜨렸다. 빠져나갈 구멍이 없었다.

"잠깐 기다려. 석인 씨 바꿔줄게."

짜증나는 걸 꾹 참고 그녀는 석인에게 전화기를 양보했다. 제발 두현이 최소한의 품위를 지켜주길 바라 마지않으며.

"어, 이두현. 그래, 미안하게 됐어. 강핸 웬만하면 남겠다고 하는데 내가 걱정돼서 참을 수 있어야지. 그냥 데리고 나와 버렸어. 결혼 축복해 주려고 간 건데, 못하고 나와서 섭섭하네."

청산유수다. 입만 열었다 하면 거짓말이 술술 나오는 임석인. 사기꾼 기질이 너무 다분한 거 아니야? 뭐, 사업을 하려면 이 정도의 임기응변쯤 기본적으로 갖춰야 하겠지만. 강해는 그의 입술을 빤히 지켜봤다. 그는 두현의 말을 흐뭇하게 듣더니 이말 저말 대꾸도 해주고 농담도 건넸다.

"다시 한 번 축하하고, 인사 못하고 나와서 미안하다고 전해 줘. 다들 궁금해하지? 아, 뭐 물론이지. 다음에 기회가 생기면 당연히 가야지. 초대만 해줘. 강해랑 갈게."

그는 맵시 좋은 입술을 비틀어 웃더니 그녀를 돌아봤다. 괜히 긴장을 한 상태라 강해는 움찔했다. 그는 기분 좋은 얼굴로 전화기를 그녀에게 넘겨주며 말했다.

"바꿔달래."

강해는 그의 손에 닿지 않도록 신경 쓰며 살짝 자신의 휴대폰을 받았다. 뚱한 얼굴로 강해는 말했다.

"응. 말해."

[내가 널 오랫동안 봐왔지만 말이야. 이런 예감이 든 건 처음이거든?]

아까와는 달리 두현이 아주 진지한 목소리로 말했다.

"무슨 소릴 하려는 거야?"

[석인이 형이 네 천생배필인 모양이다.]

뭐라? 천생배필? 아니, 이 녀석을 보게. 얘가 초등학교 때부터 집안끼리 알고 지냈던, 나름 윤강해의 베스트프렌드란 호칭이 어색하지 않은, 바로 그 이두현 맞아? 어떻게 베스트프렌드에게 이런 말을 할 수 있어? 임석인이 어떤 사람인지 정녕 모르는 거야?

[조금만 얘길 나눠봐도, 남자는 남자가 알아보는 법이야. 널 생각하는 마음이 장난 아니다, 진짜. 이 정도면 내가 널 맡겨도 안심되겠다.]

"내가 보따리야? 아무한테나 맡기게?"

　신경질나는 김에 강해는 짜증스레 대꾸했다. 진짜 친구라면 당연히 지금 상황에선 석인과 찢어져야 한다고 설득해야 했다. 아무리 스펙 좋고 배경 좋은 사람이라고 해도 지저분한 소문을 몇 개나 가지고 있는 사람이잖은가. 당연히 친구로서 반대를 해야지. 남자는 남자가 알아보는 법이라고? 조금만 얘길 나눠봐도 안다고? 다 거짓말인 그의 말을 곧이곧대로 판단한 것부터가 실수 아닌가?

　[모르는 척 마. 너도 은근히 널 그렇게 신경 써주고 챙겨주는 다정다감함이 좋아서 석인이 형을 사귀는 거 아니야?]

　말을 말자. 계속 이 녀석과 말 섞다가는 어릴 적 다혈질이 도지겠다. 강해는 한숨을 파하— 내쉬곤 슬슬 다시 차를 출발시키는 석인을 흘낏 쳐다보며 중얼거렸다.

　"끊어. 머리 아파."

　[아, 그래. 형한테 잘 모셔다 달라고 하고, 나중에 진도 어디까지 나갔는지 다 이 오빠한테 고해성사하거라. 알았냐?]

　"너나 진도 빼."

　강해는 씹어뱉듯 뇌까리곤 전화를 끊어버렸다. 이런 앨 친구로 뒀으니 자신의 인생이 이리 퍽퍽한가 싶기도 했다. 물론 이런 상황을 기대하면서 석인을 '고용'하긴 했다. 하지만 막상 이런 반응들을 듣다 보니 '현실은 시궁창'이란 말이 절로 떠올랐다.

　정말이지, 아무것도 모르는 사람들을 속이고 행복한 척하면 기분 좋을 줄 알았다. 남들의 부러움을 사고 축복받으며, '잘됐다'란 소리를 들으면 조금쯤 덜 초라해질 줄 알았다. 행복해하는 선욱 앞에서 넉넉한 마음이 되고, 사람들의 시선으로부터 떳떳해질 줄 알았다. 하지만 아니다. 오히려 자신의 처지가 얼마나 바닥인지 더욱더 처절히 깨닫게 될 뿐이었다.

"진도 빼랍니까?"

석인이 흥미로운 목소리로 불쑥 물어왔다. 기분 탓인지 어째 놀리는 것 같다. 강해는 우울한 마음을 누르고 똑 부러지게 대꾸해 주었다.

"덕분에요. 엄청 연기를 잘하시네요. 체질인가 봐요."

"애인대행업이라도 차려야 할까 봅니다."

"성업하시겠어요."

"나야 뭘 하든 성공하죠."

사업의 귀재이시니 오죽할까. 그가 사업적 감각이 탁월하다는 건 모르는 사람이 없다. 그가 필러스그룹의 경영에 적극 참여하기 시작한 최근 5~6년 사이 회사의 매출이 배는 더 올랐다는 건 업계의 전설이었다. 그가 사생활이 문란하다는 평판에도 불구하고 여전히 많은 상류층 집안의 러브콜을 받는 이유도 바로 그 때문이다.

"이번 일도 성공할 겁니다, 난."

"어떻게요?"

너무나도 자신만만한 그의 말에 그냥 물어본 말이었다. 하지만 그의 대답은 그녀를 침묵하게 했다.

"당신이 원하는 대로."

"내가 원하는 대로……?"

멍해지는 말이다. 대체 나는 뭘 원하고 있는 걸까? 사람들 앞에서 거짓된 웃음을 보이며 행복한 척해서 얻는 게 무엇인가. 무슨 의미가 있지? 결국 약혼자에게 버림받았다는 현실은 변함이 없는데. 사랑하는 사람 앞에서 가식된 웃음을 보이며 행복한 척해서, 대체 뭘 지키고 싶은 거니. 자존심? 그딴 게 뭐 그리 대단한 거라고.

"……."

그래 봤자 현실을 부정할 수는 없었다. 해바라기가 해를 바라보듯 줄기차게 한 사람만을 보며 지금까지 왔지만 그의 마음을 얻는 데는 실패했다. 정략이라는 탈을 쓰고 옭아매 보았어도 소용없었다. 그의 시선은 늘 다른 곳에 있었고, 그녀에게는 곁을 내주지 않았다. 어쩌면 처음부터 선욱은 다정한 오빠 이상의 존재가 될 수 없었던 건지도 몰랐다. 안 되는 일에 매여 욕심을 부린 것인지도.

어쨌든 그녀는 패배자다. 웃으며 아무렇지도 않은 듯 가장해도 사람들 눈에는 가소로운 발버둥으로 비춰질 것이 빤했다. 그래 봤자 넌 안 돼. 넌 '돈 많은 상속녀'란 배경을 떼면 아무 매력이 없는 그저 그런 여자일 뿐이야, 라는 사람들의 시선이 섬뜩하리만치 날카롭게 그녀의 심장을 후벼 팔 것이었다.

“내가 맞춰볼까요? 당신이 원하는 게 뭔지?”

무표정한 그녀의 얼굴을 흘깃 돌아보더니 그가 물었다. 유쾌한 미소를 달고 있는 그의 입가가 나른하게 위로 향하고 있었다. 그녀의 비밀을 다 알고 있다는 듯 미소가 은밀했다. 덜컥, 가슴이 내려앉았다. 설마 진짜로 속마음을 들켜 버린 건 아니겠지? 그녀는 표정을 더욱 굳히며 그의 다음 말을 기다렸다.

“김진영.”

다행히도 그의 입에선 의외의 단어가 흘러나왔다.

“놀랄 거 없어요. 대충 눈치 챘으니까.”

“…….”

틀린 말은 아니다. 진영과 기 싸움 중인 것은 맞으니까. 부인하지도, 시인하지도 못한 채로 강해는 가만히 앉아 있었다. 그때, 그의 나직한 혼잣말이 날아왔다.

“그 여자라면 나도 기꺼이 복수해 줄 의향이 있는데…….”

복수! 갑자기 귀가 번쩍 뜨였다.

“복수하려고 날 이용하는 거 아니었습니까?”

안 돼. 반응하지 말자. 그에게 틈을 주면 안 돼. 마음은 그렇게 속삭이고 있었지만 안타깝게도 그녀는 다음 순간, 불쑥 질문하고 말았다.

“어떻게 복수하겠다는 거예요?”

“뭐, 방법이야 여럿 있죠.”

강해는 애써 표정을 굳혔다. 석인의 제안에는 정말 심하게 마음이 흔들렸지만 쉽게 결정을 내릴 수가 없었다. 이미 못하겠다고 선언한 후가 아닌가. 게다가 이런 광대놀음 따위 부질없음을, 그래 봤자 달라지는 것은 없음을 절실히 깨닫고 있는 지금이었다. 남들 앞에서 행복하게 웃고 즐거워하면 뭐 하나. 그녀는 여전히 자기 남자 지키지 못한 바보 같은 여자일 뿐인걸.

'하지만 진영인 어떡하고?'

자신을 마음껏 비웃을 진영일 생각하면 이대로 물러서고 싶지 않았다. 막말로, 지금 자신에게 남은 건 자존심밖에 없지 않나. 약혼자를 떠나보내고 사람들의 수많은 시선을 견뎌내야 하는 지금. 가장 필요한 것은, 마지막 보루인 자존심을 지켜줄 그 무엇이었다. 비참한 뒷모습을 보이느니 차라리 죽고 말지.

"자. 그럼 계약은 유지되는 거겠죠, 물론?"

석인이 짐짓 가벼운 말투로 물었다. 마치 떠보는 듯한 말투에 강해는 시선을 들었다. 운전 중이라 전방을 주시하고 있는 그의 옆모습이 눈에 들어왔다. 깎아놓은 듯 절묘한 턱 선이 그의 분명하고 단호한 성격을 보여주는 듯 완벽했다. 이 사람이 바로 모든 여자들이 원하는 남자였다. 그녀의 자존심을 지켜줄 유일한 남자…….

"아까 같은 행동은 곤란해요. 두 번 다시, 그러지 말았으면 좋겠어요."

강해는 똑 부러지게 강단있는 목소리로 선언했다. 석인의 입가가 부드럽게 스마일을 그렸다. 무언지 모를 짜릿한 쾌감이 그의 온몸으로 퍼져들었다. 이런 기분을 뭐라 하는 거지? 석인은 미소를 지은 채로 대답했다.

"김진영 씨와는 절대로 얘기하지 않겠습니다. 됐죠?"

"아무 얘기도 하지 말란 말은 아니었어요. 단지 스킨십 같은 건, 남들 보기에도 안 좋고 또⋯⋯."

"걱정 말아요. 나도 썩 기분 좋았던 건 아니었으니까."

강해의 눈이 살짝 키워졌다. 그가 한 말의 의미는 그러니까⋯⋯.

"눈살 찌푸릴 일을 만들고 싶진 않았을 뿐이에요. 당신 친구들이 잔뜩 모여 있는 자리였잖습니까."

그녀의 표정을 읽었는지 그가 술술 대답을 내놓는다. 강해는 더 크게 키운 눈동자를 이리저리 굴리며 냉큼 그에게서 시선을 뗐다. 그가 진영에게 흔들렸다고 생각했는데, 그게 아니었다니! 갑자기 가슴이 두근두근 뛰기 시작했다. 순식간에 머릿속을 꽉 채우고 있던 실타래들이 술술 풀리기 시작했다.

"내가 그 순간을 즐겼다고 생각했습니까?"

"아, 아니에요."

라고 말했지만 그녀의 목소리는 이미 많이 흔들리고 있었다. 기분 나쁠 법도 하건만, 그는 히죽 웃더니 부드럽게 물어왔다.

"그럼, 우리 계속 연인인 거죠?"

뭐라고 말할 수 있겠나. 지금 이 상황에선 딱 하나 외엔 답이 없었다.

"그래요."

"그나저나 그 여자가 당신한테 뭐라고 말했습니까? 뭐라고 했는데, 고매하신 우리 공주님께서 복수를 결심하시게 된 겁니까?"

뭔가 흐뭇해진 마음으로 그는 히쭉 웃으며 물었다. 그러자 서릿발 서린 윤강해의 목소리가 어김없이 날아왔다.

"공주님 소리, 이제 그만 좀 하시죠."

"칭찬인데."

"그게 어떻게 칭찬이에요?"

"혹시 김진영 씨가 당신더러 공주랍디까?"

"……."

"그랬나 보네."

"아니에요."

그녀는 빠르게 부인했다. 하지만 이미 머릿속에서는 김진영의 비아냥거림이 들려왔다. 이게 누구야? LS그룹의 공주님이잖아?

"그럼, 뭐라고 했는데요? 제 잘난 맛에 산다고?"

"아니에요."

"임석인 같은 남자와 혼담이 오고 간다더라, 쌤통이다, 뭐 이런 말이었습니까?"

명동 한가운데에 돗자리를 깔아야겠네, 아주. 어쩜 이렇게 족집게니.

"아니요."

"그럼 뭡니까, 대체?"

강해는 최대한 굳은 표정으로 장난삼아 얘기하고 있는 석인을 돌아보았다. 그리곤 상처 따윈 전혀 받지 않은 인조인간 같은 목소리로 중얼거렸다.

"다른 남자의 손을 거쳐 온 불결한 여자 따위, 임석인 씨는 거들떠보지도 않을 거라더군요. 그러니 윤강해는 또다시 파혼당할 거라고."

웃고 있던 석인은 그 자리에서 굳어버렸다.

이후, 그들은 아무 말도 하지 않았다. 그녀의 집에 도착하기 전까지 둘 다 약속이나 한 듯 입을 꽉 다물고 침묵을 지켰다. 어색한 분위기를 쇄신시키기 위해서인지 그가 음악을 틀었지만, 강해는 차마 들어주기 힘든 시끄러운 음악이었다. 차분하고 유려한 클래식에 길들여진 강해의 귀는 찢어질 듯 쿵쾅거리는 락 뮤직에 눈살을 찌푸렸다. 제발 꺼버리던가, 좀 조용한 음악으로 바꿔 틀어주던가 해달라고 말하고 싶었지만 강해는 그냥 참기로 했다. 진짜 애인도 아닌데, 그의 음악 취향까지 비난하고 싶진 않았다. 계속 들으니 조금 적응이 되는 것 같기도 하고.

간신히 어색한 분위기를 깨고 작별인사를 마친 강해는 힘든 발걸음을 겨우겨우 옮겨 집 안으로 들어왔다. 일하는 아줌마의 인사를 받으며 현관문 안으로 들어서자, 흐뭇한 얼굴로 서 있는 아버지 윤 회장이 눈에 들어왔다.

“다녀왔습니다.”

“왔구나.”

십 년 전 어머니가 돌아가신 이후 부쩍 해쓱해진 그의 얼굴이 아주 오랜만에 밝았다. 무슨 좋은 일이 생긴 걸까? 평소 때와는 사뭇 다른 아버지의 모습이 조금은 의아하다. 최근 파혼이 결정되고부터 쭉 심각하고 우울한 모습만 보여주던 아버지가 무슨 일로……?

“안 주무셨어요?”

“이제 겨우 10시인데 뭘. 네가 오지도 않았는데 먼저 잠자리에 들 수야 있니?”

“다른 이유가 있어서는 아니고요?”

뭔가 이상하다는 생각이 들어서 슬쩍 옆구리를 찔러보니, 아니나 다를까 곧바로 윤 회장은 속내를 드러냈다.

“내가 오늘 임 회장한테 들은 소리가 있어서, 너한테 확인하려고 이렇게 기다리고 있었다. 오늘 임 군이랑 데이트했다는 게 사실이냐?”

역시 그거였다. 비밀리에 가진 만남도 만 하루가 안 돼 파다해지는 판국이니 당연한 결과일 수도 있겠지만, 솔직히 좀 무서워지는 순간이다. 정말 이 바닥엔 비밀이란 게 없구나, 싶은 생각에 정신이 번쩍 났다.

“맞아요.”

“정말이니? 그게 정말이야?”

윤 회장의 얼굴에 급작스런 화색이 돌았다. 임 회장으로부터 듣긴 했어도 긴가민가했었던 모양이다. 그 모습을 보니 마음이 싸해졌다. 아버지를 속이고, 앞으로도 계속 속여야 한다는 생각이 무겁게 가슴을 짓눌렀다. 꼭 이렇게까지 해야 하나, 하는 생각이 다시 한 번 뇌리를 스치고 지나갔지만 동시에 진영의 비웃음도 함께 떠올랐다. 약해지면 안 돼. 단단히 마음을 다지고 강해는 똑똑히 대답했다.

"네. 그렇게 됐어요."

"잘 생각했다. 그래, 그래야지. 씩씩하게 잊어버리고 좋은 사람 만나야지. 암, 내가 보기엔 임 군만큼 너한테 딱 맞는 상대는 없다. 잘 택한 거야. 내가 너 출근할 때마다 어깨 축 처진 걸 보면 얼마나 속이 상했는지 모른다. 좀 쉬라고 그렇게 말해도 고집을 부리더니만, 결국 이렇게 하려고 그랬구나."

"회사를 왜 쉬어요? 내가 뭐, 아직도 선욱 오빠를 못 잊는 줄 알아요?"

강해는 빙긋 웃고는 어깨를 으쓱하며 말한다. 상처 따윈 전혀 받지 않은 듯 편안한 표정이었다. 하지만 윤 회장은 알고 있었다. 강해가 죽기 살기로 버티고 있다는 것을. 여기서 무너지면 끝장이니까, 더 이상 물러설 곳이 없으니까, 이를 악물고 버티는 것이란 걸. 여러모로 선욱을 적으로 만들 순 없었을 것이다. 떠난 마음을 되돌릴 수도, 그에게 복수할 수도, 그가 불행하길 기도할 수도 없었을 것이다. 잊지 못해 괴로워해 봤자 상처받고

힘든 사람은 오직 자신뿐이란 걸, 강해는 너무도 잘 알고 있었
다.

사업파트너였던 부모님 때문에 선욱과 강해는 태어날 때부터
친남매처럼 자랐다. 외동딸로서 유난히 외로움을 탔던 강해는
선욱을 친오빠처럼 따랐고, 선욱의 동생인 지욱과는 쌍둥이형
제처럼 가깝게 지냈었다. 어미를 잃고부터는 더더욱 선욱 형제
에게 기대었고, 약혼이 결정되면서부터는 그들 가족의 일원이
된 양 좋아했었다. 선욱이 자신을 동생 이상으로 여기지 않는다
는 걸 알면서도, 다른 사람을 마음에 두고 있다는 걸 알면서도
마냥. 모든 게 스스로 자초한 일이었다. 그러니 누굴 원망할 수
도 없을 것이다. 억지로 우기고 매달린 사람은 바로 그녀 쪽이
었으니까.

'어리석은 것.'

오죽하면 아비인 자신이 서둘러 두 사람을 찢어놓으려고 했
을까. 그는 딸이 행복해지길 바랐다. 자신을 소중히 여겨주는
남편과 아껴주는 가족들 품에서 지금껏 누리지 못한 행복을 만
끽하길 바랐다. 그래서 임 회장 집안이 적격이라 여겼던 것이
고. 가정사는 그다지 깔끔하지 못하지만 그럼에도 불구하고 화
목한 집안 분위기가 마음에 들었었다. 거기다가 임 회장과 그
아내는 어려서부터 강해를 무척이나 탐을 내지 않았던가. 그 집
안이라면 강해가 듬뿍 사랑받으며 살 수 있겠다 싶었었다.

"다 잊었어요. 생각해 보니까 선욱 오빠 내 타입이 아니더라

 척. 척. 척.

고요. 난 좀 더 부드러운 사람이 좋아요. 유머러스하고 친절하고 상냥하고……."

밝게 말하던 강해가 갑자기 하던 말을 멈추었다. 여전히 방긋 웃는 얼굴인 그녀는 잠시 두 눈을 깜빡거리며 빤히 윤 회장을 바라보고 있었다. 시선은 아비에게 꽂혀 있지만 생각은 다른 쪽으로 흘러가고 있는 게 눈에 훤히 보였다. 임 군을 떠올리는 겐가? 생각하니 웃음이 흘러나왔다.

"그게 임 군을 만난 네 소감이냐?"

"꼭 그런 건 아니지만 비슷한 것 같아요. 좀 더 만나봐야죠."

차마 아니라고 말할 수 없어 강해는 어정쩡한 대답을 내놓았다. 윤 회장은 의심 따윈 전혀 하지 않는 듯 활짝 웃고 있었다.

"그래. 내가 잘못 본 게 아니라면, 임 군만큼 괜찮은 녀석도 드물다. 일하는 걸 보면 성향을 알 수가 있는 법이지. 진취적이고 창의적이고, 거기다가 항상 노력하는 모습이 엿보여. 펜대나 굴리고 앉아 있는 놈과는 차원이 달라. 사장자리에 앉아서도 공부하는 남자라면 얼마나 성실한지 알겠지?"

"뭐든 한 번 시작하면 끝장을 낼 것 같긴 하더군요."

"그래?"

"은근히 집요하고 끈질긴 성향이 있더라고요. 독불장군처럼 자기 소신을 지키기 위해선 뭐든 할 것 같기도 하고. 나쁘진 않죠, 그런 면. 사업할 땐 어느 정도 필요한 면이잖아요."

"역시 그렇지?"

윤 회장이 두 눈을 빛내며 되묻자, 일순 강해는 하던 말을 멈추었다. 자신이 그에 대해서 굉장히 잘 아는 것처럼 말해 버렸다는 걸 깨닫게 된 것이다. 뭘까, 이 자신감은? 겨우 몇 번 만나 얘기해 본 주제에 뭘 얼마나 안다고. 마치 그에게 관심이 엄청 많아서 그를 분석하고 있었다는 듯 주절주절 읊어댄 자신이 강해는 당황스러웠다.

"그럼 전 피곤해서요. 이만 올라가 볼게요."

당황함을 들키지 않기 위해 서둘러 뒤를 돌아 계단을 올라가려는데, 윤 회장이 그녀를 불러 세웠다.

"강해야."

강해는 어색한 표정으로 윤 회장을 돌아봤다. 그는 착 가라앉은 목소리로 조용히 말했다.

"오늘 선욱이 날 찾아왔었다."

"오빠가요? 무슨 일로 왔었는데요?"

"결혼 날짜를 잡았다더구나. 나더러 주례를 맡아달라고……."

강해의 웃음 섞인 얼굴이 그대로 굳어버렸다. 짙은 먹물 같은 어둠이 연기처럼 스멀스멀 뇌를 잠식해 오는 듯했다. 아무 말도 생각나지 않았고, 아무것도 보이지 않았다. 눈앞이 캄캄했다. 손발이 차갑게 식는 걸 느끼며 그녀는 가까스로 입술을 끌어 올렸다.

"그랬어요? 그런데, 아버진 신부의 손을 잡아주시고 싶다고 하셨잖아요."

신부인 리나는 고아였다. 선욱의 부모가 생명의 은인이 남긴 피붙이라며 데려다 친딸처럼 키운 아이로 강해와 윤 회장과도 익히 잘 알고 지내는 사이였다. 썩 내키진 않았지만, 모르는 사이도 아닌데다가 선욱의 부모와 맺었던 친분도 있고 해서, 윤 회장은 결혼식장에 들어서는 리나의 손을 잡아줄 계획을 세우고 있었다.

사실 윤 회장이 이런 결정을 내린 데에는 남다른 사정이 있었다. 어떤 미친 사람이 딸의 전 약혼자의 결혼식에 신부측 혼주로 나설 생각을 하겠는가. 마음 같아서는 결혼식에 참석하고 싶지도 않았다. 아무리 선욱이 회사의 주춧돌이라 해도, 선욱의 부모와 친형제처럼 지냈었다고 해도, 외면하고 싶은 게 딸 가진 아비의 마음이었다. 그런데도 이렇게까지 선욱의 결혼식에 신경을 쓰는 이유는 모두 사람들의 이목 탓이었다.

많은 사람들이 강해와 윤 회장의 행보에 집중하고 있었다. 그들은 선욱과 강해의 약혼이 깨진 것을 절대 쉽게 지나치지 않았다. 분명히 속사정이 있을 것이라고 여겼고, 그 때문에 강해와 윤 회장의 반응을 놓치지 않으려 했다. 사소한 표정 변화 하나에도 수많은 의미를 부여하는 사람들의 특성상, 윤 회장과 강해가 결혼식에 나타나지 않는다면 더욱더 많은 소문들이 난무하게 될 것이다. 아마, 강해가 선욱에게 거절당했을 것이라는 지금의 소문보다도 더 악질적인 루머가 생겨나겠지. 윤 회장은 그런 소문들을 불식시키기 위해 일부러 나서는 것이다. 딸의 명예를 위해서 자존심을 굽힌 것이었다.

"신랑 쪽도 혼주가 없는 건 마찬가지 아니니. 어차피 양쪽 혼주석이 빌 것 같으니, 신랑신부 동시입장 쪽으로 가닥을 잡은 것 같다."

"그랬구나. 맡아주지 그러셨어요."

강해의 눈썹이 파드득 떨었다. 최대한 빨리 결혼하고 싶다던 선욱의 말이 귓전을 맴돌았다. 몇 년을 애태우던 안타까운 사랑이니 당연히 그러리라 생각했지만, 정말 이렇게 빨리 결혼을 하리라고는 생각 못했었다. 마음의 준비가 채 되지 않았는데. 아직, 생각하면 마음이 아픈데. 슬프기만 한데. 안타깝고 애달프기만 한데…….

"안 그래도 그러마고 했다."

"잘하셨어요."

"너와는 잘 안 됐지만, 선욱이도 결혼해서 행복해야지."

"그럼요."

이제 정말 선욱을 보내줘야 할 때인가. 강해는 울컥 올라오는 감정을 짓누르며 억지로 입술을 끌어 올렸다. 천천히 떨어지는 시선을 수습하고 고개를 들어 올린 그녀는 평소보다 더 크게 말했다.

"부럽다. 나도 얼른 결혼해야겠어요, 아빠."

"……."

"아빠 말대로 정말 임석인 씨가 그렇게 대단히 멋진 사람이라

면, 나도 올해가 가기 전에 결혼할래요. 아직까진 잘 모르겠지
만 나쁜 사람 같진 않아요."

"강해야."

"아참, 이럴 때가 아니다. 리나한테 전화해 봐야겠어요. 결혼
도 축하하고, 혹시 내가 도와줄 일은 없나 물어보기도 하고."

"정말 괜찮은 거니?"

윤 회장이 걱정을 가득 담고 조심히 물었다. 그는 딸을 알았
다. 힘겨운 파경의 과정을 겪으면서도 의연히 모든 걸 담대하게
받아들이는 것처럼 보였지만, 실은 그렇지 못했다는 것을 잘 알
았다. 빠르게 현실로 되돌아와 일을 하고, 남들과 잡담하며 웃
고, 심지어 리나와도 친언니처럼 상담하고 대화하는 모습이 결
코 아무렇지도 않아서 그런 게 아니라는 걸 그는 너무나도 잘
알았다.

"그럼요. 이미 다 잊었는데요 뭘. 리나랑 선욱 오빠, 진짜 잘
어울려요. 정말 행복하게 잘살았으면 좋겠어요."

"그러겠지."

씁쓸하게 그는 중얼거렸다.

"걱정 마세요, 아빠. 전 더 행복해질 거니까요."

강해는 스스로에게 다짐하듯 말하며 씩, 웃었다. 저 웃음이
아픈 마음을 숨기기 위함이라는 걸 잘 알기에 윤 회장의 마음도
아팠다. 그나마 석인과 만나기 시작했으니 얼마나 다행인가. 조
만간 좋은 소식이 있을 거라 생각하니 조금은 안심이 되었다.

다행히 첫인상도 좋은 것 같으니 둘이 결합하는 것은 시간문제라고 생각되었다. 그는 만족스러운 마음으로 고개를 끄덕여 주었다. 강해도 그 어느 때보다 더 씩씩하게 계단을 올라갔다.

쿵.

제 방으로 들어간 강해는 꽉 닫은 방문을 등에 지고 참았던 눈물을 소리없이 쏟아냈다. 주르르, 속눈썹 사이로 맺혔던 물기가 두 볼을 타고 내려왔다. 오열을 참아내는 목구멍은 터질 것처럼 아파왔고, 코끝이 찡하게 달아올랐으며 시야는 두꺼운 눈물층으로 흐릿해졌다. 꺽꺽 소리가 억지로 숨죽인 목구멍 사이로 밀려 올라왔다. 가슴 저만치 깊은 속은 이미 시꺼먼 먹물을 머금은 화선지처럼 찢어지고 으깨어져 가고 있었다.

왜 이렇게 마음이 아픈 걸까. 이미 그를 보내기로 마음먹었고, 그에 대한 미련 따위 버리기로 했는데. 왜?

그에 대한 욕심은 이미 접은 지 오래였다. 선욱을 포기하고, 그가 마음껏 사랑할 수 있도록 축복해 주는 것이 그를 위하는 길이라는 걸 알았을 때부터였다. 내 사랑이 안타깝고 아픈 것만큼이나, 상대의 사랑도 아프고 힘들었을 것이라 생각하니 더 이상 억지를 부릴 수도 없었다. 선욱도 리나에 대한 마음을 접기 위해 수 년 동안 노력을 해오지 않았던가. 친동생처럼 여기며 보살펴 오던 동생을 사랑하게 되었으니 그 죄책감이 어마어마했을 것이다. 그런 걸 생각하면 자신의 욕심만 채울 수는 없다고 생각했다. 그가 행복할 수 있도록 물러나 주어야 했다. 한데 왜 이렇게 아픈 거니. 왜 이렇게 모든 게 두려워지는 거니…….

주르륵.

양쪽 눈에서 흘러내리는 눈물은 너무나도 뜨거웠다. 두 볼을 타고 턱까지 내려와 후드득, 바닥으로 떨어지는 방울방울이 애처로웠다. 심한 자기연민이 찾아왔다. 격한 떨림이 두 손, 두 다리의 힘을 앗아갔다. 힘없이 바닥에 쓰러진 그녀는 떨리는 손으로 입을 막았다. 흡사 앓는 소리 같은 흐느낌이 꽉 쥔 주먹 안으로 스며들어 갔다. 혹여 누가 들을까 봐 큰소리로 울 수도 없어, 그녀는 터지는 울음을 꾹 눌러 참고 있었다.

이럴 줄 알았으면 보내주지 말 걸. 끝까지 그에게 매달릴 걸. 억지라도 부릴 걸. 책임지라고, 연애 한 번 안 하고 오로지 그만 바라보았던 십수 년의 세월을 보상해 달라고, 떼라도 쓸 걸. 뭐가 그리 잘나서, 쿨한 척, 착한 척, 보내줬니. 이렇게 후회할 거면서. 이렇게 마음 아파 죽을 듯 힘들어할 거면서. 이럴 줄 예상 못했던 거니? 그래?

'바보 같은 윤강해.'

철이 들면서부터 오직 김선욱만 바라보며 살아왔다. 보고만 있어도 빛이 나는 그 사람 외엔 그 누구도 마음에 들이지 않았다. 당연히 그가 자신의 짝이라 여기며 살아왔고, 그렇게 될 거란 확신도 있었다. 당시 그는 회사에서의 입지를 굳힐 필요가 있었고, 가장 빠른 길이 바로 자신과의 약혼이었으니, 제안하면 거절하지 못할 거라 생각했다. 야비한 방법이긴 했지만, 그를 가질 수 있는 길이기에 그녀 역시 마다하지 않았다. 사랑했으니까. 그만큼 욕심이 났으니까.

하지만 결국 그녀는 그를 갖지 못했다. 그리고 혼자가 되었다. 수많은 의혹의 시선을 홀로 감당해야 했다. 비웃는 듯한 사람들의 시선 때문에 굴욕감을 느끼는 것도 자신의 몫이었다. 그 누구도 대신해 줄 수 없었다. 아무도 방어해 주지 못한다. 스스로 맞닥뜨리고 부딪쳐서 이겨내야 했다. 그러지 못한다면, 그녀는 진영뿐 아니라 사교계 전체의 비웃음을 사게 될 것이다. 그건 견딜 수 없는 치욕이었다. 대 LS그룹의 상속녀로서 그런 치욕적인 일을 겪을 순 없었다. 그 누구한테도 아파하는 모습, 약해 빠진 모습, 흔들리는 모습을 보이지 않을 것이다. 동정은 더더욱 싫었다.

강해는 결연한 눈동자를 들었다. 아직까지 흘러내리는 눈물을 천천히 닦아내며 그녀는 휴대폰을 꺼내 들었다.

[언니?]

리나가 금세 전화를 받았다.

"전화 받네? 너무 늦어서 안 받을 줄 알았는데."

칼칼한 목소리였으니 강해의 어조는 흔들림없었다. 입가에 희미한 미소까지 띠고 있는 그녀는 절대로 약해지지 않을 거라고, 다짐에 또 다짐을 하고 있었다.

[내가 뭐 밤에 하는 게 있어야지. 어쩐 일이야? 목소리가 별로 안 좋네? 무슨 일 있어?]

"좀 피곤해서. 이제 들어왔거든. 아버지가 네 결혼소식 얘기
하더라."

[어…….]

주저하는 듯 리나가 조용히 말했다. 승자의 패자에 대한 일말
의 미안함이 느껴졌다. 욱신욱신, 가슴 한쪽이 아파오자 강해는
어금니를 꽉 깨물었다. 절대로 약한 모습을 보이지 않을 거야.

"소식 듣고 얼마나 기뻤는지 몰라. 축하해."

[고마워, 언니.]

"고맙긴, 당연한 걸 가지고."

[사실 언니의 축하를 제일 듣고 싶었어. 염치없지만.]

"그런 소리 마. 염치가 왜 없니? 내가 두 사람, 얼마나 좋아하
는지 잘 알잖아."

[알지. 그래서 언니한테는 너무 고맙고 미안해.]

"왜 미안해해? 그러지 마. 난 아무렇지도 않다고 했잖아."

잠시 진정되었던 손발이 또다시 떨려왔지만 목소리만큼은 산
뜻했다. 살짝 톤이 가라앉아 있다는 것을 제외한다면 정말로 아
무렇지도 않은 것 같았다. 리나도 달리 의심하지 않는 듯 편안
한 말투가 되었다. 강해는 떨리는 입술을 지그시 깨물고는 천천
히 다음 말을 꺼내었다.

"실은 나, 결혼식 선물 준비하고 있는데."

[선물? 그런 거 필요없어. 언니가 결혼식에 와주는 게 나한테
는 선물이지.]

정말로 놀란 듯 리나가 펄쩍 뛴다. 지극히 정상적인 반응이었다. 누구든 이런 상황에선 강해의 호의를 부담스러워할 것이다. 어찌 됐든 그녀는 강해의 약혼자를 빼앗은 격이니까. 강해도 안다, 자신의 이런 행동이 너무 과하다는 것을.

하지만 어쩔 수 없다. 이렇게라도 하지 않으면 자신이 어떤 짓을 저지를지 알 수 없었다. 자존심 모두 버리고 선욱에게 다시 매달리게 될 수도, 가슴속에 선욱에 대한 감정을 묻어두고 평생을 살아가게 될지도 모르는 일 아닌가. 그러고 싶진 않았다. 깨끗이, 시원하게 잊고 싶었다. 그러니까 결혼선물은 일종의 의식이었다. 선욱을 마음에서 지워내기 위한.

"결혼식 참석이야, 당연한 거고. 웨딩드레스, 어때?"

[웨…… 딩드레스?]

"내가 개인적으로 아는 분이 웨딩드레스 전문샵을 운영하고 계셔. 꽤 유명하신 분인데, 그분한테 부탁해 놨어."

[꽤 비쌀 텐데.]

"나 부자야. 그 정도의 선물은 해줄 능력 있어. 몰라?"

극구 사양하는 리나에게 강해는 농담을 건넸다.

[그건 그렇지만 받아도 될지…….]

"돼. 받아."

부드러운 것 같으면서도 의외로 강한 강해의 어조에도 한참을 망설이던 리나는 결국 마지못해 받아들였다. 강해가 원하는 대로 하게 해주는 게 옳다고 생각한 것 같았다. 강해는 욱신거리는 가슴 한구석을 손으로 꾹 누르며 눈을 감았다. 상처에 소금이 뿌려진 듯 엄청난 통증이 일었다.

[근데 언니, 언니 혹시 임 사장님이랑 사귀는 거야?]

머뭇거리는 듯하더니 조심스럽게 물어오는 리나. 두 눈을 꽉 감고 있던 강해의 미간이 꿈틀 움직였다. 임 사장님이라면 임석인을 말하는 게 아닌가. 리나가 임석인과의 일을 어떻게?

[아까 지욱 오빠가 잠깐 집에 들렀다 갔는데, 이상한 말을 하더라고. 언니가 임석인 사장님과 만나기 시작한 모양이라던데? 친구들한테 들었대.]

벌써 거기까지 소문이 뻗쳤단 말인가? 석인과 파티에 참석한 게 불과 몇 시간 전인데 어떻게 벌써? 아버지야 임 회장에게 직접 들어서 그리 빨리 알게 되었다지만……. 아무리 이 바닥 소문이 빠르기로서니 이렇게까지 빠를 거라고는 생각지 못했다.

[내가 임 사장님하고 친분이 좀 있거든? 알지? 내가 곧 필러스그룹에서 일하게 된 거. 임 사장님께서 날 미국에서 스카우트해 오셨잖아. 그래서 직접 만나고 일 얘기도 많이 했었어. 아! 맞다. 그때 한 번 회사 카페에서 뵌 적 있지?]

"응."

[정말…… 사귀는 게 맞아? 그냥 소문이 아니고?]

리나가 더욱더 조심스럽게 물었다. 자신이 실수를 한 건 아닌지 몹시도 걱정하는 듯했다. 지금 강해가 얼마나 예민해 있는지, 얼마나 많은 걸 참아내고 있는지, 모두 알고 있는 것 같았다. 그 배려하는 마음이 너무나도 강하게 느껴져 강해는 오히려 모멸감을 느끼고 말았다. 흔들리고 약해 빠진 자신의 진짜 모습을 리나에게 들켜 버렸다는 수치심이었다.

"맞아."

강해는 이미 식어버린 눈가를 손등으로 훔치며 똑똑히 대답했다. 흔들림없는 목소리는 탁했지만 강한 악센트를 지니고 있었다.

"사귀기로 했어."

[정말? 어, 언제부터?]

빅뉴스를 접한 리나는 많이 놀란 듯 크게 소리쳤다. 반기는 듯 밝은 그 목소리를 들으니 가슴의 욱신거림은 더욱 커졌다. 강해는 울컥하는 마음을 꾹 누르며 애써 웃음 지었다. 잘하고 있어, 윤강해. 넌 아주 훌륭하게 버텨내고 있는 거야. 이 순간만 잘 넘기면 모든 게 좋아질 거야. 걱정하지 마. 힘을 내.

"얼마 되진 않았어."

[그랬구나. 그럼 결혼식 때 같이 오겠네? 사장님도 오시겠다고 했거든.]

"그럴게."

[진짜 사귀는 거 맞나 보구나?! 축하해, 언니!]

내내 조용하고 조심스럽던 리나의 목소리가 갑자기 커졌다. 그리고 정말 잘됐다며, 축하한다는 리나의 속사포 같은 수다가 이어졌다. 순진하게도, 그녀는 정말로 강해가 선욱을 잊고 석인

과 만나기로 한 줄 아는 모양이었다. 강해는 멍해져 버렸다. 시
끄러운 리나의 목소리 때문은 아니었다. 자신이 무슨 짓을 해버
린 건지 이제야 깨달은 것이었다.
　그녀는 선욱의 결혼식에 석인과 함께 참석해야 한다!

　며칠 뒤, 강해는 웨딩샵에 들렀다. 한국에선 둘째가라면 서러울 정도로 유명한 디자이너, 장세라의 부티크였다.

　"오, 자기! 어서 와."

　미리 약속을 잡아놓고 들렀던 차라, 마침 세라가 직접 그녀를 맞이했다. 강해는 세라를 가볍게 안으며 인사를 나누었다. 작은 체구의 세라는 40대의 호탕한 성격을 가진 미스였다. 세간의 인식과는 달리 그녀는 항상 누군가와 연애를 하는 개방적이고 화려한 사람이었다. 볼 때마다 그 상대가 달라지는 특성만 제외하면 아주 낭만적인 사람이기도 하였다.

　"잘 지내셨어요?"

"잘 지냈지, 그럼. 자긴 어때? 사랑의 아픔, 다 극복했어?"

"아픔은요, 무슨. 정략결혼 깨진 걸 마음 아파하는 여자가 몇이나 되겠어요."

씁쓸하게 대답하며 강해는 웃었다. 세라는 콧잔등을 찡그리며 손가락 하나를 척 빼 들었다.

"내 앞에선 솔직해지랬지. 난 자기 표정만 봐도 오늘 아침 메뉴가 뭔지, 회사 일은 어땠는지, 다 안다고. 특히 사랑에 대해선 내가 더 전문가야. 알지?"

"알죠."

"아무리 정략적이었다고 해도 내 남자였는데, 그 남자가 딴 여자와 결혼하는 걸 보고 기분 꿀꿀하지 않은 여자가 어디 있어? 열이면 열, 다 꿀꿀하지."

"맞아요. 이러다 돼지가 되겠어요."

"그러면 안 되지. 더 씩씩하게 남자를 찾아야지. 자기처럼 예쁘고 싱싱한 아가씨가 그깟 남자 하나 때문에 꿀꿀해지면 되나? 나처럼 늙은 아가씨도 연애를 하는데."

가슴 아픈 주제를 유쾌하게 풀어가는 재주를 부리며 세라가 눈을 흘겼다. 이래서 세라가 좋다니까. 그녀와 함께 있으면 우울함이 싹 사라진다. 남자란 존재는 자신의 인생을 좀 더 풍요롭게 해주는 데코레이션일 뿐, 인생 자체가 될 수 없다는 마인드. 그 특유의 산뜻함이 좋았다. 세라와 얘기하고 있으면, 정말로 사랑 따위에 목숨을 거는 자신이 한심하게 느껴진다. 선욱과 깨진 상처쯤은 아무것도 아닌 것처럼 느껴지기도 했다. 오늘도 어김없이 그녀의 쿨함에 물들어 쉽게 웃어넘기는 강해다.

"선생님은 정말 그대로인 거 같아요. 세월이 선생님만 비켜가나 봐요."

"그야 늘 사랑에 빠져 있으니까 그렇지. 자기도 사랑을 하라고, 사랑을."

"그래야죠."

사랑이라면 그녀도 늘, 꾸준히, 한순간도 빠짐없이 '하고' 싶었다. 그 '사랑'이란 것이 그녀를 선택하지 않는다는 것이 문제일 뿐. 어릴 때부터 그녀는 남자들에게 인기가 없었다. 그 흔한 고백 한 번 받아본 적이 없고, 러브레터 한 통 받아본 적 없었다. 주변에선 그녀가 너무 도도해 보여서, 부잣집 딸이라 위화감이 느껴져서, 혹은 많이 받겠지…… 하는 심리 때문일 것이라고들 했다. 워낙 인기가 많아 보여서 더 접근하기 힘든 타입이라는 것이다. 하지만 진짜 그것 때문일까?

"자기, 전화 왔잖아."

갑자기 세라가 강해의 팔을 건든다. 멍하게 생각에 빠져 있던 그녀는 정신을 퍼뜩 차렸다.

"무슨 생각 했어? 남자 생각?"

"아, 무슨……."

민망함에 손사래를 치며 강해는 핸드백 속에 들어 있는 전화기를 꺼냈다. 전화기에는 석인의 번호가 찍혀 있었다. 무슨 용건으로 전화를 한 걸까? 궁금해진다. 그와는 두현의 약혼발표 파티 이후로 만나지도, 통화하지도 않고 있었다. 며칠이 지나도 연락이 없어서 이대로 흐지부지 없었던 일로 되는 건가, 잠시 걱정을 하기도 했던 그녀다.

"자리 비켜줘?"

열심히 울리는 전화기를 빤히 내려다보는 강해에게 세라가 말했다. 포트폴리오를 들추며 강해에게 보여줄 디자인을 찾고 있는 그녀는 강해가 많이 의심스러운 듯 미묘한 눈빛으로 빤히 바라보고 있었다. '자기, 뭐 숨기는 거 있지?'의 눈초리에 흠칫 떨며 강해는 강하게 부정했다.

"아니에요. 별로 중요한 전화도 아닌데요 뭘. 금방 끝날 전화예요."

"그래? 그럼 어서 받아."

"예……."

비켜달라고 할 걸 잘못했나? 약간 찜찜한 기분으로 강해는 전화 폴더를 열었다.

"여보세요."

[어딥니까?]

상당히 단도직입적인 임석인 씨. 인사도 생략, 신분공개도 생략, 안부도 생략. 어떨 땐 부담스럽게 매너가 좋은 사람이 이럴 때 보면 상당히 무례하게 느껴진다.

"무슨 일이십니까?"

[고객 상담 직원입니까? 목에 힘 빼세요.]

이해하고 참아보려 했지만, 이번엔 명령조. 강해는 절로 뾰족해진 목소리로 삐딱하게 물었다.

"제 목소리 평가하시려고 전화하셨어요?"

[지금 시간 어때요? 퇴근 전이죠?]

그녀의 말을 싹둑 무시하고 그가 묻는다. 어째 며칠 사이에 더 무례하고 건방져진 것 같다. 강해는 인상을 잔뜩 찌푸리고는 한숨을 내쉬었다. 어쨌든 상대가 무례하다고 같이 무례하게 구는 건 윤강해식이 아니니. 최대한 정중하게 그녀는 물어주었다. 예의란 바로 이런 것이다, 라고 시범이라도 보이려는 듯.

"무슨 일이신데요?"

[시간 좀 내요. 저녁에 우리 집에 가줘야겠어요.]

"네?"

'우리 집'이라니. 설마 그의 집을 말하는 건가?

[다시 말해줘요?]

"아, 아니, 내가 거길 왜 가요?"

그녀는 다급하게 물었다. 너무나 황당한 소릴 들어서인지 말도 제대로 안 나왔다. 옆에서 세라가 흥미진진한 눈으로 바라보는 것도 모른 채 그녀는 흥분의 도가니탕 속으로 다이빙해 들어가고 있었다.

[그새 잊었습니까? 서로에게 필요하면 언제든지 요청할 수 있다고 말했잖아요, 당신 입으로 직접.]

“아니, 아무리 그래도 그렇지. 갑자기 이러는 법이 어디 있어
요?”

[5분 후면 회의 시작입니다. 바쁘니까 신경질은 나중에 내
요.]

“내가 언제 신경질을 냈다고 그래요?”

[나도 좋아서 이러는 거 아닙니다, 윤강해 씨. 낸들 사랑하지
도 않는 여자를 집까지 데리고 가 소개하고 싶겠습니까? 당신을
기어이 저녁식사에 초대하고 싶다는데 그럼 어쩝니까? 며칠 동
안 내내 안 된다고 말씀드렸는데도 막무가내십니다. 오늘은 우
리 어머님이 당신한테 전화해서 직접 초대하시겠다고 반협박을
하셔서 내가 겨우 말리고 전화하는 거예요. 아시겠습니까?]

아무래도 임석인, 그날 이후 계속 가족들에게 시달렸나 보다.
강해는 차마 더 이상 뭐라 말 못하고 대책 없는 숨만 씩씩 몰아
쉬고 있었다. 어떡하지? 임 회장님과 그 가족들은 여타 모임이
나 파티 같은 곳에서 간혹 마주치고 얘기도 곧잘 나누었지만 이
렇게 사적으로 만나는 건 처음 있는 일이었다. 게다가 그의 애
인 자격으로 초대되어 가는 게 아닌가. 또 그의 부모님에게 나
쁜 인상을 심어줘야 했다.

“하루만 미룰 순 없어요?”

거의 죽어가는 목소리로 그녀가 물었다. 어떻게든 미뤄보고
싶어서 꺼낸 대안이었지만 이 매정한 남자, 하는 말 좀 보시라.

[매도 일찍 맞는 게 나아요. 하루 미룬다고 뭐, 덜 떨릴 줄 알

아요? 오늘 하루로 끝냅시다. 가서 제대로 놀라게 해드려요. 그럼 다음부터는 초대하겠다는 소리 쏙 들어갈 겁니다.]

"그게 아니라……."

핑계를 대야 했다. 절대 오늘 그의 집에 가는 불상사가 일어나면 안 되었다. 자신없단 말이다. 적어도 마음의 준비라도 해야 하지 않겠나? 어떤 식으로 말하고, 어떻게 행동해야 하는지 대강은 구상해 가야 하지 않겠난 말이지. 이렇게 갑자기 가게 될 줄 알았다면 마린이 붙들고 예행연습이라도 해보았을 텐데……!

"지금 일이 있어서 밖에 나와 있다고요. 오늘은 좀 곤란해요."

"어머, 자기야. 이거 금방 끝나잖아."

겨우 핑계를 댔건만 눈치없는 세라가 끼어든다. 강해는 얼른 세라의 입을 막고 고개를 가로저었지만, 귀까지 밝은 임석인은 이미 세라의 말을 토씨 하나 안 빼고 다 들어버린 듯 수화기 속에서 그녀를 비웃었다.

[금방 끝난다는데.]

"나, 진짜 오늘은 자신이 없어요."

강해는 사실대로 털어놓으며 눈살을 찌푸렸다. 하지만 무정한 석인은 강해를 봐줄 의향이 전혀 없는 듯 딱 잡아뗐다.

[나도 더는 못 버텨요. 온 집안 식구가 당신을 데려오라고 날이면 날마다 들들 볶아대니 살이 절로 내립니다.]

"그래도 이렇게 갑자기는……."

[그래서, 어디라는 소립니까? 지금 일어나야 돼요. 회의가 한 시간쯤 걸리니까 끝나고 곧바로 데리러 갈게요.]

울며 겨자 먹기로 강해는 부티크의 위치를 알려주었다. 전화를 끊은 강해는 두 손에 얼굴을 묻고는 으음— 괴로운 신음을 흘렸다. 그의 식구들 앞에서 버릇없는 공주 노릇을 해야 한다고 생각하니 눈앞이 캄캄해진다. 어떻게 인생이 마냥 '산 넘어 산'이니. 시멘트, 아스팔트 도로도 있어야지, 왜 마냥 자갈길이냐고요.

"뭐야, 자기. 누구 있었어? 나한테는 말도 안 해주고."

옆구리로 강해의 어깨를 슬쩍 건드리며 세라가 웃었다. 언뜻 보기에도 깜짝 놀란 모습이었다. 강해에게 정말 숨겨놓은 애인이라도 있는 줄 아는 모양이다. 강해는 땅이 꺼져라 한숨을 내쉬고는 고개를 들었다.

"그런 사람 아니에요."

"아니긴. 척 들어보니까 그렇구만. 목소리는 좋네?"

"들렸어요?"

"그럼. 내 목소리도 그쪽에서 듣는데, 그쪽 목소리 내가 못 들을까. 잘생겼어? 목소리로 봐선 생긴 것도 남자답고 터프하게 생겼을 것 같은데."

뭐가 궁금한지 세라의 얼굴엔 호기심이 가득했다. 강해는 오만상을 찡그리고 싶은 걸 꾹 참으며 억지웃음을 지어 보였다.

"그럭저럭요. 근데 정말 애인은 아니에요. 그냥 일 때문에 만나는 거예요.”

“진짜? 근데 여긴 왜 쫓아와?”

자기 집에 날 데리고 가서 여자친구라고 소개하려고요.

강해는 말하면 괜한 오해만 살 게 뻔한 말을 생략하며 대충 둘러 붙였다. 그리곤 안 믿는 듯 수상쩍은 눈으로 자신을 훑어보는 세라의 눈을 피해 포트폴리오에 코를 박았다. 웬만해선 꿈쩍도 않는 강해를 이렇게 난처하게 만들 줄 아는 남자가 누구인지 세라는 무척 궁금해졌다. 이런 쪽에 감이 좋은 세라의 느낌으론 분명 보통 사이는 아니었다. 뭐, 직접 보면 알게 되겠지만.

“난 이게 마음에 드는데요?”

포트폴리오를 훑어보던 강해는 어깨를 과감하게 드러내 가슴의 볼륨을 최대한 살리고 쇄골과 새하얀 목덜미를 강조하는 파격적인 디자인의 드레스에서 눈을 떼지 못하고 있었다. 평소의 그녀 취향과는 사뭇 다른 디자인이라는 점에서 그녀의 반응은 세라에게도 의외였다.

“웬일이야? 자기는 이런 거 별로였잖아.”

“제 드레스가 아니잖아요. 새 신부한테는 이게 딱인 거 같아요.”

“자기한테도 어울릴 것 같은데.”

“전 이런 거 못 입잖아요.”

강해는 점잖게 사양했다. 어깨를 모조리 다 드러내는 타입의 드레스는 평소에도 잘 입지 않았다. 나이에 비해 보수적인 성향이 강해서 항상 소매가 붙어 있는, 주로 사무실 정장을 선호하는 편이었다.

"입으면 입는 거지, 뭘 또 못 입어. 자긴 피부도 하얗고 날씬해서 뭘 입어도 잘 어울린다고. 목도 길고 가슴도 예쁘고. 그러지 말고 한 번 입어볼래?"

"무슨 말씀이세요? 제가 이걸 왜 입어봐요? 신부도 아닌데."

"뭐 어때? 내 드레스, 내가 자기한테 입혀본다는데. 자기 웨딩드레스 한 번도 안 입어봤지?"

물론이다. 약혼 기간만 길었지 그 기간 동안 결혼 준비를 한 건 아니었으니까. 단지 너무 입어보고 싶어서 어떤 디자인이 좋을까, 이리 기웃 저리 기웃 했던 적은 많았다. 패션쇼에 초대되면 빠짐없이 참석하고, 길 가다가도 웨딩샵이 있으면 한참을 서서 바라보다 가고. 여자라면 누구나 예쁜 웨딩드레스에 대한 기대와 환상을 가지고 있듯 그녀도 그랬다. 약혼자의 청혼을 오년이나 기다려 온 만큼 드레스에 대한 열망도 포화상태에 있었던 것이다.

"됐어요, 선생님."

포화상태의 기대감을 애써 다잡으며 강해는 사양했다. 세라는 그녀의 마음을 다 안다는 듯 곱게 눈을 흘기며 그녀의 어깨를 깍쟁이처럼 살짝 건들었다.

"그러지 말고 입어봐. 우리 직원이 도와주면 금방 끝날 거야. 꾸무럭거리면 자기 남자친구 와버린다?"

그럴 가능성은 없었다. 회의가 한 시간이고 이쪽으로 오는 시간도 있으니, 시간은 충분했다. 하지만 이걸 입어볼 수는 없었다. 직접 전 약혼자의 새 신부에게 웨딩드레스를 골라주고 있는 지금 이 순간도 결코 정상적이라 할 수 없지 않은가. 그런데 그 웨딩드레스를 입어본다니. 미저리도 아니고, 남들이 알까 무서웠다.

"이거, 자기한테 어울리면 내가 당장 한 벌 줄게."

"네?"

하지만 너무나 갑작스런 세라의 공약에 결심이 흔들리기 시작했다.

"대신 자기 친구들 죄다 소개해 줘야 한다?"

강해는 입을 다물지 못하고 포트폴리오를 내려다봤다. 그냥 주겠다는 말에 솔깃한 것보다는, 당장 이걸 가질 수 있다는 생각에 가슴이 설레어졌다. 갑자기 심한 갈등이 일었다. 포화상태였던 웨딩드레스에 대한 열망이 점점 부풀어 올라 자꾸만 그녀를 유혹하고 있었다. 어떻게 하지?

결정을 못하고 고민하는 그녀를 빤히 보던 세라는 안쪽으로 고개를 돌리며 직원을 불렀다. 손뼉까지 짝짝, 마주치니 스튜디오 안쪽에서 김 실장이 모습을 드러냈다. 그리곤 갑자기 부티크 직원들이 단체로 우르르 나와 일사불란하게 이것저것 준비하기 시작했다. 하는 김에 제대로 하자며, 메이크업 팀과 헤어 팀까지 동원해 그녀를 최고의 신부로 만들어주겠다고 세라는 큰소리를 탕탕 쳤다. 강해는 애써 사양해 보았다. 끝까지 입지 않고 버텨보려고 갖은 애를 써보았지만, 그것도 잠시. 김 실장이 손에 드레스를 들고 나타나자 강해는 더 이상 거부할 수 없었다.

"세, 세상에……!"

순백의 화려한 드레스는 너무나도 아름다웠다.

임 회장은 예정되어 있던 임원회의에 불참하였다. 불참했을 뿐만 아니라, 석인마저 참석하지 못하도록 아예 회의를 취소해 버렸다. 회의실 바로 앞까지 갔다가 허탕을 친 그에게 임 회장은 '기대하마'라는 한마디를 남기고 퇴근길에 올랐다. 뭘 기대하겠다는 건지는 그의 눈빛만 봐도 알 수 있었다.

윤강해가 대체 뭐길래. 아버지가, 윤강해 한 번 일찍 만나겠다고 그 중요한 회의를 취소했다는 게 석인은 믿어지지 않았다. 회사 일보다 윤강해가 더 중요하다는 거 아닌가. 이번 회의는 그가 지난 3개월 동안 준비해 왔던 특별 프로젝트에 대한 브리핑이 예정되어 있는 아주 중대한 회의였다. 그 일에 쏟아부은 노력과 공이 얼만데, 그것마저 무시하고 회의를 무산시켰다는 사실이 그는 어처구니없었다. 너무 기가 막혀 그냥 웃음만 나왔다. 덕분에 석인은 예정보다 한 시간 더 일찍 목적지에 도착했지만 기분은 바닥일 수밖에 없었다.

웨딩샵은 삼층짜리 빌딩으로 되어 있었다. 새하얀 건물 외관에 검고 폭 넓은 기둥을 양쪽으로 배치해 놓은 모습은 마치 신랑 신부의 이미지를 연상하게 했다. 그는 강해가 여기서 뭘 하고 있는지 심히 궁금해졌다. 전화 통화할 땐 일이 있어서 나왔다는 말만 했을 뿐, 정확한 용건이 뭔지 말해주지 않았었다. 그 역시 회의가 코앞이라 정신이 없어 사소한 것들에 신경 쓸 입장이 아니었고.

살짝 미간을 접고 빌딩을 위아래로 훑은 그는 특유의 빠르고 거침없는 걸음으로 출입문을 향해 걸어갔다. 그리고 반자동 시스템의 문을 막 통과한 그는 순간, 걸음을 멈추어야 했다. 석인은 너무나 놀라 숨이 멎는 것 같았다.

"완벽하다, 자기! 안 그래, 김 실장?"

"그러네요, 선생님! 진짜 드레스 임자는 따로 있다는 말이 딱 윤 이사님 경우인 것 같아요."

"난 정말 이럴 때 디자이너로서의 보람을 느낀다니까."

"정말 예쁘시다. 드레스 모델 하셔도 되겠는데요? 정말 어울려요!"

고전영화 '로미오와 줄리엣'의 줄리엣을 연상시키는 저 여자. 대담하게 어깨와 가슴 윗부분을 노출한 채 순백의 드레스를 입고 서 있는 저 여자. 새하얀 목덜미와 연약하면서도 섬세한 어깨라인을 가진 저 여자는 바로 윤강해였다. 석인은 심하게 충격을 받아버렸다.

완전히 다른 사람 같았다. 어떻게 사람이 옷 하나로 저렇게 뒤바뀌어질 수 있는 걸까? 아니, 머리 모양 하나 바꿨는데 얼굴은 왜 또 저렇게 달라 보이지? 대체 뭣 때문에 자신이 이렇게 충격을 받고 있는지도 모른 채 석인은 꼼짝도 못하고 있었다.

"어머? 어서 오세요."

김 실장이라던 사람이 그를 먼저 발견하고 인사를 했다. 강해에게 쏟아지던 수많은 직원들의 시선이 일시에 그에게로 향했다. 강해의 밝고 쾌활한 얼굴 역시 그에게로 돌려졌다. 그리고 그와 강해의 시선이 정면으로 마주쳤다.

"……!"

흰 장갑을 낀 강해의 손이 입을 가렸지만, 그녀의 동그랗게 벌어진 입술은 그의 시선을 피할 수 없었다. 그녀는 석인이 이렇게 빨리 나타날 줄 몰랐는지 매우 놀라고 있었다. 그건 이 모습을 석인에게 보여주고 싶었던 건 아니라는 뜻이었다. 왠지 모르게 불통해지면서 붕 뜨기 시작했던 그의 기분도 일시에 착 가라앉아 버렸다.

"어머, 강해 씨 남자친구신가 보다. 가만, 낯이 굉장히 익네."

세라가 사뿐히 두 손을 가운데로 모으며 석인에게 다가갔다. 두 눈을 반짝반짝 빛내면서. 기겁한 강해가 부케를 들지 않은 손으로 세라 쪽으로 손을 뻗으며 그녀를 불렀다.

"선생님!"

온 우주가 핑크빛 사랑으로 가득 차 있다고 생각하는 세라의 입을 막아야 했다. 또 두 사람이 너무 잘 어울린다, 어쩐다는 소리를 듣고 싶진 않았다. 그가 듣게 하고 싶지도 않았다. 하지만 세라는 이미 흥미진진한 눈으로 석인의 몸을 위아래로 훑어보고 있었다.

머릿속으로 남자의 신체지수를 가늠하며 세라는 그의 모델로서의 점수를 매기고 있었다. 185㎝를 넘기고도 남을 키와 떡 벌어진 어깨, 자신만만한 태도와 강렬한 눈빛, 그리고 수려한 이목구비로 봐서 그는 당장 무대에 올려도 손색이 없을 최상급이었다. 도대체 이런 대어가 어디 있다가 이제야 그녀의 눈에 뜨인 것인가. 세라는 욕심 가득한 얼굴로 석인에게 방실거렸다.

"반가워요. 세라 장이라고 해요."

세라가 먼저 앙증맞게 손을 내밀었다. 석인은 굳은 표정을 풀고 예의 바른 미소를 지으며 그녀의 손을 맞잡았다.

"임석인이라고 합니다."

"임…… 석인 씨라고요? 제가 알고 있는 바로 그 임석인 씨 맞나요? 필러스의……?"

"맞습니다."

"어머! 정말요? 어머, 어머! 웬일이니."

작년 가을 떠들썩했던 김정혜와의 스캔들 때문일까? 세라는 석인을 알아보았고, 또 너무나 놀라워하고 있었다. 이런 반응쯤은 석인으로는 어깨를 으쓱하며 핏, 한 번 웃어줄 정도밖에 안 되는 것이었다. 그동안 워낙 강렬한 반응들을 많이 봐와서.

"어떻게 된 거죠? 너무 빨리 도착한 것 같은데요."

어느새 강해는 길고 무거운 드레스 자락을 질질 끌고 세라와 석인의 사이에 섰다. 그녀의 뒤로, 서로 귓속말로 수군거리느라 정신없던 직원들이 신속하게 따라붙어 드레스 자락이 꼬이지 않게 정리하고 있었다. 잔뜩 경직되어 있는 그녀의 표정은 석인에게 경고하고 있었다. 아무 소리 하지 말라고.

"회의가 취소됐어."

하나, 자연스러운 반말에 강해는 흠칫 놀랐다. 세라의 눈이 뚫어져라 강해를 바라봤다. 다 알겠다는 듯 빤한 눈빛에 강해는 어디다 시선을 둬야 할지 몰라 눈동자를 이리저리 굴리고 있었다. 이 남자, 정말. 어쩌려고 여기까지 와서 남자친구 행세를 하는 거야? 정말 낭패였다.

"미리 말을 하고 오지 그랬어요. 그랬으면 바로 가게끔 준비를 했을 텐데."

"일을 본다기에 방해하고 싶지 않아서 그랬지."

"괜히 시간을 낭비하잖아요. 준비하려면 기다려야 될 텐데."

"걱정 마. 기다리는 보람은 있는 것 같으니까."

아주 느긋하고 편안한 말투로 그는 강해의 은근한 공격을 잘 받아치고 있었다. 둘 사이에 흐르는 아주 미묘한 긴장감을 눈치챈 세라는 교묘히 대화에 끼어들었다.

"임석인 씨 소문은 많이 듣고 있었어요. 연예계 큰손이라고요?"

강해를 뚫어질 듯 바라보던 그의 시선이 잠시 세라에게로 향했다.

"갑자기 긴장되는데요. 저에 대한 소문이라면 죄다 좋지 않은 것들이라."

"전부 상대방 여배우의 일방적인 흑색비방이던데요 뭘. 머리가 있는 사람들이라면 다 믿진 않을 거예요. 근데 우리 강해 씨랑은……?"

"아직 저희에 대한 소문은 못 들으셨나 봅니다?"

"강해 씨에 대한 소문들은 제가 조금 선별해서 듣는 편이거든요."

이 바닥이 원래 그렇다. 난무하는 소문들과 억측들을 전부 다 믿거나 신경 쓰자면 정신분열증 걸리기 십상이다. 특히 개인적인 친분이 있는 사람들의 얘기는 일부러라도 흘려듣는 게 편하다. 그렇지 않으면 손님들과 매일 싸워야 할 테니. 세라는 두어 번 들어본 적 있는 임석인과 강해의 결혼설을 떠올리며 두 남녀의 표정을 유심히 살폈다. 뭔가 있는데……. 그냥 일반적인 정략결혼 같지는 않고, 그렇다고 사랑에 홀딱 빠진 것 같지도 않고. 대체 뭐지?

"선생님! 1번에 전화 왔는데요. 삼성동 손 여사님이세요."

매장 안쪽 사무실에서 한 직원이 세라를 불렀다. 세라는 두 사람에게 양해를 구하고 잠시 자리를 떴다. 그녀가 사무실로 들어가자 다른 직원들도 눈치를 보며 슬금슬금 자리를 피해 졸지에 그들은 단둘만의 시간을 갖게 되었다. 마지막 직원이 어딘가로 자취를 감추자 강해는 정색한 얼굴로 그를 돌아보았다.

“출발하기 전에 전화라도 해주지 그랬어요.”

“아까 말했잖습니까? 일하고 있을까 봐 방해하지 않으려고 그랬다고. 그나저나 만난 지 일주일도 안 됐는데 결혼 준비는 너무 빠른 거 아닙니까?”

“뭐라고요?”

“농담이었어요. 흥분하지 마세요.”

“지금 농담이 나와요? 사람 거짓말하게 만들어놓고.”

“난 내 입으로 당신 남자친구라고 말한 적 없습니다. 아까 그 여자가 마음대로 넘겨짚은 거지.”

“그 여자가 뭐예요? 그리고 마음대로 넘겨짚도록 만든 사람이 누구예요? 당신이잖아요. 다들 오해하게 만들어놓고선.”

“내가 여기까지 오게 만든 사람은 누굽니까? 우리 사이를 밝히고 싶지 않았다면 애초에 내가 여기 오는 일은 당신이 막았어야죠.”

“그걸 말이라고 해요? 당신이 먼저 오겠다고 했잖아요. 바쁘다면서 얼른 위치 말하라고 윽박지를 땐 언제고. 왜 이제 와서 다 내 책임이라는 거예요?”

“다 당신 책임이라고 생각한 적 없습니다. 일말의 책임이 있다는 거지.”

“어련하시겠어요.”

“그나저나 그 꼴이 뭡니까? 진짜…….”

가슴이 훤히 다 보입니다, 라고 말하려던 석인은 하던 말을 멈추었다. 시선이 저절로 그녀의 가슴골로 향하더니 거기에서 떨어질 줄을 모르고 있었다. 새하얀 가슴은 아랫부분이 짓눌린 채로 잔뜩 부풀어 올라 있었다. 가슴과 가슴 사이에 난 좁은 틈은 남자의 입술을 부르는 듯 육감적이고 풍만했다. 치마 정장만 고집하는 윤강해의 가슴이 맞는지 의심스러울 정도로.

"진짜 뭐요?"

날카로운 그녀의 목소리가 그의 가물거리는 정신을 퍼뜩 일깨웠다. 시선을 끌어 올린 그는 무뚝뚝한 얼굴로 다음 말을 이었다.

"진짜 결혼이라도 하겠다는 겁니까?"

그의 질문에 기가 차는지 강해가 헛웃음을 흘렸다. 그리곤 쌀쌀맞기 짝이 없는 얼굴로 냉랭히 대답한다.

"당신한테 해달라고 안 할 테니까 걱정 마세요."

"그런 걱정은 안 합니다만, 당신이 우려하는 일이 발생할까 봐 그럽니다. 나와 당신, 웨딩드레스샵에서 만났다는 게 알려지면 다들 뭐라고 생각하겠습니까?"

"그럴 리 없어요. 난 내 드레스를 보러 온 게 아니니까."

"아, 그래요?"

그가 나른하게 비웃었다. 자꾸만 아래로 떨어지는 시선을 붙드느라 그의 신경은 잔뜩 곤두서 있었다. 이건 분명 얼마 전에 경험했던 데자뷰 현상 탓이었다. 거칠고 꽉 잠긴 허스키보이스를 듣는 순간 떠올랐던 그 야릇한 영상. 사감선생 같은 윤강해의 이미지와는 사뭇 다른 유혹적인 모습. 또다시 머릿속을 헤집고 지나가는 금지 영상을 떠올리며 그는 미간을 찡그렸다. 왜 저런 옷을 입고 서서 사람 마음을 들었다 놓았다 하는 거야? 짜증스러웠다.

"아는 동생이 곧 결혼해요. 난 그 애의 드레스를 보러 왔고요."

"사람들이 당신 말을 믿어줘야 할 텐데요."

짜증스러우니 점점 도전적이 되고, 말도 비비 꼬여졌다. 그럴 의도가 없었음에도 불구하고 그는 이미 '싸우자' 모드가 되고 있었다. 다 빌어먹을 드레스 탓이다.

"한 달만 견디죠 뭐. 한 달 뒤엔 그 애가 결혼하니까, 그땐 내 말을 믿어주겠죠."

"설마 그때도 내가 가야 하는 겁니까?"

"계약만료일 전이니까요. 당연한 거 아니겠어요?"

"아주 기대가 되는군요. 앞으로 한 달 안에 결혼하는 여자 후배를 찾기 위해 동분서주하겠습니다?"

"뭐라고요?"

강해는 슬슬 화가 나기 시작했다. 그가 왜 이렇게 삐딱하게 나오는지 이해가 안 되었다. 드레스 입고 화장 좀 한 게 무슨 잘못이라고? 기다리기 싫었다면 다른 곳에서 시간을 때우다가 왔으면 됐잖아. 약속 시간보다 일찍 온 사람은 자기면서 왜 자꾸 피해자인 양 비꼬고 도발하는 건데? 안 그래도 남자 없이 웨딩드레스 입는 스스로가 처량하게 느껴지는 지금인데. 꼭 이렇게 사람 속을 북북 긁어야 직성이 풀릴까? 정말 이런 사람 딱 질색이야.

"인맥이 풍부하니 찾을 수 있을 겁니다."

"도대체 무슨 근거로 내가 거짓말했다고 생각하는 거예요?"

"아는 동생 결혼식에 당신 혼자 드레스는 왜 보러 옵니까?"

"결혼할 애는 오늘 바빠서 나 혼자 왔어요. 내가 먼저 보고 몇 가지 골라놓으려고요. 왜요? 그러면 안 돼요?"

"남의 드레스를 당신 취향대로 고르고 있다는 겁니까?"

"내 안목을 믿는다고 했어요."

이걸 믿어야 해, 말아야 해? 석인은 떨떠름한 얼굴로 그녀를 빤히 바라봤다. 다소 두껍고 인위적으로 느껴졌던 평소 화장법과는 달리 투명하고 가벼워 보이는 메이크업에 발그레한 볼터치만 살짝 해놓은 윤강해의 얼굴은 요정처럼 깜찍하고 순수해 보였다. 화장발이야, 화장발. 속으로 중얼거리며 석인은 시니컬하게 입술을 비틀었다. 그리고 웨딩드레스를 입은 윤강해에게 홀딱 반하기 일보 직전인 자신을 향한 일갈을 시니컬하게 내뱉었다.

"자기가 입을 웨딩드레스를 당신같이 패션센스 없는 여자한테 맡긴, 그 덜떨어진 여자가 도대체 누굽니까?"

"패션센스……! 뭐가 어쩌고 어째요?"

"도대체 누구의 결혼식인데 이렇게까지 신경 쓰는 겁니까?

일벌레처럼 회사에서 날마다 야근만 한다는 당신이 회사 일까지 미루고 달려와 챙기는 걸 보면, 엄청나게 중요한 사람인가 봅니다?"

"당신이 무슨 상관이에요? 이건 내 일이에요. 내 사생활이라고요."

"예민하게 구는 걸 보니, 정말 소중한 사람인가 보네."

석인은 발끈하는 강해를 빤히 바라보며 두 눈을 가늘게 떴다. 그의 앞에서 정중한 태도로 일관하던 얼음공주 윤강해는 지금 이 순간 완전히 사라지고 없었다. 석인은 부르르 끓는 화를 주체하지 못하고 씩씩대기 시작하는 강해를 향해 잔인하리만치 냉정한 미소를 지어 보였다. 그리곤 독설을 작렬시켰다.

"김선욱 씨 결혼식이라도 됩니까?"

"······!"

순간 강해도, 석인도 순식간에 입을 다물었다. 서로를 맹렬히 바라보는 시선만이 살아 움직일 뿐 두 사람은 그 어떤 말도, 행동도 하지 않았다. 숨소리마저 나지 않는 어마어마한 정적만이 두 사람 사이를 메웠다.

지금까지 만나오면서 서로 직접적으로 그의 이름을 언급한 건 이번이 처음이었다. 그녀가 누구의 약혼녀였는지 알고 있으면서도 그는 지금껏 단 한 번도 그를 들먹였던 적이 없었다. 파혼에 대해서도 물론이다. 어차피 둘 사이는 'Real'이 아닌 'Fake'이기 때문에 서로의 개인적인 문제는 되도록 터치하지 않고 있었다. 그랬기에 더욱 당황되는 것이겠다. 본의 아니게 그녀의 상처를 건드렸다는 생각이 난감함을 뛰어넘어 죄책감으로까지 이어지고 있었다.

석인이 당황해하고 있다면, 강해는 경악을 금치 못하고 있었다. 생각지도 않은 사람에게 상처를 받아 놀라 버렸다. 이런 비아냥거림과 조롱은 수십, 수백 번도 더 들어본 강해였다. 이미 웬만한 비웃음에는 면역이 되어 이젠 상처 같은 건 잘 받지도 않았다. 석인의 발언 수위는 김진영의 것에 비하면 새 발의 피가 아닌가. 듣는 순간 코웃음 치고 한 방 거하게 되받아쳐 주면 끝나는 일이었다. 쉽게 넘어갈 수 있는 문제이고, 지금까지도 그래 왔었다.

그런데 그게 임석인의 입에서 나왔다는 사실에 그녀는 당황하고 말았다. 임석인이 그런 말을 할 줄 그녀는 전혀 예상 못했다. 다른 사람은 몰라도, 이 사람만큼은 절대 파혼을 들먹이지 않을 거라 생각했었다. 왜 그런 가당찮은 착각을 했었는지 모를 일이다. 그가 뭐관데. 사회통념을 기준으로 봤을 때 전혀 도덕적이지도 양심적이지도 않은 사람이 임석인인데, 왜 자신이 그런 생각을 하고 있었는지 강해는 그게 더 놀라웠다.

"어머! 멀리서 보니까 정말 그림 죽인다."

그들의 이상한 침묵이 깨진 것은 그때였다. 통화를 마친 세라가 박수를 치며 다가왔다.

"예술이다, 예술. 어쩜 그렇게 둘이 잘 어울려요? 두 사람을 모델로 쇼 한 번 개최해야겠네.”

다행히 세라는 그들의 대화를 못 들은 것 같았다. 석인과 강해는 서로를 뚫어져라 바라보던 눈길을 흩뜨리며 딴청을 피웠다. 정말 어색함이 눈에 띄게 드러나는 모션들이었다. 세라는 눈썹을 휙 끌어 올리며 둘을 곁눈으로 훑어보았다.

“뭐야? 분위기가 왜 이래?”

“아니에요. 그냥, 석인 씨가 이 옷이 안 어울린다고 해서……”

강해는 대충 둘러댔다. 세라는 의심없이 화들짝 놀라며 두 손을 마구 내저었다.

“어머, 무슨 소리예요? 내가 우리 강해 씨 메인모델로 섭외하려고 얼마나 노력 중인데. 석인 씨가 질투하나 보다. 웨딩드레스라고 하기엔 조금 육감적이긴 하죠? 우리 강해 씨 가슴이 예뻐서 이런 굴곡이 나오는 거예요. 얼마나 예뻐요. 너무 크지도 않고 그렇다고 너무……”

“서, 선생님!”

서둘러 강해는 세라의 팔을 붙들고 거칠 것 없는 입담을 구사하는 그녀를 제지했다. 석인이 약간 민망한 듯 콧잔등을 문지르며 시선을 피했다. 분위기가 묘해진 직후에 들은 말이라 더욱 어색한 듯했다. 강해는 정말 쥐구멍이라도 있으면 들어가고 싶을 만큼 창피해졌다. 아무 옷이나 붙들고 가슴 근처를 가로막고 싶은 충동이 불끈불끈 치솟았다.

"어머, 왜? 서로…… 아직이야?"

컥! 아, 아직이라니? 뭐가 아직이란 말인가. 강해는 당장 거품 물고 뒤로 넘어갈 것만 같았다.

"의외로 둘 다 진도가 느리네? 아휴~ 순진해라."

"선생니임……."

강해는 화끈거리는 볼을 주먹으로 누르며 신음 섞인 목소리로 애걸했다. 제발, 이제 그만 해주세요.

"알았어, 알았어. 자기 너무 부끄러워한다. 이러니까 내가 귀여워하지."

귀여워 죽겠다는 듯 세라는 강해의 볼을 손가락으로 살짝 꼬집고 흔들었다. 그리곤 여전히 화통한 목소리로 석인에게 물었다.

"지금 가야 되죠?"

"네, 아쉽지만 그래야 될 것 같습니다."

석인이 흔들림 없는 말투로 조용히 대답하자, 강해는 석인의 눈치를 살피며 말했다.

"포트폴리오 주시면 제가 갖고 가서 신부랑 같이 상의해 볼게요, 선생님."

"그래. 부케 거기 놓고 따라와. 내가 특별히 옷 갈아입는 거 도와줄게. 아니, 석인 씨가 도와줘야 되는 건가?"

"선생님!"

끝까지 지치지 않고 장난기 어린 농을 건네주시는 '세라 장'

님이시다. 강해는 머리가 어질어질해지는 것 같았다. 당장이라도 뒤로 꼴까닥 넘어갈 것 같은데, 뭐가 재미있는지 세라는 깔깔깔 웃으며 즐거워했다. 다행히 석인은 희미한 미소로 답하며 별다른 특이반응을 보이지 않았다. 킥킥거리며 탈의실 쪽으로 줄달음치는 세라의 뒤통수를 째려보며 강해는 한숨을 내쉬었다.

"미안해요. 선생님이 좀 짓궂으세요."

그녀의 사과에도 불구하고, 석인은 아무 대답 없이 바깥을 응시했다. 마치 그녀와는 눈도 마주치기 싫다는 듯. 사람 말을 무시하는 거야, 뭐야? 아무리 꼴 보기 싫어도 그렇지. 사람이 말을 하면 최소한 눈은 맞춰야 하는 거잖아. 그에게 무시당했다는 생각에 괜히 속이 상해 강해는 터프하게 손에 든 부케를 석인에게 내던져 버렸다.

난데없이 날아온 부케를 반사적으로 받아 들며 석인이 고개를 돌렸다. 강해는 등을 돌려 세라가 사라진 통로로 걸어가고 있었다.

제7장. **I don't wanna be in love** 

메이크업을 지우지도 못하고 옷만 간신히 갈아입은 채 부티크를 나오며, 강해는 자꾸만 안절부절못하고 머리를 더듬어댔다. 마음 같아서는 당장 머리를 풀어헤친 다음 다시 위로 틀어올리고 싶은데, 그러지 못하니 불편해 죽을 것 같았다. 머리카락 한 올 흘러내리지 않게 고정시켜 놓아야 거치적거리지도 않고 움직이기도 편한데 이건…….

"원래 머리보다 훨씬 양호하니까 그만 좀 더듬어요."

보다 못한 석인이 한마디 툭 던진다. 그리곤 그녀의 대답은 들어보지도 않고 속도를 내 쭉 앞서 걷기 시작했다. 너무 민망해 강해는 냉큼 손을 내리곤 석인의 뒤태를 날카롭게 째려보았다.

“타요.”

성큼성큼 앞서 가 파킹된 자동차에 먼저 도달한 그가 뒷좌석 쪽 도어를 열고 그녀를 돌아봤다. 그의 빠른 걸음을 놓치지 않기 위해 종종걸음으로 뒤따르던 강해는 일순, 발걸음을 늦추었다.

“사람들이 보지 않을 땐 굳이 이럴 필요는 없어요. 나도 손 있으니까.”

강해가 말하자 그는 눈썹을 휙 치뜨며 대수롭지 않게 중얼거린다.

“당신한테만 이러는 거 아니니까 부담 갖지 마요.”

“부담 갖는 게 아니라……!”

말을 말자. 구구절절 설명해서 뭐 해. 더 이상 논쟁하는 게 싫어, 강해는 그냥 꾹 입을 다물고 차 위에 올라탔다. 하지만 뒤이어 올라타는 임석인의 중얼거림을 듣고선 도저히 가만히 있을 수가 없었다.

“공주님한테도 콤플렉스가 있나.”

“뭐라고요?”

“뭐든 혼자서 척척 해낼 수 있다는 거 다 아니까, 그렇게 예민하게 굴지 말란 소립니다. 내 이미지도 고려해 주셔야죠, 공주님. 난 차 문, 여자들이 직접 열게 하지 않는단 말입니다.”

“난 예민하게 군 적 없어요.”

"진심으로 하는 말입니까?"

짐짓 궁금해진다는 듯 그가 눈썹을 치뜨며 물어왔다. 마치 이런 아무것도 아닌 일로 실랑이를 벌이는 것 자체가 예민하게 구는 걸 반증한다는 걸 알려주려는 듯. 갑자기 할 말이 없어지자 강해는 석인을 노려보았다. 그러자 그는 뻔뻔하게 웃으며 운전기사에게 말했다.

"자, 마부 아저씨! 공주님 역정 내시기 전에 어서 궁전으로 향하자굽쇼."

웃음을 참는 듯 운전기사가 큼큼, 멀쩡한 목청을 가다듬으며 차를 서서히 출발시켰다. 고용인 앞에서 이게 무슨 꼴인가 싶으니, 점점 강해의 얼굴은 새빨개지기 시작했다. 도저히 참아주려고 해도 참아줄 수가 없는 사람이 아닌가 말이다. 강해는 입술을 야무지게 오므리곤 그를 찔러봤다.

"공주님이란 말, 듣기 거북하다고 말했을 텐데요."

"아, 그랬나?"

전혀 기억나지 않는다는 듯 그가 반짝 눈을 뜨며 놀랜다. 기가 차서.

"며칠 전에 나눈 얘기잖아요. 어떻게 기억 못하는 척할 수 있어요?"

"내가 원래 좀 기억력이 짧아서."

"말도 점점 짧아지는 것 같네요. 서로 간의 예의는 지켜줘야지요."

"상황에 따라 올렸다 내렸다 하는 거, 안 이상해요? 난 다중 인격자가 된 기분인데."

"어쩌자는 거예요?"

"이참에 말을 아예 놓읍시다, 서로. 어차피 6개월 동안은 서로 애인 역할에 충실해야 할 텐데."

헉. 서로 6개월 대여 관계에 놓여 있다는 사실을 이렇게 제삼자 있는 곳에서 말해도 되는 거야? 강해는 놀란 얼굴로 운전기사의 반응을 살폈다.

"걱정 마요. 현후도 알고 있으니까."

석인이 불쑥 말하자, 룸미러 안에서 현후가 씩 웃는다. 그와 두 눈이 마주치자 강해의 표정은 얼음장처럼 굳어버리고 말았다. 어떻게 그런 중차대한 문제를 아무런 상의도 없이 제삼자에게 발설할 수 있는지 강해는 너무나 화가 났다. 물론 친한 친구이고 이동할 때마다 차 안에 함께 있어야 하니 비밀을 유지하기가 쉽지 않았겠지만. 그래도 그렇지. 이건 그쪽 비밀뿐 아니라 이쪽 비밀도 되는 문제잖아!

"다섯 살 차이면 내 쪽에서 말 내려도 될 것 같은데. 어때요?"

"싫어요. 난 아무하고나 쉽게 말 트지 않아요."

그녀답지 않게 괜한 오기가 생겼다.

"아까 그 디자이너 선생과는 아주 시원하게 튼 것 같더구만. 여자들끼리 '자기'라고 부르면 닭살 안 생깁니까?"

"그 선생님과는 오래전부터 알던 사이예요. 이모뻘인 분께서 말을 내리시겠다는데, 그러지 말라고 할 수는 없잖아요? 그리고 '자기' 라는 호칭은 그분께서 즐겨 쓰시는 표현일 뿐이에요.”

“아! 내가 공주님이라고 부르는 것처럼?”

“그거랑은 좀 다른 경우인 것 같은데요. 장 선생님은 내가 좋아서 '자기' 라고 하지만, 당신은 날 놀려먹으려고 '공주님' 이라고 부르는 거잖아요. 내가 돈 많은 집 딸로 태어난 게 죄예요?”

맺힌 게 많은 모양이군. 세상 부러움은 혼자 다 독차지한 듯한 윤강해에게, 뭐 하나 부족한 게 없는 재벌집 무남독녀에게, 도대체 맺힐 만한 일이 뭐가 있을까? 석인의 머릿속은 바쁘게 돌아가고 있었다. 석인이 대꾸없이 입을 다물자, 강해는 그가 항복 선언을 했다고 여긴 듯 시선을 창밖으로 던졌다. 차 안에 싸늘한 긴장감과 무거운 침묵이 내려앉았다. 어색하다고 느꼈는지 현후가 아까 꺼놓았던 음악을 슬그머니 다시 켜놓을 정도. 비록 희미하지만 음악 소리가 돌아다니니 그나마 좀 나았다.

그때다. 석인의 휴대폰 벨이 울렸다. 석인은 처음 보는 전화번호를 빤히 바라봤다.

“시끄럽잖아요. 안 받아요?”

강해가 고개를 틀어 그를 공중도덕 전혀 모르는 무뢰배 바라보듯 보며 말했다. 석인은 아무 말 없이 전화를 받았다.

“여보세요.”

착 가라앉은 목소리가 생각보다 멋있게 들리자 강해는 그에게서 시선을 거두고 입술을 비틀었다. 멋있는 척하기는. 사람이 얄미우니 뭘 해도 밉고, 뭘 해도 마음에 안 들었다.

"내 전화번호는 어떻게 알았습니까?"

상대방 목소리를 확인한 그는 눈살을 찌푸리고 있었다.

[죄송합니다, 사장님. 사실 확인이 필요한 거라서 추적을 좀 했습니다. 정말 죄송합니다. 회사 쪽으로는 전혀 접근이 안 돼서 어쩔 수 없었습니다.]

연예부 기자라고 자신을 밝힌 상대방은 전혀 미안한 기색이 없는 목소리로 연방 미안하다며 굽실거렸다. 전화번호를 또 바꿔야겠군. 속으로 중얼거리며 석인은 짜증스럽게 대꾸했다.

"용건이 뭡니까? 빨리 말하고 끊으십시오."

[아, 저희가 최근에 입수한 정보에 의하면 사장님께서 조만간 결혼을 하실 거라고 하던데요.]

"그것 때문에 전화한 겁니까?"

[탤런트 김정혜 씨와는 완전히 정리가 되신 겁니까? 저희가 알기론…….]

그들이 아는 건 모두 가짜다. 김정혜와는 일 관계로 두어 번 만나서 식사를 했고, 기획사 측과의 미팅시 몇 번 만난 게 전부였다. 그사이 그는 단 한 번도 개인적인 호감을 표하거나 접근한 적이 없었다. 스타성과 연기력을 동시에 겸비한 유망주라는 점에서 투자가치가 있었다 뿐이지 그 이상의 감정이나 흑심을 품고 투자를 결정한 게 아니란 뜻이었다.

하지만 김정혜의 생각은 달랐다. 그를 유혹하기 위해 여러 번의 접근을 시도했고, 그게 모두 실패로 돌아가자 아예 작정을 하고 스캔들 기사를 뿌려대기 시작했다. 이미 스타급 배우가 된 그녀의 스캔들에 기자들은 신들린 듯 앞 다투어 기사를 써재꼈다. 원래 이런 소문들에는 무신경하게 대처하는 그조차도 급기야 참기 힘들 정도가 되자, 석인은 정혜를 찾아가 최후의 통첩을 날렸다.

〈더 이상 거짓을 남발할 경우, 넌 연예계에서 완전히 퇴출이다.〉

뭐, 원래는 중간중간 육두문자가 섞여 있었지만 그가 말한 핵심은 그것이었다. 퇴출. 다행히 이해력 좋은 김정혜는 그 뒤로 침묵을 지켰고 소문은 그 이후 잠잠해졌다. 1년이란 시간이 흘렀으니 이젠 다들 잊어버렸을 거라 생각했는데. 그건 그만의 착각이었나 보다.

"이렇게 무례하게 전화를 건 게 겨우 그것 때문이란 말입니까?"

[김정혜 씨와는 모두 끝난 것인지, 그것만 말씀해 주십시오. 서로 잊지 못하고 비밀데이트를 즐기고 있다는 소문도 있던데, 그건 사실이 아닙니까? 결혼 상대자인 윤강해 씨는 이 사실에 대해 얼마나 알고 계십니까? 어느 정도 이해가 된 건지 말씀해 주십시오.]

그때의 일이 다시금 떠오르자 석인은 더욱 짜증이 솟구치는 것 같았다. 비록 알코올중독자로 생을 마감했지만, 그런 어머니의 한을 죽어서라도 풀 수 있도록 어머니의 이름을 딴 '혜원기획'이란 회사를 설립했고 꾸준히 매해, 재능은 있지만 돈이 없는 연예인 지망생들을 지원해 왔었다. 하지만 가족들과 고인이 된 친모의 명예를 걸고 해왔던 모든 일들이 김정혜의 말 한마디로 추잡하고 더러운 욕망의 배출구가 되어버렸다. 이건 참을 수 없는 모욕이었다.

"당신 질문은 처음부터 틀렸어."

그는 딱딱하게 경고했다. 강해의 의아한 시선이 그의 안면을 훑고 있었다.

[그게 무슨 말씀이십니까, 사장님? 사장님, 저희는…….]

"질문을 정리해서 다시 전화해. 제대로 된 질문이라면 얼마든지 답해주지."

그는 '잠깐만요!' 라고 고래고래 소리치는 기자와의 통화를 가차없이 접어버렸다. 회사 CEO의 개인 전화번호가 뚫렸다는 것도 심각한데, 기자들이 강해에 대해서까지 추적하고 있었다. 오로지 그와 혼담이 오고 가고 있다는 것 하나 때문에. 온 국민이 그녀의 파혼 얘기를 오징어 땅콩 씹듯이 씹어댈 걸 생각하니 눈앞이 아찔했다. 생각하기도 싫은 광경을 머릿속에서 지워내며 그는 현후에게 말했다.

"차 세워."

"무슨 일이에요?"

강해가 물어왔다. 걱정이 되는지 얼굴에 근심이 묻어 있었다.

석인은 그녀의 질문을 무시하고는 채 멈추지도 않은 차의 도어를 벌컥 열었다. 여전히 서서히 움직이고 있는 차 밖으로 내리며 그는 필러스그룹의 보안담당과 특별홍보팀, 업무담당 비서에게 차례로 전화를 걸었다. 그리고 직접 언론과의 전쟁을 지휘하기 시작했다.

강해는 차 안에서 그가 통화하는 모습을 지켜보며 고개를 갸웃거렸다. 무슨 일이 터졌기에 저렇게 심각한 표정을 짓고 있는지 궁금했다. 아까까지만 해도 아무 문제 없는 것 같더니…….

"걱정 마세요, 알아서 잘할 겁니다. 워낙 명민한 놈이라 무슨 일이든 뒤끝 없이 깨끗하게 처리하죠."

운전기사가 불쑥 그녀에게 말을 걸어왔다. 깜짝 놀라 돌아보니, 그는 강해를 물끄러미 바라보며 흐뭇한 미소를 짓고 있었다. 괜히 민망해져 강해는 어색하게 웃으며 고개를 끄덕였다.

"그러시겠죠."

그는 자랑스럽다는 듯 석인을 보며 덧붙였다.

"옆에서 지켜보면서 놀랄 때가 한두 번이 아니라니까요."

"얘기 들었어요, 친한 친구 사이라고."

"친구보다는 전우 같죠. 워낙 치열한 동네에서 동고동락해서 그런 것 같아요."

"치열한 동네라니요?"

"윤강해 씨는 상상도 못할 동네죠."

알 수 없는 소리만 해대는 그를 강해는 빤히 바라봤다. 뭔가 숨기고 있다는 생각도 들고……. 치열한 동네라는 말이 영 마음에 걸렸다. 임석인이 어릴 때 생모와 살았다는 건 익히 알고 있는 사실이긴 한데, '치열'의 의미와 그게 무슨 연관이 있다는 걸까? 강해는 콧잔등을 찡그리며 자신을 나무랐다. 임석인에 대해 궁금해하는 건 바람직하지 못한 현상이라고.

"아! 음악이 시끄럽죠? 꺼버릴게요."

현후는 그녀가 얼굴을 찡그린 걸 음악이 시끄러워서 그런 거라고 오해한 듯했다. 강해는 손을 내저어 사양했다.

"아니에요. 괜찮아요."

"저놈이 좀 특이한 놈이라, 시끄러운 음악을 들어야만 마음이 차분해진대요. 그래서 늘 이런 음악만 주야장천 틀어놓고 있어요."

특이한 게 아니라 정신이 이상한 거 아닌가?

"친구인 내가 봐도 좀 산만하긴 해요. 정서불안이 아닌가 싶어요. 그럴 만도 하죠."

그럴 만도 하다는 말은 또 무슨 뜻이래? 정서불안도 '치열한 동네'와 연관이 있다는 뜻일까? 또다시 강해는 궁금해졌다.

"그래도 한 음악에 꽂히면 이렇게 몇 시간이고 계속 들어요. 그걸 보면 집중력은 있는 것 같아요. 한 번 사랑에 빠지면 물불안 가릴 타입이죠. 두고 보세요. 강해 씨한테도 엄청 잘할 겁니다."

룸미러 안에서 현후가 환히 웃는다. 눈웃음이 가득한 그의 모습에 강해는 당황해 버렸다. 누가 누구한테 잘한다는 소리?

"뭔가 오해하신 것 같네요. 전……."

"사람들이 석인에 대해서 떠드는 것들."

그가 강해의 말을 가로막았다. 뭔가 단호함이 깃든 말투에 강해는 저도 모르게 입을 다물어 버렸다. 현후는 잠시 말을 끊고 빙긋 웃더니 이어 말했다.

"전부 다 무시해 주세요. 스캔들이라고 난 기사, 전부 다 사실이 아니에요."

"……."

"루머 때문에 괴로워하면서도 엔터테인먼트 사업을 계속해 나가는 건 이루고 싶은 일이 있어서예요. 강해 씨도 알게 되면 납득할 만한 이유일 겁니다."

뭐라고 대꾸해야 할지 몰라 강해는 아무 대답도 하지 못하고 가만히 현후를 응시하고 있었다. 현후의 어조는 꽤나 진지했다. 무겁게, 단어 하나하나에 진심을 담아 천천히 말해 나가는 그는 정말로 석인을 믿는 것 같았다. 강해는 혼란스러워졌다. 뭐가 진실인지, 무얼 믿어야 하는지 알 수가 없었다. 현후가 왜 자신에게 이런 얘길 하고 있는지도.

"우리 석인이 잘 좀 봐주세요."

내내 진지하던 현후가 갑자기 장난기를 가득 담아 싱긋 웃었다. 뭔가 애교가 가득 담긴 듯한 모습에 강해는 더욱 당황해 버렸다. 현후는 강해를 진심으로 석인의 여자친구라 여기는 것 같

았다. 하지만 두 사람 사이가 훼이크라는 건 그도 잘 알고 있다
하지 않았던가.

"지현후 씨, 우린……."

"알아요, 두 사람이 어떤 사이라는 거."

알고 있으면서 왜 굳이 이런 말을? 뭘 잘 봐주라는 건데? 강
해의 표정은 그렇게 말하고 있었다. 현후는 히쭉 웃으며 음악
소리의 볼륨을 조금 더 키웠다. 그의 머릿속으론 임 회장이 따
로 불러 했던 말이 주마등처럼 스쳐 지나가고 있었다. 생모에
대한 좋지 않은 기억 때문인지 석인이 결혼을 의식적으로 미루
는 것 같다며 걱정을 하던 그는, 어떻게든 올해 안에 윤강해와
결혼을 시킬 생각이라 말했었다. 절친한 현후가 석인을 부추기
고 도와주길 바라는 마음에서 한 말이었을 것이다.

처음 그 얘길 들었을 땐 썩 좋은 기분이 아니었다. 억지로 결
혼을 시키려 하는 임 회장의 태도도 마음에 들지 않았고, 상대
가 최악의 루머로 홍역을 치르고 있는 윤강해라는 것도 별로였
다. 하지만 오그라드는 '공주님' 멘트를 날리며 장난을 치는 석
인의 모습은 그의 마음을 180도로 바꿔놓아 버렸다. 그가 자신
이 아닌 다른 사람과 농담을 주고받고 말장난을 하는 건 처음
보는 현후였다.

"무슨 얘기들을 그렇게 진지하게 해?"

갑작스레 차 문이 열리며 석인이 불쑥 물어왔다. 깜짝 놀라
강해는 숨을 크게 들이쉬며 두 눈을 치떴다. 석인은 의문이 섞

인 시선으로 그녀를 빤히 바라보며 자리에 올라타 앉았다.

"뭐야? 무슨 얘기했어?"

그는 현후와 강해를 번갈아 바라봤다. 강해의 뜨끔한 듯한 얼굴과 현후의 싱글벙글 허허거리는 모습이 영 수상쩍어 봤다. 현후는 석인의 찡그린 얼굴을 낫낫하게 바라보며 차를 출발시켰다.

"그럼 소인은 궁전으로 마저 가보겠습니다."

"알겠어요. 잘 알겠다고요."

정말 궁전처럼 거대한 높이의 돌담 옆에 서서 강해는 깊은숨을 연신 내쉬며 말했다. 그녀의 표정은 어색하게 굳어 긴장한 게 역력해 보였다. 석인은 못 미더운 듯 고개를 가로저으며 오만상을 찌푸렸다.

"알겠다면서 왜 그렇게 떠는 겁니까? 카메라 앞에 선 신인 연기자처럼."

"떨긴 누가 떤다고 그래요? 하나도 안 떨어요."

"떨고 있는 거, 눈에 다 보입니다. 떨면서 안 떤다고 우기면, 떠는 게 안 떠는 게 됩니까?"

"안 떨어요. 안 떨린다고요. 그냥 좀…… 긴장이 될 뿐이에요."

"떠는 거나 긴장하는 거나. 그게 그거 아닙니까?"

"그럼 어쩌라는 거예요? 그냥 갈까요?"

잔뜩 날이 선 목소리로 대꾸하며 찌릿 그를 찔러보자, 그제야 그는 만족했다는 듯 씩 웃었다.

"좀 낫네. 꼭 그렇게 말하세요."

그리곤 곧바로 벨을 누르는 임석인. 강해는 조심스럽게 숨을 내쉬며 두 주먹을 꼭 쥐었다. 그에겐 대차게 전혀 안 떨린다고 말해줬으나 그건 거짓말이었다. 당연한 거 아닌가? 처음 뵙는 분들도 아니고, 전부 다 안면이 있는 분들이었다. 파티에서건 모임에서건, 마주치고 다정하게 인사를 나누었던 분들한테 갑자기 싸늘하고 냉정하게 행동해야 한다는 건 여간 곤혹스러운 일이 아니었다. 예의와 격식에 길들여진 그녀에겐 정말로 어려운 일처럼 느껴졌다. 꼭 그렇게까지 해야 하나 싶은 생각까지 들어서 몹시 불편했다. 게다가…….

"다시 한 번 말하지만, 우리 가족들 만만치 않아요. 눈치가 백단입니다. 정신 바짝 안 차리면 큰코다쳐요."

오는 내내 석인의 이런 협박(?)에 시달려야 했던 그녀다. 어떻게 긴장이 안 될 수 있겠는가. 그의 얘기만 듣고 있으면, 집 안 전체가 무슨 호랑이 소굴이라도 되는 것 같았다. 그로서는 그녀가 못 미더워서 자꾸 주지시켜 주는 것이겠지만, 듣는 강해 입장에선 점점 더 긴장과 공포 속으로 밀려들어 가는 기분이었다.

"이제 그만 하세요. 알았으니까."

짜증스럽게 대꾸하고 강해는 잘근잘근 입술을 깨물었다. 뭔가에 집중한 듯 치열하게 앞만 바라보고 있는 그녀를 물끄러미 내려다보던 석인은 때마침 열리는 문을 밀고 안으로 들어갔다. 그녀가 들어올 수 있도록 길을 터주는 그를 따라 강해도 천천히 안으로 들어왔다. 하지만 여전히 긴장한 기색이 역력한 그녀는 당장이라도 쓰러질 것처럼 위태로워 보였다. 석인은 그녀를 빤히 바라보며 조심스럽게 물었다.

"괜찮아요?"

"왜요?"

긴장하면 공격적이 되는 듯 그녀는 매섭게 물어왔다. 확실히 떨고 있군.

"못하겠으면, 지금이라도 돌아갑시다. 약속은 다음으로 미뤄도 되니까."

"여기까지 왔는데 돌아가라고요?"

"떨다가 일을 망치느니, 다음으로 미루는 게 낫지 않겠습니까?"

"걱정 마세요. 잘해낼 거니까."

똑 부러지게 대답하며 강해는 깊게 숨을 들이쉬었다. 마치 전쟁터로 나가는 병사마냥 비장해 보이는 그 모습에 석인은 눈살을 찌푸렸다. 왜 잘할 수 있다고 장담하는 이 모습이 더 못 미더운 건지, 알 수가 없었다. 지금까지 보여준 그녀의 모습으로 보자면, 충분히 잘해낼 수 있을 거라 믿어 의심치 말아야 함에도 불구하고. 석인은 자꾸만 스멀스멀 신경을 파고드는 노파심을 떨쳐 내며 그녀의 손을 낚아채 거머쥐었다.

"그럼 갑시다."

"뭐 하는 거예요?"

당황한 듯 그녀가 그의 뒤통수에 대고 소리쳤다. 빠른 그의 보폭을 따라잡기 위해 그녀는 열심히 뛰어야 했다. 하지만 그는 아예 긴장할 틈을 주지 않겠다는 듯 걸음을 더욱 빨리했다. 덕분에 눈 깜짝할 새, 꽤 넓은 정원을 가로질러 현관 앞에 다다랐다. 강해는 숨을 가쁘게 내쉬며 쿵쾅거리는 가슴에 손을 갖다 댔다. 맥박이 아까보다도 훨씬 빨라져 있었다. 그의 가족들과 마주할 순간이 임박했다는 생각이 들자 당장이라도 심장이 오그라들 것만 같았다.

"준비됐죠?"

"아, 아니……."

아니라고 말하려는 찰나였다. 석인이 벌컥 현관문을 열어버렸다. 애초 그녀의 대답 따윈 기다리지 않았다는 듯. 딱히 긴장된 마음을 가라앉힐 사이도 없이 강해는 임석인의 가족들 앞에 노출되고 말았다.

"어서 오세요, 언니! 환영합니다!"

엄청난 고함 소리와 커다란 꽃다발이 그녀를 단박에 덮쳤다. 상대편 얼굴을 모두 가릴 만한 거대한 꽃다발을 전해준 이는 목소리로 짐작컨대, 석인의 동생이었다. 동생이 맡겨오는 거대한 꽃다발을 벌레 보듯 피하며 석인은 그녀의 손을 냉큼 놓고 벽쪽으로 착 달라붙는다. 졸지에 300송이는 족히 될 엄청난 양의 꽃들을 혼자 떠안게 된 강해는 균형을 잃고 휘청거려야 했다.

"어~ 이런, 쓰러질 뻔했네그려."

강해의 어깨를 붙잡아주는 이는 임 회장이었다. 꽃다발 사이로 보이는 임 회장을 향해 강해는 어색하고 얼떨떨한 웃음을 지을 수밖에 없었다. 어찌 됐든 그녀를 환영하고 있고, 도움의 손길을 뻗어준 분이니 이 정도의 미소쯤은 당연한 거라고, 그녀는 스스로를 향해 변명했다. 재수없는 공주님 흉내는 집 안으로 들어가서 본격적으로 하면 되지 않을까? 응, 응.

"어서 오시게, 우리 며느리~ 나도 환영하네. 아주, 많이많이 환영하네."

우, 우리 며느리? 임 회장이 강해의 어깨를 토닥거리며 그녀를 집 안으로 인도했다.

"우리 식구가 되어주어서 고마워요, 강해 양. 앞으로 우리 가족들, 강해 양을 친딸, 친동생, 친언니처럼 아끼고 사랑해 줄게. 정말 환영해요."

임 회장의 부인, 이자경 여사였다. 부드럽고 나긋나긋한 목소리에 감동적인 멘트까지, 생각 외로 따스한 환영사였다.

"난 언니가 진짜 좋더라. 앞으로 친하게 지내요, 언니. 들어와요. 어서요!"

꽃다발을 안겨준 명인이 쾌활하게 웃으며 강해를 이끌었다. 강해는 주춤거리며 집 안으로 들어갔다. 전체적으로 결이 살아 있는 원목과 붉은 벽돌로 인테리어가 되어 있는 집 안 내부는 마치 별장에 온 것 같은 착각에 빠지게끔 했다. 2층으로 올라가는 계단 옆에는 작은 장식용 벽난로도 설치되어 있어서 더 포근하게 느껴졌다. 하지만 집 안에서 가장 포근한 존재는 바로 이 분들이었다.

"어서 와! 나 알지?"

40대 중반쯤 되어 보이는 여자는 석인의 큰누나인 임혜인이었다. 정치학을 전공했고 학교 동기와 결혼하여 지금은 초선 국회의원 사모님이 된 분이었다.

"예, 혜인 언니! 안녕하세요? 잘 지내셨어요?"

"나도 왔어~ 반갑다, 오랜만이지?"

석인의 둘째 누나인 임수인이다. 교수님 사모님인 수인은 본인도 교수다. 혜인이나 수인이나, 강해가 어렸을 때부터 몇 년에 한 번씩은 꼭 만났었기 때문에 익히 잘 알고 있는 사이였다. 하지만 안면 트고 형식적인 대화 몇 번 나눈 것으로는 결코 친해지기가 쉽지 않은 게 사교계의 생리. 특별한 인연이나 모임이 있지 않고는 그저 스쳐 지나가듯 웃고 인사만 나누는 게 보통이었기에 강해 역시 석인의 가족들을 그렇게 대하고 지나쳤었다.

그런데 이제 보니, 이들은 강해를 그렇게 지나친 게 아닌 듯싶었다. 석인의 가족들은 처음부터 강해를 며느릿감으로 생각하고 눈여겨보았던 게 틀림없었다. 그렇지 않고서야, 이렇게 하나같이 따뜻하고 다정하게 대해줄 수가 있을까? 누구 하나 반기지 않은 사람이 없었다. 만약 석인과 강해가 결혼하겠다고 나선다면 아마 다들 두 손 두 발 들고 환영할 게 틀림없었다. 대충 석인이 집에서 얼마나 큰 고충을 겪고 있는지 강해는 짐작이 가기 시작했다.

"안녕하세요?"

짐작이 가는데도 웃음이 나오는 건 무슨 조화일까. 짜증내고 토라지고 예민하게 굴고, 그래서 모든 식구들을 뜨악하게 해야 한다는 걸 알면서도 강해는 방실거리고 있었다. 그것뿐만 아니라 본의 아니게, 정말 의도하지 않았는데도 코끝이 찡해져 버렸다. 아, 이럴 수가……!

"어머! 왜 울어요?"

이 여사가 깜짝 놀랄 때서야 강해는 자신이 눈물을 글썽이고 있다는 걸 깨달았다. 저절로 흘러내린 눈물에 강해는 당황해서 얼굴을 수그렸다.

"아, 아니에요……."

"세상에! 엄마가 생각났나 보다. 쯧쯧!"

이 여사는 사근거리는 특유의 말투로 강해를 두 팔로 안아주었다. 토닥토닥 어깨를 도닥이는 그녀의 손길에 눈물이 더욱 왈칵 쏟아졌다. 정말 알 수 없는 일이었다. 아버지와 단둘이 살아왔지만, 식구 북적거리는 집안이 부러웠던 적도 많았지만, 그것 때문에 눈물나게 서러웠던 적은 한 번도 없었는데. 왜 이 사람들 앞에서 이런 추태를 부리고 있는 건지 당사자인 강해도 알 수가 없었다. 다만 이렇게 많은 사람이 자기편이라 생각하니 눈물이 샘물 솟듯 뜨겁게 솟아올랐다.

"마음이 저렇게 약해서 어디다 써. 아휴~"

혜인이 강해의 등을 쓰다듬으며 말한다. 말은 이렇게 하지만 그 말투에는 다정함과 동정 어린 감정이 고스란히 녹아들어 있었다. 그러자 명인이 강해의 손을 잡아주며 말했다.

"그러게 말이야. 완전 감동받았나 보다. 언니, 울지 마요. 자꾸 그러면 화장 번져요."

"아빠, 며느리라고 해서 서운했나 봐요. 이제부턴 딸이라고 해요. 며느리도 자식이지 뭐."

수인이 한마디 거들면서 빙긋 웃었다.

"그래야겠구나."

임 회장이 엄청 뿌듯한 듯 말한다. 온가족이 강해 하나를 달래느라 붙어 서서 난리도 아니었다. 이 어처구니없는 광경을 멀찌감치 떨어져서 바라보고 있던 석인은 기가 차서 당장 돌아가실 지경이었다. 가족들한테 밉보이라고 했더니 울고 있지 않나 말이다. 아까까지 대차게 잘할 자신 있다고 말하던 그 여자 맞아? 석인은 황당해진 채로 머리카락을 훑으며 퉁명스럽게 쏘아붙였다.

"울긴 왜 울어? 누가 뭐랬다고."

"야! 애인이란 녀석이 겨우 그딴 소리밖에 못해?"

퍽, 수인의 주먹이 날아와 석인의 팔뚝을 가격했다. 그러자 명인과 임 회장이 수인을 거들었다.

"저렇게 정나미 떨어지는 말을 하고 싶을까? 하여간 남자들
은 독해."

"너 이놈, 어서 강해한테 사과해라."

"죄송해요. 제가 주책없이……."

자기가 주책없다는 건 아는지 강해가 주저하며 웅얼거렸다.
눈가를 훔치는 그녀는 얼굴이 새빨개진 채였다. 뭐가 그리 서러
웠던 걸까. 어떤 아픈 기억 때문에 눈물이 나왔던 걸까. 궁금하
고 조금 안쓰럽단 생각이 들지 않은 것도 아니지만, 어찌 됐든
석인의 기분은 확 잡쳐 버렸다. 이게 가족이야, 윤강해 팬클럽
이야? 이래 가지고서 어디 소기의 목적을 달성할 수 있겠는가.
혹 떼러 왔다가 혹 붙인 격이었다.

"무슨 소리예요? 그런 말 하지 마요. 우린 이미 강해 양을 가
족으로 받아들일 준비가 다 되어 있어요. 이젠 우리 딸이라고
생각할 테니까 강해 양도 날 엄마라고 생각해요. 뭐든 어렵고
힘든 일 있으면 나한테 연락해서 상의하고. 알았죠?"

"네……."

어쭈구리? 고개를 끄덕이신다, 윤강해. 석인은 확 짜증이 올
라오는 걸 느끼며 성큼성큼 강해에게 다가갔다. 그는 가족들이
보는 앞에서 강해의 팔을 거칠게 잡아챘다. 꽃다발이 그녀의 팔
에서 떨어져 바닥으로 나뒹굴고, 석인은 그걸 밟고 지나쳐 강해
를 이층으로 끌고 올라갔다.

"어머, 재 좀 봐!"

"얘! 임석인!"

"쟤 일내는 거 아니야?"

"설마, 그럴 리가 없잖니. 지들끼리 할 얘기가 있겠지."

밑에서 쑥덕거리는 소리가 들려왔지만 그는 꿋꿋이 강해를 이끌고 올라가 방 안으로 들어갔다. 그녀를 그의 방에 밀어 넣고 쾅, 방문을 닫은 석인은 문까지 걸어 잠그곤 허리에 손을 올렸다.

"윤강해 씨, 이게 대체 뭐 하자는 짓입니까? 거기서 울음이 왜 터져요?"

"미안합니다. 입이 열 개라도 할 말이 없어요."

강해는 아직도 촉촉한 눈가를 조심스럽게 닦으며 소심하게 대답했다. 자신이 뭘 얼마나 망가뜨려 버렸는지, 그녀도 잘 알고 있었다. 하지만 아깐 그럴 수밖에 없었다. 절대 그럴 생각 아니었는데, 그냥 눈물이 흘러 버린 걸 어쩌란 말인가. 전혀 의도하지 않았는데도 그냥 눈물이 나와 버렸다. 눈물이 나온 이후부턴 그녀도 당황해서 뭐라고 중얼거렸는지, 하나도 기억나지 않았다.

"이제 어쩔 겁니까?"

"이제부터라도 잘해보겠어요."

"잘도 하겠습니다."

석인은 팔짱을 끼고는 그녀를 한심하다는 듯 내려다봤다.

"걱정 마세요."

"걱정 안 하게 생겼습니까? 나더러 앞으로 6개월을 어떻게 견뎌내라고 일을 이 모양 이 꼴로 만듭니까? 당신은 오늘 하루 착한 공주처럼 예의 바르고 참하게 있다가 가버리면 끝이겠지만, 난 아닙니다. 하루하루가 고달프단 말입니다."

"고달플 게 뭐 있다고……."

"뭐요?"

"그렇잖아요. 가족들이 전부 다 엄청 좋으시던데."

"지금 그걸 위로라고 하는 겁니까?"

삐딱하게 서서 그가 말했다. 꼴까닥, 침을 삼키고 강해는 조용조용 하고 싶은 이야기를 죄다 했다.

"위로가 아니라 진심이에요. 정말 저렇게 따뜻하게 날 반겨주는 분들한테 화를 내거나 버릇없이 굴 수는 없었어요. 난 당신이 자꾸 지독하다고 해서, 가족 분들이 무섭고 차가우신 분들인 줄 알았어요. 그런데 막상 대해보니 그게 아니잖아요. 내가 얼마나 놀랐는데요."

"입이 열 개라도 할 말이 없다더니, 말만 잘하시네."

"이건 임석인 씨 잘못도 커요. 그렇게 따스하고 좋으신 분들이라고 미리 말해주셨어야죠."

"이젠 모든 게 내 탓이라고 말할 셈입니까?"

그는 짜증을 부리며 넥타이를 잡아당겼다. 느슨하게 풀어헤친 넥타이에 헝클어진 머리카락이 평소의 정갈하고 깔끔한 이미지와 다소 상반된 이미지를 연출하고 있었다. 낯설면서도 묘하게 그와 어울린다는 생각을 하며 강해는 차분하게 대답했다.

"핑계 대려는 게 아니에요. 정말로, 그분들은 내가 뵌 분들 중에서 가장 친절한 분들이셨어요."

넥타이를 잡고 흔들고 있던 그의 손이 딱 멈추었다. 머리끝까지 솟구쳐 있던 짜증은 여전한데 묘하게 명치끝이 싸해졌다. 지금까지 만난 사람들 중 가장 친절하다는, 그 반듯하고 딱딱한 문장 하나가 이상하게 마음에 걸렸다. 세상의 친절함이란 친절함은 모조리 다 겪어보았을 공주님께서 할 만한 대사는 아니었다. 목구멍에 뭔가 걸린 듯한 기분에 그는 큼, 헛기침을 하고는 퉁명스럽게 중얼거렸다.

"좋긴 뭐가 좋다고……."

"좋으셔요."

강해는 강조하려는 듯 다시 한 번 힘주어 말하곤 슬그머니 미소를 지었다. 마치 친절한 그들을 떠올리는 듯 초점이 흐릿한 시선을 아래로 끌어 내린 채.

"……!"

가만히 그녀를 찔러보고 있던 그는 순간, 숨이 턱 막히는 걸 느껴야 했다. 그녀의 입가에 떠 있는 미소에서 눈을 뗄 수가 없었다. 얼음공주, 사감선생이란 별명이 무색하리만치 온화하면서도 다정한 미소였다. 모든 것을 포용할 듯 다정다감한, 그래서 아름다운.

두근. 알 수 없는 기운이 올라와 그의 가슴을, 심장을 뛰게 했다. 훅, 얼굴이 붉어지자 그는 뒤돌아서 버렸다.

"차라리 아무 말도 하지 마요. 그게 낫겠습니다."

차갑게 쏘아 말하고 방을 나왔지만, 그의 심장은 계속 뛰고 있었다.

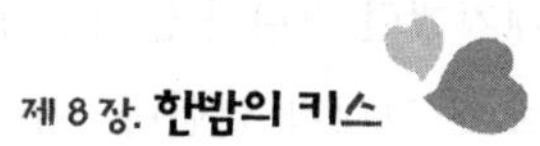

"앞뒤 자르고 말하는 버릇은 여전하십니다."

3주 후, 자동차 안에서 전화를 받으며 석인은 눈살을 찌푸리고 있었다. 무려 3주간이나 아무런 연락이 없다가 뜬금없이 전화를 걸어 '다음 주 토요일, 스케줄 비워두세요'란 무리한 부탁을 해온 이는 다름 아닌 윤강해였다. 그는 이미 목요일, 일주일 예정으로 독일 출장에 오르기로 되어 있었다.

"무슨 일인지 전후 사정을 미리 말해줘야 하는 거 아닙니까?"

[결혼식이 있어요. 같이 참석해 주셔야 돼요.]

그녀가 또박또박 대답을 해오는 순간, 그는 직감했다. 그 결혼식의 주인공은 그녀의 전 약혼자인 김선욱일 것이다. 그의 결혼식은 이미 예고가 되었고, 많은 사람들의 입에 오르내리고 있었으며 그 역시 청첩장을 받은 상태였다.

"전에 말했던, 바로 그 결혼식입니까?"

[네. 전부터 얘기했던 거니까 들어주실 거라고 믿어요.]

참으로 똑바르게 그녀가 말한다. 머리가 지끈지끈해지는 것 같아 석인은 한 손으로 이마를 문지르며 눈을 감았다. 괜스레 혈압이 올랐다. 자신을 걷어찬 남자의 결혼식에, 기어이 꼭 가려는 그녀가 심히 못마땅했다. 왜 굳이 그 자리에 가려는 건가. 설마 아직도 못 잊고 있는 건 아니겠지? 기분 불통해진 석인은 무뚝뚝하게 말했다.

"그래야죠. 가겠습니다."

[고맙습니다.]

거절할 줄 알았는지, 강해가 작게나마 안도의 한숨을 내쉬었다. 석인은 당일에 전화를 주겠다는 짧고 냉랭한 한마디를 남기고 신경질적으로 전화를 끊었다. 그리고 들고 있던 서류에 시선을 박았지만, 집중이 될 리 없었다. 일 분도 안 돼 그는 서류를 내동댕이쳐 버렸다. 휴대폰을 들어 개인비서에게 연락을 취하려는 그를 향해 현후가 피식 웃으며 말했다.

"이번이 두 번쨉니다, 사장님."

핸드폰 숫자 버튼을 누르던 석인은 그를 휙 째려봤다. 저 자식, 또 무슨 소릴 하려고? 삼 주 내내 현후는 하루에 한 번은 꼭 강해에 대해 한마디씩 툭툭 내뱉어 그를 짜증으로 몰아넣었었다. 가족들한테 시달리는 것만으로도 힘들어 죽겠는데 현후까지 그러니 석인으로선 정말 돌아버릴 것 같았다.

"윤강해 얘기라면 그만둬."

석인은 신호가 가기 시작하는 휴대폰을 귀에 붙이며 현후에게 경고를 날렸다. 그는 어깨를 으쓱하며 가볍게 한소리 덧붙였다.

"서류 집어 던진 거 말이야. 그게 두 번째라고."

마치, 그 두 번이 모두 윤강해 때문이었다는 걸 다 알고 있다는 듯 현후는 해죽거리고 있었다. 짜증이 더욱 솟구치자 석인은 전화를 받는 비서를 향해 날카롭고 빠른 말투로 전달 사항을 읊었다.

"다음 주 목요일에 잡혀 있는 출장, 토요일 밤으로 넘기도록 해. ……그쪽이 어떻게 나올 거란 건 나도 알고 있어. 그건 내가 알아서 해. ……주도권을 잡기 위해 내가 나서는 거야. 하루 이틀 더 애닳아보라지. 어차피 바우하우만은 내가 내놓는 패를 거절할 방법이 없어."

통화를 마치고 석인은 손바닥뼈로 이마를 문질렀다. 어쩌다가 윤강해를 위해 중요한 업무를 뒤로 미루는 미친 짓을 벌이게 된 걸까, 생각하느라 머리는 더욱 지끈거리고 있었다. 이번 계약은 수억 달러가 왔다 갔다 하는 중요한 건이었다. 헤어진 남자를 잊지 못해 구질구질하게 결혼식까지 쫓아가려는 여자를 위해 그런 중요한 계약을 미뤘다는 게 말이 되는가. 평소의 그라면 있을 수도 없는 일이었다. 회사의 이익을 위해서 사생활이란 사생활은 모조리 포기하며 살아온 그가 이런 짓을 했다면, 세상 사람들 모두가 깜짝 놀랄 것이다. 가족들은 신이 나서 떠들 테지.

'약속 때문이야.'

이미 약속했던 일이기에, 약속은 철저하게 지키는 사람이 바로 임석인이니까 그래서 어쩔 수 없이 받아들인 것이었다. 정말로 그것뿐. 다른 이유란 있을 수도 없었다. 그런데…….

'왜 이렇게 심란한 거지?'

그는 깊은 한숨을 내쉬고 있었다.

그로부터, 일주일 후. 선욱의 결혼식이 있는 날이었다.

그 이상한 날로부터 거의 한 달 만에 만난 그의 모습은 그야말로 '원더풀'이었다. 검은색 슈트를 멋지게 차려입은 그는 두 눈이 튀어나올 정도로 멋있었다. 패션카탈로그 안에서 연예인이 한 명 튀어나온 듯한 섹시하고 매력적인 모습에 강해의 심장이 한순간 콩닥콩닥 뛰기까지 했다. 물론 곧바로 이어진 그의 퉁명스러운 말투에 확 깨고 말았지만.

"옷이 그게 뭡니까?"

뭐냐. 한 달 만에 처음 보는데, 그것도 온갖 멋을 다 부리고 나왔는데. 한다는 말이 겨우 '옷이 그게 뭡니까?' 라니. 강해는 무색한 얼굴을 푹 숙이고 자신의 옷차림을 훑어보았다.

"이 옷이 어때서요?"

명품브랜드의 옷, 가방, 신발, 목걸이로 치장한 그녀는 수많은 사람들로부터 신부보다도 더 빛이 날 거라는 우려의 목소리를 자아냈다. 헤어샵 직원들은 그녀의 늘씬한 몸매와 키, 머릿결을 부러워하며 엄지를 치켜세웠었다. 물론 그녀의 명품컬렉션과 돈을 더 부러워하는 이도 간혹(아님 말고) 있을 테지만, 그녀의 천성적인 매력을 부정하는 이는 거의 없을 거라고 강해 역시 장담했다. 그랬기 때문에 석인의 반응은 더욱 실망스러웠다.

"너무 야하잖습니까. 결혼식이 무슨 패션숍니까?"

"이게 야해요?"

어깨와 쇄골이 조금씩 드러나긴 했지만, 이 정도면 무난한 거 아닌가? 허리 라인이 통으로 빠진 드레스라 그나마 좀 나은 디자인이라 생각했거늘. 이게 야하면, 가게 점원이 권해주었던 디자인은 어쩌라고? 사실 가게 점원은 요즘 최고로 잘나가는 디자인이라며, 얼마 전 유명 팝스타가 입어서 화제가 된 옷을 적극 권했었다. 허벅지 팬티 라인 바로 밑까지 쭉 절개가 된 치마는 온몸의 선이 다 드러났을 뿐 아니라 가슴 계곡에서 살짝 V라인으로 벌려지는 섹시 콘셉트 디자인이었는데, 패션 면에서는 보수적인 강해가 소화하기엔 엄청 부담스러운 옷이었다. 그나마 이게 제일 얌전한 것 같아서 선택한 건데, 이게 야하다니.

"위에서 보면 다 들여다보입니다."

“예?”

강해는 얼른 가슴 근처를 손으로 눌렀다. 옷감이 살짝 0.05㎜ 정도 떴을 뿐인데 그 틈새로 가슴이 보였을 리 없다는 걸 알면서도 그녀는 놀랐다. 석인은 그럴 줄 알았다는 듯 흥, 콧방귀를 뀌었다.

“그럴 거면서 그런 옷은 왜 입습니까?”

“촌스럽게 입을 순 없잖아요. 사람들이 엄청 많이 올 텐데.”

“야해야 세련된 거라고 누가 그래요?”

“요즘은 짧고 살을 드러내는 디자인이 유행이라고요.”

“당신 눈에 그런 것만 보였겠지.”

그가 철딱서니없는 막냇동생 바라보듯 그녀를 보며 쯧쯧 혀를 찼다. 또 패션 감각 없다고 속으로 씹고 있을 터였다. 강해는 고집쟁이 같은 표정으로 그를 쏘아보았다.

“이제 와서 어쩌라고요.”

“얌전한 걸로 다시 갈아입고 와요. 남의 결혼식장을 무도회장으로 만들고 싶지 않으면.”

“시간이 없잖아요. 지금도 빠듯한데.”

“기어이 그 옷을 입고 가겠다는 겁니까? 그렇게까지 해서 주목을 받고 싶어요?”

“왜요? 그럼 안 돼요?”

강해는 짜증스럽게 미간을 좁히며 말했다.

“남들 앞에서 매력적으로 보이고 싶은 건 이해하는데, 오늘은 결혼식입니다. 어깨 드러내는 옷은 신부 한 명으로 족하다고요.
가서 재킷 걸치고 와요."

"싫어요."

"뭐요?"

"싫다고요. 결혼식 끝나면 피로연 겸 디너 파티가 있을 텐데,
일벌레처럼 입고 가고 싶진 않다고요."

결국 그건가? 사람들 앞에서 초라하기 싫어서? 일벌레처럼
굴어서 남자에게 차였다는 소리를 들을까 봐 겁이 나서? 석인
은 자신의 생각이 맞았다는 생각에 마음이 씁쓸했다. 이제 좀
포기하지. 이제 좀 미련을 버리지. 왜 이미 다른 여자에게 가버
린 남자를 못 잊고, 이렇게 안간힘을 쓰는 것인지 그는 답답했
다. 뭐, 윤강해가 미련을 떨든 말든 그와는 아무 상관이 없긴 하
지만.

"그렇게도 예뻐 보이고 싶습니까?"

석인은 한심스럽다는 듯 그녀에게 말했다. 그녀는 기다렸다
는 듯 씩 웃으며 앙큼한 계획을 털어놓았다.

"최고로요. 전부 다 침을 흘리면서 내 꽁무니를 따라다니게
할 거예요. 날 못 잡은 걸 후회하도록. 당신은 여자들을 맡아
요."

"난 침 흘리는 여자들에겐 흥미가 없습니다."

"흥미를 가지시면 안 되죠. 당신은 오로지 나한테만 흥미를
가져야 해요."

그녀는 도도하게 턱을 치켜올리고 반짝이는 입술로 속삭였
다.

"당신은 내 남자니까요. 아시겠어요?"

"뭐요?"

석인의 얼굴이 확 일그러졌다. 세상에서 가장 불쾌한 말을 들
은 사람처럼 썩어 들어가는 표정이었다. 당장 귀를 후비기라도
할 태세. 강해는 그런 그의 반응 따윈 아랑곳하지 않는 듯 의기
양양하게 그의 팔에 척, 팔짱을 꼈다. 그리곤 불쾌감을 잔뜩 달
고 이쪽을 내려다보고 있는 석인을 향해 최대한 방긋 웃어 보였
다.

"걱정 마세요. 저도 최선을 다해서 임석인 씨의 여자친구 역
할을 수행할 테니까요. 이 옷차림도, 사람들은 제가 임석인 씨
를 위해서 차려입은 걸로 알 겁니다."

아까보다는 훨씬 부드러워졌지만 여전히 긍정적이라 보기 어
려운 그의 표정. 하지만 달리 거부감을 내비치는 것 같진 않았
다. 찡그림도 덜해졌고, 혐오식품 바라보듯 뜨악한 시선도 정상
으로 돌아와 있었다. 강해는 그의 눈치를 보며 넌지시, 나직한
목소리로 달콤한 제안을 풀었다.

"그럼, 출발하실까요?"

"……."

그는 아무 말이 없었다. 표정의 변화도 거의 없었다. 강해는
슬쩍 팔짱을 낀 손을 끌어당기며 한 걸음, 걸음을 뗐다. 그러

자…….

그가 딸려온다. 마지못해 걸어주는 차원의 무겁고 생기 없는 발걸음이었지만, 그녀의 제안을 받아들인 것이었다. 당장 옷을 갈아입지 않으면 절대 출발하지 않겠다, 서슬 퍼런 으름장이라도 놓을 줄 알았던 강해는 깜짝 놀라 두 눈을 휘둥그레 떴다. 놀라는 걸 들키지 않기 위해 일부러 허리를 쭉 세우고 천천히 걸으며, 그녀는 소리없이 안도의 한숨까지 내쉬었다. 그가 아무 말 없이 그녀의 말을 들어준 건 이번이 처음인 것 같았다. 엄밀히 말하면 '아무 말'이 없었던 건 아니었지만.

'이 정도면 양호한 거지.'

강해는 히쭉 나오는 웃음을 꾹 눌러 참으며 그의 팔을 더욱 가까이 끌어당겼다. 기분 나쁜 듯 그가 움찔했지만, 이 역시 곧 잠잠해졌다. 왠지 기분이 좋아지는 반응이었다. 거부당하는 데 익숙했던 강해에겐 가슴 한구석이 매콤해지는, 신기한 경험이기도 했다. 그의 팔뚝을 쥔 손을 슬그머니 뗐다가 다시 부드럽게 대며 그녀는 자동차가 주차되어 있는 공간까지 흔들림없이 당당하게 걸어갔다. 몇 주 동안 열심히 담금질하며 연마했던 '평정심과 도도함'을 유지하고 있었다.

'잘할 수 있어, 윤강해. 넌 대한민국 최고의 독신남을 손에 넣었으니까.'

남자 때문에 우는 건 이젠 없어. 앞으론 결코 약해지지 않을 것이다. 선욱을 위해 움직이는 것도 오늘이 끝이다. 사람들 앞에서 웃는 모습, 행복한 모습을 보여주기 위함이지, 선욱을 잊지 못해 결혼식까지 찾아가 아쉬워하는 건 절대 아니다. 그러니 당당해져도 된다. 마음껏 축하해 주고, 마음껏 즐긴 다음 깨끗이 뒤돌아서면 되는 것이다. 그리고 내일부터는 새로운 윤강해로 다시 태어나는 것이다.

찰칵.

어느새 자동차 도어 앞까지 도착한 그가 긴 팔을 뻗어 조수석 문을 열었다. 완벽하게 화사한 미소를 머금고 있던 강해는 그를 돌아보고 슬쩍 고개를 끄덕였다. 오늘만큼은 기꺼이 이 배려를 받아들일 수 있다는 듯. 표정 없이 그녀를 내려다보고 있던 석인의 눈가에 의미를 알 수 없는 주름이 생겼다. 좁혀지는 가장자리에는 의문이 떠올라 있었다. 그녀가 무슨 생각을 하고 있는 건지, 몹시도 궁금한 게 틀림없었다. 강해는 그의 팔을 토닥여 주며 불안해 말라고 당부해 주고 싶은 충동을 꾹 누르고는 쿡, 웃었다.

"고마워요."

그녀가 그 어느 때보다도 기품있게 차에 올라앉는 모습을 그는 멍하게 바라보고 있어야 했다. 그토록 사랑해 마지않는 남자의 결혼식에서 이렇게 싱글벙글해하는 여자. 심하게 이상했다. 너무 충격을 받아 머리가 어떻게 된 건가? 싶어 저절로 눈살이 찌푸려졌다. 그런 그에게 그녀는 전에 없이 살랑살랑 눈웃음을 치며 말한다.

"얼굴 펴세요, 석인 씨. 좋은 날이잖아요?"

그는 정말 최고의 연인이었다. 한시도 그녀를 떼어놓고 싶지 않다는 듯 늘 그녀의 손을 꼭 쥐고 다녔고, 그녀에게 말을 건넬 땐 여자들의 가슴을 울렁거리게 만드는 섹시미소를 입에 달고 귓가에 몸을 기울여 속삭여 주는 액션을 보여주었다. 어깨를 감싼 채, 눈꺼풀을 반쯤 내리뜬 나른한 눈으로 그녀를 내려다보며, 친구들과의 대화에 몰입하는 그는 모든 여자들의 시선을 단번에 홀랑 강탈해 버렸다. 수많은 여자들의 시샘을 강해는 피부로 느낄 수 있었다.

작전이 성공한 것이다. 이번 파티에선 아무도 그녀를 불쌍하게 바라보지 않았다. 오히려 모두 다 그녀를 부러워했다. 결혼식이 진행되던 내내 '윤강해가 전 약혼자의 결혼식에서 얼마나 의연하게 잘 대처할까?'에 초점을 맞추고 수군대던 사람들은 '윤강해와 임석인은 언제부터 사귀었을까? 얼마나 좋아하는 사이일까? 어디까지 간 사이일까?'에 집중해 호기심을 보이고 있었다. 이제 그녀는 남자에게 차인 불쌍한 재벌 상속녀가 아니라 섹시한 스캔들메이커를 사랑의 이름으로 사로잡은 '능력있는' 여자로 비춰질 게 분명했다.

"그 계집애 꼬리 치는 거 봤니? 정말 고단수더라."

하지만 그 지긋지긋하던 동정의 시선에서 벗어난 쾌감에 들떠 있는 강해의 귓속으로 귀에 익은 비아냥거림이 들려왔다. 화장실로 막 들어가려던 강해는 입구에서 멈칫, 걸음을 멈출 수밖에 없었다. 서지희였다.

"그러고 싶어서 어떻게 참았을까? 완전 기질이 다분하던데? 내 보기엔 한두 달 사이가 아닌 것 같아. 임석인이랑 예전부터 사귀었을 거야, 분명히."

"그러게. 임석인이 보통 남자니? 잘나가는 톱스타들도 임석인 앞에선 꼼짝을 못한다잖아. 그런 남자를 저렇게 휘두를 정도면 완전히 요부라는 거지. 안 그러니?"

"겉으론 고고한 척, 순결한 척, 잘난 척은 혼자 다 하더니. 하! 정말 웃긴다, 애."

서지희가 다른 누군가와 강해를 씹고 있었다. 순식간에, 강해의 온몸은 싸늘하게 식어가기 시작했다. 그렇게도 경고를 했건만, 또다시 뒤에서 이렇게 흉을 보고 있을 줄이야. 화가 났다. 도대체 왜들 가만 놔두지 않는 건지, 정말정말 화가 났다. 강해는 화장실 안으로 들어가기 위해 거침없는 한 발을 들여놓았다. 한데, 그때 김진영의 목소리가 들려왔다.

"내가 보기엔 다 연극 같던데? 너희들은 감쪽같이 속았나 봐?"

강해는 또다시 걸음을 멈추었다.

"무슨 소리야? 연극 같다니?"

대화를 할 수 있게 넓은 응접실이 구성되어 있는 화장실 한구석에서 지희는 진영을 향해 두 눈을 동그랗게 떴다. 그저 시기

심에 불타 악의적으로 윤강해를 '씹고' 있었던 지희와 그녀의
친구, 은아에게 진영의 가설은 꽤 새롭고 참신하게 들렸다.

"말 그대로야. 사람들의 눈만 현혹시키는 쇼지. 내실은 전혀
없는."

진영은 데미무어 모녀가 즐겨 바른다는 그 립스틱을 손에 들
고 손거울을 들여다보며 씩 웃었다. 은아는 솔깃한 얘기에 고개
를 기울이며 은밀하게 목소리를 낮춰 물었다.

"그러니까 뭐야? 윤강해, 그 기집애가 임석인을 꼬신 게 아니
란 말이야?"

"당연한 거 아니니? 너희 눈에는 윤강해가 그렇게 섹시해 보
이니? 그 대단한 임석인이 홀딱 반할 만큼?"

진영이 비웃듯 묻자 조은아와 서지희가 이구동성으로 대답했
다.

"아니."

"아니."

그래, 인정하기 싫겠지. 바보같이 대답하는 두 무뇌아들을 바
라보며 진영은 소리 내서 웃었다. 하지만 속은 이미 부글부글
끓고 있었다. 임석인을 잡기 위해 그토록 많은 노력을 쏟아부었
는데, 그 모든 노력들이 단번에 물거품이 되어버렸으니 독이 오
를 대로 올라 있는 상태였다. 정말이지, 그녀는 상상도 못했다.
임석인이 윤강해와 나타날 줄은. 덕분에 그와 결혼하겠다고 공
언했던 그녀는 완전히 나락으로 떨어져 버렸다. 게다가 파티 내

내 자신을 철저하게 외면하는 임석인은……!

이건 참을 수 없는 모욕이었다. 한 번도 남자에게 무시당해본 적 없는 자신이 임석인에게 이렇게 완벽하게 무시당할 줄 그녀는 전혀 몰랐었다. 덕분에 자신을 따르던 많은 친구들로부터 '닭 쫓던 개' 취급을 당해야 했으니, 분노하고 또 분노해야 했다. 절대로 이대로는 못 참는다. 무슨 수를 써서라도 그를 자신의 것으로 만들고 말겠다고, 그녀는 이를 악물며 다짐하고 있었다.

"그럼 뻔한 거 아니니? 임석인은 윤강해의 돈 때문에 연극을 벌이고 있는 거야."

"어머, 정말?"

"맞다, 돈. 걔 돈 하나는 재수없게 많은 애지?"

진영의 말에 은아와 지희가 정신없이 맞장구를 쳤다. 원래 인간이란 이렇게 단순하다. 자신이 믿고 싶은 대로 믿는 경향이 아주 심하다. 그래서 루머라는 게 생겨나는 게 아니겠는가. 사실이 비틀리고 부풀려져 진실과는 완전히 다른 거짓된 정보가 사실인 양 알려지는 건 모두 사람들의 이기적인 성향 탓이었다. 진영은 탁, 소리를 내며 거울을 접었다.

"윤강해가 어디 보통 애니? LS그룹 상속녀야. 우리 같은 애들은 감히 명함도 못 내밀 정도로 엄청난 배경이지. 아무리 난다 긴다 해도 걔 앞에선 고개를 떨굴 수밖에 없는 게 현실이야. 어쩔 수 없는 거 아니겠니? 현실은 냉정한데. 임석인도 윤강해의 배경에 군침이 돌았겠지.”

여기저기서 동조의 말이 터져 나왔다. 자신들이 윤강해보다 못한 게 없다고 생각하는 이들이니, 당연히 흥분해 날뛰게 되어 있었다. 진영은 손가방에 립스틱과 거울을 넣고 자리에서 우아하게 일어났다. 그리곤 결이 좋은 머리카락을 쓸어 넘기며 시크하게 웃어주었다.

“하지만 난 달라. 윤강해가 못 가진 걸 난 가지고 있거든.”

“그게 무슨 말이야?”

“너, 임석인이랑 뭐 있어?”

진영이 던진 미끼를 두 무뇌아들은 두 번 생각하지 않고 덥석 물었다.

“당연하지.”

“그런데…… 너, 지난번에도 그렇게 말하지 않았니?”

지희가 살짝 믿어지지 않는다는 듯 의심에 찬 목소리로 묻는다. 그때도 역시 지금처럼 당장 결혼이라도 할 수 있을 것처럼 호언했던 진영을 비꼬는 것이었다. 지금의 상황을 보자면 진영의 말을 무작정 믿을 수는 없을 터다. 진영은 눈을 부릅뜨며 그녀를 노려보았다.

“윤강해는 대외용이야. 석인 씨는 그런 타입 안 좋아한다고.”

“네가 아까 말했잖아. 윤강해의 배경에는 어느 누구도 당해낼 수 없다고.”

“난 다르다니까.”

"뭐가 다르다는 거니?"

진영의 확신에 찬 말에도 지희는 그다지 동요하지 않는 것 같았다. 진영은 두 주먹을 꽉 쥐고는 입술을 앙다물었다. 그리곤 악의로 가득 찬 음성으로 윽박지르듯 강조했다.

"뭐가 다른지는 조만간 볼 수 있을 거야. 똑똑히 지켜봐."

문밖에서 모든 얘길 듣고 있던 강해는 차갑게 식어버린 손바닥을 천천히 꼭 쥐었다. 듣는 동안, 피가 거꾸로 솟았다가 미친 속도로 바닥으로 떨어지는 극도의 분노를 몇 번이나 경험해야 했던 그녀다.

완벽한 쇼라고, 뿌듯하고 행복해했던 자신이 바보가 된 기분이었다. 사람들 눈에는 자신이 돈으로 석인을 산 걸로 비추어졌다고 생각하니 가슴이 쓰렸다. 질투에 눈이 멀어서, 악의를 갖고 제멋대로 지껄인 말이라 치부하면서도 마음이 아팠다. 모든 게 사실이니까. 부인할 수 없는 진실이니까. 손바닥으로 하늘을 가리는 것과 무엇이 다르겠는가.

"어머, 이게 누구야?"

또각또각, 힐 소리와 함께 진영의 목소리가 들려왔다. 화려한 화장과 붉은색의 주름이 잔뜩 잡힌 호박st.스커트를 입은 진영이 늘씬한 팔다리를 드러낸 채 화장실에서 걸어나오고 있었다. 걸을 때마다 배꼽 근처까지 길게 늘어진 목걸이가 흔들흔들 움직이며 달그락거리는 소리를 자아냈다. 강해는 얼음장처럼 차가운 눈으로 그녀를 똑바로 바라봤다.

"또 만났네."

"그러게 말이야. 우린 아무래도 악연인가 봐?"

"이젠 별 희한한 소릴 다 지어내는구나."

"뭐? 네가 돈으로 남자를 샀다는 거?"

"석인 씨와 특별한 사이인 것처럼 말하고 다니지 마."

"아— 그거? 왜? 진짜일까 봐 겁나니?"

강해의 약을 올리려는 듯, 진영이 자신감을 내비치며 말했다. 길게 솟은 가짜 속눈썹 아래, 그녀의 브라운 계열 서클렌즈가 성공을 자축하듯 반짝이며 강해를 훑어보았다. 강해는 지지 않고 얼음장처럼 차가운 혀를 놀렸다.

"너 같은 쓰레기와 어울릴 석인 씨가 아니야."

"엄청난 자신감이네? 그게 과연 언제까지 갈 수 있을지, 정말 궁금하다."

"그게 무슨 소리야?"

"아직 마음 놓기는 이르다는 뜻이야. 남자란 한순간 돌변할 소지가 다분한 종족이잖니? 이미 한 번 겪어봐서, 너도 잘 알잖아?"

명백한 도발이었다, 이건. 의도적으로 자신의 약점을 이용해 흔들려는 걸, 강해도 잘 알고 있었다. 너무나도 잘 알면서도 가슴이 아픈 건 어쩔 수 없었다. 단단하게 쌓아 올려 놓았다고 생각했던 평정의 벽이 단번에 흔들렸다. 마음 깊은 곳에 던져 두고 봉인해 두었던 아픔의 기억들이 그 벽을 뚫고 나오려 했다.

우지끈, 아슬아슬하게 무너지는 마음을 붙들고 강해는 용케도 표독하게 선언하듯 말했다.

"그 사람 건드리지 마. 내 남자야."

"네 남자?"

진영이 코웃음을 쳤다.

"왜? 잠이라도 잤니?"

그녀의 대답은 들어보나마나다. 윤강해가 사귄 지 몇 달도 안된 남자와 잠자리를 가졌을 리 추호도 없었다. 아니나 다를까. 윤강해는 얼음장처럼 차가워진 얼굴 그대로 꿈쩍하지 않고 있었다. 아무 대답도 못하는 그녀를 보니 대강의 상황이 짐작되기 시작했다. 진영은 한껏 비웃으며 말했다.

"내가 너무 센 걸 물어봤구나? 표정을 보니, 침대 근처에도 못 간 것 같네. 그럼 키스는 어때? 그건 했겠지?"

"……."

"그것도 못해봤어? 그럼 데이트는 해봤니?"

어처구니없게도 강해는 아무 대답도 못하고 있었다. 그럼 키스는커녕 데이트도 못해봤다는 뜻인가? 뜻밖의 수확에 진영은 쾌재를 불렀다. 일이 이렇게 된 거라면, 자신이 덤비지 못할 것도 없었다. 남자를 요리하는 일은 그 누구보다도 자신있는 그녀였다. 진영은 사악하리만치 냉소하며 강해를 공격했다.

"뭐니? 두 사람, 연애하는 거 맞아? 연애하는 '척'만 하는 거 아니야?"

“…….”

“네가 연애하는 척하자고 부탁했니?”

“아니야.”

강해가 똑똑한 음성으로 대답했다. 하지만 진영은 자신의 승리를 확신했다. 특유의 얼음장 같은 무표정으로 일관하고 있었으나, 바로 그것이 자신의 페이스를 잃었다는 뜻이기도 했기 때문이다. 진영은 강해의 코앞까지 다가가 말간 그녀의 눈동자를 들여다보며 히죽거렸다.

“넌 내 적수가 안 돼, 윤강해. 네가 나보다 더 뛰어난 건 재력뿐이야. 네가 가진 게 나한테 있었다면, 난 절대로 남자한테 안 차여. 알겠니?”

“함부로 말하지 마. 너 따위가 감히 떠들 얘기 아니야.”

윤강해, 참으로 당차게도 쏘아붙인다. 모든 게 다 드러난 상황에서도 전혀 기죽지 않는 그녀를 보니 혀가 저절로 내둘러졌다. 가진 게 많으니 쉽게 눌리진 않을 거라 생각하긴 했지만, 이렇게 표정 하나 안 바뀔 줄은 몰랐던 진영이다.

“너 따위라고? 너 따위? 흥! 넌 얼마나 대단한데.”

진영은 표독스럽게 눈동자를 치켜뜨고 쏘아붙였다. 눈썹이 파들파들 떨리는 진영을 강해는 흔들림없이 바라봐 주고 있었다. 독한 것!

“착각하지 마, 이 기집애야. 차인 게 아니면 약혼자가 왜 떠났는데? 돈도 없는 평범한 애랑 결혼했다면서, 네 약혼자. 오늘 결혼식 보니까 생긴 것도 그저 그렇던데. 그런 애한테 밀리고 쪽 팔리지도 않니?"

자신이 이성을 잃기 시작했다는 것도 모른 채 진영은 이를 갈며 말했다. 눈 하나 깜짝하지 않고 자신을 노려보고 있는 강해가 얄미워 죽을 것 같았다. 가진 것도 많은 것이 무슨 말을 해도 도도함을 잃지 않으니, 속이 뒤집어질 것만 같았다. 다 빼앗고 싶었다. 강해가 가진 모든 것을 다, 모조리 다 빼앗고 싶었다. 질투심에 눈이 멀 것만 같았다. 진영은 악에 받쳐 짓눌린 음성으로 말했다.

"잘 들어, 윤강해. 임석인은 내가 먼저 찍었어. 내가 먼저 접근했고, 내가 먼저 좋아했어. 그러니까 그 사람은, 내 남자야."

진영의 말도 안 되는 논리에 기가 막힌 듯 윤강해가 빈 웃음을 날렸다. 상대방을 단숨에 하찮게 만들어 버리는 마력의 비웃음이었다. 진영은 너무나 분해 부들부들 떨었다. 그리곤 강해를 독기 찬 눈으로 쏘아보며 뇌까렸다.

"두고 봐. 또다시 차이게 만들어줄 테니까."

"어딜 간 거야? 자기 옆에 딱 달라붙어 있어달라고 해놓고."

석인은 강해가 없어지길 기다렸다는 듯 노골적으로 대시해 오는 진영의 손길을 피해 간신히 파티장을 빠져나오며 시간을 확인했다. 강해가 잠깐 화장을 고치겠다면서 자리를 뜬 지 벌써

30분이 지난 시각이었다. 대체 화장실에서 뭘 하는 건지. 화장을 고치고 볼일도 보고 손을 수십 번도 더 씻고도 남을 시간이 지났는데도 그녀는 감감무소식이었다. 진영이 있는 파티장에 절대로 혼자서는 들어갈 생각이 없는 석인은 담배라도 한 대 태울 겸, 지하 주차장으로 향하는 계단 쪽으로 뚜벅뚜벅 걸어 내려갔다.

이상한 소리가 들려온 건, 주머니에서 담배를 꺼내 들고 막 계단 위에 쭈그리고 앉을 때였다. 바람 소리 같기도, 귀신 소리 같기도 한, 기괴한 소리가 저만치 아래쪽에서 희미하게 들려왔다. 건물 안이니 바람 소리가 나는 건 아닐 테고, 뭐지? 석인은 저도 모르게 홀린 듯 일어나 계단 아래쪽으로 내려갔다.

저벅저벅, 그의 발자국 소리가 어둡고 눅눅한 통로를 조용히 울렸다. 계단을 내려갈수록 소리는 더 또렷하고 크게 들려와 소리의 정체를 가늠할 수 있게 되었다. 바람 소리도 귀신 소리도 아닌, 여자의 울음소리였다. 숨 죽여 우느라 끅끅거리는 그 소리가 유난히 귀에 꽂혀왔다. 석인은 점점 더 안쪽으로 내려갔다. 그리고 두 손에 얼굴을 묻고 흐느껴 우는 여자를 기어이 발견하고 말았다. 그 여자는…….

"윤강해 씨."

또렷하게 울리는 그의 목소리에 강해가 휙 뒤를 돌아봤다. 그리고 험악한 얼굴로 빠르게 내려오는 석인을 발견하고 화들짝 놀랐다. 서둘러 눈물을 닦으려고 옷자락을 쳐들었지만 이미 석인은 그녀의 곁으로 다가와 앉은 후였다. 그는 강해의 엉망이 된 얼굴을 강제로 치켜들고는 그녀의 퉁퉁 부은 눈과 시뻘게진 콧방울을 속속들이 들여다봤다.

"무슨 일입니까? 여기서 왜 이러고 있어요?"

그가 무섭게 다그쳤다. 꾸역꾸역 오열을 참아내고 있던 강해는 얼굴을 찡그리며 치밀어 오르는 울음을 삼켰다. 그러나 눈물은 순식간에 홍수를 이뤄 눈동자 밖으로 넘쳤다. 아! 들키고 싶지 않았는데. 아무에게도, 이런 모습 보이고 싶지 않았는데! 진영의 앞에서도 끝까지 무너지지 않고 잘 버텨내지 않았던가.

"무슨 일이냐고 물었잖아요? 누가 이랬어요?"

끝없이 흘러내리는 그녀의 눈물을 양 엄지로 닦아내며 석인이 사납게 윽박질렀다. 강해는 벙어리처럼 입을 꽉 다물고 고개를 가로저었다. 아무 말도 하지 않겠다는 강력한 의지가 그녀의 눈에 들어 있었다. 석인은 답답한 얼굴로 거칠게 한숨을 내쉬고는 강해의 눈물을 재차 닦아주었다.

"내가 뭐 잘못했어요? 나 때문입니까?"

강해가 더욱 세차게 도리질을 했다.

"그럼 김선욱 씨 때문이에요?"

날카롭게 물었지만 그녀는 다시 고개를 가로저었다. 이놈의 눈물. 닦아도 닦아도 눈물이 계속해서 흘러나오자, 석인은 한숨을 폭 내쉬었다.

"울어요, 마음껏. 내가 옆에 있어줄 테니까."

아니라고 하지만 뻔한 일이었다. 처음부터 너무 환한 모습이더라니. 사랑하는 사람이 다른 여자의 남자가 됐는데, 그리 환하게 웃을 수 있는 여자가 몇이나 될까. 속이 썩어 문드러졌을 텐데도 여태 잘 참고 있었다는 게 더 놀라운 일이었다.

하지만 그래도 그렇지. 도대체 뭐가 아쉬워서 운단 말인가? 도대체 그 도도함과 당당함은 다 어디로 사라져 버린 건가? 어느 누구한테도 휘둘리지 않을 것 같던 그 콧대 높음은 다 어디로? 정말 마음에 안 들었다. 이렇게 상처받고 힘들어하는 모습, 정말로 보기 싫었다. 그는 강해의 얼굴을 자신의 품으로 끌어당기며 말했다.

"세상에 남자가 김선욱 하나뿐이야? 왜 남자 하나 못 잊고 이렇게 망가지는 거야? 당신답지 않게."

학생을 야단치는 선생님처럼 엄하게 꾸짖었지만 그는 그녀를 더 꼭 끌어당겨 안고 있었다. 유난히 좁고 여리게 느껴지는 그녀의 어깨를 세차게 어루만지며 그는 거칠게 속삭였다.

"당신은 예쁘잖아. 젊고 매력이 넘치잖아. 도대체 뭐가 문제야?"

"난……."

강해가 뭐라고 중얼거렸다. 그의 어깨에 코를 박고 있는 채이니, 무슨 말인지 알아들을 수는 없었지만 대강 짐작은 갔다. 분명히 들어주기 힘들 정도로 약해 빠진 소리이겠지. 그딴 말

따위.

"지금까지 계속 그 남자만 바라봐 왔잖아. 분하지도 않아? 한 사람한테만 얽매어 아까운 세월을 날린 게 억울하지도 않아? 이게 무슨 바보 같은 짓이야? 오히려 즐겨야지. 남자들도 만나고, 사랑도 실컷 해보고. 그러는 게 정상 아니야?"

"못……."

좀 더 큰소리로 그녀가 웅얼거렸다. 무슨 말인지 알아들을 수 없어 답답해, 석인은 푹 한숨을 내쉬고 그녀를 자신의 몸에서 떼어냈다.

"뭐라고?"

"난…… 없다고요!"

강해는 얼굴 위로 얼룩진 짠물을 손바닥으로 닦아내며 소리쳤다. 전에 전화수화기로 들었던, 허스키하고 갈라져 잔뜩 흐트러진 목소리가 그녀의 퉁퉁 부은 입에서 흘러나왔다. 석인은 거칠게 대꾸했다.

"무슨 소릴 하는 거예요? 알아듣게 얘기하세요."

"난 매력이 없다고요. 그게 문제라고요! 원래부터 난 인기가 없었단 말이에요……."

이건 또 무슨 소린가. 뭐가 없어? 정말 그렇게 생각하는 듯 그녀는 울먹거리며 손등으로 눈물을 닦아냈다. 석인은 기가 막혀 헛웃음을 흘릴 수밖에 없었다.

"누가 그런 헛소릴 해요?"

"아무도 나한테 매력있다는 말 같은 거, 해주지 않았어요."

"그거야 말할 필요가 없었으니까 그랬던 거겠지."

"좋아한다고 고백해 준 사람도 없었단 말이에요."

"오직 한 사람만 사랑하고 있는 당신한테 어떤 얼빠진 남자가 고백 따월 하겠어?"

"위로 같은 거 하지 마세요. 그래 봤자 더 비참해질 뿐이니까."

소리쳐 제멋대로 우기더니 강해는 두 손에 얼굴을 확 묻었다. 어처구니가 없기도 하고, 뭔가 우습기도 해서 석인은 잠시 멍하게 그녀를 바라보았다.

지금까지 자신이 알고 있던 윤강해의 모습과는 너무나 판이하게 달라서, 그는 도무지 적응이 안 되었다. 지금까지 봐왔던 그녀는 재벌공주의 전형이 아니었던가. 흔해 빠진 농담조차 함부로 내뱉지 않고, 자존심이 허락지 않은 말이나 행동은 절대 하지 않으며, 목에 칼이 들어와도 비굴한 짓은 절대 하지 않을, 도도함의 결정체였다. 그런 그녀가 이렇게 무너져서, 이렇게 자신을 비하하고 있다니. 그것도 사랑에 상처받은 채로…… 석인은 조용히 가만히 그녀의 어깨에 손을 올렸다.

"위로 아니야."

가만히 부드럽게 말하자, 그녀가 긴장하며 어깨를 움츠렸다. 그에게 밑바닥까지 내보였다는 것이 수치스럽고 창피해 더 푹 고개를 꺾고 울던 강해는 쇄골을 꾹 눌러오는 그의 손바닥을 고스란히 느끼고 있었다. 긴장한 그녀의 머리 위로 그의 굵은 목소리가 뚝 떨어졌다.

"난 원래 그런 거 못하는 사람이거든."

그녀의 온몸으로 낯선 기운이 슥 스치고 지나갔다. 단숨에 머리카락이 쭈뼛 올라서고, 몸에 난 솜털이란 솜털은 죄다 곤두서버렸다. 제멋대로 심장이 두근두근 쿵쿵 뛰기 시작하자 강해는 입을 틀어막고 있던 손바닥을 천천히 뗐다.

"진심으로 당신은……."

그가 작게 속삭이기 시작하자, 그녀는 조심스럽게 고개를 들었다. 강해는 그의 다음 말에 온 신경을 모으고 있는 듯 두 눈을 커다랗게 뜨고 있었다. 너무나 울어서 퉁퉁 부은 입술과 화장으로 얼룩진 얼굴에는 남모를 고통으로 받았던 상처들이 가득 차올라 있었다. 그것을 발견한 순간, 날카로운 것이 훅 베고 지나가는 듯한 통증이 가슴 가득 느껴져 석인은 잠시 입을 다물었다.

"당신은……."

그는 말을 마칠 수가 없었다. 강해의 똑바른 눈망울에 사로잡혀 버린 듯 혀가 움직여지지 않았다. 너무나 절박한 시선으로, 그의 말이 우주의 진리인 양 뚫어지게 바라보는 눈빛이 그를 옴짝달싹못하게 했다. 석인은 서서히 고조되는 기운을 느끼며 천천히 뜨거운 숨을 받았다. 그리고 한 손을 들어 차가워진 눈물로 얼룩이 진 그녀의 볼을 부드럽게 감쌌다.

“사랑스러워.”

그는 그 무엇보다도 소중한 보물을 다루듯 다정하게 그녀의
턱을 들어, 꽃잎처럼 붉고 보드라운 입술에 입을 맞추었다.

제 9 장. **키스는 사랑을 부른다네**

"헉!"

다음날 아침, 강해는 번쩍 눈을 뜨며 잠에서 깨어났다. 전날 밤의 기억 때문인지, 꿈에서 누군가와 키스하는 꿈을 꿨다. 잔상으로 남아 있는 꿈을 떠올리며 강해는 얼굴을 찡그렸다. 확실히 얼굴이 떠오르진 않았지만, 분명 그는 석인이었다. 꿈속 키스는 어젯밤 그와 나눈 키스를 고대로 재연하고 있었으니까.

정말 짜릿하고 경이로운 경험이었다. 그는 다정하게 턱과 볼을 어루만지며 부드럽게 감싸 그녀를 홀리더니, 애끓는 절절한 목소리로 달콤한 말을 속삭여 그녀를 떨게 했다. 그 순간만큼은 세상 그 어떤 사람의 말보다 그의 말이 더 진실하게 들렸었다. 온 마음을 다해, 진심을 다해 말을 하고 있다는 것을 뼛속 깊이 느낄 수가 있었다.

분위기에 휩쓸린 건, 아마도 그 때문이었던 것 같다. 천천히 내려오는 그의 입술을 그녀는 거부하지 못했다. 뜨거운 혀가 입 안 깊숙이까지 잠식해 들어왔지만 그를 밀어내지 않았다. 밀어 낼 수 없었다. 허리를 꽉 조여오는 손길도, 쓰러질 듯한 자신을 단단히 끌어안고 있는 어깨도, 허벅지를 지그시 눌러오는 그의 무릎도. 온몸이 뜨거워지고 숨결마저 거칠어졌음에도 그녀는 그를 놓을 수 없었다.

기나긴 키스가 끝나고 두 사람은 어색하게 떨어졌다. 어색해 져 버려 눈을 마주치지 못하는 강해에게 석인은 '미안하다'고 했다. 하지만 그의 목소리에선 후회하는 기색이 전혀 느껴지지 않았다. 그 순간, 그녀가 얼마나 안도했는지. 적어도 석인의 키 스는 동정심에서 나온 배려 따위의 차원이 아니었으니까. 그의 키스는 그의 진심일 거라는 믿음이 생겨 버렸다.

그는 아무 말 없이 강해의 손을 잡고 자리에서 일으켜 주었 다. 주머니에서 손수건을 꺼내 얼굴을 닦아주고 화장실로 데리 고 들어가 문을 잠그더니, 그녀가 얼굴을 씻고 화장을 고칠 때 까지 밖에서 기다려 주었다. 그리고 나란히 파티장으로 함께 들 어가자, 사람들은 강해의 얼굴을 보며 농담을 걸어왔다. 어떻게 알았는지 그들은 두 사람이 키스한 사실을 눈치 채고 있었다.

분위기는 단숨에 둘만의 핑크빛 분위기로 물들었고, 김진영은 급기야 파티장을 나가 버렸다.

강해는 침대에 누운 채로 빙긋 웃었다. 진영이 파티장을 나가는 뒷모습을 떠올리니, 자연스럽게 그 순간 귓가로 스며들던 속삭임도 함께 재생되어졌다.

'효과 만점인데.'

진영이 나가는 모습을 보며 그가 속삭이던 말. 떠올릴수록 마음이 설레었다. 무슨 의미로 그리 말한 걸까 궁금해졌다. 더불어 그가 키스했던 이유가 뭔지도. 동정이 아니었다면, 그녀를 위로하기 위함이 아니었다면 왜 그렇게 애틋하고 소중한 키스를 해왔을까. 단순히 분위기에 휩쓸려서? 아니면……?

두근두근 가슴이 뛰기 시작하자 강해는 자리에서 몸을 일으켰다. 헝클어진 머릿결을 쓸어 넘기며 숨을 고르는데, 전화벨이 울렸다. 일요일 아침, 8시. 누가 이 시간에 전화를 걸어온 걸까? 강해는 협탁 위에 놓인 휴대전화를 들어 발신자를 확인했다. 그리곤 두 눈을 크게 뜨고 액정에 떠 있는 이름을 뚫어져라 내려다보았다.

〈임석인〉

웬일일까, 아침부터. 그가 그녀를 집까지 바래다주고, 집 앞에 서서 그녀가 집 안으로 들어가는 것까지 지켜봐 준 게 바로 오늘 새벽. 그들은 불과 몇 시간 전에 헤어졌었다. 그사이에 무슨 일이 생긴 건 아닐 테고…….

[여보세요? 윤강해 씨?]

전화를 받자마자, 그의 목소리가 그녀의 귓속으로 쏟아져 흘러들었다. 망설임 따위는 전혀 느껴지지 않는 굵고 매끄러운 음색이었다. 그녀의 심장이 즉각 반응했다.

"임석인 씨."

일순, 꽉 잠겨 허스키해진 목소리가 갈라질 대로 갈라져 엉망으로 나왔다. 당황해 강해는 수화기에서 냉큼 입을 떼었다. 평소에도 아침에 일어나면 심하게 갈라지는 편이지만, 오늘은 증상이 유독 더 심했다. 어젯밤 늦게까지 찬바람을 쏘여서인가. 피곤해서였나. 하여튼 오늘의 갈라짐은 늘 들어왔던 강해마저도 놀랄 정도로 민망한 수준이었다. 하필 오늘 왜 이러니.

"미안해요. 목소리가……."

헛기침으로 민망함을 숨기며 그녀가 말했다. 그러자 생각보단 무덤덤하게 그가 물어온다.

[아침엔 늘 그럽니까?]

"그러는…… 편이에요."

[아침엔 전화를 하면 안 되겠네.]

순간 그녀의 얼굴이 화륵 달아올랐다. 그 정도로 심했나? 싶으니 창피해 죽을 것 같았다. 너무 창피해 차마 다음 말을 꺼내지도 못하고 있는데, 그가 혼잣말을 중얼거렸다. 이쪽에선 제대로 알아들을 수 없을 만큼 나직이.

[너무 뇌쇄적이잖아.]

"네?"

[지금 공항입니다. 출장 떠나요.]

언뜻 귀에 들리는 단어가 이상해서 되물었지만, 그는 그녀를 싹 무시하고 용건을 말하였다. 잘못 들었나? 분명히 '뇌쇄적'이라고 한 것 같았는데. 하지만 그럴 리가 없었다. 괴물보다도 더 징그러운 이런 목소리를 어떤 남자가 뇌쇄적이라 생각하겠는가. 잘못 들은 게 틀림없었다. 그녀는 큼, 다시 한 번 목소리를 가다듬고 최대한 깔끔한 소리를 내기 위해 애쓰며 물었다.

"일요일 아침부터 출장을 떠난다고요?"

[원래는 어젯밤 비행기였는데 시간을 놓쳤어요.]

"아……."

왜 놓쳤는지는 묻지 않았다. 물을 필요 없었다. 왜인지 잘 알고 있으니까. 두 사람은 키스와 파티장의 흥청망청한 분위기에 휩쓸려 친구들과 2차까지 함께 갔었고, 결국 새벽 2시가 넘어서야 집에 돌아왔다. 그러니까 그는 출장 떠나야 한다는 사실을 완전히 잊고 있었던 거였다. 아니면, 알았더라도 취소했던가.

[일주일 예정입니다. 아무래도 윤강해 씨는 알고 있어야 할 것 같아서요. 일주일 사이에 혹시 일이 생길 수도 있으니까.]

"아, 예."

어색하게 대답하고 강해는 눈살을 찌푸렸다. '아, 예'가 뭐니, 윤강해. 이건 아니지!

　[그럼 끊을게요, 이만…….]

　그냥 끊기엔 어쩐지 아쉬운 듯 그가 말끝을 흐렸다. 할 말이 있는 걸까? 강해는 입술이 바짝 타는 기분에 혓바닥으로 아랫입술을 쓸었다. 바짝 긴장하는 자신을 느끼며 강해는 크게 숨을 들이쉬었다. 어젯밤의 아름다웠던 키스와 이어졌던 행복했던 기분이 자연스레 떠올랐다. 심장이 크게 들썩이며 두근거렸고, 그에 따라 그녀의 긴장감은 더욱 심해졌다. 강해는 떨리는 눈꺼풀을 힘주어 꾹 감았다.

　그 순간, 그녀는 깨달았다. 자신이 무의식중에 바라고 있음을. 어젯밤 벌어졌던 모든 일들이 하룻밤의 단꿈이 아니라고, 단순히 기분에 취해 의도치 않게 벌어진 해프닝이 아니라고, 그가 말해주길.

　[전화해도 돼요.]

　그때 불쑥 그가 말했다.

　공항 로비 구석에 서서 전화수화기를 들고 있던 석인은 뒤에서 자신을 부르는 비서를 힐끗 돌아보았다. 시간이 없다며 서둘러야 한다는 제스처로 유 비서가 손목시계를 손가락으로 가리켰다. 여유 시간이 별로 없다는 건 그도 잘 알았다. 그런데도 전화를 쉽게 끊을 수가 없었다. 혼란스러운 마음을 정리하며 그는 무뚝뚝하게 말했다.

　"로밍할 거예요. 생각나면 해요, 전화."

[네…….]

'전화할 일 없을 것 같지만, 기억해 두고 있겠습니다' 따위의 정나미 떨어지는 말을 해올 줄 알았는데, 의외로 윤강해는 다소 곳이 그러마고 대답했다. 그 목소리는 꽉 잠겨서 허스키했지만 순두부마냥 말랑말랑 다정하게 느껴지는 어조였다. 석인은 더욱 혼란스러워져 버렸다. 이 반응은 대체 뭔지, 무슨 생각인 건지 모를 일이었다. 묘한 기대감이 슬그머니 떠오르자 그는 질끈 입술을 깨물었다.

[잠깐만요.]

수화기를 접기 위해 팔을 내리던 그는 윤강해의 다급한 고함 소릴 들었다. 그는 번개보다도 더 빠른 동작으로 황급히 수화기를 귀에 붙였다.

"왜요? 무슨 일입니까?"

[저…… 이런 말, 좀 그런데. 어제 말이에요…….]

심히 망설이며 그녀가 입을 열었다. 어제……? 석인의 모든 촉각은 저절로 곤두섰다.

[저, 저…….]

저만치 유 비서가 숨을 몰아쉬며 이쪽으로 뛰어오는 게 보였다. 출국할 시간이 임박했음을 직감한 석인은 비서 쪽으로 등을 돌리고, 손으로 수화기를 막은 뒤 거칠게 속삭였다.

"숨넘어가겠어요. 빨리 말해요."

[아, 아무것도 아니에요. 그, 그냥…….]

그녀가 수상쩍게도 말을 더듬었다. 유 비서는 이미 30m 전방까지 뛰어오고 있었다. 석인은 빠르게 재차 추궁해 물었다.

"그냥이라니요? 뭐가 그냥이라는 겁니까?"

[말 놓으시라고요! 어제처럼.]

톤 하나가 올라간 고조된 목소리로 그녀가 소리쳤다. 그사이, 비서가 바로 옆까지 다가와 숨을 몰아쉬었다. '사장님' 하며 무슨 말을 하려는 비서에게 석인은 손바닥을 들어 보였다. 끼어들지 말라는 그의 손동작을 보자, 비서는 하려던 말을 멈추고 입을 다물었다. 석인은 조용히 물었다.

"하려던 말이 그거였어요?"

[네! 그게 편할 것 같아서…….]

어찌나 어색한지. 그녀가 거짓말을 하고 있다는 건, 세 살 먹은 어린애도 알아챌 수 있을 것 같았다. 무슨 말을 하려고 했을까. 석인은 희미한 미소를 털어내며 고개를 끄덕였다.

"알았어요. 다음에 만나면 그럴게요."

[그리고, 어…….]

"……?"

[잘 다녀와요. 아프지 말고.]

석인의 입가에 빙그레 미소가 떠올랐다. 윤강해가 진짜로 다급하게 그를 불러 하고 싶었던 말은 바로 이 말임을 그는 단박에 알아차렸다. 의외로 귀여운 면이 있다니까. 어쨌든 고마운 일이다. 그의 건강과 안부까지 챙겨주었으니. 기대와 희망 따위가 뒤섞인 정체불명의 기운이 뱃가죽 밑에서 꿈틀거리자, 석인은 떠올랐던 미소를 싹 지워 버렸다.

"고마워요. 잘 다녀올게요."

[올 때, 선물 사올 거죠?]

조심스러우면서도 다분히 적극적인 질문이 터졌다. 선물 사오라는 나름 귀여운 요청. 농담치고는 나쁘지 않았다. 석인의 입가에 또다시 부드러운 스마일 곡선이 그려졌으니까.

"하는 거 봐서요."

[도착할 때 전화하세요.]

"마중 나올 겁니까?"

[하는 거 봐서요.]

그녀가 수화기 안에서 웃었다. 그도 따라 웃었다. 시간 때문에 안절부절못하고 서 있는 비서를 흘낏 바라보며 석인은 전화를 끊었다. 아무래도 일주일이라는 기간이 무척 길게 느껴질 것 같은 예감이 들었다. 정체불명의 기운은 더욱 세차게 요동치며 그를 자극했다. 그는 휴대폰 로밍을 위해 걸음을 재촉했다.

"그래서 전화했어?"

미용실, 휴게실에 앉아 잡지를 훑어보고 있던 마린은 두 눈을 빛내며 강해를 돌아봤다. 최강동안이라는 모 여배우와 똑같은 헤어스타일을 하기 위해 마린은 지난주에 손을 봐 아직은 괜찮다는 강해를 억지로 끌고 미용실에 왔다. 미용실에 오면 매번 입이 근질근질, 어깨가 뻐근해져서 늘 누군가를 꼬드겨 함께 오곤 하는데, 오늘 당첨자는 바로 강해였다.

"아니."

미쳤냐는 듯, 당연히 안 했다는 듯 강해가 두 눈을 크게 뜨고 마린을 흘겨봤다. 참으로 답답한 여인네다. 그러니 이 날씨 좋고 평화로운 주말에 머리나 하고 앉아 있는 거겠지만. 마린은 한심한 마음에 열렬히 다그쳤다.

"전화하라고 했다며. 친절하게 알려주기까지 했다면서 왜 안 해?"

"그냥 예의상 한 말이겠지."

"아이고, 이 숙맥 씨야! 언니 바보냐? 어떻게 그 말이 예의상 하는 말이야? 언니 전화를 기다리겠다는 거지."

마린은 침까지 튀기며 강해를 몰아붙였다. 파다하게 퍼진 '키스' 사건을 주변에서 전해 들은 그녀가 강해를 마구 추궁한 결과 얻어낸 '소스'는 정말로 따끈따끈했다. 임석인이 독일 출장을 가기 직전 둘이 했다는 통화를 들어보면 정말 석인이 강해에게 마음이 있음을 확실히 느낄 수 있었다. 은밀한 신호라고나 할까. 난 당신 좋은데, 당신은 나 어때? 이거였다. 그런데 이 연애 왕초보자, 윤강해는 그 신호를 완전히 무시하고 있었다. 아니, 알아채지도 못하고 있었다. 오, 마이 갓.

"일하러 간 사람이 내 전화를 왜 기다리겠어?"

"출장 갔다고 하루 종일 일만 하냐? 아휴, 이 언니를 어째야

해? 어떻게 나보다도 더 모르냐? 나도 솔직히 변변찮은 연애도 못해본 초짜지만, 언니보다는 낫다. 언니는 TV도 안 보냐?"

"그럴 리 없어. 그 사람이 날 얼마나 싫어하는데."

"싫어하는데 키스를 하냐?"

마린은 강해를 곁눈질로 찔러보며 삐딱하게 말했다. 펄쩍 뛰지 않는 걸 보면 강해도 나름 석인이 싫지만은 않은 것 같은데, 뭐가 문제인지 알다가도 모르겠다. 남녀 문제란 원래 옆에서 보는 것처럼 단순하고 쉬운 게 아니란 거, 마린도 잘 알고 있지만. 그래도 만약 자신이 강해의 입장이라면 지금 당장 그에게 전화를 걸어보겠다.

"난 그 사람한테 부담 같은 걸 주고 싶지 않아. 내가 전화하면 그쪽에서 어떻게 생각하겠어? 관심있어서 추파를 던지는 걸로 오해할 수도 있잖아."

"언니가 관심 가져주길 바라는 거잖아, 그쪽에서. 전화달라는 게 그 뜻이지. 그런데 일주일 내내 한 번도 전화를 하지 않았으니. 어휴—"

"그래서 도착 시간도 안 알려준 걸까?"

오늘은 그가 한국에 도착하는 날이었다. 빈말이 아니라, 진짜로 그를 마중 나갈 생각이었던 그녀는 오늘 오전 내내 그의 전화를 기다렸었다. 그가 꼭 전화로 도착 시간을 알려줄 거라고 생각해서였다. 하지만 지금까지 그는 연락이 없었다.

"말이라고 해? 당연하지. 전화하라고 했는데, 언니가 완전 무시했잖아.”

“무시한 게 아니야. 난 일에 방해가 될까 봐…….”

그리고 기다리지 않을까 봐. 솔직히 그가 그녀의 전화를 기다릴 가능성을 백분율로 따지면 0.1%도 안 될 것이다. 일단 기다릴 이유가 없질 않나. 일하러 갔는데 일과 전혀 상관없는 윤강해의 전화를 기다릴 거란 생각은 아무리 생각해도 오버였다.

“나라면 간다.”

마린이 뜬금없이 말한다.

“뭐?”

“나라면 지금이라도 공항에 간다고. 기왕 미용실에 왔으니 머리도 하고, 멋지게 차려입은 후에 마중 갈 거야, 난.”

“왜?”

“왜긴 왜야? 제대로 연애란 걸 해볼 수 있는 절호의 찬스이니까 그렇지.”

“그 사람이랑 연애를 한다고?”

“그래! 일단 신호가 잡혔잖아. 언니도 싫지 않은 입장이고.”

마린이 슬쩍 떠보는 말을 하고는 강해의 눈치를 살폈다. 주저하는 듯하던 아까와는 달리 그녀는 꽤나 심사숙고하는 표정이었다. 즉각적으로 부정하지 않는 걸 보면 임석인이 마냥 싫지만은 않은 모양이었다. 키스가 이래서 무서워. 어색남녀를 단 한 방에 하나로 묶어버리질 않나. 마린은 씩 웃으며 더 강력하게 밀어붙였다.

“언니가 뭘 걱정하는지 알아. 조심스럽겠지. 집안과 집안이 얽혀 있는데다가 진영이 같은 골치 아픈 계집애들의 입방아에 오르내리고 있으니. 근데 말이야, 언니처럼 이렇게 걱정만 하다가는 절대 연애 못해. 연애는 앞만 바라보면서 순간순간의 행복감을 즐기는 거라고.”

“…….”

“끝을 생각하면서 어떻게 연애를 해? 주변 사람들 반응까지 일일이 챙겨가면서 어떻게 사람을 사귀냐고. 절대 못하지. 앞만 봐. 사랑하면서 행복할 것만 생각해. 그럼 만사 오케이라니까!”

“넌 어떻게 그런 걸 다 아니?”

시무룩하게 한숨을 쉬며 강해는 물었다. 나이가 한참이나 어린 동생한테 연애 충고나 듣고 있는 자신이 참으로 한심스럽게 느껴진 것이다.

“이런 건 요즘 고등학생들도 다 아는 거야. 상식이라고. 에고, 정말 안구에 쓰나미가 몰려온다. 지금 당장 전화해서 물어봐. 언제 도착하느냐고.”

“이미 비행기에 타지 않았을까? 벌써 11시가 넘었는데.”

“그럼 그 사람 집으로 전화를 걸어보던가. 가족들은 도착 시간을 알 거 아니야.”

고런 쪽으론 참으로 머리가 잘 돌아가는 마린이다. 마린의 충고대로 석인의 집에 전화를 해 그의 도착 시간을 알아낸 강해는 통화를 끝내고 전화기 폴더를 닫았다.

“7시래.”

“오~ 그럼 시간 충분하네. 머리 해달라고 해. 언니도 나처럼 펌(perm)이나 말아.”

“나도?”

강해는 긴 생머리를 등허리까지 늘어뜨린 자신의 헤어스타일을 둘러보며 조심스럽게 물었다. 마린은 그녀의 매끄러운 생머리를 한 움큼 쥐고 평가하듯 쓸어내렸다.

“요즘은 이런 생머리 별로 인기없어. 다들 좀 짧게 자르고 부드러운 웨이브를 넣어주는 게 추세라고. 잡지를 좀 봐라. 연예인들 머리를 봐. 전지현도 이젠 앞머리 내잖아. 언니도 앞머리 내버려. 그럼 더 어려 보이고 분위기도 달라 보일 거야.”

“그래도…… 나, 이 머리 4년이나 기른 건데.”

“그러니까 이젠 변신을 할 때가 된 거지. 요즘 어떤 여자들이 4년이나 같은 머리 스타일을 하고 다니냐? 머리는 또 길 수 있으니까 이참에 확 잘라서 분위기를 바꿔 버려. 조신한 이미지를 버리고 발랄하고 경쾌하게~ 자신있게~”

딴엔 아주 말이 안 되는 것도 아니다. 사람들이 그녀를 보는 시각은 다양하지만, 대부분 조용하고 조신하고 얌전하다였다. 그래서 그녀는 어른들에겐 인기가 있고 또래의 남자들에겐 부담스러운 존재로 인식되어 있는 게 사실이었다. 어릴 때부터 어머니의 빈자리를 메우기 위해 늘 파티의 안주인 노릇을 해왔던 것이 그런 비극을 초래한 게 아니었을까. 하여튼 마린의 말대로 그녀는 이미지 변신이 절실한 시점이긴 했다.

"좋아."

강해는 결심을 굳히고 말했다. 그리고 손을 들어 헤어샵 매니저를 불렀다.

7시 정각, 공항.

사람들이 하나둘 나오기 시작하는 출구 게이트 앞에서 강해는 잔뜩 긴장한 채 석인이 나오길 기다리고 있었다. 머릿속엔 별의별 생각들이 다 떠올랐다 사라지기를 반복하고 있었다. 예고도 없이 나타난 그녀를 그가 반겨줄 것인가에서부터 이런 자신의 행동이 석인에게 부담이 되는 건 아닌지, 짜증나게 왜 나타났냐고 신경질을 부리면 어쩌나, 지금이라도 그냥 달아나 버릴까, 까지. 그녀는 오늘따라 정말 소심의 극치를 달리고 있었다.

카트를 밀고 나오는 훤칠한 남자를 발견한 건 그때였다. 임석인이 넥타이 없는 슈트 차림으로 나오고 있었다. 긴 여행으로 피곤한 듯 찡그린 얼굴을 좌우로 돌리며 천천히 움직이고 있는 그는 헝클어진 머리카락을 쓸어 넘기고 있었다.

"서, 석인……."

살짝 손을 들고 조그맣게 입을 들썩이는데, 채 그의 이름을 호명하기도 전에 그가 그녀 쪽을 돌아보았다. 단번에 그녀를 알아본 그는 뭐에 그리 놀랐는지, 미간을 심하게 좁혀 뜨고는 이쪽을 뚫어져라 바라보고 있었다. 그 시선과 표정은 시간이 갈수록 점점 험악해지더니, 이내 갑자기 빠른 속도로 카트를 밀며 다가오기 시작했다.

무슨 일이지? 무엇 때문에 화가 난 걸까? 내가 마중을 나와서? 강해는 그 자리에 우뚝 선 채로 미친 듯이 생각하고 또 생각했다. 별의별 생각들로 멍해진 그녀의 앞으로 맹렬히 다가온 그는 그녀를 내려다보며 거칠게 물었다.

"이 꼴이 대체 뭡니까?"

이 꼴? 강해는 고개를 꺾어 자신의 옷차림을 훑어보았다. 평범한 로퍼와 흰 남방, 회색 바지 정장. 조금 고리타분해 보이긴 해도 야한 차림은 아니었다. 이번엔 또 뭣 때문에 '이 꼴'이냐는 건지 강해는 의아해졌다.

"내 꼴이 어때서요?"

"몰라서 물어요? 머리는 왜 잘랐습니까?"

이번엔 머리가 문제인 건가? 아니, 왜? 마린의 말대로 세련되고 발랄하게 자른 건데. 연예인 전문 스타일리스트에게 제대로 세팅해서 곧장 이리로 달려왔단 말씀이시다. 예뻐 보이려고 몇 시간이나 투자해서 완성한 머리인데, 왜 화를 내고 난리람.

"왜요? 다들 예쁘다고 하던데."

"예쁘다고만 하고, 다들 아무 소리도 안 해줍디까? 자르지 말라고는 안 해줘요?"

“아니요. 그런 소린 안 하던데요.”

속이 상한 나머지 강해는 투정부리듯 볼멘소리로 대답했다. 그런 그녀의 마음은 전혀 모르는 듯, 석인은 오히려 더 눈을 부릅뜨며 그녀를 윽박질렀다.

“도대체가 알 수가 없네. 아직도 당신은……! 휴— 그만둡시다.”

욱해서 오지랖 넓은 소릴 지껄일 뻔한 그는 하던 말을 멈추고, 거칠게 머리카락을 훑어 올렸다. 더 이상 윤강해와 대화했다가는 자신이 어떻게 돌변할지 장담할 수가 없었다. 어떻게 아직까지 김선욱을 못 잊을 수가 있나! 이미 결혼한 남자가 아닌가. 다른 사람의 것이 되어버린 남자 때문에 괴로워 머리까지 자르다니, 이게 말이 되느냔 말이다. 일주일 내내 전화 한 통 없더니만 겨우 이딴 짓이나 하고 있었다니…….

석인은 꼴도 보기 싫은 윤강해를 지나쳐 카트를 밀고 앞으로 나아갔다. 사람들이 잘린 그녀의 머리카락을 보면서 얼마나 쑤군거릴까 생각하니 속이 열댓 번은 더 뒤집어지려고 했다. 아무것도 모르는 그녀는 그의 뒤를 종종걸음으로 따라왔다. 그리곤 눈치없이 말을 걸어온다.

“마음에 안 들어요?”

석인은 우뚝 그 자리에 멈춰서 뒤를 돌았다.

“그걸 왜 나한테 물어봅니까? 당신 머리, 당신이 알아서 하시죠.”

"왜 화를 내고 그래요?"

강해가 속이 상한 표정으로 그를 노려보았다.

"지금 화 안 내게 생겼습니까?"

"어쩌라고요. 이미 잘라 버린 머리를 다시 붙여요? 아니면 가발 쓰고 다녀요?"

"가발 쓰고 다닐 걸 왜 잘랐습니까?"

"예쁠 줄 알고 잘랐죠."

"예쁠 줄 알고?"

웃기시네. 믿을 사람한테 뻥을 치시지. 김선욱 못 잊고 힘들어서 자른 주제에. 석인은 콧방귀를 뀌고는 비아냥거렸다.

"사람들이 당신 그 머리 보고 참 예쁘다고 하겠습니다."

"그러니까 안 예쁘면 말지, 왜 화를 내냐고요. 속상하게."

"속이 왜 상합니까? 자기 마음대로 자기 머리 잘라놓고."

"그러게요. 내 머리, 내가 마음대로 자르고 내 마음에도 쏙 드는데, 왜 이렇게 속이 상한지 모르겠네요."

알 수 없는 말을 하더니, 강해는 가방을 다른 쪽 팔로 바꿔 맸다. 그리곤 그의 얼굴을 보지 않으려고 노력하며 마구 앞으로 걸어가기 시작했다. 달그락거리는 카트 바퀴 소리가 그녀의 뒤를 따라붙었다. 강해는 여기까지 온 자신의 미친 행동을 저주하며 더욱 빠른 속도로 걸어갔다.

"윤강해 씨."

촤르륵, 카트 바퀴가 마구 빨리 굴러오는가 싶더니 그의 손이 강해의 팔뚝을 휘어 감아왔다. 걸음을 멈춘 강해는 그의 손을 뿌리치기 위해 팔을 마구 휘저었다. 하지만 그의 손은 쉽게 떨어져 나가지 않았다.

"이 손 놔요. 집에 갈 거니까."

"왜 왔는지 말하세요. 그럼 놓아줄게요."

절대 말해줄 수 없다. 죽어도, 목에 칼이 들어와도 절대 말할 수 없다! 강해는 팔을 더욱 세게 휘저었다.

"이거 놔요!"

"날 만나러 온 거잖아요. 공항에 나 말고 딴 사람 마중 나왔습니까? 아니잖아요. 할 얘기가 있어서 나왔잖아요. 그 망할 머리 보여주자고 나온 건 아닐 거 아닙니까? 말해요, 빨리."

"할 말 없어요, 난."

망할 머리라니. 이게 몇 시간을 공들여 한 머리인데. 나쁜 자식.

"말 안 하면 이 손도 안 놓습니다. 이대로 우리 집까지 갈까요?"

"선물 받으려고 나왔어요! 됐어요?"

강해는 고함을 있는 힘껏 쳤다. 말 안 되는 변명이라는 거 알지만, 사실대로 관계 진전에 도움이 될까 싶어서 왔다고는 절대로 말할 수 없었다. 이 이상 자존심 다치는 거, 그녀는 절대로 원치 않았다.

"거 참, 낯바닥이 어지간히 두껍습니다."

석인은 핏, 기분 나쁜 미소를 지어 올리더니 그녀의 손을 순순히 놔주며 말했다.

"뭐라고요?"

"내가 선물은 당신 하는 거 봐서 사오겠다고 했죠? 뭐, 한 거라도 있어요? 일주일 내내 전화 한 통도 안 해놓고, 선물은 받고 싶습니까?"

강해는 갑자기 말문이 턱 막혀 버렸다. 지금 이 말은, 그녀의 전화를 기다렸다는 뜻이 아닌가. 깜빡깜빡 눈꺼풀을 나풀거리며 강해는 생각나는 대로 중얼거렸다.

"그건 혹시라도 당신이 일하는 데 방해될까 봐……."

"그걸 변명이라고 합니까?"

"그게 아니라……."

"됐습니다, 됐고요. 여기 있습니다. 이거나 먹고 떨어지세요."

석인이 강해의 손바닥을 제 마음대로 휙 가지고 가더니 바지주머니에서 뭔가를 꺼내 손바닥 위에 턱 내려놓았다. 열쇠고리였다. 크리스털이 섬세하고 촘촘하게 박힌. 눈이 부실 만큼 반짝반짝하고 아름다운 열쇠고리를 빤히 바라보며 강해는 입을 조금 벌렸다.

"이게 정말 내 것이에요?"

"명인이 거예요."

그녀의 옆을 지나치며 그가 말했다. 물론 명인의 것은 따로 있었다. 누나 두 사람과 여동생의 선물을 구입하면서 강해의 것도 같이 하나 더 구입한 것이었다. 그녀가 그의 마음을 받아주어서 독일로 전화를 걸어왔다면, 그래서 좀 더 두 사람이 가까워지는 계기가 생겼더라면, 진짜 연인이 되는 기념으로 선물해 줄 생각으로 독일에 도착한 그날로 목걸이 하나를 준비해 놓기도 했었다. 물론 쓸모없게 되어버렸지만. 그의 트렁크 안에 얌전히 들어 있는 목걸이를 떠올리며 석인은 쓸쓸한 입맛을 다셨다.

"그럼 명인이는요. 그냥 이거, 명인이 주세요. 난 괜찮아요."

"그냥 가져요. 명인이는 그런 거 많으니까."

"그래도 이건 선물이잖아요. 어떻게 명인이 걸 제가 가져요. 난 됐으니까 명인이 주세요."

아이쿠! 미쳐 돌아가시겠군. 눈치가 이렇게 없어서야 사업은 어떻게 하시나. 그냥 못 이기는 척 받을 것이지.

"명인이는 그런 액세서리 좋아하지도 않아요."

"그래도 원래 주인은 명인이잖아요. 내 것도 아닌 물건을 받을 수 없어요. 이건……."

"원래 주인이 당신이니까 걱정 말고 가지란 말입니다!"

석인은 휙, 몸을 돌려 강해를 향해 버럭 소리를 질러 버렸다. 그의 뒤를 열심히 따라오던 강해가 그 자리에 우뚝 멈춰 섰다. 원래 주인이 누구라고?

"하지만 아깐 명인이 것이라고 했잖아요."

석인은 천장을 째려보며 후— 한숨을 내쉬더니 그녀의 어깨에 손을 툭, 올렸다. 그리고 아주 진지하고 담담하게 말했다.

"거짓말이었어."

"……!"

놀란 빛이 역력한 강해의 눈은 맑았다. 고개를 들이밀면 그 안에 세상의 아름다운 모든 것들이 다 들어 있을 것만 같은, 그런 눈동자였다. 그녀의 영혼이 맑다는 게 느낌으로 와 닿았다. 때 묻지 않고 계산적이지 않은 맑음이 느껴졌다. 오직 한 사람만을, 끝까지 믿어주고 사랑해 줄 것 같은 그런 느낌. 남자를 남자로 태어난 게 자랑스럽게 느끼도록 만들어줄 것 같은 느낌. 뜨거운 뭔가가 가슴 안에서 뭉클거리며 돌아다니기 시작하자, 석인은 깊게 숨을 들이쉬고 조용히 속삭였다.

"당신을 위해 산 거니까, 이건 당신 거야."

살포시 감싸는 다정한 목소리에 그녀는 꼼짝도 할 수가 없었다. 가슴이 마구 뛰었다. 속이 울렁거리고 명치끝이 알싸해지면서 정체 모를 찡함이 몸 안에 가득 차올랐다. 머릿속으로 그의 목소리가 메아리처럼 울려 퍼졌고, 의도하지 않은 웃음기가 움찔움찔 입가를 자극했다.

그의 말을 좋아한다는 말로 해석해도 되는 걸까? 특별하게 여기고 있다고, 따로 선물을 준비할 정도로 마음 쓰고 있다고 받아들여도 되는 걸까? 좀 더…… 가까워졌다고 생각해도 되는 걸까?

"따라와요. 바래다줄 테니까."

갑자기 그가 냉정히 돌아서며 딱딱하게 말했다. 다정했던 그의 말에 두근 반 세근 반 설레어 있던 강해의 마음은 단숨에 얼어붙어 금이 가고 말았다. 갑자기 또 왜 저런담? 그녀는 카트를 밀고 성큼성큼 멀어져 가는 그를 빤히 바라보며 인상을 찌푸렸다. 사람 마음을 가지고 장난치는 것도 아니고. 다정하게 속삭이다 갑자기 이리 싸늘해져 버리면, 이쪽에선 어떻게 해야 하는 건가? 아직도 전화해 주지 않아서 서운한 건가? 그것도 아니면……?

"여기까지 왔는데, 밥도 안 사줄 거예요?"

무슨 생각으로 그리했는지, 강해는 그를 향해 외치고 있었다. 열심히 카트를 밀며 걷던 그가 그 자리에서 걸음을 딱 멈추었다. 그리곤 휙 고개를 돌려 그녀를 바라보았다. 마치 그녀의 질문을 확인하려는 듯. 강해는 그를 똑바로 바라본 채로 똑바른 특유의 말투로 또박또박 말해주었다.

"배고파요. 저녁 사주세요."

뜻밖이라 생각했는지, 석인은 눈썹을 휙 치켜세우며 강해를 뚫어져라 바라봤다. 그녀가 자진해서 뭘 사달라고 한 건 이번이 처음이었으니 놀랄 법도 했다. 알 수 없는 희열감에 들떠 강해는 희미하게 미소를 머금었다.

왠지 받아줄 것 같은 확신이 섰다. 그녀가 무슨 부탁을 하든 뭘 요구하든, 석인이 다 들어줄 것 같았다. 두근두근 뛰는 가슴

을 천천히 진정시키며, 강해는 머릿속에서 뱅뱅 돌고 있는 말을
차분히 그러나 결연히 내뱉었다.
　"나랑 데이트해요, 임석인 씨."

제 10 장. **초보 연애인**(戀愛人)

"데이트하자더니 겨우 여깁니까?"

아연한 얼굴로 석인은 바닥에 쪼그리고 앉아 있는 강해의 뒤통수를 노려보았다. 새 모이봉지를 손에 들고 벤치에 앉아서 따사로운 오후의 햇살을 맞고 있는 이 상황이, 그는 정말 기가 막혔다.

이렇게 평화로운 주말. 놀토에 날씨까지 좋아 사람들은 죄다 야외로 놀러 가기 바쁜 황금 같은 주말! 한국경제를 쥐락펴락하는 재벌 듀엣이 겨우 이런 공원 따위로 놀러 나왔다고 말하면 사람들이 얼마나 비웃을지. 생각만 해도 끔찍한 일이었다. 이게 말이 되는가 말이다. 데이트 신청을 당돌하게 할 땐 적어도 홍콩 야경쯤은 요구할 줄 알았다. 그게 레벨상 맞는 거 아닌가?

석인은 벤치에 누운 채로 깍지 낀 두 손으로 머리를 받치고 하늘을 바라봤다. 선글라스를 낀 눈으로 봐도 하늘은 구름 한 점 없이 맑고 청명해 보였다. 이렇게 좋은 날, 공원에나 처박혀 있다니. 이건 뭐, 어디 가서 데이트했단 소리는 입도 벙긋 못하게 생겼다. 공원에 와서 비둘기 모이 줬다는 소릴 어떻게 하나.

"왜요? 좋잖아요. 미풍도 좋고 햇살도 좋고……."

콕콕 부리로 바닥을 찍는 비둘기들을 신기하다는 듯 바라보는 강해는 바닥에 쪼그리고 앉아 있었다. 그녀는 스포츠용품 브랜드 'FeelUs', 연예스폰서 혜원기획의 사장이자 생활스포츠육성 후원단체인 'Feel—Life'의 재단이사장인 석인을 이런 구질구질한 공원으로 끌고 왔다는 점에 대해 아무런 죄책감도 느끼지 못하는 듯했다. 다시금 한숨이 몰려와 석인은 삐딱하게 그녀의 말을 가로막았다.

"햇살이 좋으면 꼭 이렇게 공원에 와야 합니까? 광합성 식물도 아니고. 보통 여자들은 자외선 때문에 이런 곳은 기피한다던데."

"자연과 함께할 수 있잖아요."

"자연과 벗 삼고 싶었으면 수목원에 가야지. 여기보단 거기가 훨씬 낫겠네."

"멀리 나가는 건 좀 부담스럽잖아요."

일박이라도 하자고 할까 봐 그랬다는 거야, 뭐야.

"당일치기 충분히 가능합니다만."

"저기……."

쪼그리고 앉아 있던 강해가 살짝 고개를 수그렸다. 하늘과 눈싸움이라도 하듯 공격적인 시선으로 째려보고 있던 그는 문득 시선을 끌어내려 그녀를 보았다. 목소리가 점점 작아지는 게, 갑자기 마음에 쓰였다. 하필 쪼그리고 앉아 있는 뒤태를 보니 어딘가 안쓰러워 보이기도 하고.

"그렇게 싫으시면 지금이라도 돌아가세요."

그녀가 뒤돌아보지 않은 채로 중얼거렸다.

"전 괜찮아요."

고개를 푹 숙이고 그녀가 또 말했다. 괜찮다고 말하는 그 모습은 전혀 괜찮아 보이지 않았다. 목소리에 힘이 없고 어깨도 축 처져 석인의 양심을 쿡쿡 찔러댔다. 기껏 소원을 들어주겠다고 여기까지 와서 이게 무슨 짓이냐, 하며 양심은 그를 꾸짖고 있었다. 그는 저도 모르게 퉁명스럽게 대꾸해 버렸다.

"날 아직도 그렇게 몰라요? 난 약속 하나는 칼같이 지켜요."

그의 말에 그녀가 고개를 천천히 돌렸다. 햇살 때문에 눈이 부시는지 두 눈을 가늘게 뜬 그녀는 희미하게 웃고 있었다. 그녀는 눈썹 근처에 손바닥을 갖다 대 챙을 만들고는 그에게 말했다.

"그럼 좀 웃으면서 있어주면 안 돼요? 난 진짜 이거 해보고 싶었다고요."

서운하다는 뉘앙스가 풀풀 풍겼다. 더 미안해지자, 석인은 떨떠름한 얼굴로 중얼거렸다.

"이런 게 뭐라고 해보고 싶기까지 해요? 하고 싶었으면 하면 되지."

"그러게요. 이런 게 뭐라고, 지금까지 한 번도 못해봤을까?"

무덤덤하니 중얼거리며 그녀는 입가에 빙그레 미소를 그린다. 짐짓 아무렇지도 않은 듯 가장하는 것이겠지만, 그래 봤자 즐거워 보일 리 없었다. 눈가에 서운함과 아쉬움과 한탄이 가득 담겨 있는데 어쩌라고. 하여간 못 말려. 사람, 나쁜 남자 만드는 덴 뭐 있다니까.

"이제부터 해보면 되지. 뭘 또 그것 갖고 우울해지고 그래요? 못해봤던 거, 또 뭐 뭐 있어요?"

"왜요? 해주시게요?"

그가 툭툭 거칠게 말하는데도, 못해봤던 거 하게 해준다는 말에 신이 나는지 강해의 눈이 반짝거린다. 이제야 미소가 좀 밝아지는 것 같아 석인은 내심 마음을 놓았다. 그래, 이래야지. 저게 어울리는 미소지, 하게 된달까. 이젠 그녀가 우울해하는 걸 보면 가슴이 철렁 내려앉아 버린다. 절대적으로 그녀는 웃는 게 훨씬 예쁘다. 그러니, 적어도 자신 때문에 우울하게 만들고 싶진 않았다.

"6개월간은 싫든 좋든 데이트해야 하는 사이잖습니까. 어차피 해야 할 데이트라면, 평소 해보고 싶었던 거 하나씩 하는 것도 나쁘지 않죠."

"엄청 많은데요."

"하드 넉넉하니까 차분히 말해봐요."

석인이 자신의 머리를 손가락으로 톡톡 두드리며 걱정없다는 듯 말한다. 강해는 눈동자를 한껏 치켜뜨며 생각에 빠진 듯 손가락 하나를 입술에 갖다 댔다.

"음— 사진 찍기. 그리고 또……."

"잠깐만."

갑자기 석인이 강해의 말을 끊었다.

"사진도 못 찍어봤다는 소리예요, 지금?"

석인이 몸을 앞으로 수그리며 적극적으로 물어왔다. 믿지 못하겠다는 듯, 혹은 자신의 귀가 의심스럽다는 듯. 당연한 반응이다. 강해 자신이 들어도 한심스러울 지경이니까. 그래도 떳떳하니 꿋꿋하게 그녀는 대수롭지 않은 듯 말해주었다.

"설마요. 나도 문명인인데 사진 한 장 못 찍어봤겠어요? 내 말은, 데이트할 때요."

"약혼자랑 찍은 사진 없습니까?"

"없어요."

약혼식장에서 찍은 사진들 이외에는. 5년 동안 데이트다운 데이트를 해본 적이 없으니 오죽하랴. 석인의 무표정한 얼굴이 강해의 티끌 없이 새하얀 얼굴을 뚫어질 듯 응시했다. 까만 안경을 쓰고 있는 덕에 그의 눈동자에 떠오른 감정을 그녀는 확인할 수가 없었다. 무슨 생각을 하고 있는 걸까? 점점 궁금해질 무렵, 그가 갑자기 벌떡 일어났다.

"근처에 일회용 카메라 팔 겁니다. 가서 사올 테니까 기다려요."

강해는 얼떨결에 따라 일어났다. 그리곤 손을 휘휘 내저으며 그를 붙들었다.

"아니에요. 살 필요 없어요. 나한테 디지털카메라가 있어요."

"가져왔어요?"

"그럼요. 명색이 첫 데이트인데……."

기록으로 남겨야죠, 라고 말하려고 했지만 강해는 문득 하던 말을 멈추고 말았다. 석인이 빤히 그녀를 바라보고 있었다. 너무 빤한 시선에 약간 당황한 강해는 어깨를 으쓱하며 빙긋 웃고는, 실없이 농담을 건넸다.

"인터넷으로 유출시키거나 하진 않을게요."

"지금 농담이 나옵니까?"

"왜요? 첫 데이트 맞잖아요."

"그럼 예전 약혼자랑은 첫 데이트조차 해보지 않았다는 거예요?"

"가족들끼리 어울린 적은 많아요. 단둘이 있어본 적이 별로 없어서 그렇지."

"데이트를 가족끼리 합니까?"

"아니죠……."

그녀가 말끝을 늘였다. 창피하기도 하고, 무안하기도 해서 그녀는 그를 똑바로 바라볼 수가 없었다. 서서히 고개가 아래로 꺾이고 시선도 떨어질 때 즈음, 석인이 대뜸 물었다.

"카메라 어디 있어요?"

"예?"

더 추궁할 줄 알았는데. 그는 다행히 더 이상 묻지 않고 카메라를 찾았다.

"사진 찍자면서요. 역광이라 딱이네. 빨리 들고 와요."

"알았어요."

그녀는 환하게 웃으며 가방을 뒤지기 시작했다. 석인은 썩 유쾌하지 못한 기분으로 그녀를 물끄러미 바라보았다. 새삼스레 알게 된 윤강해의 사생활이 너무 충격적이라 그는 머리가 띵했다. 아니, 5년이나 한 남자의 약혼자로 살아온 여자가 데이트도 제대로 못해봤다는 걸 도대체 누가 믿겠나? 윤강해가 어떤 여자인지 몰랐다면 석인도 믿지 못했을 것이다.

"셀카 찍을 땐 카메라를 살짝 앞으로 기울이세요. 그래야 얼굴이 V라인으로 나온다고요."

"사진이 생긴 대로 나오는 거지, 무슨."

투덜거리면서도 석인은 그녀가 시키는 대로 카메라를 살짝 앞으로 기울여 주었다. 하여간 무뚝뚝한 척하면서 해줄 건 다 해주는 남자다. 강해는 그를 살짝 흘겨보며 씩 웃었다. 그리곤 손바닥으로 벤치 바닥을 짚으며 슬쩍 그에게 몸을 붙였다. 조금이라도 붙어야 연인처럼 보일 것 같아서 조금 용기를 내본 것이었다.

그녀의 의도를 알아챈 그가 흘낏 그녀를 내려다보았다. 그녀는 소심하니 어정쩡한 간격을 유지한 채로 다가와 있었다. 한심하군. 이래서야 어떻게 연인 흉내를 낼 수 있겠나. 쯧쯧, 혀를 차며 그는 그녀의 어깨에 손을 얹고는 우악스럽게 확 끌어당겨버렸다. 단숨에 그녀는 석인의 품 안으로 쏙 들어와 안겼다.

"아야!"

이마를 그의 가슴팍에 부딪친 강해가 얼굴을 부여잡고 항의했다.

"뭐, 뭐예요? 갑자기."

아파서가 아니라 민망해서, 그녀는 말을 더듬었다. 그녀가 뭣 때문에 당황한지 전혀 알아채지 못한 듯 석인은 거만하게 중얼거려 주신다.

"명색이 데이트 사진이라면서요. 이 정도는 붙어줘야지. 이거 봐, 얼굴이 하도 커서 렌즈에 잡히지도 않잖아."

"무, 무슨 소리예요? 내 얼굴이 뭐가 크다고. 임석인 씨 얼굴이 큰 거겠죠."

"그럼 내 얼굴 빼고 찍든지."

"데이트 사진인데 어떻게 빼고 찍어요?"

"그럼 붙으시든지."

결국 아무 소리 않고 그녀는 그의 옆구리에 찰싹 달라붙었다.

부드러운 미소의 석인과 활짝 웃는 강해의 사진이 찰칵 찍혔다. 석인의 선글라스를 빼앗아 낀 강해와 맨 얼굴의 석인도 찰칵. 손으로 V자를 그리고 찰칵. 찰칵, 찰칵, 찰칵…….

사진은 계속해서 찍혀 저장되었다.

한참 동안 실랑이를 벌이며 사진을 찍은 후, 강해는 카메라를 들여다보며 찍은 사진들을 구경하고 있었다. 뭐가 그리도 좋은지 그녀는 연신 킥킥 웃고 있었다. 석인은 선글라스를 콧잔등 위로 쑥 밀어 올리며 말했다.

"뽑아서 나한테도 보내요."

"뭐 하게요?"

"초등학교 소풍 사진도 머릿수대로 뽑습니다만."

"어차피 당신은 필요없잖아요. 쓸데없이 뭐 하러 두 장씩이나 뽑아요?"

"그러는 당신은 필요있고?"

"그럼요. 우리가 연애하는 걸 의심하는 애들한테 보여줄 거예요. 데이트할 때 찍은 거라고."

"그런 거라면 나도 필요하잖아요. 액자에 끼워 사무실에 올려놓을 거니까, 그거, 그거 뽑아줘요. 그거 좋네."

고개를 기웃거리며 그가 손가락으로 사진 한 장을 가리켰다. 유난히 그녀의 얼굴이 커다랗게 나온 사진이었다. 석인의 얼굴은 뒤로 밀려 쪼그맣게 나온 대신 그녀는 얼굴이 앞으로 들이밀어져 사진의 70%가 그녀의 얼굴로 채워져 있었다. 강해는 그를 쪽 째려보며 위아래로 훑어봤다.

"애처럼 그러기예요?"

"내가 뭘?"

"됐어요."

강해는 즉시 그 사진을 삭제해 버렸다. 석인은 얼이 빠진 듯 선글라스를 벗고는 사진기를 멍하게 내려다봤다. 사람 참 여러 번 황당하게 하는 윤강해. 아니, 뽑아 보내달라고 부탁한 사진을 왜 대뜸 지우는 건가? 그나마 강해 얼굴이 제일 크고 자세히 나와서 그걸로 갖겠다고 말한 건데! 석인은 발끈해 소리쳤다.

"왜 지웁니까?"

"다른 사진도 있는데 왜 굳이 이걸로 달라고 해요? 못됐어, 진짜."

어처구니없게도 그녀는 자신이 잘못했다는 걸 전혀 모르는 듯했다. 가볍게 그를 흘겨보며 혀까지 차는 그녀. 게다가 아예 전원까지 꺼버린다. 그리고 카메라를 가방에 냉큼 챙겨 넣어버리더니, 점잖고 교양이 철철 넘치는 어조로 말했다.

"알아서 적당한 걸로 빼줄게요."

대체 이 대목에서 못된 사람이 누군지, 그는 진정으로 궁금해졌다.

"내가 가지고 있을 사진을 왜 당신이 알아서 빼주겠대?"

"내 사진이니까 그렇죠. 난 내 이미지를 사수할 권리 있어요. 뭐, 당신이 차 문을 열어주는 거랑 같은 이치죠."

강해는 옆에 얌전히 놔두었던 비둘기 모이봉지를 집어 들며 말했다. 하여간 여자들이란. 석인은 혀를 끌끌 차며 시간을 확인했다. 아무리 놀토라지만 그에게는 오늘까지 끝내야 할 일이 산재해 있었다. 그럼에도 그 일들을 놔두고 강해와 함께 한가로이 공원에 나와 앉아 있는 걸 직원들이 알면, 아마 놀래 뒤로 자빠질 것이다. 하지만 그도 어쩔 수 없었다. 일주일 내내 너무나 바빠 그녀와의 데이트를 미루고 미뤘는데, 오늘까지 또 미룰 수는 없었다. 결국 그는 오늘 철야팀을 구성하기로 했다.

"바빠요?"

손목시계를 들여다보는 그에게 강해가 물었다.

"나야 늘 바쁘죠. 대표이사 자리, 아무한테나 줍니까?"

"괜히 바쁜 사람 귀찮게 한 건 아닌지 모르겠네요."

"미안하면 얼른얼른 말해요. 시간 낭비하지 말고. 또 뭐 하고 싶어요? 웬만한 건 오늘 다 해봅시다."

참 무드없는 임석인이다. 같은 말이라도 저렇게 말하고 싶을까. 강해는 씁쓸한 기분으로 하늘을 바라봤다. 구름 하나가 동동 제법 빠른 속도로 떠가고 있었다. 가을하늘처럼 유난히 파란 하늘을 향해 빙긋 웃으며 그녀는 중얼거렸다.

"비 오는 날 덕수궁 돌담길에서 키스하고 싶어요."

"뭐요?"

이건 또 무슨 강아지 풀 뜯는 소리야? 석인은 기가 찬 얼굴로 강해를 돌아봤다.

"남자친구랑 짠~ 마주치는 거예요. 아주 우연히, 그냥 텔레파시가 통해서."

끔찍하군.

"무슨 70년대 영화 찍는 것도 아니고. 요즘 누가 그런 데서 데이트를 합니까? 그리고 키스? 왜? 100m 전방에서 우산도 버리고 뛰어와 안겨보시지."

"그거 좋은데요?"

잔뜩 비꼰 그의 말에 강해가 심하게 방긋 웃으며 그를 돌아본다. 진짜 좋은 생각이라고 생각한 듯 두 손을 가운데로 모으며 두 눈을 커다랗게 키워 뜨기까지. 석인은 완전히 두 손 두 발 다 들어버렸다. 그는 자포자기의 얼굴로 축 늘어져서 눈마저 감아버렸다.

"오늘은 햇빛 쨍쨍이니 안 되겠네. 다른 걸로 합시다."

"스케이트장에 가보고 싶어요."

"유치하군."

그의 비아냥거림에도 아랑곳 않고 그녀는 사근사근 말을 이어갔다.

"어릴 땐 종종 갔었는데……. 돌아가신 엄마가 보기보단 운동에 소질이 있으셨거든요. 굉장히 좋아하셨어요. 취미도 운동이었고."

돌아가신 엄마. 그녀의 목소리에 애정이 듬뿍 담겨 있었다. 그러고 보니 이 여자의 어머니도 일찍 돌아가셨군.

"스케이트도 엄마 때문에 처음 배우게 되었는데, 난 이런 쪽
엔 별로 소질이 없어서 엄마처럼은 잘 못 탔어요. 늘 엉덩방아
를 찧곤 했죠. 몇 년을 꾸준히 배웠는데도 실력이 늘지 않아서
나중엔 포기하고 말았어요."

어릴 적 일을 떠올리는 그녀의 목소리는 밝지만은 않았다. 추
억을 떠올리는 듯 아련하기도 하고, 아이로 되돌아간 듯 해맑기
도 했지만, 어딘지 모르게 우울하게 들리는 것 같았다. 석인은
눈을 감은 채로 미간을 찌푸렸다.

"웁니까?"

"아니요!"

강해가 휙 고개를 돌려 그를 바라보며 소리친다. 울 리 있냐
는 듯 두 눈을 커다랗게 뜨고 버럭 소리치는 모양새가 어쩐지
더 수상하게 느껴졌다. 그럴 수밖에. 그녀의 약하디약한 실체를
낱낱이 다 파악해 버린 그가 아닌가. 이젠 가만히 있어도 그녀
의 감정 흐름이 눈에 들어온다. 뒷모습만으로도, 숨소리의 변화
만으로도 알 수 있었다. 세상 무서울 거 하나 없는 잘난 재벌아
가씨라는 겉모습은 그녀가 곪고 썩은 속내를 숨기기 위해 만들
어놓은 자기방어막이라는 걸, 그날 밤 알아버렸다. 사람들 앞에
서 약한 모습 보이기 싫어, 더 빳빳이 고개를 들어 올렸을 여자
였다, 그녀는.

"……."

그는 과하게 키워진 그녀의 동그란 눈을 가만히 들여다보았

다. 마치 그녀의 마음을 꿰뚫어 보려는 듯. 아니, 이젠 모두 다 알아버렸다는 듯. 부인하면 할수록 확신만 더 키우는 꼴이라는 듯. 흔들림없고 강한 그의 시선을 한참 동안 마주하던 그녀는 결국 허둥지둥 시선을 흩뜨리다 어색하게 분위기 전환을 시도했다.

"서프라이징 파티 같은 것도 좋아요. 기대하지도 않았는데 짠, 나타나서 깜짝 놀라게 만드는 거."

활짝 웃으며 말하는 그녀를 지켜보며 그는 뚱하게 말했다.

"생일이 언젠데요?"

"아쉽지만 우리 계약 기간 내에는 없어요. 석 달 전이었거든요."

석 달 전, 그녀의 생일은 너무나 조용히 지나가 버렸다. 그녀의 거짓말로 인해 리나가 가출을 한 시점이어서 아무도 그녀의 생일을 기억해 주지 않았었다. 생일이라고 말하기도 부끄럽고 죄스러워, 그녀는 집에서 혼자 미역국을 끓여먹었었다.

"그럼 그것도 안 되겠네."

"밸런타인데이, 화이트데이, 만난 지 100일, 등등 기념일도 챙겨받고 싶어요."

"약혼자가 그런 날도 안 챙겨줬어요?"

"해줬죠, 가끔. 너무나 형식적이어서 감동적이지도 않았어요."

그의 시선이 또 빤히 와 닿았다. 무슨 생각인 건지, 강해는 알았다. 재벌아가씨가 돼서, 보통 사람들조차 수도 없이 경험하고 맛보았을, 평범하고 하찮은 연애소사들과 작은 감동들을 느껴보지 못했다니. 놀라고 의아하고, 불쌍하다 생각할 것이다. 이런 종류의 동정은 지금껏 너무나도 많이 받아왔었다. 동정받는 게 싫어서 아픈 티 내지 않고 의연한 척 연기했던 게 5년이었다. 하지만 지금은 아무렇지도 않았다. 어차피 임석인한테는 밑바닥까지 다 내보인 지금, 더 이상 숨길 게 뭐가 있겠는가. 아니라고 해봤자 오히려 더 추해 보일 뿐. 강해는 인생을 달관한 사람처럼 배시시 웃으며 어깨를 으쓱했다.

"못해본 거 많다고 했잖아요. 손잡고 영화도 보러 가고 싶고, 놀이공원도 가고 싶고, 여행도 떠나보고 싶고……."

"해달라고 졸라본 적도 없습니까?"

그가 짜증스럽게 물었다. 가만히 듣다 보니 김선욱이란 남자, 보통 나쁜 사람이 아니었다. 이 정도면 정말 약혼이 아니라 결혼을 했더라도 찢어질 사이 아닌가? 그런데도 5년이나 약혼 관계를 유지하고 있었다니. 그런 남자를 어떻게 사랑할 수가 있을까? 되돌아오지 않는 사랑에 지치지도 않았던 걸까?

"그런 건 의미가 없잖아요."

그녀가 조용히 대답했다.

"원래 여자들은 대단한 걸 바라는 게 아니에요. 비싸지 않더라도 마음이 담긴 선물, 다정한 말 한마디, 작은 배려, 그런 것들에 감동하는 거지. 아무리 비싸고 좋은 선물이라도 진심이 없는 형식적인 거라면 감동을 못 느끼잖아요. 나도 그런 걸 받고 싶은 거예요."

그래서 당신이 손에 쥐어준 작은 열쇠고리에 감동했던 거랍니다, 임석인 씨.

그녀는 조그맣게 마음속으로 덧붙였다. 그날, 그녀가 선물을 받고 감동한 건, 그 선물의 가치 때문이 아니라 선물을 챙길 정도로 자신을 생각하고 배려해 준 그의 마음 씀씀이 때문이었다. 그가 말하지 않았던가? 거칠지만 분명한 어조로. 당신을 위해 산 선물이라고, 그러니 이건 당신 것이라고.

그때 그녀는 알았다. 그가 정말 다정한 사람이라는 걸. 겉으론 까칠하게 구는 사람이지만 마음만큼은 그렇지 않다는 걸. 어쩌면 수많은 루머에 시달리고 대처하는 동안, 자신을 완벽하게 포장하는 법을 배워 버린지도 몰랐다. 누가 알았겠는가? 연예인 킬러에 바람둥이라 소문이 자자한 임석인에게 그처럼 자상하고 부드러운 일면이 있을 줄.

"그 마음이란 걸 받기 위해 5년 동안이나 기다린 겁니까?"

"네?"

갑자기 날카로운 질문이 날아들자, 강해는 놀란 눈으로 반문했다.

"일어나요. 놀이공원이라도 갑시다."

석인이 자리에서 일어나더니 강해의 손목을 그러쥐고 위로 잡아당겼다. 얼떨결에 자리에서 일어난 강해는 걱정스런 표정으로 중얼거렸다.

"정말 갈 거예요?"

"웬만한 건 오늘 다 해보기로 한 거 아니었습니까?"

"그랬죠. 하지만……."

꼭 오늘 해보겠다고 작정을 하거나, 기대했던 건 아니었다. 설마 그녀가 임석인에게 스케이트장에 함께 가기를, 서프라이징 파티를 해주길 바랐을까. 혼자 이것저것 해보고 싶다고 중얼거렸던 건 그에게 함께 해보자 요구했던 게 아니라 그냥 푸념이었다.

"나야. 오늘 철야, 내일로 미뤄."

그녀가 당황한 채 얼버무리는 사이, 그가 휴대전화를 꺼내 비서와 통화를 했다. 철야……. 강해는 그제야 그가 오늘 철야를 계획하고 있었음을 알게 되었다. 마음이 더 무거워졌다. 그녀 역시 회사에서 중책을 맡고 있었기 때문에, 회사 일을 미루는 일이 얼마나 힘들고 부담스러운 일인지 알고 있었다. 비즈니스에 비하면 아무것도 아닌 자신의 일에 금쪽같은 시간을 투자하려는 그가 강해는 고맙기도 하지만, 미안하기도 했다.

"나 때문에 계획을 변경한 거라면……."

전화를 끊는 그에게 강해는 괜스레 눈치를 살피며 입을 열었다.

"내 계획은 내가 알아서 합니다. 쓸데없는 걱정 말고, 따라오기나 해요."

그는 강해의 말문을 막아버리곤 휙, 그녀의 팔목을 잡아끌기 시작했다. 그의 걸음에 끌려가며 강해는 소리쳤다.

"일에 차질이 생길 텐데 어떻게 그래요. 이런 일에 시간 뺏기는 게 얼마나 짜증나는 일인지 잘 알아요. 나 때문에 괜히 시간 낭비하지 말고 그냥 들어가요. 일이 더 중요하잖아요."

갑자기 그가 걸음을 멈추었다. 그를 뒤따르던 강해 역시 우뚝 그 자리에 못 박혀 서서 그를 멍하게 올려다봤다. 그의 선글라스가 그녀를 뚫어져라 내려다보고 있었다. 그 시선이 너무나 강렬하고 견고해서, 순간 강해는 짜릿하니 온몸이 떨려오는 걸 느꼈다. 꼭 마치 '언제까지나 네 곁을 지켜줄게' 라고 말하는 것 같았다.

"내가 연간 벌어들이는 돈이 얼마인지 알아? 나도 하루쯤 마음 놓고 쉴 자격 있어."

"내 말은 그게 아니라……."

"한마디만 더하면, 정말 안 가."

그가 강해의 말을 똑 잘라먹는다. 순간 강해는 꿀 먹은 벙어리가 되어버렸다. 그녀는 꾹 다문 입, 커다래진 눈으로 그를 올려다보며 더욱 시끄럽게 쿵쾅거리는 가슴에 손을 얹었다. 제발 석인이 알아채지 못하게 해달라고 신께 빌고 있었다. 그는 슬쩍 상체를 이쪽으로 기울여 강렬한 눈빛으로 그녀의 눈동자를 들여다보았다.

"나보다 다섯 살 어린 꼬맹이."

예상에도 없는 그의 말에 강해가 깜짝 놀랐다. 휘둥그레 떠진 그녀의 눈을 바라보며 그가 씩 웃었다. 그리곤 거만하기 짝이 없는 말투로 중얼거렸다.

"이제부턴 진짜 말 놓는다."

✲

다음날 오전, 강해는 정신없이 거울을 보며 머리를 빗고 있었다. 일요일이지만 스케줄이 전혀 없는 관계로 낮잠이나 한숨 잘까 싶어, 침대에 막 누운 10분 전. 그가 전화를 걸어와 잠깐 집 앞으로 나오라고 했기 때문이었다. 대체 왜 나오라는 건지 궁금해 죽을 것 같았다. 창문을 기웃거려 봐도 높은 담장과 폭 넓은 정원에 가려 그의 모습이 전혀 보이지 않아 더 그랬다. 강해는 입고 있던 패션트레이닝복을 벗어 던지고 매끈한 슬랙스와 실크블라우스를 꺼내 입었다. 화장하지 않은 민낯을 이리저리 거울에 비춰보며 립글로스를 꼼꼼히 칠한 그녀는 설렌 마음으로 밖으로 나갔다.

사실 어제는 그녀가 태어나서 가장 재미있게 보낸 휴일이었다.

그는 강해에게 최고의 하루를 선사했다. 학창시절 이후 처음 놀이공원에 와봤다는 그녀의 말에 석인은 거의 토할 것 같은 표정으로 바라봤다. 주말엔 그냥 일이나 하든가 TV를 보든가, 그것도 아니면 그동안 일 때문에 못 잤던 잠을 보충한다는 말에는 '하!' 했다. 친구들과의 파티에도 늘 혼자 참석했었다고 하니 아예 대놓고 선욱을 욕하기도 했다. 다른 때 같았으면 석인의 말버릇을 지적하고 선욱을 욕하지 말라고 했을 테지만, 어제는 그러지 않았다. 그냥 석인의 모든 말투나 행동이 마냥 고맙게만 느껴져 흐뭇하니 웃기만 했다. 그는 골을 내면서도 해줄 것 다 해주고, 감동 줄 거 다 주는, 그런 아이러니한 매력의 남자였다.

점점 그에게 빠져드는 것 같다고, 강해는 인정할 수밖에 없었다. 그에게 받은 열쇠고리를 화장대 서랍에 고이고이 모셔놓고 날이면 날마다 닳아지도록 쓸고 닦는 것만 봐도 알 수 있었다. 그는 강해에게 '처음'을 선물해 준 사람이었다. 그만큼 존재의 의미 또한 그녀의 가슴 안에서 점점 더 숙성되고 있었다.

"어쩐 일이에요?"

어제 봤는데도 또 반가운 마음에, 그녀는 환하게 웃으며 문을 열었다. 대문 밖에 차를 세운 채 초조하게 서성이고 있던 그는 갑작스런 그녀의 등장에 약간 놀란 듯 긴장된 얼굴로 휙, 그녀를 돌아보았다. 뭣 때문에 긴장하는 걸까? 그는 평소답지 않게 상당히 경직되어 있었다.

"어, 뭐 좀 준비한 게 있어서."

"뭔데요? 설마 또 선물?"

그가 콧잔등을 찡그렸다.

"재벌 상속녀가 너무 밝히는 거 아니야?"

“아무리 돈이 많아도 선물은 받고 싶은 거예요. 선물은 마음이잖아요.”

“아 뭐, 됐고. 이거나 빨리 써.”

그는 손에 들고 있던 뭔가를 휙, 그녀의 앞에 내밀었다. 그의 손끝에 걸려 달랑달랑 움직이는 건 다름 아닌 안대였다.

“이게 뭐예요?”

“깜짝 선물 받고 싶다며. 깜짝 놀라려면 눈을 가려야지.”

푸힛! 웃을 생각이 전혀 없었는데 웃음이 절로 나와 버렸다. 안대라니, 그녀가 놀라게 하려고 일부러 이걸 준비했단 말인가? 보통은 그냥 손으로 가려주지 않나? 갑자기 귀엽다는 생각이 들었다. 손으로 가려주기가 부끄럽고 어색해서 일부러 안대를 준비한 게 아닐까, 하는 생각이 들었다. 그러면 그러고도 남을 것 같았다. 왠지.

“뭐야? 왜 웃어?”

그가 미간을 접으며 험악하게 그녀를 노려봤다. 강해는 겨우 웃음을 참아내고는 말했다.

“그냥 손으로 가려주면 안 돼요?”

“손?”

“그래요. 석인 씨가 직접 내 눈을 덮어주는 게 좋을 것 같은데.”

“……”

“싫으면 안 해도 돼요. 그냥 안대 할게요.”

강해는 안대를 펼치고 양쪽 고리를 손으로 잡아 귀에 걸 준비를 마쳤다. 하지만 그때, 휙! 비호처럼 날아오는 석인의 손이 그것을 낚아채 가버렸다.

"눈 감고 이리 와."

그럴 줄 알았지. 투덜거리며 통박을 줘도, 결국엔 그녀가 하자는 대로 다 해주는 석인이었다. 생각해 보니 처음부터 그랬던 것 같다. 다른 사람에겐 몰라도 그녀에게만큼은 늘 석인은 양보하고 위해주었다. 남자친구로 고용 '당해' 준 것도 그렇고, 열쇠고리도 그렇고, 사진도 그렇고. 그녀에겐 엄청나게 큰 의미를 던져 준 행동들이었다. 문득 그녀는 석인이 왜 자신의 소원들을 하나씩 들어주고 있는지 의아해졌다. 조금이라도 좋아하는 마음이 있는 걸까? 아니면 그저 계약이니까?

그의 따뜻한 손이 뒤에서 다가와 그녀의 눈두덩을 덮었다. 시야가 가로막혔고 두툼하고 커다란 그의 손바닥이 그녀의 온 우주가 되어버렸다. 그의 몸이 등 뒤로 가까이 다가왔다. 강해는 저도 모르게 두 손을 뒤로 뻗어 그의 허리를 붙들었다.

"……!"

그는 움찔했지만 멀리 떨어지거나 하진 않았다. 강해는 그의 허리춤을 붙잡고 앞으로 걸어가기 시작했다. 그는 천천히 그녀의 느린 보폭에 맞춰 뒤따라 와주었다. 쿵, 쿵, 쿵. 일정하게 뛰는 그의 심장 소리가 등골을 통해 그녀의 심장으로 전달되었다. 이상한 일체감과 함께 작은 감동이 일었다. 그녀는 그의 옷자락을 더욱 꽉 쥐었다. 필사적으로, 마치 그녀의 인생 전부가 거기에 걸려 있는 것처럼.

"그만. 됐어. 여기야."

그가 그녀의 귓가에 속삭였다. 강해는 터질 것 같은 가슴을 손으로 짚었다. 손과 팔뚝 아래에서 그녀의 가슴이 빠른 속도로 들썩이고 있었다. 이런 거, 굉장히 TV에서 흔하게 봐왔는데 실제로 겪어보니 엄청 긴장되고 떨리고, 감격스러웠다. 그의 손이 내려졌고 동시에 그는 똑, 손가락을 튕겨 신호를 보냈다. 그녀는 슬그머니 눈을 떴다. 신호와 더불어 자동차 트렁크가 훌쩍 열렸다.

"하아—!"

강해는 커다랗게 숨을 들이쉬며 놀랐다. 트렁크에서 현후가 나왔다. 풍선들도 나왔다. 노래도 흘러나왔다.

"언제나 너와 함께~"

현후는 손에 케이크를 들고 머리에 고깔모자를 쓰고 노래를 부르고 있었다. 트렁크 안에서 얼마 동안이나 짓눌려 있었는지 모자도 구겨지고, 케이크에 얼굴을 박아 코끝에는 생크림이 묻어 있었지만 노래만큼은 끝내주게 잘했다. 목소리가 굵직하면서도 섬세한 미학이 느껴지는 축가적격 보이스컬러였다.

"너를 사랑해~"

놀라 꼼짝도 못하는 그녀 옆에서 석인이 속삭이듯 노래를 따라 불렀다. 정말 그녀를 사랑한다는 뜻이 아니란 걸 알면서도,

그녀는 그만 찡해지고 말았다.

"준비하다가 알게 됐는데, 우리가 만난 지 48일째더라고. 그래서 풍선도 딱 48개를 맞춰 준비했지. 뭐, 48일이 별 의미가 없긴 한데. 기념일이란 게 원래 그런 거잖아. 무슨 날이라서 기념하는 게 아니라 기념할 일이 생기면 기념하는 거. 어때? 이 정도면 깜짝 이벤트의 기본 조건은 갖춘 거지?"

석인이 그녀의 몸을 뒤에서 감싸며 장난스럽게 물었다. 강해는 고개를 끄덕이며 손등을 들어 따가운 눈자위를 꾹 눌렀다. 그가 케이크를 준비하고, 노래를 연습하는 모습들을 상상하니 저도 모르게 눈물이 나오려고 했다. 쉬는 시간 없이 철야로 일하는 사람이 언제 이렇게 시간을 내서……?

"뭐야? 벌써 감격이야? 이딴 허술하고 무감동한 쇼에 벌써 감동하면 안 되지. 아직 선물도 안 나왔는데."

그가 장난스럽게 말하고 그녀의 어깨를 꽉 쥔다. 위로와 힘을 주려는 듯. 강해는 눈물을 꾹 참고 멀쩡한 얼굴로 그를 돌아보며 말했다.

"괜찮아요. 선물 같은 거 없어도 충분히 감동적이에요."

"CEO 남자친구를 무시하는 거야? 공원에 비둘기 모이 주기보다도 훨씬 자존심 상한 말인데."

"무시하는 게 아니라……."

"짠!"

어느 틈에 숨겨놓았는지, 뒤춤에서 그가 납작한 네모 상자를

꺼내 들었다. 포장까지 완벽하게 되어 있는 상자는 어느 모로
보나 보석함으로 보였다. 전혀 예측 못했던 그녀는 너무나 놀라
버렸다. 형식적이긴 하지만 이벤트를 열어준 것도 모자라 선물
까지 준비했다니, 그녀로서는 당연히 놀랄 수밖에 없었다.

"이게 뭐예요?"

"독일산 진주목걸이."

"독일…… 산이라고요?"

독일산? 독일산이라고?

"사실 독일 출장 갔을 때, 당신 선물로 진주를 샀었어."

"네?"

강해는 정말로 놀란 듯 두 눈을 커다랗게 떴다. 그리고 마치
'독일에서 그걸 왜 샀어요?' 하고 묻는 듯 의문의 시선을 쏟았
다. 코너에 몰린 기분으로 석인은 간신히 중얼거렸다.

"그, 그게, 너무 예뻐서……."

그가 채 완벽한 대답을 내놓기도 전에, 강해의 큰 눈에서 눈
물이 흘러내렸다. 또르르. 말갛고 투명한 피부 위에서 그것은
뜨겁고 고요했다.

'멍청이.'

좀 그럴싸한 대답을 내놓았어야지. 석인은 혓바닥을 깨물어
주고 싶은 충동을 느끼며, 낭패감이 찌든 얼굴로 현후를 돌아보
았다. 그는 고깔모자 쓰기엔 너무 많은, 서른다섯 살이라는 나
이에도 불구하고 해죽거리며, 혓바닥으로 생크림을 쭈욱 핥아

자시고 있었다. 제 일 아니라고 태연히 웃음까지 띄고 있었다.
그는 냉정하게 자신이 벌인 우스꽝스러운 해프닝에 자평을 했
다.

"너무 촌스러운 이벤트였어."

"좀 식상하긴 했지."

현후가 순순히 인정하며 고개를 끄덕였다.

"식상하기만 했나. 조잡스럽기까지 했지."

"그러게 이벤트 회사에 문의를 하자니까. 그게 얼마나 든다
고."

"돈 때문이 아니었잖아. 직접 내 손으로 준비하고 싶었다고."

"정성을 들이면 뭐 해. 무감동에 촌스러워졌는데."

"노래도 한몫했거든."

"뭐? 내 노래가 어때서? 네가 시키는 대로 '난 네게 반했어!'
를 불러재꼈다면 강해 씨는 이미 까무러쳐 뒤로 넘어갔어. 그나
마 이 촌스러운 쇼 중에서 가장 나은 게 노래였다고."

노래 선곡을 맡았던 현후가 강력히 반발한다. 가만히 눈물을
흘리면서 듣고만 있던 강해는 그만 그의 품에 고개를 묻고 말았
다. 어정쩡히 서서 현후를 바라보고 있던 석인은 흠칫 놀라, 그
녀를 보았다. 그녀의 작은 어깨가 소리없이 흔들리는 걸 보자
그는 가슴이 뭉클해지는 걸 느꼈다. 석인은 천천히 그녀의 등을
감싸며 조용하게 읊조렸다.

"가곡을 부를 걸 그랬나."

“어울려.”

한참 후, 근처 찻집. 석인과 강해는 서로를 마주 본 채로 앉았다. 현후를 보내고, 그는 독일에서 사왔다는 목걸이를 꺼내 그녀에게 걸어주었다. 유난히 촉촉한 눈동자로 발그레해 먹음직스러운 두 볼을 비비며 수줍게 웃는 그녀는 진주와 가장 어울리는 피사체였다. 적어도 지금 이 순간만큼은 그의 눈에 그렇게 보였다. 기뻐하는 것 같아 참 다행이라고, 그는 생각했다.

“고마워요. 이렇게 돈 쓸 필요까진 없었는데…….”

그녀가 빙그레 웃는 얼굴로 중얼거린다. 아까 조금 울었던 탓에 목소리가 쉬어 있었다. 예상했던 대로 역시나 그의 몸이 먼저 반응했다. 석인은 태연히 물 잔을 기울이며 눈썹을 치켜올렸다.

“왜? 치사하게 청구서 보낼까 봐 겁나?”

그가 진담 같은 농담을 건넨다. 예전이었다면 진지하게 대답하며 또박또박 잘못된 부분을 지적해 주었을 테지만, 이젠 그녀도 농담임을 알아듣고 히죽 웃어버린다. 그도 아마 그녀의 말뜻이 ‘고작 내 소원 들어주자고 이벤트나 선물을 준비할 필요는 없다’임을 알아들었을 것이다. 이심전심. 이젠 그녀도, 그도 딱히 보충설명 하지 않아도 상대방의 마음을 알 수 있었다.

“걱정 마. 사귀는 사람한테 그만한 선물 사줄 정도는 되니까.”

여기서 사귀는 사람이란, 사람들 앞에서 사귀는 척하는 사이를 말하는 것이었다. 그가 그런 뜻으로 한 말이란 걸 알았고, 이런 식으로 말해도 전혀 문제될 게 없다고 생각하면서도 강해는 흠칫 놀라고 말았다.

'사귀는 사람…….'

가슴 명치끝을 쿡 찌르고 울리는 낯선 감정이 밀려와 그녀는 그를 빤히 바라보았다. 숯덩이 같은 눈썹과 쌍꺼풀 없이도 커다란 눈, 쭉 곧게 뻗은 콧날, 그리고 부드럽게 휘어진 입술까지. 새삼 인물이 훤하다는 생각이 들었다. 수많은 여자들이 탐을 낼 만큼 그는 대단한 미남형이었다. 이런 남자와 진짜 사귀는 사이가 되면, 어떤 기분이 될까?

"뭘 봐? 내 얼굴에 뭐 묻었어?"

그가 커다란 손을 들어 얼굴을 문질러 대며 말했다. 손 좀 봐. 길죽길죽, 잘도 뻗었네. 여자 손처럼 너무 새하얗거나 곱상하지도 않고, 그렇다고 너무 솥뚜껑처럼 투박하고 야만적이지도 않고. 적당하게 남성적인 손이었다. 그녀의 마음에 쏙 드는. 강해는 부드럽게 웃으며 고개를 가로저었다.

"아뇨."

"우울하게 만들어서 미안해. 나름대로는 최선을 다했는데 아무래도 아이디어 부족이지 싶어. 다음엔 좀 더 신선한 아이템으로……."

"우울 안 했는데요."

그녀가 두 눈을 반짝 뜨고 그의 말을 막았다. 입가에 포근한 엄마 미소를 띠고 있는 그녀는 기분이 꽤 좋아 보였다. 그는 멋진 눈썹을 휙 끌어 올리고는 툭 내뱉듯 중얼거렸다.

"울었잖아."

"기분이 좋아서 운 거예요."

"뭐?"

"울게 해줘서 고마워요. 덕분에 머릿속이 깨끗해졌어요."

"세상에 울게 해줘서 고맙다는 소린 또 처음 듣네."

뭐가 뭔지 모르겠다는 듯 그가 얼굴을 찡그리곤 머리카락을 쓸어 넘겼다. 아, 머릿결도 비단이네. 강해는 흐뭇하게 눈웃음을 치고는 그를 향해 상체를 내밀었다. 귓속말을 할 것처럼 다가오는 그녀를 그는 멀뚱하게 내려다보았다.

"이제 뭘 해줄 거예요?"

그녀가 아주 많이 나직하게 속삭여 왔다. 참을 수 없이 부드럽고 아늑하며 다정한 시선으로. 석인은 단숨에 긴장해 버렸다. 그의 몸에서 유일하게 이성의 지배를 받지 않는 한 부위가 점점 고개를 들기 시작했다. 그녀의 시선과 목소리가 자아내는 비밀스럽고 나긋나긋, 몽환적인 분위기에 그는 취해 쓰러질 것만 같았다. 그는 생뚱맞기 짝이 없이 퉁명스러운 말투로 분위기를 확 깨버렸다.

"너무 일방적으로 받으려고만 하는 거 아니야?"

"원하는 거 있어요?"

그의 퉁퉁 부은 말투에도 불구하고 그녀의 시선은 더욱 달콤해졌다.

"말만 하세요. 나도 뭐든 해줄게요."

뭐든 해줄게요, 부분에서 그의 몸은 또 반응해 버린다. 석인은 눈살을 찌푸리고 대답했다.

"그 입만 다물어주면 되겠어."

다소 거친 말투라 거부감이 들 만도 한데, 강해는 까르륵 소리 내 웃어버렸다. 어쩌면 임석인은 저런 말도 저렇게 귀엽게 한담.

"왜 웃는 거야?"

그는 불편한 기색을 최대한 감추며 퉁명하게 물었다. 강해는 마구 깔깔거리며 웃더니 그의 손을 잡았다. 갑작스런 그녀의 스킨십에 석인이 펄쩍 뛰며 뒤로 물러났다. 하지만 이미 붙들린 손을 빼내진 못했다.

"알았어요. 군소리 않고 받기나 할게요."

그녀의 손이 꽉 그의 손을 죄어왔다. 그는 목이 졸린 듯한 기분에 숨을 쉴 수가 없었다. 온몸의 혈이 빠르게 한쪽으로 몰리고 있었다. 그녀의 손이 마치 발악하듯 커지는 자신의 본능을 쥐고 죄는 듯한 착각에 빠져 그는 꼼짝도 할 수 없었다. 그런 그를 조롱하듯 강해는 상쾌하게 자리를 털고 일어났다.

"회사 들어가 봐야 되죠? 이만 일어나요."

상쾌하게 웃기까지. 그리곤 그의 손등을 톡톡 가볍게 쓰다듬

듯 두들겼다.

"계산은 내가 할게요."

그녀는 그를 향해 깜찍하게 웃고 계산서를 들더니, 곧장 뒤를 돌아 계산대로 걸어갔다. 팔랑팔랑 흔들리는 그녀의 머릿결과 늘씬한 뒷모습이 시야 가득 잡혔다. 석인은 낮게 신음을 흘리며 탁자 위에 팔꿈치를 세우고 손바닥에 머리를 박았다. 아, 젠장…….

그는 한참 동안 자리에서 일어나지 못했다.

직원의 안내로 영화관에 들어온 강해는 깜짝 놀라고 말았다. 요즘 제일 잘나간다는 영화라는데 관객이 전혀 없었다. 아직 영화 시간이 조금 남아 있긴 하지만, 아무래도 이상하다는 생각이 들었다. 아까 티켓예매 현황판에는 분명히 매진으로 기록되어 있었는데, 어찌 이럴 수가?

"어디 앉을래?"

불쑥 뒤에서 석인이 말을 걸어왔다. 멍하게 영화관을 둘러보고 있던 강해가 그를 돌아봤다. 그는 오늘 아침, 주말 바쁜 시간을 내서 그녀와 영화를 보겠다고 연락을 해왔었다. 이번엔 강해도 회사 일이 밀려 있어 시간을 낼 수 없는 처지였으나, 내색하지 않고 약속을 잡아버렸다. 일은 주중에 얼마든지 할 수 있지 않나. 주중에 밤을 새는 한이 있더라도 주말의 데이트를 포기할 순 없었다.

"지정좌석제잖아요."

어젯밤 새벽까지 서류를 붙잡고 씨름하느라 퀭해진 눈으로 그녀가 대답했다. 그는 심드렁한 표정으로 너무나 텅 비어 있어 공포스럽기까지 한 영화관 내를 쭉 훑어보았다.

"어차피 텅 비었잖아. 마음대로 앉아도 되지 않을까?"

"아직 사람들이 다 안 온 거잖아요."

"안 와. 지금까지도 안 왔는데, 기다려 봤자 아니야?"

"그걸 어떻게 알아요? 석인 씨도 봤잖아요? 좌석이 모두 매진된 거."

"표가 다 팔렸으니 매진이겠지."

"그야 당연……."

강해는 뭔가 이상한 기분에 그를 흘낏 바라봤다. 표가 다 팔렸다는 말은 일반적으로, 관객이 꽉 찰 거란 말과도 일맥상통하지만 엄밀히 따지면 꼭 그렇지만도 않았다. 한 사람이 전부 다 표를 구입해 버리면, 그렇다면 관객석이 텅 빌 수도 있었다. 누가 그런 짓을 하겠냐만, 돈이 더럽게 많은 사람이 혼자 영화를 보고 싶다면 그럴 수도 있었다.

"혹시 당신?"

강해는 의심 가득한 눈길로 물었다.

"뭘?"

"이거 빌린 거죠?"

"뭘 빌려?"

석인은 무슨 생뚱맞은 소리냐는 듯 대꾸했다.

"영화관을 통째로 빌려 버린 거 아니에요, 당신이?"

"빌리긴 왜 빌려? 그냥 티켓만 끊으면 되는데."

그는 태연하게 거짓말을 했다. 계획한 깜짝 공연을 위해 어마어마한 돈을 지불하고 영화관을 빌렸다는 소릴 벌써부터 그녀에게 하고 싶지 않았다. 이 깜짝 공연은 말 그대로 깜짝 공연이니까.

"모든 좌석의 티켓을 끊은 거잖아요."

"그건 그렇지."

"그게 빌린 거나 마찬가지죠."

"그럼 안 되나?"

"안 되죠. 이 영화를 보고 싶어서 기다리는 사람들이 얼마나 많은데. 당신 혼자 좌석을 독점하겠다는 거잖아요. 빨리 가서 다시 물러오세요. 영화 시작 전이니까 받아줄 거예요."

강해가 눈살을 찌푸리며 훈계를 해왔다. 누가 사감선생 아니랄까 봐, 참 지당하신 말씀만 하신다. 석인은 쯧쯧 혀를 차며 말했다.

"지금 이걸 돈으로 바꿔달라고 하면 영화관 측에서 참~ 가만히 있겠다. 너무 늦었어. 바꿔주지도 않을뿐더러 설령 바꿔준다

하더라도, 이번 시간대에는 몇 명 못 들어올 거야. 영화를 볼 땐 다들 몇 시간 전에 미리 예약 상황을 체크하고 나온다고. 지금 영화를 보러 온 사람들은 이미 다른 영화를 보기로 한 사람들이란 말이야. 알겠어?"

"그건 그렇지만……."

"괜히 영화관 피해 주지 말고 따라오기나 해."

그는 그녀의 손목을 쥐고는 가볍고 거침없는 걸음으로 계단을 내려가기 시작했다. 비교적 아래쪽으로 내려간 그는 그녀가 앉을 때까지 기다리더니 시간을 확인했다.

"팝콘 먹을래? 달콤한 거, 고소한 거?"

"고소한 거요."

"음료는?"

패스트푸드점 직원처럼 꼼꼼하게 묻기는. 그녀는 어깨를 으쓱했다.

"아무거나요."

"좋아. 빨리 갔다 올게."

그녀는 고개를 기울여 그가 어두운 커튼 밖으로 사라지는 걸 끝까지 지켜보았다. 그리곤 휴우— 길게 심호흡을 했다. 긴장감이 점점 고조되는 것 같았다. 이렇게 남자친구, 혹은 남자친구 비슷한 존재와 단둘이 영화를 보러 온 건 이번이 처음이었다. 소녀처럼 가슴이 설레고 두근거려서 살짝 흥분이 되었다.

그때였다. 환하게 켜 있던 불이 일시에 확 나가면서 잔잔한

피아노 음악이 흐르기 시작했다. 어두운 공간에 덩그러니 홀로 남겨진 강해는 서둘러 주머니 속 휴대전화를 꺼냈다. 시간을 확인해 보니 영화가 시작되려면 아직 몇 분이 더 남아 있었다. 어떻게 된 일이지? 예고편 상영인가? 하지만 이 음악은? 음악은 전혀 영화 예고편 배경음 같지 않았고 스크린도 아직 장막이 드리워져…… 있다고 생각한 바로 그 순간이었다. 드리워져 있던 장막이 서서히 걷히기 시작했다.

음악에 맞춰 웬 남자가 노래를 부르기 시작했다. 강해는 커다랗게 눈을 뜨고 무대를 뚫어져라 바라보았다. 정장을 위아래로 잘 차려입은 남자는 매우 낯이 익은 인물이었다. 강해는 놀래 벌어진 입으로 저도 모르게 중얼거렸다.

"유민혁이잖아?"

그는 지금 그들이 보려는 영화의 주연배우였다. 저 사람이 저기서 왜 노래를 부르고 있는 걸까? 시사회도 아닌데. 팬 이벤트를 한다는 말도 없었다. 그런데 왜, 어떻게 저 스타가 무대에 서서 노래를 부르고 있는 거지? 강해는 어안이 벙벙해졌다.

유민혁이 한 소절을 부르고 나니, 다음 소절이 시작되면서 반대쪽 장막이 걷어졌다. 이번엔 웬 여자가 모습을 드러냈다. 그녀는 한눈에도 화려하고 아름답게 치장된 드레스를 입고 마이크를 잡은 채였다. 뮤지컬배우로 시작해서 지금은 가요계와 영화계를 넘나들며 종횡무진 활약 중인 배우 서재영이었다. 이 영화에 출연하지는 않았지만 현재 한국에서 가장 미래가 촉망되는 여자 배우 중 하나였다. 대체 저 두 사람이 여기서 뭐 하고 있는 거야? 강해는 모든 게 얼떨떨했다.

"사진 안 찍고 뭐 해? 남는 건 사진이라며. 디카 안 가져왔어?"

언제 왔는지 옆 좌석에 석인이 와 앉으며 농담을 건넸다. 그의 손에는 커다란 팝콘 상자와 콜라가 들려 있었다. 강해는 그를 돌아보며 멍하게 물었다.

"이게 뭐예요?"

"이게 뭐냐니, 뭐?"

"저분들 말이에요. 왜 여기서 노래를 부르고 있어요?"

그녀의 순진한 건지 센스없는 건지, 헷갈리게 만드는 질문에 석인은 피식 웃음을 흘려 버렸다. 정말 모르는 건가? 이게 자신을 위한 이벤트라는 걸? 의아하기도 하고, 신기하기도 해 석인은 잠시 그녀를 바라보았다. 그가 준비한 이벤트임을 직감했음에도 혹여 아닐 가능성에 대비해 조심스레 물었던 강해는 그의 가만한 시선에 이끌려 조용히 물었다.

"당신이군요?"

영화관을 빌려서 미니콘서트를 열어주다니. 정말 연예기획사 사장님다운 발상이었다. 몸이 두 개라도 바쁜 톱스타들을 동시에 섭외하고 관객 앞에서 노래까지 하게 만든 그가 정말 놀랍고 대단하다는 생각이 들었다. 그만큼 그의 영향력이 대단하다는 뜻이기도 하겠지만, 이게 어디 영향력만으로 되는 일인가. 시간과 돈을 투자하여야 하는 일이었다. 같은 사업하는 사람으로서, 강해는 그가 이 일을 준비하기 위해 어떤 노력과 대가를 치렀을지 대강 알 수 있을 것 같았다. 현 주가가 가장 높은 스타들이니만큼 절대 그냥 나서진 않았을 것이다. 임석인의 투자와 푸쉬를 기대했을 테지.

"당연하지."

불쑥 그가 대답했다. 그는 씩 웃는 얼굴로 눈썹을 치켜떴다.

"내가 아니면 누가 유민혁을 저 자리에 올려 세울 수 있겠어?"

어울리지 않게 거만하고 의기양양한 목소리로 그가 말한다. 맞는 말이지만, 심히 뿌듯해하는 모습이 마치 받아쓰기 100점 맞은 어린애 같아 웃음이 나왔다. 두 볼을 꽉 꼬집고 흔들어주고 싶은 충동을 느끼며 그녀는 가만히 대답했다.

"알아요. 당신이니까 할 수 있는 거겠죠."

다정하고 부드러운 목소리. 햇살이 부드럽게 쏟아지는 맑은 정오가 떠오르는, 포근함과 사랑이 가득한 음성이었다. 초원 한가운데에 두 팔을 벌리고 서서 부드러운 미풍과 따사로운 햇살에 몸을 맡기는 기분.

장난기가 서려 있던 그의 표정에서 웃음기가 사라지기 시작했다. 그녀의 단정한 이목구비가, 미소로 귀엽게 접힌 입술이, 푸름이 연상되는 맑은 눈동자와 모든 것을 포용할 듯 다정하기만 한 시선이 그의 망막에 가득 맺혔다. 실내를 가득 메우는 남녀의 달달한 러브송은 이미 귀에 들리지도 않았다. 알 수 없는 두근거림이 그의 심장을 두드렸다.

"고마워요."

그녀가 다시 한 번 보드라운 목소리로 말했다. 수줍고 조심스러운 듯. 자그맣고 앙증맞게 움직이는 그녀의 입술이 그의 온 신경을 자극하자, 그는 당혹스러워졌다. 고맙단 말을 듣기 위해서 한 일은 아니지만, 막상 이런 말을 듣고 보니 기분이 말할 수 없이 오묘했다. 무슨 말을 해야 할지. 어떻게 반응해야 할지 몰라 그는 한참 동안 꼼짝하지 못했다.

"고소한 맛이에요?"

데면데면한 침묵을 깬 건 그녀였다. 그의 손에 들린 팝콘 상자에 손을 뻗으며 그녀는 조용히 물었다. 그는 아무 대답 없이 그녀에게 팝콘을 내밀었다. 그녀도 처음부터 그의 대답을 기대했던 건 아니었던 듯 말없이 팝콘을 받아 들었다. 어색해져 버린 채 그는 아름다운 듀엣곡의 대미를 장식하고 있는 두 스타를 주시하기 시작했다. 한데 곧, 그녀의 손이 석인의 옆구리를 파고들었다.

깜짝 놀라 석인은 온몸을 빳빳하게 굳혔다. 그런 그의 어깨에 강해는 머리를 살짝 기대어왔다. 누구나 한 번쯤 해보았을 영화관 데이트. 그녀 역시 남들처럼 영화나 공연을 보면서 이렇게 남자친구의 어깨에 살포시 기대고 싶었을 것이다. 석인은 자신의 어깨를 엮어 팔짱을 낀 채인 그녀의 손 위로 천천히 제 손을 포개었다. 그리고 꼭, 아주 꼭 잡고 두 배우의 열창을 느긋하게 관람했다.

유민혁과 서재영은 훌륭한 가창력을 선보이며 세 곡의 러브송을 차례로 불러냈다. 전공 분야도 아닌데 열창하는 민혁과 자신의 노래도 아닌데 최선을 다해 노래하는 재영에게 강해는 열광적인 환호를 보냈다. 벌떡 일어나 박수를 치며 손을 흔드는 의외의 모습에 석인은 깜짝 놀랐다. 조용하고 내성적이며, 가끔 예민하게 구는 모습 이외의 모습은 처음이었다. 원래 이렇게 발랄한 여자였나?

"형님, 축하드립니다."

석인이 강해의 손을 잡고 막 무대로 내려가려는데, 유민혁이 마이크에 입을 대고 히죽거린다. 뭘 축하드린다는 건지?

"부디 오래오래 사귀시고 조만간 좋은 소식 기대할게요."

여배우가 덕담을 건네어오자, 강해는 그제야 그들이 여기까지 와 노래한 이유를 알 수 있었다. 그들은 석인이 애인의 마음을 사로잡기 위해 이벤트를 준비한 것이라 여긴 것이었다. 지당한 추측이었다. 누구라도 이런 경우를 접하면 당연히 두 사람이 연인이라 생각할 것이다.

"반갑습니다, 형수님! 유민혁입니다."

무대에서 훌쩍 뛰어 내려온 민혁이 강해를 향해 손을 내밀었다. 뉴 한류열풍의 주역, 참여하는 드라마와 영화 모두를 히트시키고 있는 관객파워 1위, 유민혁이었다. 그가 눈앞에 있다는 사실에 살짝 상기된 강해는 활짝 웃으며 기꺼이 그의 손을 잡고 악수를 했다.

"윤강해예요."

"듣던 대로 미인이신데요? 이제야 형님께서 그리 안달하셨던 이유를 알 것 같습니다. 전 오늘 여기 오느라 광고촬영까지 펑크냈어요."

"정말이세요?"

"어찌나 협박을 하시던지. 다짜고짜 전화해서 시간 빼놓으라고 명령을 하시는데…….."

"너한테 내가 투자한 돈이 얼만데 이깟 부탁도 못 들어줘?"

옆에 서서 두 사람을 빤히 보던 석인이 퉁명스럽게 말하더니 민혁의 손에 잡혀 있던 강해의 손을 휙 거둬들였다. 평소답지 않게 헤헤거리는 민혁도, 오늘따라 방실거리는 강해도, 유난히 눈에 거슬렸다. 서로 마주 보며 히죽거리는 두 사람을 보고 있자니, 은근히 잘 어울린다는 생각이 들어서 더 그렇다. 사정 모르는 사람들 눈엔 딱 소개팅하는 남녀로 보일 것 같았다.

"어라? 형님, 말을 바로 해야죠. 어떻게 그게 부탁이에요? 스케줄 꽉 짜여서 못하겠다고 하니까 다음 영화 투자를 철회하겠다고 협박까지 하셔놓고선."

"정말 그랬어요?"

강해는 놀란 얼굴로 석인을 돌아봤다. 석인은 강해의 손을 꽉 잡고 민혁을 째려봤다.

“오늘따라 너, 말이 많다.”

“정말 그랬다니까요, 형수님. 갑자기 연락해서 몇 시간 안에 저랑 노래 잘하는 여배우 하나 섭외하라고 해가지고, 기획사가 한바탕 난리났었다고요. 서재영 씨가 스케줄 취소하고 참석하겠다고 해서 다행이지, 안 그랬으면 저 혼자 노래할 뻔했어요. 어찌나 예고도 없이 갑자기 호출을 했던지…….”

강렬한 눈빛제재에도 아랑곳 않고 민혁이 마구 떠벌리기 시작하자 석인은 극약처방을 내렸다.

“너 가.”

“예? 형님! 왜 그래요?”

갑자기 나가라는 석인의 생뚱맞은 발언에 민혁이 마구 웃어댔다. 농담인 줄 아나? 찌뿌듯한 표정으로 그를 보고 있는데, 어느새 무대에서 내려온 서재영이 끼어들었다.

“사장님, 다시 한 번 축하드려요.”

“수고했어요.”

석인이 재영과 악수를 나눴다. 재영은 매력적인 눈매를 찡긋거리며 석인과 강해를 번갈아 보았다.

“뭘요. 제가 사장님한테 잘 보이려고 자진해서 나선 건데. 반갑습니다.”

재영이 강해를 향해 빙긋 웃으며 고개를 한쪽으로 기울여 인사했다. 겉으론 웃고 있었지만 반갑다는 말과는 달리 그녀의 어투는 그다지 흔흔하지 않았다. 업계의 최고 돈줄인 임석인에게 여자가 생겼다는 건 재영처럼 호시탐탐 그의 옆자리를 노리는 여자들에겐 비보였으니 썩 기쁜 마음은 아니었다.

그의 눈에 들어 최고의 스타가 된 다른 여배우들처럼 그녀도 그의 눈에 들고 싶었다. 그의 지대한 관심과 그에 따른 스폰서 계약, 돈이 그녀에겐 절실했다. 그러나 그는 지난 김정혜 사건 이후 웬만해선 여자 연예인들과는 일을 하지 않았고, 재영도 거의 포기 단계에 있었다. 정말 이젠 그의 사생활에 접근해 무슨 사단을 내지 않고서는 그의 눈에 들 일이 없겠다 싶어서 암담한 시점이었다. 그러는 차에 그가 개인적인 자리에 노래를 불러줄 여배우를 찾는다는 소리를 들은 것이었다.

"반가워요, 서재영 씨. 개인적으로 팬이에요."

접대용 멘트를 중얼거리는 윤강해는 그다지 뛰어난 미인은 아니었다. 예쁜 연예인들에 둘러싸여 있는 석인이 강해의 외모에 반한 것 같진 않았다. 그럼 뭘까? 서재영은 윤강해를 꼼꼼히 훑어보았다.

"아, 그래요? 고마워요. 사인이라도 해드릴까요?"

"그래 주시면 좋죠."

부드럽게 웃는 윤강해는 어려 뵈지도 않았다. 나이도 먹을 만큼 먹고, 예쁘긴 하지만 탤런트만큼은 아니고. 그런 여자를 임석인이 사귀고 있다? 아무리 생각해 봐도 이상한 일이었다. 지금까지 그와 사귀다 헤어진 여배우들보다 더 나은 점이 대체 뭐야? 재영은 석인이 강해의 손을 꽉 쥐고 있는 모습을 물끄러미 바라보며 눈살을 찌푸렸다.

메모지를 꺼내느라 강해는 석인의 손을 놓았다. 석인은 재영과는 그다지 안면이 없는 듯, 민혁하고만 계속 얘기 중이었다. 장난스러운 민혁과 농담을 주고받고 사소한 잡담을 나누는 그의 모습은 의외로 소탈하고 격의없어 보였다. 민혁이 사장인 그에게 '형님'이라 부르는 것만 봐도 그가 권위적이거나 강압적인 스타일이 아니라는 걸 충분히 알 수 있었다. 그럴 줄 알았어. 그가 겉보기와는 달리 마음이 따스하고 인정이 넘치는 사람일 줄, 알았어. 강해는 무언가 가슴 가득 뿌듯하게 차오르는 걸 느끼며 미소를 지었다.

그가 점점 진짜 '내 사람'처럼 느껴져서일까? 그의 장점이 하나씩 눈에 띌 때마다, 그녀는 가슴이 벅차오르는 기분이었다. 화려한 이벤트, 달콤한 말에 감동하는 게 아니라 그의 사소한 행동 하나, 미소 한 번, 마음씀씀이에 놀라고 감격했다. 심지어 자신이 아닌, 남들에게 베푸는 친절을 보면서도 문득문득 고백하고 싶어지는 그녀다. 좋아한다고, 진짜로 당신의 사람이고 싶다고.

하지만 그럴 때마다 그녀를 막아 세우는 게 있었다. 이게 혼자만의 착각이면 어쩌나, 하는 두려움. 단지 서른이 넘도록 연애 한 번 제대로 못해본 그녀를 동정하는 것뿐이라면? 진실을 알게 될 그 순간이 무서웠다. 진실을 대면할 용기가 그녀에겐 아직 없었다. 짝사랑에 크게 상처받은 직후라 더 주저되는 것이었다.

'6개월이 지나면 모든 게 선명해지겠지.'

계약이 만료되면 두 사람을 가로막고 있는 유일한 장벽은 모두 걷어진다. 서로에 대한 의무와 책임이 사라질 것이고, 그렇게 되면 모든 것은 원점으로 되돌아가게 된다. 그녀는 처음부터 다시 시작할 용의가 있었다. 다시 시작할 것이다. 한 사람의 여자로서 다시 그를 찾아갈 것이다. 좋아한다고, 당신의 사람이 되고 싶다고 말할 것이다.

"성함이 어떻게 된다고 하셨죠?"

거칠 것 없는 손동작으로 사인을 하고 재영이 싱긋 웃으며 그녀에게 물었다. 강해는 가만히 자신의 이름을 밝혔다.

"윤강해 씨……. 혹시 연예인 지망생이세요?"

사인 밑에 이름을 적어 넣으며 재영은 쾌활하게 물었다. 잠시 그녀의 질문 의도가 뭔지 몰라 강해는 멀뚱하게 그녀를 바라봤다. 재영은 웃음을 터뜨리며 강해의 어깨에 살짝 손을 댔다.

"기분 나쁘신 건 아니죠? 전 그냥 연예인처럼 예뻐서요. 사장님이 어떤 일을 하고 계시는지는 윤강해 씨도 잘 아시죠? 그동안 탤런트랑 많이 사귀셨잖아요. 취향이 그쪽이신 것 같더라고요. 물론 일이 바빠서 여자 만날 시간이 별로 없고, 그래서 쉽게 건드릴 수 있는 여자가……."

건드릴 수 있는? 듣는 순간, 강해는 온몸을 굳혔다. 재영은 자신이 말실수를 했다는 듯, 하던 말을 멈추고는 제 입을 가볍게 톡톡 두들기며 얼굴을 찡그렸다.

"어머, 미안해요. 제가 말실수를 했네요. 그런 뜻으로 한 말이
아닌데……."

실수라고는 하나 강해의 귀엔 다분히 의도적으로 흘려낸 말
로 들렸다. 뭘 말하고 싶었던 걸까? 석인이 손을 뻗어 잡히는
여자들마다 건드리는 남자라고? 강해 또한 석인의 손에 쉽게
잡힌 한 명의 여자일 뿐이라고? 단지 석인의 손에 놀아나고 있
는 것뿐, 아무것도 아니니 좋아하지 말라는 건가? 단순한 말
한마디였지만 강해는 그 속에 들어 있는 악의적인 의도를 알
아챌 수 있었다. 웃고 있던 강해의 표정은 순식간에 싸늘해졌
다.

"괜찮습니다. 사장님께서 많은 여자 분들의 타깃이 되고 있
다는 건 나도 알아요. 사실 그 점이 내겐 큰 메리트로 다가왔
죠."

"네?"

갑자기 차가워진 강해의 태도에 약간 당황한 듯 재영이 두 눈
을 치떴다. 강해는 그녀의 손에 들린 메모지를 차분하고 기품있
는 자세로 받아 들더니 냉소를 머금었다.

"많은 여자들이 원하는 남자를 갖는 즐거움. 그걸 어떻게 말
로 다 표현할 수 있겠어요?"

"그건 그렇죠."

어쩔 수 없이 수긍하며 재영이 중얼거렸다. 하지만 그 표정과

말투는 여전히 떨떠름해 보였다. 절대 이해되지 않는다는 듯, 어떻게 당신 같은 여자가 석인의 연인이 될 수 있냐는 듯. 강해는 더욱더 매서운 눈빛으로 싱긋 차갑게 미소했다. 정 그렇게 못 믿는다면 직접 보여주는 수밖에.

"사장님."

강해가 나긋나긋하고 상냥한 목소리로 석인을 불렀다. 더불어 그녀의 야들야들한 손길이 그의 등줄기를 더듬기 시작했다. 한순간 그를 홀려 버렸던 그 목소리에, 석인은 금세 온몸을 굳혔다. 놀라 그녀를 돌아보는 그를 그녀의 손길이 더욱 섬세하게 더듬었다. 넓고 단단한 등을 쓸고 문지르더니 대담하게 겨드랑이 밑을 가로질러 가슴 쪽으로 미끄러뜨렸다. 순간 온몸의 말초 신경이 자극받아 발딱 고개를 들어 그는 '헉' 하고 숨을 들이쉴 뻔했다. 이 여자가 지금 뭐 하는 거야?

"바쁘신 분들 그만 붙들고 이만 보내주세요, 사장님. 우리도 해야 할 일이 있잖아요."

기절초풍할 기세의 그를 바라보며 그녀가 느리고 다정하게 속삭였다. '해야 할 일'이란 당연히 영화 보기에 불과했지만, 그녀의 솜사탕 같은 목소리와 아련하게 반쯤 풀린 듯한 눈매는 남다른 의미가 포함되어 있는 듯한 인상을 주기에 충분했다.

"오—"

민혁이 낮게 감탄사를 내뱉었다. 석인 역시 당황한 듯 난감해하는 중이었다. 뭐라 신속한 대답을 내놓지 못하고 웅얼거리는

그는 강해도 처음이었다. 그를 꼼짝 못하게 했다는 생각에 괜히
우쭐해져 강해는 더욱 적극적으로 행동에 나섰다. 그를 똑바로
올려다보고 '이보다 더 사랑스러울 순 없다'의 표정을 얼굴 가
득 짓고는 그의 가슴을 더듬던 손을 천천히 위아래로 쓸기 시작
한 것이었다.

"빨리요, 사장님."

"저, 전 이만 가볼게요. 형님, 나중에 전화드리겠습니다. 좋은
시간 보내세요."

워낙 잘생긴 마스크 때문에 바람둥이 이미지가 강해 보이던
유민혁이 부끄러운 듯 꽁무니를 뺐다. 서재영 역시 놀랐는지 대
충 중얼중얼 뭐라 인사말을 내뱉고는 휙, 뒤를 돌았다. 하지만
쐐기란 이럴 때 박는 것. 강해는 내빼려는 서재영을 불러 세웠
다.

"LS냉장고 하이젠 아시죠? 이번에 새 CF모델을 발탁 중인데
내가 거기 책임자예요. 이렇게 알게 된 것도 인연이고 우리 커
플을 위해서 노래해 주신 점도 고맙고 해서 드리는 말씀인데,
내일 사무실로 한 번 들러줄래요? 함께 일할 수 있었으면 좋겠
어요. 홍보이사 윤강해를 찾으면 돼요."

재영은 놀란 얼굴로 석인과 강해를 번갈아 바라봤다. 연예인
지망생이냐며 강해를 비웃었던 것 그대로, 그 모욕과 수치를 고
스란히 되돌려받고 있는 기분이었다. 이 여자가 LS그룹의 홍보
이사라니. 어떻게 해도 따라잡을 수 없는 위치가 아닌가. 재영

은 굴욕적인 기분으로 자리를 떴다. 윤강해를 찾아가는 일은 절대 없을 것이라고 다짐하고 있었다.

"도대체 뭘 한 거야?"

석인은 꽁지가 빠지게 달아나는 서재영을 불편하게 바라보며 강해에게 물었다. 강해는 여전히 그를 한 팔로 안고 있었다.

"사장님 명예를 지켜 드렸죠."

"명예?"

도무지 무슨 소린지 전혀 모르겠다는 듯 그가 되묻는다. 정말 모르는 걸까? 모르는 척하는 걸까? 심히 궁금해지는 강해다. 아마도 후자이겠지. 많은 사람들이 자신을 향해 뭐라 수군거리는지 모를 정도로 무덤덤한 스타일은 아니니. 그녀 역시 말도 안 되는 루머에 일희일비하는 건 그다지 바람직하지 못하다고 생각하는 주의다. 하지만 서재영을 직접 겪고 나니 생각이 달라졌다.

기분이 몹시 나빴다. 그를 두고 누군가가 이러쿵저러쿵하는 게. 그에 대해서 잘 알지도 못하는 사람들이 함부로 그를 평가하고 비난하고 욕하는 게. 그가 왜 이런 악성루머들을 견디면서까지 이 일을 하는 것인지 답답할 정도로. 하찮은 것들로부터 기막힌 말들을 들으며 수많은 상처를 받아왔던 그녀였기에, 더 답답했다.

"무슨 일 있었어? 당신이 내 명예를 왜 지켜?"

"그야 사장님 행실이 바르지 못하니까 그런 거죠."

"내 행실? 저 여자가 내 행실에 대해 뭐라고 했는데?"

불쾌한 듯 그는 얼굴을 찡그렸다. 강해는 냉랭한 표정으로 그의 찡그린 미간을 손가락으로 문질렀다. 당신은 이렇게 불쾌할 자격 없어, 라는 듯. 그리고 섬뜩할 정도로 상냥하게 속삭여 주었다.

"연예인 킬러래요, 당신이."

사흘 뒤, 사교계는 다시 한 번 더 들썩거렸다. 필러스그룹 임호윤 회장의 칠순 축하 파티가 리치스 호텔 연회장에서 화려하게 열린 것이다. 원래는 한 달 뒤에 치러질 파티였지만, 무엇 때문인지 임 회장이 갑작스럽게 변덕을 부려서 예정에도 없이 화급하게 열렸다. 꼼꼼한 준비도 없이 갑자기 열린 파티임에도 불구하고 각계각층의 주요 인사들은 전부 다 모여들어 그의 건강과 장수를 기원해 주었다.

강해 역시 아버지 윤 회장과 함께 파티에 참석했다. 임 회장과 가족들은 버선발로 뛰쳐나와 송구스러울 만큼 반가이 그들을 맞이해 주었다. 가족들의 환대에 반갑고 고맙고 흐뭇해 있는 그녀를 석인은 다짜고짜 한쪽 구석으로 끌고 갔다.

"당신 뭐야?"

"뭐가요?"

3일 만에 만난 것임에도 그녀는 어쩐지 새침하니 대꾸했다. 이런 느낌은 3일 전, 영화관에서부터 감지되었던 것이다. 무슨 이유에서인지 그녀는 이벤트 이후 돌변해 버렸다. 영화를 보는 내내 뻣뻣한 나무막대기처럼 굴더니, 작별 인사를 할 때도 인사를 하는 둥 마는 둥. 그러고 나서 3일 동안 연락이 안 되어 그를 미치기 일보 직전으로 만들어 버렸다.

그는 도저히 이유를 알 수가 없었다. 분명 배우들과 인사를 나눌 때까지만 해도 행복해하고 있었는데. 서재영과 무슨 얘기가 오간 건 아닌가 싶어 그녀를 만나 다그쳤지만, 서재영은 절대 그런 일 없었다며 펄쩍 뛰었다. 워낙 강경하게 부인해 험악한 경고만 날리고 말았지만, 여전히 그는 답답했다. 화가 났다면 말을 해야지. 왜 아무 말도 없이 연락을 끊어?

"어제 전화했는데 안 받았잖아. 그제도, 그끄제도."

"아~ 좀 바빴어요. 일이 많이 밀려서 저도 밤샘했거든요."

그녀가 아무렇지도 않은 듯 방긋 웃으며 말한다. 하지만 그 웃음이 가식적이란 걸 그는 단번에 알아봤다. 그는 두 눈을 가늘게 좁혀 뜨고는 심드렁하니 되물었다.

"밤새워 일했다면 깨어 있었다는 소리네. 내 전화도 못 받을 정도로 바빴어?"

"진동이라 몰랐어요."

"나중에라도 연락했어야지."

"별로 중요한 문제가 아닌 것 같아서요. 어차피 오늘 만날 예정이기도 했고.”

그녀는 너무나 태연자약한 표정으로 방실거렸다. 그의 속이 새까맣게 다 타졌는데, 어쩌면 이럴 수가 있지? 어젯밤엔 그녀의 집까지 달려갈 뻔했다. 혹시 유난스럽다고 할까 봐, 그녀가 의처증 걸린 남자 보듯 그렇게 볼까 봐 꾹 참았지만. 그래서 속이 더 탔다.

“뭐야, 도대체? 내가 또 뭐 잘못했어?”

그는 불평 가득 담은 얼굴로 강해를 내려다봤다. 강해는 심경 어지러운 듯 잔뜩 얼굴을 찡그린 석인을 빤히 바라보며 고개를 가로저었다. 속으론 쌤통이라며 혓바닥을 내밀고 있었다. 마음 같아선 연예사업 그만 때려치우라고 말하고 싶었지만 입 밖으로 그런 말을 함부로 내뱉을 수는 없었다. 그의 사업에 이러쿵저러쿵 참견할 만큼 가까운 사이도 아닌데 괜히 참견쟁이 같은 인상을 남기고 싶지 않았다.

하지만 그렇다고 뿔이 나지 않은 건 아니었다. 말 많고 탈 많은 연예사업을 왜 계속하면서 별 해괴망측한 뒷말들을 듣고 다니는지, 그녀는 그가 이해되지 않았다.

생각할수록 화가 난다. 서재영처럼 그를 오해하는 사람이 한 둘이 아닐 거란 걸 떠올리면 더욱 기분 나빠진다. 상황이 이리될 때까지 수수방관한 그가 못마땅하고 얄미워졌다. 딱 ‘때려주고 싶다’의 기분이다. 실제 애인도 아니면서 이런 기분이 되는 건 명백히 앞서 가는 거고 오버임을 잘 알면서도 어쩔 수가 없

었다. 바보같이 굴지 말자고 다짐하면서도 왜 자꾸 골이 나는
건지.

"무슨 소리예요? 내가 뭘 어쨌다고?"

강해는 일부러 더욱 방긋 웃으며 순진무구한 표정을 지었다.

"당신……."

"어머, 강해 언니!"

석인의 말은 명인의 경쾌한 부름 속에 곧바로 묻혀 버렸다.
명인은 호들갑을 떨며 그들 곁에 다가와 강해를 자신들의 무리
로 데리고 가버렸다.

"우리 아빠가 왜 칠순 축하파티를 한 달이나 앞당겨서 했게
요. 다 언니 때문이에요. 언니 한 번 더 집으로 데리고 오라고,
우리가 엄청 들들 볶았거든요. 그런데도 오빠가 전혀 신경을 안
쓰잖아요. 오빠 진짜 완전 짱나요. 자기가 혼자 언니를 독차지
하려고 작심을 한 게 아니면 그렇게 고래 쇠심줄처럼 버틸 수가
없다니까요. 그래서 아빠가 머리를 쓴 게……."

석인은 멍하게 서서 멀어져 가는 강해를 바라볼 수밖에 없었
다. 대체 왜 저러는 거지? 평소 그녀의 성격이라면 원하는 거,
불만스러운 거, 다 솔직히 털어놓아야 정상이었다. 차라리 화를
내든지 할 것이지.

"휴."

답답했던 마음이 더욱 답답해지자 석인은 한숨을 쉬었다. 그
리곤 호시탐탐 그녀와의 대화를 엿보며 뒤를 밟기 시작했다. 그

렇게 한 시간쯤 지났을까. 강해가 겨우 혼자가 되었다 싶었을 때였다. 기회를 놓치지 않고 재빨리 그녀에게 다가가려는데, 이 번엔 박마린이 강해를 차지해 버린다. 강해를 향해 돌진하던 걸음을 신속히 멈추고, 석인은 와인잔을 기울였다. 젠장, 정말 대단한 인기로군.

"너도 왔구나?"

"당연하지. 같이 머리 자른 이후 연락이 뜸했잖아. 언니한테 물어볼 게 많았어."

같이 머리 자른 이후? 그럼 저 아가씨가 강해에게 머리를 자르도록 부추긴 아가씨란 말인가? 석인은 흘낏 문제의 박마린을 돌아보았다. 머리를 한쪽으로 쏠리도록 땋아 내린 마린은 초록색 원피스 드레스를 입고 있었다. 가만. 그러고 보니 저 아가씬?

'김선욱의 사촌이잖아.'

아직도 그 집 식구들과 어울리는 건가? 석인은 심히 불만스러운 얼굴로 강해와 마린을 번갈아 봤다.

"언니, 완전 레이저빔이다."

마린은 강해에게 바싹 붙으며 속삭였다. 강해는 무슨 뜻인지 이해가 안 된다는 듯 양쪽 눈썹을 위로 치켜떴지만, 마린은 그녀가 다 알고 있다는 데에 한 재산 걸 자신이 있었다. 지금의 강해에게는 예전에 느낄 수 없었던 자신감이 배어 있었다. 모르긴 몰라도, 강해는 임석인에 대해서는 아주 빠삭하게 잘 알고 있는 게 틀림없었다. 그의 저 뜨거운 시선을 즐기는 것인지도.

"임석인 말이야. 어찌나 매섭게 노려보는지, 나 완전 새까맣
게 타서 가루가 되어버릴 것 같아. 무슨 일 있었어?"

"그래?"

알면서 모른 척하기는. 마린은 강해에게 더욱 바싹 붙으며 물
었다.

"왜왜? 무슨 일인데?"

"별로 할 말 없는데."

"없긴. 저 남자, 왜 언니 뒤를 계속 따라다니는 건데? 이유가
뭔데, 응?"

"뭐……."

말끝을 길게 늘이며, 서재영의 일을 마린에게 할까 말까 고민
할 때쯤이었다. 뒤에서 석인의 목소리가 들려왔다. 호들갑스러
운 여자 목소리도 함께 섞여 들리자 저도 모르게 그만 강해는
휙, 뒤를 돌아보고 말았다. 이미 마린을 포함해 많은 사람들이
석인을 향해 시선을 두고 있었다. 석인은 웬 파티도우미의 실수
로 옷을 버린 후였다.

"죄송해요. 죄송합니다. 정말 뭐라고 할 말이……."

음료를 들고 파티장을 돌던 도우미가 실수로 넘어질 뻔하면
서 석인에게 기대었고, 석인이 그녀를 도와준 모양이었다. 다행
히 그릇이 깨지는 일은 일어나지 않았지만 석인의 옷은 앞부분
이 흠뻑 젖어버렸다. 도우미는 석인에게 연신 사과를 하면서 젖
어버린 옷자락을 손으로 닦아주고 있었다.

“어머, 웬일이니. 세상에 별 이상한 애들 다 있다.”

마린은 강해에게 몸을 기울여 속삭였다. 이상한 기분에 휩싸여 강해는 물었다.

“왜?”

“내가 다 봤잖아. 쟤, 일부러 그랬어. 임석인 앞에서 혼자 괜히 꼬꾸라졌다니까.”

“왜 일부러 꼬꾸라져?”

“그걸 몰라서 물어? 연예계 거물인 걸 안 거지. 저렇게 해서 관심 한 번 받아보려고 일부러 그런 거 아니야. 어머, 세상에. 정말 언니, 남자 단속 잘해야겠다. 여자들이 저렇게나 꼬여서 원. 불안해서 어디 밖에 내보내겠냐?”

정말 그렇게 생각하고 보니, 도우미는 유난히 짧은 스커트에 딱 달라붙은 유니폼을 입고 있었다. 과장된 어조에 과도한 스킨십. 거기다 수건이나 냅킨도 충분히 많은데 맨손으로 석인의 옷을 닦아주는 것까지. 수상쩍은 게 한두 가지가 아니었다. 표정으로 보아, 석인은 치미는 짜증을 삭이는 중인 듯했다.

“됐습니다.”

그는 정중하게 거절했지만 도우미는 계속 그에게 달라붙으면서 호들갑을 떨어대고 있었다. 나이도 꽤나 어린 것 같은데……

“자기야, 어디 봐.”

어느새 강해는 석인의 팔짱을 끼고 있었다. 도우미도 놀라 행동을 멈추었고, 마린도 놀라 입을 벌렸다. 다른 구경꾼들도 역시 놀라긴 마찬가지였다. 강해는 들고 있던 냅킨으로 석인의 턱에 묻은 음료와 목울대, 넥타이를 다정하게 닦아주며 그를 향해 콧잔등을 찡그렸다.

"아무래도 옷을 갈아입어야겠다. 셔츠는 다행히 괜찮은데, 윗옷이 너무 많이 젖었잖아."

"어? 어……."

얼떨떨한 얼굴로 그가 말끝을 흐렸다. 그녀가 팔짱을 끼고 너무 가깝게 다가와 그의 팔이 그녀의 가슴을 건드리고 있었다. 숨이 턱 막혀왔다. 넥타이를 닦던 그녀의 손길이 재킷 안으로 들어오자 숨 쉬기는 더욱 불편해졌다. 얼굴이 화끈하게 달아오르는 기분에 석인은 저도 모르게 강해의 허리를 가까이 끌어당기고 말았다.

"따라와. 내가 비서한테 전화해서 자기 옷 한 벌 구해오라고 할게."

"어? 그래 주겠어?"

강해는 석인에게서 떨어지면서 그의 손을 잡았다. 정신이 몽롱해진 그의 손에서 술잔을 빼앗아 든 강해는 그것을 소리없이 탁자 위에 놓고, 그를 이끌고 도우미를 지나쳐 갔다. 도우미와 근처에 있던 몇몇 사람들은 멀어져 가는 석인과 강해를 바라보며 멍하게 서버렸다.

잠시 후, 파티장 안은 더욱 후끈 달아올랐다. 석인과 강해의 결혼설이 파다하게 퍼지고 있음은 물론이었다.

"사람들 눈도 좀 생각해 줘요."

호텔 엘리베이터 앞에 서서 강해는 목소리를 낮춰 중얼거리
듯 말했다. 손에는 비서를 통해 급조한 양복 한 벌이 그녀에게
들려 있었다. 그가 호텔 객실에 올라가 옷을 갈아입도록 조처를
취해놓은 이후였다.

"눈? 무슨 눈?"

그는 아무것도 모르는 사람마냥 빙글빙글 웃으며 가볍게 물
었다. 그는 그녀가 보호자처럼 나서서 이것저것 처리하는 걸 느
긋하고 즐거운 마음으로 지켜보고 있는 중이었다. 좋았다. 마치
엄마가 아들에게 하는 것처럼, 하나하나 세심하게 챙겨주는 게.
마냥 즐거워서 웃음이 히쭉히쭉 흘러나온다. 지금은 비록 알 수
없는 문제로 화가 단단히 나 있었지만 조만간 풀어줄 거라고 생
각했다.

"아까 그 도우미가 좀 예쁜 건 나도 인정해요. 근데 지금은 당
신, 내 남자잖아요."

고고하게 턱을 올리고 시선은 착 내리깐 특유의 윤강해표 자
세로 그녀가 싸늘하게 추궁해 왔다. 히쭉 입술 언저리를 끌어
올리곤 그가 부드럽게 물었다.

"그게 무슨 뜻이야?"

"6개월 한정 내 남자라고요, 내 말은. 날짜로 따지면 석 달 조

금 더 남았네요. 그때까지 임석인 씨는 내 남자친구여야 해요. 딴 곳에 한눈팔면 절대 안 되는. 전에도 이 문제는 한 번 짚어드렸던 것 같은데, 기억 안 나세요?"

"……."

잠깐을 기다려도 그가 아무 대답도 해오지 않자, 강해는 시선을 척 끌어 올려 그를 바라봤다. 그가 뜻 모를 깊은 눈으로 그녀를 빤히 바라보고 있었다. 그녀의 마음을 꿰뚫어 보는 듯한 진한 시선이었다. 속내를 들켜 버릴까 두려워진 마음에 그녀는 냉큼 시선을 끌어내리곤 딱딱하게 설명했다.

"특히 오늘 같은 대외적인 자리에선 오직 나만 사랑하는 척, 해주기로 했잖아요. 그게 그렇게 어려운 일도 아닌데, 꼭 아까처럼 일을 만들어야 되냔 말이에요. 내가 나타나지 않았으면 사람들이 또 쑤군댔을 거 아니에요?"

"그래서? 내가 도우미한테 한눈을 팔았다는 말이야?"

그가 조용히 물었다. 뭔가 흥미진진한 표정으로. 이쪽은 진지하다 못해 복장이 터지는데, 이 약 올리는 듯한 태도는 뭔가. 한눈팔았다는 걸 인정한다는 뜻인가, 아니란 뜻인가. 팔았으면 팔았다, 아니면 아니다, 명확하게 대답만 해주면 될 걸. 그는 그녀를 떠보기라도 하듯 대답을 미루고 있었다. 투기하는 여자가 된 기분에 몰려 강해는 살근살근 눈웃음을 억지로 띄우곤 속삭였다.

"그럴 리가 없죠. 하지만 사람들 눈은 조심해야 하지 않겠어요?”

때마침 호텔 엘리베이터가 도착했다. 강해는 그의 손에 양복을 툭 떨어뜨리고, 웃음기 싹 가신 얼굴로 찔러보며 중얼거렸다.

“당신이 연예인 지망생 킬러라는 소리까지 듣게 되면, 내 체면이 말이 안 되잖아요?”

그녀는 가시 섞인 한마디를 날리고 즉각 파티장으로 발길을 돌렸다. 걸음걸이는 자로 잰 듯 차분한 속도와 간격을 유지하고 걸으면서 그녀는 폭풍이 휘몰아치고 지나간 듯 헝클어진 마음을 진정시키기 위해 애를 쓰고 있었다.

‘너무 빨라. 진정해야 해.’

아직은 그에게 마음을 보이고 싶지 않았다. 계약기간이 만료되기 전엔 절대로 속마음을 드러내지 않을 작정이었다. 그런데 이렇게 대놓고 질투를 해버리다니. 빼앗기기 싫은 물건을 꼭 붙들고 놓지 않는 고집쟁이처럼, 자신에게 쏟아지던 관심과 애정이 다른 곳으로 옮겨갈까 봐 무서워 투정을 부리는 어린아이처럼 질투를 하고 말았다니.

“윤강해.”

누군가 자신을 부르는 소리에 강해는 고개를 돌렸다. 옆 복도 저편에서 선욱이 다가오고 있었다. 그를 만난 건 결혼식 이후 처음이었다.

“잘 지냈어?”

강해는 부드럽게 웃으며 고개를 끄덕였다.

"오빠도 잘 지냈지? 좋아 보인다."

"임석인 씨는 옷 갈아입으러 갔어?"

아까의 소동을 모두 보았나 보다. 강해는 조심스럽게 그렇다고 대답하고는 그를 가만히 바라보았다. 사랑하는 사람과 결혼하고 한 집에서 살게 되어서 그런지 그는 전보다 훨씬 젊고 멋져 보였다. 얼굴에 빛이 나고 즐거운 기운이 물씬 묻어난 낯빛을 보고 있으니, 강해의 마음도 가뿐해지는 것 같았다. 그가 행복해져서 정말 다행이라고, 그녀는 생각했다. 하마터면 바보 같은 자신 때문에 그도, 자신마저도 불행해질 뻔하지 않았나.

그래, 이게 바로 내 자리야. 가족만큼 가까운 '아는 동생'.

"걱정돼서 와봤어. 별일, 없는 거지?"

"그냥 행사도우미가 실수한 것뿐인데, 무슨 걱정까지 해? 아무 일도 없어."

"단순한 실수 차원이 아닌 것 같아서 그래. 내가 그 사람을 몰라?"

"오빠, 아직도 그 소문들 다 믿고 있는 거야?"

선욱은 강해가 석인과 맞선을 보는 것조차 반대했던 인물이었다. 석인의 좋지 않은 소문을 익히 알고 있는 그로서는 강해가 사생활이 깨끗하지 않은 인물과 엮이는 게 싫었던 모양이었다. 어려서부터 친오빠처럼 그녀를 챙겨왔던 선욱으로선 당연히 걱정이 되는 일일 것이다. 강해 역시 석인을 겪어보기 전까지는 그를 여자 속깨나 썩일 바람둥이쯤으로 오해하고 있지 않았나. 하지만 아니다. 강해가 겪은 임석인이란 사람은, 소문처럼 자신의 파워를 이용해 여자들을 탐하는 바람둥이가 절대로 아니었다. 그럴 사람이 아니란 건 확신할 수 있었다. 그렇기 때문에, 그를 사랑할 수밖에 없었던 게 아닌가.

"아니 땐 굴뚝에 연기 나는 건 아니야. 난 아무리 생각해도 네 결정, 불안해."

"오빠."

"내가 네 결혼에 대해 왈가왈부할 권리 없다는 거 알아. 네가 굳이 원한다면 해야지. 하지만 임석인 씨는……."

"오빠!"

강해의 똑 부러진 목소리가 선욱의 진지한 말을 가로막았다. 그 순간, 반대쪽 코너에서 막 턴하여 나오려던 한 남자는, 자동 반사적으로 걸음을 멈추었다. 아나운서만큼이나 명료하고 똑똑한 어조를 본능적으로 알아들은 것이었다.

"사랑해."

속삭임이 뒤이어 들려왔다. 앞으로 나아가려던 석인의 발걸음이 슥, 뒤로 물러서졌다. 방금 윤강해가 '사랑해', 라고 한 것이 맞나? 누구에게? 불행하게도 그의 뇌리에 한 사람의 얼굴이 스쳐 지나갔다. 말도 안 돼. 석인은 헛웃음을 힘없이 흘렸다. 아무리 그녀가 김선욱에게 사랑한다고 했을까. 이미 결혼까지 해

남의 남자가 된 사람에게?

있을 수 없는 일이다. 윤강해처럼 앞뒤 꽉 막히고 고지식한 여자가 그럴 리 없었다. 아무리 한 사람만을 사랑하는 순애보 타입이라지만 유부남에게 사랑 고백이라니. 그건 너무 무모했다. 윤강해 스타일이 아니다.

'김선욱을 너무 의식했나?'

단박에 그를 떠올린 걸 보면, 그런 것도 같다. 솔직히 그녀의 곱고 가지런했던 머리카락이 싹둑 잘린 모습을 볼 때마다 김선욱이 떠오르는 게 사실이니 딱히 아니라고도 할 수 없다. 강해가 그를 잊기 위해 그렇게까지 했다는 사실이 석인은 늘 가슴 아팠다. 그만큼 잊는 게 어려운가 보다 싶어 마음이 착잡했었다. 그나마 지금은 마음 정리가 거의 끝나 가는 것 같아 다행스럽지만.

"정말 많이 사랑해."

그때, 그 어느 때보다도 더 달콤한 강해의 속삭임이 들려왔다. 희미한 웃음기를 머금고 있던 석인은 슬쩍 발부리를 내밀며 고개를 기울였다. 도대체 누구와 대화를 나누는지 궁금했다.

"미련하게 왜 이러냐고 해도 어쩔 수 없어. 어차피 내 쪽에서 더 사랑하니까."

강해가 선욱을 바라보며 말하고 있었다. 석인의 머리는 일순 진공상태가 되어 멍해져 버렸다.

"나도 이러는 내가 놀라워, 오빠. 충격적일 만큼."

　아무것도 생각할 수 없을 만큼 멍해져 버린 순간인데도, 그녀
의 목소리가 들려왔다. 석인은 손에 들고 있던 양복 꾸러미를
바닥에 떨어뜨렸다.

제 12 장. Hole Hearted 

"정말이야? 정말……."

선욱은 의심스러운 얼굴로 강해를 내려다봤다. 얼마 전까지만 해도 그와 맞선 보는 것조차 거북스러워했던 그녀가 단 한두 달 사이에 그를 사랑하게 되었다니. 어떻게 믿을 수가 있겠나. 그것도 다른 이가 아닌, 언제나 이성적이고 바른 결정만을 내리는 강해인데. 선욱은 정말 놀라 버렸다.

"난 확신없는 말은 안 해. 오빠도 알지?"

언제나처럼 똑 부러지게 대답하는 윤강해. 선욱의 낯빛은 어두워졌다. 만일 정말 강해가 그를 사랑하는 거라면 문제는 정말 심각해지기 때문이다. 선욱이 아는 임석인은 강해와 전혀 어울리지 않을뿐더러, 절대 어울려서도 안 되는 부류의 인물이었다. 연예사업을 한답시고 여자연예인들과 매번 추잡하게 엮여드는 남자를 어쩌자고 강해는 사랑하게 되어버린 걸까? 안타까웠다.

"얼마 전까지만 해도 그 사람이 끔찍하다고 했잖아, 너."

"그랬지."

"강해야. 사정이 어떻게 된 건지는 모르겠지만, 사람은 좀 더 오래 겪어봐야……."

강해가 너무 성급하게 판단했다고 생각하는 걸까? 선욱은 어디서부터 말을 꺼내야 할지 몰라 하더니, 진지하게 몸을 숙이고는 강해를 설득하기 시작했다. 그녀가 한 귀로 듣고 한 귀로 흘려들은 그의 몇몇 문장을 종합해 보자면, 그냥 다시 한 번 잘 생각해 보란 말이었다. 지금은 그의 번드르르한 겉모습과 달콤한 말솜씨에 속아 좋은 사람이라 생각하게 된 것이라고. 하지만 사람은 오래 겪어보아야 그 속내를 파악할 수 있는 것이라고. 그러니 너무 성급하게 판단하지 말란 말이었다.

"오빠."

강해는 그의 말을 가로막으며 히죽 웃어버렸다. 무려 '번드르르' 하고 '달콤한' 이란다. 불과 며칠 전까지, 단 한 번도 그의 모습을 번드르르하다고 느꼈던 적이 없었던 그녀로서는 정말 재미있는 말이었다. 게다가 달콤한 말솜씨라니. 그가 처음부터 지금까지 달콤한 밀어를 속삭여 줬던 게 과연 몇 번이나 될까. 남들 앞에 보이기 위한 속임수를 제외하곤 거의 없었다. 그런 그를 사랑하게 된 건, 까칠한 그도 사실은 마음이 따뜻한 사람이라는 걸 알게 된 후부터였다.

"석인 씨, 좋은 사람이야."

강해는 진심과 확신을 담아 조용히 말했다.

"그 사람한테선 진심이란 게 느껴져."

"……."

"진심으로 날 걱정하고 위하고 있는 게, 마음 가득."

"그렇게까지 확신하는 거니?"

그가 가만히 물어왔다. 강해는 고개를 끄덕이며 대답했다.

"응."

"네 마음이 그렇다면, 그런 거겠지."

조금 안심이 되는지 선욱이 고개를 끄덕였다. 하지만 타고난 신중론자답게 여전히 마음 한구석에 노파심 한 자락쯤 갖고 있을 게 틀림없었다. 그 성격 탓에 사랑하는 여자와 십 년이나 서로 엇갈려 지내지 않았던가. 그는 여전히 석인의 진정성을 의심하고 경계하고 있을 것이다. 강해는 선욱의 어깨에 손을 올리고 그 마음 다 안다는 듯 토닥토닥 두들겼다.

"너무 걱정하지 마, 오빠. 그러다가 머리 셀라."

"'우쭈쭈쭈'라도 할 기세다?"

짐짓 기분이 나쁜 듯 눈살을 찌푸리며 선욱이 말한다. 어찌나 상대의 마음을 잘 꿰뚫으시는지. 웃음을 터뜨리며 강해는 선욱의 어깨에 팔을 걸고 파티장으로 걸음을 옮겼다.

객실로 올라온 석인은 거울 앞에 서서 옷을 갈아입었다. 강해가 급조한 슈트는 제 주인을 만난 듯 그의 몸에 아주 딱 맞았다. 착용감도 좋았고 기장도 적당했으며 순수 블랙의 색상은 그가 선호하는 색이었다. 모든 면에서 그의 기호와 딱 맞게 떨어지는 옷임에도 그의 기분은 시궁창으로 처박혀 헤어나질 못하고 있었다.

"멍청이."

넥타이를 거친 손길로 매고 있던 그가 거울을 노려보며 중얼거렸다. 핏발 선 그의 눈에 절망으로 가득 찬 남자가 맺혀 있었다. Loser. 광적인 분노와 패배감에 찌들어 쓰러져 가는 나약한 남자. 다른 여자에게 가버린 남자를 아직까지 잊지 못하는, 그런 바보 같은 여자를 사랑하게 되어버린 바로 자신.

'정말 많이 사랑해.'

그녀가 김선욱에게 했던 말이 머릿속을 떠나지 않고 맴돌았다. 몰랐던 사실도 아닌데, 이미 짐작하고 있었던 사실인데. 그런데도 충격적이었다. 그렇게 밝은 미소로, 다정한 말투로 선욱에게 사랑을 속삭이다니. 다른 이도 아닌 김선욱에게. 아무리 그가 첫사랑이고 약혼까지 했던 사람이라지만, 그는 이미 다른 사람의 남자였다. 그런 그에게 어떻게 사랑한다고 말할 수가 있는가.

잊어야 했다. 무슨 수를 써서라도 잊어야 하는 것이다. 그렇게 태연하게 사랑스러운 미소를 지으며 사랑한다고 고백할 게 아니라, 죽기 살기로 잊으려 애를 써야 하는 것이다. 그가 도울 수 있었다. 아니, 지금도 도와주고 있다. 그녀의 옆에서 최고의 연인이 되기 위해 애썼다. 모두가 그녀를 부러워하도록 노력해 왔다. 그녀가 떠나간 연인 따위는 싹 잊을 수 있도록, 과거를 추억하고 그리워하지 않도록, 꽉 닫혀 있던 마음을 조금씩 열어 그를 받아들이도록.

흔하지만 특별한 경험들을 함께 해나가면서 서로가 서로에게 익숙해지고 친밀해졌다. 상대를 더 잘 알게 되면서 서로를 더 편안하게 대하게 되고, 얘기도 더 잘 통하게 되었다. 그것은 서로가 서로를 향해 다가서고 있다는 뜻이라고 그는 생각했다. 서로의 연인으로서 역할에 충실하다가, 점점 서로를 받아들이기 시작한 것이라고. 6개월의 기간이 모두 지나면, 계약이 아닌 진실한 관계로 발전시킬 수 있을 거라고 생각했었다. 그런데 모든 건 그의 착각이었다. 그녀는 그에게 다가오지도, 마음을 열고 있지도 않았던 것이다.

단지 그가 필요했던 것이다. 사람들 앞에서 초라해지지 않기 위한, 기죽지 않기 위한, 자존심을 세우기 위한 수단이었을 뿐. 정오의 햇살처럼 따스했던 그녀가 모두 가식이었다니. 그런 것도 모르고 좋아하고 마음 설레어했다니……!

"빌어먹을."

석인은 넥타이 매는 걸 포기하곤 바닥으로 내팽개쳐 버렸다.

머릿속으로 김선욱을 향해 환히 웃던 윤강해가 자꾸만 어른거려 참을 수가 없었다. 뜨거운 혈류가 폭주하며 끓어올랐고, 심장께는 자꾸만 욱신거려 숨이 턱까지 차올랐다. 손까지 떨려오자 그는 머리카락을 쥐어뜯으며 침대에 주저앉고 말았다. 그는 한참 동안이나 꼼짝하지 못하고 그 자리에 앉아 있어야 했다.

"임 군은 아직인 거냐? 이제 웬만한 손님들은 거의 다 온 것 같다만."

윤 회장이 파티장을 둘러보며 강해에게 물었다. 속속 한국 경제계의 거물들이 도착하고 있었고 정계의 주요 인사들도 모두 입장한 지금 파티는 한창 무르익어 가고 있었다. 그런데도 오늘의 호스트인 석인은 너무나 오랫동안 자리를 비우고 있어서 임 회장은 점점 난감해하고 있는 중이었다. 낯빛이 어두운 임 회장을 흘낏 바라보며 강해는 작게 한숨을 쉬었다. 양복을 전해준지 벌써 1시간이 지났는데, 도대체 뭘 하고 있는 건지.

"제가 가보고 올까요?"

걱정스러움을 숨기며 그녀가 조심스럽게 묻자, 옆에 있던 선욱이 말했다.

"아무래도 그래야 될 것 같은데? 너무 오래 자리를 비우는 것 같다."

"그래, 그래야겠다. 지금 김 의원까지 왔는데 아직도……."

줄곧 파티장 입구에 시선을 두고 있던 윤 회장이 우뚝 하던 말을 멈추었다. 다행히 파티장 안으로 석인이 들어오고 있었다. 그는 걱정했던 마음을 일시에 내려놓으며 안도의 한숨을 내쉬었다.

"됐다. 저기 오는구나."

그가 왔다고? 강해는 고개를 돌려 입구를 보았다. 석인이 정말로 파티장 안으로 들어오고 있었다. 그녀가 손에 들려준 양복을 갈아입고, 넥타이까지 잘 교체해 착용하고 있었다. 강해는 윤 회장과 선욱의 양해를 구하고 석인에게 천천히 다가갔다. 도대체 뭘 하느라 이렇게 늦게 온 건지 추궁을 해볼 참이었다. 하지만 곧 강해는 그 자리에 멈춰 섰다. 그의 표정이 이상하리만치 매서웠다. 한 번도 본 적이 없는 차갑고 냉정한 얼굴이었다. 그에 대해서 이제 알 만큼 알고 있다고 자부하는 그녀조차도 멈칫하게 만드는. 강해는 즉각 일이 잘못되어 가고 있음을 직감했다. 뭐지?

"무슨 일이에요……?"

성큼성큼 가까이 다가오는 그에게 채 묻기도 전에 그가 강해의 손목을 휙, 거머쥐었다. 힐을 신은 그녀의 몸이 휘청거릴 정도로 거센 동작이었다. 강해는 쓰러지지 않기 위해 그의 팔을 붙들어야 했다. 덕분에 주변 몇몇 사람들의 시선이 두 사람에게로 쏠렸다. 강해는 간신히 몸을 가누고 아무렇지도 않은 듯 살짝 미소를 띠었다. 사람들 시선이 이내 다른 쪽으로 흩어지자 그녀는 석인을 향해 다그치듯 속삭였다.

"왜 이래요? 갑자기. 무슨 일 있어요?"

"따라와."

그가 무섭게 뇌까렸다. 그리고 뒤를 돌아 곧장 파티장 입구를 향해 걷기 시작했다. 그 차가운 뒷모습이 어쩐지 섬뜩하게 느껴져 강해는 더 이상의 질문을 하지 못했다. 막막한 불안감에 휩싸여 강해는 그의 뒤를 따랐다.

그 시각. 친구의 초대장을 뺏다시피 낚아채는 데 성공한 진영은 뒤늦게라도 파티에 참석하기 위해 서둘러 호텔에 들어서고 있었다. 오늘은 임석인의 부친인 임호윤 회장의 칠순 축하파티. 수많은 정재계 인사들이 줄줄이 초대된 올해 최고 규모의 파티에, 최고의 주가를 자랑하는 이 김진영이 참석하지 않는다면 누가 참석할 수 있겠는가. 게다가 임석인의 가족들이 모조리 참석하는 자리였다. 임석인에게 접근할 수 없다면, 그 가족들에게라도 점수를 따야 하지 않겠나. 오늘은 그들에게 김진영이란 존재를 각인시켜 줄 아주 절호의 기회였다.

"그 얄미운 기집애의 코를 납작하게 해줘야 하는데."

윤강해만 생각하면 속이 와글와글 시끄럽기 짝이 없었다. 지난번 김선욱 결혼식 때를 떠올리면 더더욱 미칠 것 같다. 두 사람 사이에 감돌던 분위기는 분명한 핑크빛. 부푼 입술에 발그레해진 두 볼로 수줍게 웃던 윤강해는 그녀를 열등감으로 폭발하기 일보 직전으로 만들었다. 아무리 생각해 봐도 모를 일이었다. 자신은 왜 안 되는 건지. 왜 임석인의 마음을 빼앗을 수 없는 것인지.

"어디까지 가려는 거예요?"

막 파티장을 찾아 걷기 시작할 무렵이었다. 귀에 익은 목소리가 들려왔다. 그리고 곧, 진영은 반대쪽 모퉁이를 향해 맹렬히 걷고 있는 두 남녀를 목격할 수 있었다. 아니, 걷고 있는 두 남녀라고 하기엔 묘한 분위기였다. 석인이 일방적으로 강해를 어딘가로 끌고 가는 모양새였다. 평소 달콤한 연인의 정석을 보여 주던 그가 강해를 끌고?

진영은 자신도 모르는 사이 그들의 뒤를 밟기 시작했다.

"그게 무슨 소리예요? 갑자기."

강해는 놀라는 순간에도 아름다웠다. 비품실 따위의 작은 창고 안에서조차 이렇게 예쁠 수 있다니, 욕설이 저절로 터져 나왔다. 그녀는 한 치의 당황함조차 찾아볼 수 없는 차분하고 이성적인 모습으로 그를 똑바로 바라보고 있었다. 누군 무너져 내리기 일보 직전인데. 파티장 안에서 선욱과 나란히 서서 얘기를 나누는 강해의 모습을 보는 순간, 기껏 가라앉혀 놓았던 분노가 다시금 끓어올라 이 지경으로 망가져 버렸는데. 참으로 대단한 윤강해다. 이런 윤강해이니 지금까지 감쪽같이 자신의 마음을 숨겼던 거겠지만.

"방금 말한 그대로야. 난 이 게임에서 빠지겠어."

메마른 어조, 무표정한 얼굴로 그가 다시 한 번 선언했다. 강해는 잠시 멍해진 눈으로 그를 바라보았다. 농담인가? 농담이겠지. 농담일 거야. 애써 스스로를 위로해 보았지만 그의 표정은 끝내 변하지 않았다. 정신이 아득해지는 걸 느끼며 강해는 두 눈을 깜빡거렸다.

"이유가 뭐예요? 이러는 이유가 있을 거 아니에요?"

현실감이 사라진 몽롱한 정신임에도 다행히 목소리는 제대로 나와주었다. 강해는 흐트러진 자세를 곧추세우고 어깨를 폈다. 그의 손에 잡혔었던 손목이 시큰거렸으나 더욱 힘을 주어 주먹을 쥐었다. 단전에 힘까지 모으니 마음이 조금씩 차분히 가라앉는 것 같았다. 당황해할 필요 없었다. 오해가 있다면 풀고, 마음이 안 들어 화난 일이 있다면 대화를 나눠 서로 의견을 조율하면 되는 일이니까. 지금까지 그래 왔듯이.

"지겨워졌어."

하지만 되돌아온 답은 무성의하고도 잔인했다. 허에 찔린 듯 강해는 움찔했다. 전혀 예상치 못한 답변이었다. 뭔가 잘못됐어. 아까부터 계속 머릿속에서 울려대던 속삭임이 더욱 크게 울려왔다.

"……지겨워졌다니요?"

"지긋지긋해졌다고, 당신의 연인 역할. 흥미없어졌어."

간신히 물은 그녀의 질문에 칼날처럼 예리한 답변이 날아왔다. 심장을 관통하는 듯 충격적인 말에 강해는 숨을 헐떡였다. 가슴을 찢고 파고드는 독설이었다. 그에 대한 자신감과 확신을 단숨에 무너뜨리는 잔인한 말이었다. 지금까지 들었던 그 어떤 루머와 수군거림보다도 더 아팠다. 흔들리는 심지를 꽉 틀어잡고 강해는 차오르는 숨을 억눌렀다.

"처음 당신이 내 부탁을 들어주기로 한 건, 재미있을 것 같아서가 아니었잖아요."

"자유로워지고 싶어서였지. 극성맞은 가족들로부터."

"이젠…… 이젠 상관없어졌다는 건가요?"

"당신을 사귀는 척, 만나는 척, 사랑하는 척해도 달라진 건 없었어. 가족들은 이제 당신과 날 하루빨리 결혼시키기 위해 혈안이 되어 있으니까. 아무 효과도 없는 일에 더 이상 매달릴 필요 없잖아?"

"안 돼요. 우리 계약은 함부로 파기할 수 없어요. 서로 합의가 되어야만 없었던 일이 되는 거라고, 이미 말했을 텐데요."

바보. 진정 하고 싶은 말은 이게 아니었다. 이런 질문과 이런 대답을 원했던 게 아니었단 말이다. 단지 계약 때문에 지금까지 만나준 거냐고, 호감 따위는 단 1%도 없었던 거냐고 묻고 싶었다. 아무런 감정도 없이 그렇게 잘해줬던 거냐고, 나를 좋아하지 않냐고 물어보고 싶었다.

"아직도 내가 필요해?"

"물론이죠. 당신은 모든 여자들이 원하는 남자잖아요."

이게 아니잖아. 이게 아니잖아, 윤강해!

"단지 그것뿐이야? 날 원하는 이유. 꼭 나여야 하는 이유."

"……."

"여자들이 선망하는 남자는, 내가 아니고도 많아. 이 사교계에서도 멋진 남자들은 넘쳐 나고 있어. 그런데 왜 나지?"

그의 뜻 모를 새까만 눈동자가 뚫어질 듯 그녀를 쏘아보았다. 여전히 무표정한 얼굴에 차가운 눈을 하고. 무슨 답변을 원하는 걸까? 당신을 사랑하게 돼서, 당신이 아니면 싫다고, 사실대로 말하길 바라는 걸까?

아, 하지만 그의 저 얼음처럼 차가운 눈동자 앞에서는 차마 고백할 자신이 없었다. 강해는 후들거리는 두 다리에 더욱 힘을 주고 버텼다. 더 이상은 대화를 나눌 수가 없을 만큼 숨이 떨려 왔지만 끝까지 의연해 보이고 싶었다. 지금 이 상황에선 흔들리고 무너지는 모습을 절대 보일 수 없었다.

"이 문제는 파티 끝나고 다시 얘기해요."

떨리는 숨결을 성공적으로 감추고 똑똑히 선언한 그녀는, 아무 대답도 없는 그를 외면해 그의 옆을 지나쳐 갔다.

"어디까지 갈 작정이지?"

하지만 채 한 발자국도 떼기 전에 그가 입을 열었다. 무언가 사무친 듯한 애절한 감정이 녹아들어 있는 그의 음성이 그녀의 발걸음을 붙들었다. 가슴이 알 수 없는 통증으로 얼룩지자, 강해는 걸음을 멈추었다. 뒤를 돌아보지 않은 채 그는 말했다.

"어디까지 날 내몰 작정이야?"

강해의 고개가 뒤로 꺾였다.

"그게 무슨 말이에요?"

"이쯤에서 그만둬. 더 이상 장난치지 마. 둘 사이에 끼어 바보짓하고 싶지 않으니까."

강해는 두 눈을 훌쩍 키웠다. 둘 사이? 둘 사이라니, 누구? 혹 진영을 말하는 걸까? 이 일의 발단은 두 사람의 힘겨루기로부터 시작된 것이기는 했다. 진영은 그를 차지하기 위해, 강해는 진영이 차지하지 못하게 하기 위해. 비록 지금은 그를 사랑하게 되어버렸지만, 시작은 그랬었다. 혹 두 사람의 얼토당토하지 않은 기 싸움에 대해 알아버린 것이라면? 그런 거라면, 그가 이렇게 실망할 만도 했다. 사람을 두고 장난치는 걸 제일 싫어하던 그가 아닌가. 하지만…….

"석인 씨."

강해는 다급하게 팔을 뻗어 그의 어깨에 손을 얹었다. 그러나 곧 그의 손이 그녀를 떨쳐 냈다. 힘없이 떨어져 나가는 제 손을 강해가 멍하게 바라보는 사이, 그가 표정없는 얼굴로 몸을 돌려 그녀와 마주했다.

"파티가 끝날 때까지 기다릴 필요 없어. 우리 애긴, 여기서 끝이야."

그는 선언하듯 말하고 곧장 그녀를 지나쳐 가기 시작했다. 뚜벅뚜벅, 넓지 않은 비품실 안으로 그의 단호하고 무서운 발자국 소리가 제멋대로 날렸다. 그 발자국에 가슴이 짓밟히는 기분으로 강해는 이를 악물었다. 이대로 그를 보내고 싶지 않았다. 절대로, 그럴 수는 없었다. 그를 사랑하게 되었는데. 그에게 어떤 마음인지 채 고백조차 못했는데. 이대로 이렇게 헤어질 수는 없었다. 진영 때문이라면, 모든 걸 설명하고 이해를 구할 수 있었다. 석인이라면 자신의 마음을 헤아려 줄 것이다. 그럴 거라고, 그녀는 굳게 믿었다.

"약속했잖아요!"

그녀가 소리쳤다. 그리고 그의 걸음이 뚝 그쳤다.

"내 옆에 있겠다고, 내 남자가 되어주겠다고, 약속했잖아요."

"……."

"약속은 꼭 지키는 사람이라고 했잖아요."

"계약이었어."

그가 고개를 돌려 그녀를 보며 말했다. 감정이 전혀 없는 인조인간의 그것처럼 차갑고 삭막하기 그지없는 목소리였다. 강해의 손은 바들바들 떨려왔다. 그의 입에서 흘러나올 잔인한 말들을 예감하기라도 하듯 그녀는 절망적인 기분에 젖어들고 있었다.

"계약은 파기하면 되는 거야."

그 한마디를 남기고 그는 긴 팔을 뻗어 비품실의 문을 확 열어젖혔다. 어두웠던 비품실 안으로 밝은 불빛이 단번에 쏟아져 들어왔다. 홍채를 찌르는 강렬한 빛에 그녀는 눈살을 찌푸리며 두 눈을 감았다. 그리고 천천히 열리는 시야로, 낯익은 얼굴이 들어왔다.

문밖에 김진영이 서 있었다. 두 사람의 대화를 엿듣고 있다 들킨 듯, 놀란 얼굴이었다. 하지만 그 눈빛만큼은 희열로 가득 차 있다는 걸 강해는 놓치지 않았다. 모두 들어버린 게 틀림없었다. 강해와 석인이 진짜 연인이 아닌 계약에 의해 연인인 척 연기했었던 것이란 걸, 알아버린 게 확실했다. 하지만 모든 걸 진영에게 들켜 버렸다는 사실은 그다지 큰 충격이 아니었다. 석인의 반응에 비하면.

"풋, 이거 아주 재밌어지는데?"

석인이 냉소적으로 입술을 비틀어 웃음을 흘렸다. 그리곤 저돌적으로 한 발자국 다가가 김진영의 어깨를 양손으로 꽉 쥐었다. 순식간에 그의 고개가 옆으로 기울어졌고, 그녀의 입술을 향해 내려갔다.

"……!"

그가, 임석인이 김진영에게 키스를 했다. 다른 사람도 아닌 임석인이. 강해는 머리를 망치로 맞은 듯 어지러워졌다. 가까스로 버티고 있던 다리에 힘이 스르르 빠져나가 당장이라도 쓰러질 것 같았다. 비틀거리며 겨우 팔을 뻗어 벽을 짚었지만, 심장은 갈가리 찢겨 피가 뿜어져 나오고 있었다. 어떻게 이럴 수가 있어? 어떻게 그가 이런 잔인한 짓을 할 수가 있어? 왜? 내가 뭘 그리 잘못했기에?

강해는 거의 패닉 상태에 빠져 하얗게 질려갔다. 보란 듯이 입술을 포갰던 그는 이내 진영을 밀어내고 강해를 돌아봤다. 그는 비열하기 짝이 없는 미소를 짓더니 한쪽 눈썹을 치켜올렸다. 이래도 계약 운운하겠다는 거냐는 듯. 바닥에 쓰러질 듯 휘청거리던 진영은 몸을 가누며 승리의 미소를 짓고 있었다. 이로써 모든 것이 끝나 버렸다. 전부 다.

"당신, 어떻게 나한테 이래? 어떻게 이럴 수가 있어?"

강해는 덜덜 떨리는 다리로 천천히 그에게 다가갔다.

"나에 대해서 알아두라고 했을 텐데. 난 원래 이런 사람이야. 연예인 킬러, 몰랐어?"

그가 비웃듯 말했다. 강해는 도저히 참지 못하고 힘껏 팔을 내저었다. 짝—! 그의 뺨이 세차게 돌아갔다. 강해는 머리카락에 가려진 석인의 얼굴에 대고 이를 갈며 쉿소리를 내뱉었다.

"나쁜 자식."

그녀는 그를 지나, 심히 이죽이고 있는 진영을 스쳐, 똑바로 걸어갔다. 흐트러지지 않은 자세로, 절대 빠르지 않은 속도의 걸음으로. 허리를 곧게 펴고 턱을 치켜드는 그녀는 결코 품위를 잃지 않고 있었다. 하지만 두 눈에선 이미 눈물이 흘러넘치고 있었다.

"나가 버려! 나가 버려, 이 자식아!"

임호윤이 고함을 버럭 지르며 팔을 높이 뻗어 아들을 향해 삿대질을 해댔다. 이 여사는 혹여 임 회장이 쓰러질까 봐 겁이 나 그를 재빨리 부축했다. 하지만 이 여사 외엔 집 안 그 어느 누구도 움직이질 않았다. 명인을 포함한 세 딸은 이 기가 막힌 사태를 접하고 완전히 쇼크 상태에 빠져 있었다.

강해와 석인이 온 가족을 속이고 거짓 연인 행세를 했다니. 그 모든 것들이 가식에 불과했다니. 정말 놀라고 실망하고 분노하고, 그리고 괴로워하고 있었다. 게다가 이 일이 사교계에 미칠 파장을 떠올리자면 아찔해질 정도였다. 올 최대의 이슈는 윤강해의 파혼인 줄 알았더니만.

"너 때문에 창피해서 낯을 들고 나갈 수가 없다. 다들 뭐라고 수군거리겠냐? 도대체 무슨 생각으로 그런 해괴한 짓을 벌여? 제정신이냐? 생각이 있는 녀석이야? 네 매형들 앞에서 창피하지도 않아? 윤 회장 얼굴을 어떻게 볼래? 어떻게 그 아이를……!"

석인은 두 눈을 내리깐 채 꾹 입을 다물었다. 파티 도중 갑자기 강해가 사라지는 일이 발생한 이후, 그는 입 한 번 벙긋하지 않고 있었다. 윤 회장과 선욱이 찾아와 어떻게 된 일이냐고 묻고 가족들도 추궁해 보았지만, 그들은 그에게서 단 한 마디도 들을 수가 없었다. 하지만 비밀이란 게 아예 존재할 수 없는 이 바닥의 생리상, 그들의 일은 삽시간에 퍼졌다. 단 몇 시간 만에 사건의 전모는 궁금해하는 모든 이들의 귀에 들어가 버렸다. 진영의 의기양양한 입술이 한몫 단단히 했음은 물론이었다.

"그 아이가, 네 녀석이 끼고 노는 그 하찮은 것들인 줄 알아? 그 방자한 것들한테 한 것처럼 천박하고 무식한 장난으로 그 아일 가지고 놀아? 네가? 네 평판 떨어뜨리는 것도 모자라 이젠 그 멀쩡한 아이까지 네 수준으로 끌어내리려고 한 거냔 말이다! 그래?"

"여보, 그 얘긴 왜 꺼내요? 그건 석인이가 해명한 일이잖아요. 연예인들 로비 사건은 석인이랑 아무 상관이 없다잖아요. 어디, 석인이가 그런 일을 할 녀석이에요? 왜 아무 상관 없는 옛날 일까지 들먹이고 그래요, 정말."

이자경 여사는 석인의 표정을 살피며 남편의 몸을 붙들었다. 작년에 터진 연예인 몸로비 사건 때문에 석인은 경찰서까지 들락거렸고, 그 일로 인해 회사 이미지나 석인 자신의 이미지까지 땅으로 추락하는 몸살을 앓았었다. 그 사건이 있을 때도 언급되었지만 임 회장은 석인이 연예계 사업을 하는 걸 극도로 싫어했다.

아마도 그 자신이 본의 아니게 석인의 친모에게 했던 잔인한 일이 떠올랐기 때문일 테다. 그는 아들이 자신과 같은 과오를 저지르지 않길 바랐을 것이다. 본의 아니게 한 여자의 일생을 망치고, 아들의 인생까지 망칠 뻔했다는 게 임 회장은 끔찍이도 후회된다고 했다. 아들의 인생을 그 누구보다도 걱정하고, 아비의 전철을 밟지 않길 바라며 늘 노심초사하는 임 회장의 마음을 알기에 이 여사는 한숨이 나왔다. 왜 이렇게 오해할 소리만 골라서 하는지 원.

석인에게 대놓고 '그 방자한 것들'이니, '하찮은 것들'이니

하며 연예인들을 천하고 추잡한 존재로 비약하는 건 '네 엄마는 방자하고 하찮은 것'이라고 말하는 거나 다름이 없었다. 어머니의 불행한 인생을 늘 가슴에 묻고 아파하며 살아가고 있는 석인의 가슴에 못을 박는 행위나 다름이 없는 거였다.

"연예인 것들한테 그렇게 당했으면 이제 정신을 차려야지!"

"여보!"

이 여사가 말렸지만 임 회장은 점점 더 언성을 높일 뿐이었다.

"나이를 이만큼 먹었으면 제대로 된 여자를 만나서, 제대로 된 인생을 꾸려야 될 거 아니야? 아직도 한두 살 먹은 애야? 하나하나 간섭하고 못하게 하고, 그래야 하는 거야? 제 알아서 제 앞길 닦으면 안 되는 거냐고. 내 말이 틀려? 강해가 어디가 어때서 이 사단을 만들어. 그 아이가 너에 비해 빠지는 게 뭐야? 대체!"

석인은 고개를 들었다. 끝을 알 수 없는 아득한 눈동자엔 보이지 않은 상처들이 떠올라 있었다. 지금껏 가슴속에만 숨겨놓았던 상처들과 아픔들이 아주 조금씩 수면 위로 떠오르고 있었다. 이 여사는 겁이 덜컥 나 저도 모르게 아들에게 다가갔다. 배 아파 낳은 자식은 아니지만 친자식이라 여기고 키워온 석인. 내 새끼…….

"입이 있으면 말을 해봐, 이 자식아!"

임 회장의 입에선 계속해서 고성이 쏟아졌다. 그의 건강이 걱

정이 된 혜인과 수인이 화급히 달려와 임 회장을 부축하며 말렸
다. 제발 진정하라고, 앉아서 차분히 마음을 가라앉히라고. 쌕
쌕거리는 임 회장은 자리에 앉았지만 여전히 석인이 못마땅한
듯 말없이 서 있기만 한 아들을 노려보았다.

"멍청한 녀석."

"석인아, 나가자. 나가, 이러지 말고."

이 여사는 망부석처럼 우두커니 서 있는 석인을 억지로 이끌
고 방에서 나왔다. 혹시나 분기에 못 이겨 석인이 아버지에게
대들기라도 하면 어쩌나 걱정하던 이 여사는 안도의 한숨을 내
쉬었다. 지금껏 한 번도 어른들에게 대들지도, 가족들에게 화를
내지도 않던 석인이었지만 이번만큼은 아슬아슬했었다. 이자경
은 석인의 눈에서 보았던 무수한 상처들을 떠올리며 깊은 한숨
을 내쉬었다.

"나갔다 올게요, 어머니."

넓지만 어딘지 외로워 보이는 뒷모습으로 그가 중얼거렸다.
이 여사는 걱정스러운 마음으로 그에게 한 걸음 다가갔다.

"어딜 가려고. 밤이 늦었는데."

"한잔해야죠. 아버지한테 야단도 들었는데. 잠이 올 것 같지
않아요."

"……."

"기다리지 마시고 먼저 주무세요."

석인은 소파 위에 걸쳐 있던 재킷을 들고 현관문을 향해 걸어

갔다. 이 여사는 어쩐지 이대로 석인을 보내면 안 된다는 생각
에 그를 불렀다. 지금까지도 아픔만을 간직하며 참고 살아온 석
인에게 그녀는 또 다른 상처를 더해주고 싶지 않았다. 그는 온
화한 어머니 음성에 발길을 멈추었다.

"아버지 말씀, 너무 깊이 새겨듣지 마. 널 걱정해서 하신 말씀
이니까. 네가 불행해지면 네 아버지, 못 산다."

"……."

"평생 네 생모에 대한 죄책감을 마음에 담고 살아오셨다. 말
씀은 저렇게 하셔도, 언제나 그랬어. 네 엄마가 널 임신하고 또
낳아 기르고 있다는 걸 아셨다면, 절대로 그렇게 처참하게 돌아
가시도록 놔두지 않았을 거야. 그건 내가 잘 알아. 네 존재를 알
게 된 날, 내가 네 아버지 옆에 있었잖니. 아내를 잃고 나와 재
혼하기까지 오랜 세월 혼자 지내셨다. 그사이에 네가 생겼고.
네 아버지도 어쩔 수 없었어."

"알아요, 어머니."

석인은 계모를 돌아보며 희미하게 미소 지었다.

"예전부터 알고 있었어요."

"하지만 앞으론 그렇게 져드리지 마라. 네가 매번 져드리니,
저 양반이 날이 갈수록 기고만장해져서 안 되겠다. 내가 못 봐
주겠어. 앞으론 하고 싶은 말 다 해버리고, 싫은 소리 끝까지 듣
고 있지 마라. 알겠니?"

"어머니……."

"난 네 편이야."

이 여사는 눈에 넣어도 안 아픈 아들의 얼굴을 쓰다듬었다. 지난 20년간, 단 한순간도 그녀의 아들이 아니었던 적이 없었던 아들. 이젠 눈가에 주름도 희미하게 생기고 어깨도 키도 훤하게 커버린 내 아들. 아들의 얼굴을 들여다보면서 이 여사는 그가 이제 그만 방황하고 마음의 안정을 찾았으면 좋겠다고 간절히 바랐다. 그리곤 아까부터 물어보고 싶은 말을 조심히 꺼냈다.

"강해를 사랑하니?"

대답은 하지 않았지만 순간, 석인의 미간이 움찔했다. 거세게 부인할 줄 알았던 이 여사는 눈썹을 치뜨며 석인의 눈동자를 빤히 바라보았다.

"강해도 널 사랑하는 것 같던데……."

"어머니, 그건……."

"널 사랑하지 않을 리 없다. 네가 얼마나 멋진 남자인데."

석인은 지끈거리는 머리를 손으로 누르며 눈을 감았다. 정말 단 한순간도 윤강해를 생각하지 않을 수는 없는 걸까? 그깟 여자. 다른 여자의 남자를 사랑하는 그깟 여자. 자신의 자존심을 위해 그를 이용했던 여자. 푹 빠져 버리게 만들어놓고 다른 남자에게 사랑한다고 말하는 그깟 여자. 이젠 정말 그만 생각하고 싶었다. 제발, 이젠 제발…….

"네 장점을 보여주긴 한 거니? 네 마음이 어떤지 고백했어?"

"어머니."

"너, 가족들한테도 그렇고 친한 사람들한텐 영락없이 까칠하잖니. 좋아하는 사람들한테 좋아한다고 표현하기보다는 그 마음 표현하기 쑥스러워서 더 막대하잖아. 강해한테도 그런 거 아니야? 그래서 네 마음도 표현 못하고 바보처럼 그렇게 보내 버린 거 아니었어?"

차라리 표현을 못해서 서로 마음이 어긋난 상황이라면 이 정도까지 엉망이진 않을 것이다. 사랑한다고, 얼마든지 말해줄 수 있었다. 언제나 말하고 싶었던 말이니까. 그날 밤, 지하실 계단에 앉아 숨 죽여 우는 그녀를 본 직후부터 쭉 말하고 싶었으니까. 하지만 문제의 본질은 그게 아니다.

"윤강해 씨와는 이제 끝났어요, 어머니. 잠깐 서로 필요에 의해 만났고, 이젠 만날 필요가 없어졌으니 더 이상 얽힐 일은 없을 겁니다."

"끝났다는 말은 함부로 하는 게 아니야."

부드럽게 이 여사는 아들을 나무랐다.

"사람의 인연이라는 거, 그렇게 쉬운 게 아니잖니. 난 너희 두 사람이 서로 진심이었다고 생각해. 내가 본 너희들은 필요에 의해서 만난 사람들이 아니었어."

그도 한때는 그렇게 생각했었다. 그녀의 웃음도, 울음도, 따스한 말투도, 다정한 눈빛도, 사랑스러운 미소도. 모두 진심이라고 생각했었다. 그 모습에 이끌려 점점 그 자신도 빠져들고 말지 않았던가. 결국 그녀는 모든 사람들을 감쪽같이 속여 넘겼던 것이다. 그는 허탈하게 웃음을 터뜨렸다.

"말해. 네 마음을 다 표현해. 여잔 표현해야 알아."

"죄송해요, 어머니."

그는 쓸쓸하게 대답했다.

"아버지께 가보세요. 저 때문에 하룻밤 새에 10년은 더 늙어 버리신 것 같은데, 어머니가 곁에 있어주셔야죠."

"내 말 들어. 강해한테 가서 지금이라도 말해. 응?"

이 여사는 계속해서 아쉽다는 듯 그를 붙들고 매달렸다. 하지만 석인은 그럴 마음이 전혀 없었다. 적어도 지금은. 더 이상은 상처받고 싶지 않았다.

석인은 자신을 걱정하는 어머니를 뒤로하고 집을 나왔다. 나오는 길에 파토가 난 파티를 수습하고 돌아오는 매형들과 만나 잠시 얘기를 나누고, 그는 차에 올랐다. 오랜만에 코가 비뚤어지게 술을 마셔볼까 했다. 그동안 일 때문에 놀지도, 쉬지도, 제대로 잠자지도 못한 스트레스를 오늘 한 번 제대로 풀어볼 생각이었다.

한편, 강해의 집에서도 사정은 마찬가지였다. 윤 회장이 무서운 눈으로 딸을 노려보았다. 처음에 일이 터졌을 땐 석인을 죽여 버릴까도 생각했지만, 사건의 전모를 알게 된 지금은 딸을 향한 분노 때문에 머리가 다 어지러웠다. 어떻게 강해가 그런 일을 생각해 낼 수가 있단 말인가. 계약이라니, 6개월이나 되는 기간 동안 석인과 가짜로 사귈 생각을 하다니. 그게 딸의 머릿속에서 나온 생각이라니!

"그렇게 싫었다면 나한테 말을 했어야 했다. 임 군이 그렇게 싫고, 내 간섭이 그렇게 지긋지긋했다면 말을 했어야 했단 말이야!"

"죄송해요."

"죄송하다면 다야? 일이 이렇게 됐는데? 혼사가 애들 장난도 아니고, 세상천지에 계약연애라니! 뭐라고 말할 참이었냐? 6개월이 지나면 뭐라고 말할 참이었어?"

사랑한다고 말할 참이었다. 임석인에게, 당신을 사랑하게 되었노라고, 진짜 내 남자가 되어달라고, 그렇게 말할 참이었다. 하지만 이젠 그럴 수도 없게 되어버렸다. 강해는 너무나도 기가 막혀 눈물도 안 나오는 눈가를 문지르며 서글픈 미소를 지었다.

"죄송해요. 할 말은 그것밖에 없어요."

"회사 그만둬라."

윤 회장은 고개를 숙이고 있는 딸을 향해 매몰차게 쏘아붙였다. 강해는 번쩍 고개를 들었다.

"회사를 그만두라니요?"

"그럼 그런 일을 벌이고도 버젓이 얼굴 들고 일할 생각이었니? 온 사교계에 네 소문이 파다하게 퍼져 있는데 무슨 낯으로 회사를 나와? 집에서 조신하게 있으면서 외국 나갈 준비나 해. 소문이 잠잠해질 때까지 들어오지 마."

"그럴 순 없어요, 아빠. 죄를 지은 것도 아닌데 제가 왜 도망치듯 떠나야 하는데요."

"넌 아직도 네가 무슨 짓을 저질렀는지 모르는 게냐?"

"……."

"넌 이제 재기불능이야."

강하게, 무슨 일이든 꿋꿋이 버텨낼 수 있도록 그녀를 교육해 왔던 윤 회장답게 그는 싸늘하게 현실을 일깨워 주었다. 약혼자에게 차였다는 불명예를 안고 있음에도 당당하고 성숙한 상속녀의 이미지로 지금까지 버텨왔던 그녀. 하지만 이제 그녀는 최악의 스캔들을 자초하며 나락으로 떨어져 버렸다. 윤 회장의 말대로 그녀는 이제 재기불능의 상태였다. 강해도 그건 알았다. 너무나, 정말 너무나 잘 알고 있었다.

하지만 사교계에서 퇴출될 위기에 처했다는 사실보다 더 그녀를 괴롭히는 건, 석인의 충격적인 모습이었다. 너무나 싸늘하게, 너무나 잔인하게 자신을 저버렸던 그. 자신이 보는 앞에서 진영에게 키스했던 그…….

"며칠만 시간을 더 주세요."

그가 선물해 준 목걸이를 꽉 쥐고 그녀는 이를 악물었다. 목구멍으로 차오르는 슬픔을 꾸역꾸역 밀어 넣으며 그녀는 중얼거렸다.

"며칠이면 돼요."

그로부터 삼 일이 더 지나갔다.

윤강해와 임석인 모두에게 힘겨운 시간이, 그것도 아주 더디게 흐르고 있었다. 강해는 석인에게 받은 목걸이와 열쇠고리를 돌려보냈다. 더 이상 가지고 있을 이유가 없어서라고 핑계를 댔지만, 실은 도저히 가지고 있을 수 없어서 돌려보낸 것이었다. 그것들을 볼 때마다 석인이 새록새록 떠올랐다. 진심을 담아, 그녀만을 위해 산 물건이라 말하던 그가. 그녀를 기쁘게 해주기 위해서는 유행 지난 이벤트 따위도 서슴없이 해 보이던 그가 자꾸만 떠올라 그녀를 힘들게 했다.

정말이지 믿어지지 않았다. 그가 보여주었던, 감동시켜 준 수많은 행동들과 말들이 전부 다 계산된 것이었다는 게. 단지 계약을 이행하기 위한 행동들이었다는 게 절대로 믿어지지 않았다. 분명 보았었다. 그의 눈에서 진심을 보았었다. 진심으로 자신을 걱정하고 위해주고 있음을, 그녀는 확신했었다. 그리고 시간이 지날수록 그 확신은 또 다른 확신으로 이어졌다. 결코 삼 일 전 그가 했던 모든 말들은 진심이 아니었을 거라는.

"그러다 병든다."

마린이 노크도 없이 그녀의 방에 들어서며 말했다. 겨드랑이에 죽 그릇 담긴 쟁반을 끼고 들어오는 그녀는 걱정스런 눈으로 강해를 바라보았다. 삼 일 전 그날 이후, 윤 회장으로부터 근신 명령을 받은 강해는 집 안에 콕 틀어박혀 꼼짝도 하지 않고 있었다. 유일하게 한 거라곤 선물받았다는 보석을 다시 임석인에

게 돌려보낸 일인데, 몇 시간 전 그것은 다시 되돌아왔다. 임석
인의 한마디 답변과 함께.

〈버려.〉

강해가 걱정이 되어서 찾아온 마린은 그의 휘갈겨 쓴 메모를
보고 기겁을 하고 말았다. 쌀쌀맞고 재수없는 사람. 어떻게 달
랑 버리란 말 한마디 남길 수가 있을까? 그렇게 잘 지내던 두 사
람인데 하루아침에 갑자기.
　마린은 이해가 안 되었다. 그녀가 강해에게서 들은 얘기들을
종합해 보면 절대 임석인이 이렇게 나올 것 같지는 않았단 말이
다. 연애상담으로써는 거의 전문가 수준에 이른 마린이 봤을
때, 임석인은 강해를 좋아하고 있었다. 출장 갔을 때 전화하라
던 말만 봐도, 딱 답이 나오지 않나? 그런데 왜 갑자기 이렇게
돌변한 건지 마린은 알 수가 없었다. 정말 사랑이란 건 이렇게
복잡하고 어려운 것인가. 제대로 된 사랑 한 번 못해본 그녀에
겐 모든 게 다 부질없게만 보였다.
　"하루 종일 물 한 모금도 안 마시고 이러면 누가 알아준대?"
　마린은 침대에 조심스레 앉으며 뚱하게 중얼거렸다. 강해는
세운 무릎을 양팔로 품은 채 발끝에 놓인 보석케이스를 노려보
고 있었다. 케이스 위에는 그가 보낸 메모가 달랑 한 장 붙어 있
었다. 이걸 받아본 직후부터 강해는 계속 이런 상태로 굳어 있

었다. 마린은 케이스와 메모를 옆으로 치우고 퉁명스레 말했다.

"자학하냐? 그만 봐."

쟁반을 침대 위에 내려놓으며 마린은 강해의 해쓱해진 얼굴을 바라봤다. 정말 사람 몰골 변하는 거 한순간이었다. 파혼할 때도 이렇게까지 괴로워하지 않았던 것 같은데 왜 이러는 걸까? 파혼 이후 힘겨운 시기를 겪고 난 직후 벌어진 일이라 그런가. 아님, 그만큼 석인에 대해 진지했기 때문인 건가.

"나, 왜 이럴까. 아무리 생각해도 납득이 안 돼. 모든 게 다 이상하고."

강해는 옆으로 치워진 보석케이스를 멍하게 바라보고 있었다. 마린은 한숨을 쉬며 물었다.

"뭐가, 또."

"그때 말이야. 옷 망칠 때만 해도 석인 씨, 괜찮았어. 그렇게 갑자기 약속을 깰 생각이 애초부터 없었던 게 분명해. 그런데 옷을 갈아입고 와서부터 갑자기 이상해졌어. 갑자기 날 끌고 가더니, 다 그만두자고 했어. 없었던 일로 하자고, 재미없어졌다고. 왜 그랬을까? 왜 갑자기 그만두자고 했을까?"

"진영이 때문이었겠지. 걔랑 키스까지 했다며."

마린은 이를 부득부득 갈았다. 진영이 개선장군처럼 파티장에 나타나 강해와 석인 사이에 있었던 일들을 나불대기 시작할 때 옆에 있었던 사람으로서, 마린은 절대로 임석인을 용서할 수 없었다. 어떻게 진영에게 키스를 할 수가 있단 말인가. 다른 이도 아닌 김진영에게. 그것도 강해 앞에서. 진영은 자신을 추종하는 무리 앞에서 강해를 깔아뭉개며 으스댔다. 석인을 쟁취한 사람은 자신이라며 그의 키스를 받았다는 사실에 큰 의미를 부여하는 그녀를 보면서 얼마나 화가 났던지.

"하고 싶어서 한 키스가 아니었어. 내게 보여주고 싶었던 거야."

"그러니까 나쁜 놈인 거지. 비열한 자식. 어떻게 언니가 보는 앞에서 그런 짓을 할 수가 있어?"

"내게 장난치지 말라고 했어. 바보짓하기 싫다고."

"웃긴다, 그 남자. 장난친 사람이 누군데? 하루아침에 사람을 바보로 만든 게 누군데, 언니더러 그만 하래?"

삼 일이 지난 지금까지 강해를 괴롭히는 것이 바로 그 점이었다. 무엇 때문에 그런 말까지 해가며 그녀를 비난했는지. 그녀가 자신을 속였다고 생각한 게 아니라면, 절대 그런 말을 할 사람이 아니었다. 물어볼 걸. 그때, 그 순간 무슨 일 때문이냐고 물어볼 걸. 그때는 너무 당황했고 놀랐고 충격을 받아 물어볼 여력도 없었다.

"설명이 안 돼. 아무리 생각해 봐도 모르겠어."

초조하게 입술을 깨물며 강해가 중얼거렸다. 도우미 일에서부터 김진영의 일까지, 꼼꼼히 하나하나 그날의 일을 되짚어보았지만 어디서부터 잘못된 건지 알 길이 없었다. 심지어 이상한 점도 없었다. 그가 호텔방에 올라가서 한 시간 가까이 내려오지 않았다는 것 외엔. 호텔방에서 무슨 일이 있었던 걸까?

"언니, 이미 끝난 일이야. 생각은 왜 하는 건데? 잊어버려, 그깟 남자."

"그 사람, 내게 뭔가 하고 싶은 말이 있었을 거야. 분명히……."

"언니!"

마린은 암담한 눈으로 그녀를 내려다봤다. 임석인이 캐밥맛이라는 사실을 받아들이지 못하고 이렇게나 괴로워하는 강해의 모습, 정말 놀라웠다. 아무래도 임석인한테 푹 빠진 모양이다. 이런 상황에서도 그를 이렇게 절대적으로 신뢰할 수 있다니. 남들 눈에 다 보이는 그의 흠집이 그녀에겐 뵈지 않는가 보다. 이건 중증 중에서도 상중증인데.

"전화해서 물어봐."

마린은 중얼거리듯 대충 말했다.

"안 받을 거야. 전화가 빗발쳐서 나도 꺼놨거든."

"하긴 집 전화 코드도 빼놓을 지경이니. 그럼 회사로 찾아가 보던가. 만날 방법은 그것밖에 없네."

그 생각도 안 해본 건 아니었다. 하지만 그게 마음먹은 대로 쉽게 되는 게 아니었다. 일단 그가 만나줄지도 의문이었고, 사람들의 시선도 신경 쓰였다. 문득, 그가 지금 회사에서 일하고 있는 모습이 떠올랐다. 그는 과연 일에 몰두하고 있을까? 여느 때처럼, 아무 일 없다는 듯 태연히?

"내가 대신 가볼까?"

"뭐?"

마린의 엉뚱한 제안에 강해는 넋이 빠진 얼굴로 물었다.

"언니가 가는 건 아무래도 좀 그렇잖아. 사람들 눈도 있고. 내가 대신 가볼게. 언니가 편지를 써서 나한테 전달해 줘."

"그래도 될까?"

"아무것도 안 하고 이렇게 멍하게 앉아 있는 것보다는 낫겠지. 얼른 이 죽이나 식기 전에 먹고, 편지를 쓰자고."

"정말 네가 대신 가줄 거야?"

움푹 파인 눈으로 강해가 물었다. 쯧쯧. 마린은 죽을 뜬 숟가락을 내밀며 고개를 끄덕였다. 강해는 멍하게 입을 벌려 죽을 받아먹었다.

제 13 장. **사랑비가 내려와**

―사장님, 회장님께서 호출하셨습니다.

―사장님, LS그룹의 김선욱 부사장님께서 찾아오셨습니다.

―사장님, LS그룹의 윤석주 회장님께서 전화를 걸어오셨습니다.

―사장님, 회장님께서 다시 호출하셨습니다.

석인은 오늘 오전 내내 각종 참견들로부터 시달려야 했다. 지난 이틀 동안 집에도 들어가지 않고, 회사에도 출근하지 않았던 탓에 출근하자마자 그는 아버지의 호출을 받아야 했다. 물론 그는 밀린 일이 바쁘다는 핑계로 거절했다. 책상 위에 놓여 있는 강해의 사진 액자를 차마 쓰레기통에 넣을 수 없어, 얼굴이 보이지 않게 덮어놓은 후 일을 시작했지만 시작한 지 얼마 되지 않아 김선욱이 찾아왔다. 부재중이란 말로 그를 따돌리고 다시 일에 집중하려 했지만, 이번엔 강해의 아버지가 전화를 걸어왔다. 출근하지 않았다는 말로 또다시 따돌렸고, 지금은 다시 아버지의 호출을 받은 상태였다. 부슬부슬 비가 오고 있는 창밖을 무심한 눈으로 바라보며 그는 유현석 비서에게 말했다.

"내가 시간이 되면 찾아가 뵙겠다고 전해."

[하, 하지만 사장님, 회장님께서는…….]

"당장 처리해야 할 일들이 너무 많아서 지금은 안 된다고 해."

[그래도…….]

업무용 전화기를 거칠게 내려놓고 석인은 미간을 신경질적으로 문질렀다. 24시간 내내 술에 취해 뒹굴었지만 다음 24시간 동안 내내 자고 일어났다. 그 정도 잤으면 정상 컨디션을 되찾아야 했다. 그렇지만 비 때문인가. 평소보다 훨씬 더 몸이 찌뿌듯하고 머리는 빠개질 것 같고 기분은 최악이었다. 이틀 내내 술에 찌들어 있었던 것처럼 머리가 띵했다. 이런 기분으로 일을 한다는 건 엄청나게 비효율적이라 여기는 그였다. 그럼에도 그는 호텔에 들러 샤워를 하고 깔끔하게 옷까지 갈아입고 나왔다. 일을 하기 위해. 취기에서 헤어나자마자 떠오른 얼굴 하나 지워보자고 이렇게 출근까지 한 거였다, 그는.

석인은 머리카락을 양 손아귀 가득 쥐고는 책상을 뚫어져라 내려다봤다. 책상 위에는 작년 분기별 매출실적 평가서와 윤강해의 편지가 동시에 펼쳐져 있었다. 고운 봉투 안에서 나온 그녀의 깨알만 한 글씨들. 그것은 그들의 사이가 완전히 끝장났음을 시사하고 있었다. 그의 가슴은 총알이 관통한 유리처럼 산산이 부서졌다.

〈버려.〉

그는 강해에게 그렇게 답을 보냈다. 그리고 목걸이의 처분 역시 그녀에게 맡겼다. 그의 손으로는 도저히 할 수 없었기 때문이었다. 석인은 자리에서 일어나 창가로 다가갔다. 오전부터 조금씩 내리던 가랑비는 꽤 굵게 떨어지고 있었다. 그달 초순에 비가 내리면 그달 내내 비가 내린다는 속설이 있다고 입버릇처럼 말하던 친모의 목소리가 귓전을 때렸다. 차가워진 창문에 손을 대고 그는 창밖을 응시했다. 그리고 지난 이틀 동안 내내 생각했던 문제에 대해 다시 생각해 보았다.

'윤강해…….'

다른 남자를 사랑하는 윤강해여도 괜찮다. 사랑, 그 까짓것 살면서 천천히 만들어가면 되는 거지. 사랑없이 결혼해서 잘만 사는 부부들이 이 세상에 얼마나 많은가. 시작은 미약해도 결과가 창대하면, 그것으로 된 거 아닌가. 가서 말해라. 윤강해에게 달려가 김선욱을 못 잊는 당신이라도 난 사랑한다, 내게 기회를 주지 않겠느냐, 나와 다시 시작하지 않겠느냐, 말하란 말이야.

하지만 그의 이기적인 사랑은 언제나 한곳에서 걸렸다. 과연 그렇게 해서 강해가 행복해질 수 있는가의 문제. 그녀가 더 불행해진다면? 사랑없는 결혼에 힘들어하고 괴로워한다면? 아무리 그가 사랑을 퍼부어도, 이미 구멍 뚫린 그녀의 마음은 채워지지 않을 것이다. 밑 빠진 독처럼 그녀는 평생을 허전하게, 불행하게 살아야 하고 그런 그녀를 그는 무기력하게 지켜봐야 할 것이다.

친모의 불행한 인생을 지켜보면서, 절대 자신만큼은 여자를 슬프게 하지 않을 거라고 다짐했던 그다. 남자도, 자식도, 다 필요없다며 자신의 이름 석 자 박힌 레코드 한 장 갖는 게 소원이라고 노래를 부르던 어머니. 어린 그는 어머니에게 아무것도 해줄 수 없었다. 그렇게 애달프게 죽어간 어머니처럼 강해마저 그런 삶을 살게 할 순 없었다. 왜냐하면 그녀는 석인이 살면서 유일하게 사랑을 느낀 여자이니까.

전화가 울렸다. 석인은 차가운 유리창에서 손을 떼고 천천히 자신의 자리로 돌아갔다. 수화기를 드니 유 비서가 우물쭈물 중얼거렸다.

[사장님, 아래 로비에 박마린이란 분이 사장님을 찾아왔답니다.]

또인가? 박마린은 강해와 친분이 있는 김선욱의 사촌동생이었다. 그녀 역시 다른 여타 사람들처럼 그를 비난하기 위해 찾아왔을 것이다. 그는 피곤한 목소리로 조용히 말했다.

“알아서 처리해.”

수화기를 내려놓고 그는 또다시 어지러워지는 머릿속을 차분히 정리했다. 그녀를 이젠 정말 정리해야 함을, 그 이외에는 다른 도리가 없음을. 그리고 그러기 위해선 일을 해야 함을. 그는 고개를 숙이고 책상 위를 뒹굴고 있던 펜을 들었다. 그녀의 편지를 쓰레기통에 집어넣고 의자를 앞으로 잡아당긴 후 그는 서류를 집어 들었다. 하지만…….

“그러게요. 이런 게 뭐라고, 지금까지 한 번도 못해봤을까?”

그는 벌떡 자리에서 일어나고 말았다. 생각나지 말아야 하는데, 다 깨끗이 지워 버려야 하는데. 그녀의 목소리가 생생하게 귓전을 때려왔다. 시무룩한 뒷모습. 비둘기에게 모이를 주기 위해 쪼그리고 앉아 있던 그 모습까지 너무나 또렷이 그의 뇌리에 떠올라왔다.

“나랑 데이트해요, 임석인 씨!”

출장에서 귀국하는 그에게 명령하듯 말하던 그녀.

“셀카 찍을 땐 사진기를 앞으로 기울여서 찍으세요.”

데이트가 처음이라는 기막힌 소릴 하면서 기념으로 사진을 찍고 싶다던 그녀. 도대체 해본 게 뭐냐고 묻는 그에게 그녀는 '못 해본 게 많다고 말했잖아요'라며 태연하게 응수했었다. 18년간 한 남자만을 사랑한 죄로, 아무것도 해보지 못하고 살아온 그녀가 안쓰러워 그는 그때 뭐든 그녀가 하고 싶다는 건 다 해주겠다고 마음먹었었다. 생일이 되면 꼭 깜짝 선물을 해줄 생각이었고, 화이트데이 땐 꼭 거대한(18년 동안 못 받아본) 사탕바구니를 선물할 계획이었고, 만난 지 100일째가 되면 그녀와 함께 와이키키 해변으로 놀러 갈 생각이었다. 결혼하게 되면 집 안에 영화브라운관을 설치해 그녀가 영화를 보고 싶어할 때마다 함께 밀회를 즐길 것이었고, 비가 오면 꼭 덕수궁 돌담길을 데리고 가 미친 듯 키스를 퍼부어줄 생각이었고, 또⋯⋯.

"비 오는 날⋯⋯."

풋, 그는 자조적으로 웃었다.

"그러고 보니 오늘 비가 오네."

중얼거리며 그는 창밖을 바라봤다. 어느새 거세진 빗줄기는 창가를 얼룩지고 있었다. 그는 멍하니 창가로 다가가 섰다. 그리고 물끄러미 빗방울이 창문을 두들기는 광경을 바라봤다. 멍하게, 아무 생각 없이⋯⋯.

몇 분 후, 그는 재킷을 들고 사무실을 나서고 있었다.

"사장님! 한 시간 뒤에 회의 일정이 잡혀 있는데요."

벌떡 일어난 유 비서가 그의 뒷모습에 대고 소리쳤다. 그는 뒤도 돌아보지 않고 빠르게 걸으며 말했다.

"취소해."

그리고 꽝 소리를 내며 사무실을 나가 버렸다. 멍하게 얼이 나가 있던 지은정 비서가 유 비서를 향해 중얼거렸다.

"왜 그러세요, 사장님?"

"낸들 아나."

"어제랑 그제는 무단으로 안 나오시더니. 오늘은 완전히 도깨비한테 홀리신 것 같아요. 오늘따라 찾아온 손님도 많고. 하긴 자리를 비우셨을 때도 전화기에 불이 나긴 했죠."

"아까 처리하라고 했던 손님은 잘 처리했나?"

"그럼요. 사장님 특별 지시니까 로비에서 책임지고 못 들어오게 막으라고 했어요."

"음……."

그때다. 벌컥 문이 열렸다. 생각없이 느슨하게 앉아 유 비서와 대화를 나누고 있던 지은정은 깜짝 놀라 저도 모르게 자리에서 일어났다. 직업병이랄까. 누군가 들어오면 늘 이렇게 받들어총의 자세가 되었다.

"우산, 가지고 온 사람 있나?"

사장이 머리를 내밀고 뜬금없는 소릴 물었다. 유 비서와 지은정은 서로를 마주 보며 기이한 표정을 지었다. 도대체 오늘 무슨 일이야?

✱

비가 내리는 덕수궁 돌담길은 너무나 스산했다. 비가 점점 세게 내리기 시작하니, 기온이 급격히 내려가면서 주위는 어두컴컴해졌고 사람들도 거의 돌아가 거리가 한산했다. 가로수들이 거대한 괴물들처럼 검은 그림자를 드리우며 내려다보았고, 그 아래에 선 강해는 주저앉고 싶은 마음을 꾹 눌러 참으며 수화기를 꼭 붙들었다. 수화기 안에서 마린은 장황하게 말을 늘어놓고 있었다.

[분명히 안에 있어. 있는데 없다고 거짓말한 게 분명해. 걱정하지 마. 내가 언니를 위해서 꼭 그 인간 만나고 말 테니까. 이젠 정말 오기로라도 여길 통과할 생각이야. 뭐, 안 되면 퇴근할 때까지 이 자리에서 기다리지 뭐. 제 까짓게 집에는 가겠지. 듣고 있어?]

"응……."

빗소리를 뚫고 들리는 마린의 질문에 강해는 조용히 대답했다. 대신 스르르, 그 자리에 무릎을 접고 쪼그리고 앉았다. 바람이 세차게 불자 나뭇잎들이 어지럽게 휘청거리며 후드득, 굵게 방울진 물방울이 그녀의 우산 위로 떨어졌다.

[밖이야? 빗소리가 들리는 것 같네.]

좁은 2차선 도로 위를 세차게 굴러 내려가는 물줄기를 멍하게 바라보며 강해는 말했다.

“어, 그냥 나와봤어.”

[회사로 나오려는 건 아니지?]

“아니야. 근처에 잠깐 나왔어.”

그녀는 선의의 거짓말을 했다. 이 을씨년스러운 날씨에 하루 종일 죽 한 사발 먹은 게 전부인 그녀가 덕수궁까지 나왔다고 하면 분명 마린은 미쳤냐며, 얼른 집으로 들어가라고 난리일 게 뻔했다.

[추우니까 얼른 들어가. 비가 정말 장난 아니다. 몸도 안 좋은데 오래 나와 있으면 감기 걸려. 난 기필코 언니 편지 전달하고 갈 테니까. 좀 있다가 집에서 봐.]

“알았어.”

힘없이 대답하고 강해는 전화를 끊었다. 눈물이 나올 것 같아, 그녀는 고개를 아래로 기울이고 눈을 감았다. 눈자위에 힘을 주니 그나마 조금 나아지는 것 같았다. 내리는 비를 철철 맞으면서 처량맞게 울기나 하고. 윤강해, 정말 유치뽕짝이구나. 그가 보면 또 70년대 영화 찍느냐면서 비웃었을 것이다.

“석인 씨……”

비웃어도 좋으니까 오지. 구박해도 좋으니까 지금 내 곁으로 오지.

묻고 싶은 게 많았다. 설명해 달라고, 왜 그랬냐고 추궁하고 싶은 것도 많았다. 왜 그럴 수밖에 없었는지, 그 이유가 뭔지 그녀는 묻고 싶었다. 그래서 그에게 편지로라도 그 답답한 마음을 전하려고 했었다. 하지만 막상 편지지를 펼치고 마음에 담아두었던 말들을 쓰려고 하니, 머릿속은 텅 비어버린 것처럼 새하얘졌다. 결국 하고 싶었던 수많은 말들 중, 그녀는 단 한 문장만 간략하게 골라 썼다. 그 모든 것으로 그녀의 마음은 표현이 되는 거라고 생각했다. 그리고 그의 답변으로 모든 것이 설명될 것이라고 생각했다. 하나, 그는 그녀의 편지마저 받고 싶지 않은 모양이었다.

"언제나 너와 함께~"

강해는 조그맣게 속삭이듯 노래하며 자리에서 힘겹게 일어났다. 팍팍한 다리를 일으켜 세우며 강해는 한 손을 내밀었다. 빗방울이 손바닥 위로 부딪쳐 흘렀다. 자동차 트렁크에 케이크와 풍선, 사람을 싣고 집 앞까지 찾아와 그녀를 깜짝 놀라게 해주던 그의 모습이 눈가에 선했다. 강해는 희미하게 미소를 지으며 앞을 향해 몸을 틀었다. 노래를 중얼거리며……

"하늘이 우리를 갈라놓을 때까지……"

강해는 고개를 숙이고 천천히 두 발자국 걸어갔다. 그리고 뭔가 이상한 기분에 걸음을 멈추었다. 으슥한 가로수 그늘이 아닌 다른 뭔가의 그림자가 그녀를 향해 드리우고 있었다. 바람에 흔들리지도 않고 꼿꼿이. 강해는 콩콩 크게 뛰기 시작하는 심장을 느끼며 서서히 고개를 들었다.

고개를 드는 속도만큼 앞에 있는 '것'의 정체도 드러났다. 검은 구두. 낯이 익은 디자인의 구두였다. 그 위로 역시 낯이 익은 바지 자락이 있었다. 빗방울에 젖어 까매진 밑단 위로 짙은 쥐색 정장 바지가 서 있었다. 그녀의 가슴은 더욱 세차게 뛰기 시작했다. 쥐색 재킷. 파스텔톤 푸른색 넥타이. 빨간 우산. 그것을 쥔, 힘차고 멋있는 손…….

"여기서 뭐 하는 거야?"

빨간 우산이 위로 젖혀지면서 남자의 얼굴이 드러났다.

"석인 씨……!"

"왜 그 노래를 부르고 있는 거지?"

뜻 모를 촉촉함을 담은 눈으로 그가 조용히 물어왔다.

"나, 난…….."

이 사람이 어떻게 이 자리에 있는 것일까? 마린과는 분명 만나지도 못했을 텐데. 아직 편지도 못 읽어봤을 텐데, 어떻게 여기로 오게 된 것일까? 설마, 비가 오면 덕수궁 돌담길에서 키스해 주겠다던 약속을 떠올렸던 건 아니겠지. 설마, 그 약속을 지키기 위해 와준 것은 아니겠지. 아닐 거야. 그럴 리가 없잖아. 그, 그럴 리가…….

눈물이 그녀의 두 볼을 타고 흘러내렸다. 믿을 수가 없어서, 그가 자신의 앞에 서 있다는 사실이 믿기지 않아서. 그가 여기까지 와준 것만으로도 너무 좋아서 눈물이 나왔다. 그래 봤자 아무 말도 못하고 서 있으면서. 신기루처럼, 유령처럼, 손을 뻗으면 사라질 것만 같아 가까이 다가갈 수조차 없으면서. 그런 주제에 눈물만 후드득 흘리고 서 있었다.

"나였어. 그렇지?"

말간 눈으로 눈물만 펑펑 쏟아내고 있는 그녀에게 그가 아주 가만히, 몽롱한 어조로 속삭였다. 촉촉한 그 목소리는 확신하고 있는 듯 강렬했다. 무슨 말인지, 무얼 두고 하는 말인지 생각해 볼 틈도 없이 그는 이어 말했다.

"당신이 사랑한 사람, 나였던 거야."

그 순간 강해는 하던 말과 함께 숨마저 멈추어 버렸다. 풀리지 않던 수수께끼들이 단숨에 풀리면서 모든 것을 알아버렸다. 그가 무엇 때문에 그런 말들을 했었던 건지. 무엇 때문에 그녀의 가슴에 못을 박고 그렇게 떠나 버렸던 건지. 석인은 그녀가 선욱을 여전히 사랑하고 있다고 오해하고 있었던 것이다.

"나를 잡았어야 했어. 나를 사랑한다면, 나를 붙잡고 말했어야 했어."

멍하게 생각하고 있는 사이, 석인이 조용히 먹먹한 목소리로 물었다. 이 남자. 우는 건가? 놀란 얼굴로 강해는 그를 뚫어져라 바라봤다.

"그랬다면 난……."

그는 강해를 한동안 말없이 바라보고 서 있었다. 지구의 자전과 공전이 동시에 멈추어 버린 듯 온 주위가 공허해졌다. 시간이 멈춘 것이 아님을 증명하듯 한차례 휘이— 바람이 일어 두 사람을 훑고 지나갔다. 후드득 후드득. 물방울이 나뭇잎에서 떨어지고, 강해는 그가 하는 말을 들을 수 없었다. 하지만 그 입술은 분명히 이렇게 말하고 있었다.

"내가 더 사랑한다고, 말했을 거야."

더 이상 생각할 게 없었다. 강해는 들고 있던 우산을 옆으로 내리며 그에게 달려갔다.

그는 기다렸다는 듯이 품속으로 파고드는 그녀를 감싸 안았다. 유치하다고 생각했던 장면을 그 스스로 연출하고 있다니. 석인은 웃음밖에 나오지 않았다. '너를 사랑해'란 노래를 흥얼거리는 강해를 발견한 그 순간부터 뛰기 시작했던 가슴은 이제 혈관이 터질 것처럼 극도의 흥분 상태로 돌입하고 있었다. 토네이도만큼이나 강력한 쾌감이 온몸을 관통했다.

그녀를 다시 만날 거란 기대로 이곳을 찾아온 건 아니었다. 그저 유치하기 짝이 없는 그녀의 소원이 생각났고, 체험해 보고 싶다는 이상한 욕구 때문에 허둥지둥 찾아온 것뿐이었다. 그런데 이런 뜻밖의 일을 경험하게 되다니. 이렇게 운명처럼 다시 만나게 되다니…….

"사실은 아까 마린이 편에 편지를 보냈어요. 아무리 생각해도 이상해서, 왜 그랬냐고 묻고 싶었어요. 생전 처음 사랑하는 게 행복해졌는데, 이해할 수 없는 이유로 당신 놓치고 싶지 않았어요. 그런데 한마디도 적을 수가 없었어요. 아무 소리도……."

그녀가 그의 가슴에 얼굴을 묻고 횡설수설 소리를 쳤다. 목이 잠긴, 그 특유의 섹시한 목소리로 그녀는 자꾸만 말을 하고 있었다. 그는 자동반응의 진수를 보이고 있는 몸을 느끼며 웃어버렸다. 그녀의 몸을 더욱 안으로 끌어안고 차가운 그녀의 머리카락에 입술을 묻으며, 그는 눈을 감았다. 감사합니다. 정말 감사합니다. 무엇에, 누구를 향해 감사해야 하는지도 모른 채 그는 그저 감사하다고 생각할 뿐이었다.

"그래서 딱 한마디만 썼어요."

"뭐였는데?"

궁금해서 물은 건 아니었다. 그냥 그녀의 목소리를 계속 듣고 싶어서, 그래서 그녀가 이제 그의 것이라는 걸 계속해서 확인하고 싶어서 물었을 뿐이다. 그녀가 뭐라고 대답하든 그의 대답은 딱 하나. 윤강해는 '나의 것' 일 테니까.

그녀는 조심스럽게 고개를 들었다. 그리고 그의 아련한 눈동자를 들여다보며 몇 시간 전 자신의 손으로 직접 적었던 글귀를 입술로 읊었다.

"당신을 내 남자로 평생 고용할 거예요."

그의 입술이 옆으로 늘어졌다. 서서히, 부드럽게 옆으로 늘어지는 그의 입술은 마지막에 가서 한마디 내뱉었다.

"노예계약서군."

그녀가 덧붙였다.

"당신은 가장 행복한 노예가 될 거예요."

"갑과 을이 동등한 조건으로 하는 계약이 아니면 난 못해. 알지?"

"그게 바로 임석인이죠."

강해는 흐뭇한 얼굴로 말했다. 석인은 고개를 아래로 내리며 두 눈을 반쯤 감기 시작했다.

"아주 잘 알고 있네. 소원 하나 들어줘도 되겠는걸?"

"덕수궁 돌담길?"

"빗속에서 키스해 보는 게 소원이라고 했지?"

강해는 고개를 위로 들어 그의 입술을 향해 입술을 내밀었다.

"잔소리 말고 어서 해요."

석인은 그녀의 허리를 부드럽지만 강하게 잡아당기며 속삭였다.

"우산을 버려야지."

그녀의 손에서 우산이 버려짐과 동시에, 둘의 입술은 겹쳐졌다.

✽

다음날 아침, 일어나자마자 그녀의 목소리가 듣고 싶어서 전화를 건 그는 그녀가 감기에 걸렸다는 사실을 알게 되었다. 어제, 세차게 불던 비바람 속에서 우산도 쓰지 않고 한참이나 서 있었던 게 화근이 된 모양이었다. 이럴 줄 알았으면, 키스는 차 안에 들어가서 하는 건데. 석인은 당장 전화를 끊고 아침식사도 하지 않은 채 뛰쳐나가 온 가족들의 놀람을 샀다. 어딜 가냐는 어머니의 부름에 석인은 딱 한마디만 하고 뛰쳐나왔다.

"강해가 아프대요."

가족들이 얼마나 놀랐을지는 안 봐도 알 수 있었다. 현관을 뛰쳐나오는 그의 뒤통수로 명인의 외침이 들려왔다. 온 동네를 쩌렁쩌렁하게 울리는 '두 사람 다시 만나는 거야?' 소리에 석인은 뒤도 돌아보지 않고 한 손을 들어 'OK' 표시를 했다. 그 뒤로 정신없이 꺄악—거리는 명인의 목소리가 들려왔다. 집으로 돌아오면 얼마나 호된 추궁을 받게 될지 눈에 선했지만 석인은 그것마저 행복했다. 강해의 사랑을 확인한 이상, 모든 건 쉽고 간단하게 느껴졌다. 사랑이란 게 원래 사람을 이렇게 만들어 버리는 묘약인가 보다.

석인은 40여 분 동안 헤매다 토요일 아침에 문을 여는 24시간 약국을 겨우 찾아냈다. 감기약을 산 그는 총알 같은 스피드로 그녀에게 날아갔다.

그를 맞은 건 윤 회장의 반가운 얼굴이었다. 그는 임 회장과의 초스피드식 소통으로 이미 두 사람이 다시 만나게 되었다는 것을 알고 매우 만족스러워하고 있었다. 윤 회장이 엄청나게 화를 낼 거라고 여겼던 석인은 약간 당황하면서도 안도했다. 가족들 중 그들의 결합을 반대하는 사람이 아무도 없다는 건 정말 천만다행인 일이었다. 한때 스캔들이 온 대한민국을 휩쓸어 그가 바람둥이로 낙인이 찍혔던 걸 감안하면 정말 놀라운 일이다.

"어서 오게. 강해가 아프다는 소릴 듣고 왔구만."

"아침 일찍 이렇게 찾아봬서 죄송합니다."

윤 회장이 내미는 손을 잡고 힘차게 악수를 하며 석인은 공손하게 말했다.

"괜찮네. 이제 한 식구나 다름이 없는데, 뭘 그러나. 언제든지 자네는 환영이네."

"감사합니다. 앞으로는 자주 찾아뵙겠습니다."

"그래, 그러게. 나한텐 자식이 강해 하나뿐이라 자네도 내 아들이라 생각하고 싶어."

윤석주는 흐뭇한 얼굴로 석인을 바라봤다. 다부진 표정하며 확신있는 말투가 여간 믿음직스러운 게 아니었다. 평소 석인을 사윗감으로 점찍어놓았었던 이유 중에 하나가 바로 이런 확고한 태도 때문이었다. 석인은 모든 일에 돌다리도 두들겨 건너갈 정도로 신중한 태도로 임하지만 한 번 결정한 일에는 언제나 이렇듯 주저함없이 강한 추진력을 발휘했다. 표정과 말투에서 이미 자신감이 드러나 있어 안 되던 일마저도 술술 풀리게 하는 마력을 가진, 그런 녀석이었다.

"저도 아버님으로 모시고 잘하겠습니다."

"허허, 이거 벌써 내 사위가 되어버린 것 같네그려. 자네, 우리 강해한테 청혼은 한 건가?"

"아, 예……?"

석인은 당황한 채 멍하게 되물었다. 청혼은 해볼 생각도 못했는데, 생각해 보니 정식 청혼은 아직 하지 않은 상태였다. 그러고 자시고 할 시간이나 상황이 아니었다는 게 더 정확한 표현이 겠지만.

"나중에 책잡히지 말고 얼른 하게. 최대한 혼사를 앞당기자는 게, 나와 자네 아버지의 생각이니."

"명심하겠습니다, 회장님."

"강해는 지금 위층 제 방에 있네. 어제 잠깐 밖에 나갔다가 비를 흠뻑 맞고 들어와서는 계속 끙끙 앓았다더군. 다행히 지난 밤 사이 열은 내린 모양이야. 아까는 아래층으로 내려와 식사도 하고 올라갔네. 어서 올라가 보게."

사실 윤 회장은 물어보고 싶은 게 한두 가지가 아니었다. 임 회장과 아까 잠시잠깐 통화한 걸로는 도무지 일이 어떻게 된 건 지 알 수가 없는 상황이었다. 임 회장네 일가도 상황의 전모는 모르고 있는 듯하니, 더더욱 석인을 붙잡고 모든 걸 캐묻고 싶 었다. 하지만 석인의 얼굴을 보니 지금은 때가 아닌 것 같았다. 강해가 감기로 잠깐 앓아누운 걸 가지고, 석인은 엄청 심각하고 다급한 표정이었다. 이건 그만큼 강해를 아낀다는 증거가 아닌 가? 윤 회장은 흐뭇하게 웃으며 석인의 등을 떠밀었다.

석인은 서둘러 이층으로 올라왔다. 이젠 열이 내린 상태라니 그나마 마음이 좀 놓였지만, 여전히 그는 그녀가 걱정이 되었 다. 감기약이 들어 있는 약봉지가 그의 손아귀에서 초조하게 바 스락거렸다.

똑똑. 조심스럽게 노크를 했지만 답변은 날아오지 않았다. 석인은 조심스럽게 문을 열고 그녀의 방 안으로 들어갔다. 강해는 침대에 모로 누운 채로 눈을 감고 있었다. 이불을 턱 밑까지 끌어 올리고 눈을 감은 채 누워 있는 그녀는 밤새 고열에 시달린 흔적이 역력했다. 흐트러진 머리카락, 열 때문에 붉게 상기된 두 볼, 하루 사이에 부르튼 입술, 피곤해 보이는 눈꺼풀까지, 어느 것 하나 그의 마음을 건드리지 않는 것이 없었다.

석인은 조심스럽게 다가가 침대 옆 화장대 근처에 있는 의자를 끌어당겨 강해의 머리맡에 앉았다. 이불 밖으로 삐죽 빠져나온 그녀의 손을 한 손으로 덮자, 가슴이 더욱 크게 지끈거리기 시작했다. 아프다는 말에 이미 걱정이 되어 달려온 것이나, 실제로 몹시 초췌한 강해의 모습을 보니 감정은 더욱 격해졌다. 심한 자책감과 함께 후회, 안쓰러움, 애정, 보호본능 등 오만 감정이 솟구쳐 마음이 어지러웠다.

복잡한 심경으로 그녀의 머리카락을 쓸어 넘기는데, 까무룩 잠이 들었던 강해가 눈을 떴다. 심한 근시라 흐릿한 시야가 열리자 절로 두 눈이 가늘게 좁혀 떠졌다. 누군가가 머리맡에서 자신을 굽어보고 있었다.

"석인 씨?"

꽉 잠긴 목소리가 그녀의 입술을 타고 흘러나왔다. 몽롱한 시선으로 그를 올려다보는 그녀를 향해 그는 빙긋 웃었다. 그리곤 그녀의 입술을 손가락으로 누르며 짐짓 위엄 서린 목소리로 근엄하게 말했다.

"그 목소리, 아무래도 정말 금지시켜야겠어."

"응?"

강해의 미간이 더욱 찡그려졌다. 이 상황은 뭐지? 아침을 먹고 잠시 눈을 붙였을 뿐인데, 석인이 침대 맡에 앉아 자신을 보고 있다니. 꿈인지 생시인지 분간을 못하겠다. 그녀는 그저 눈만 깜빡거리고 희미한 석인의 얼굴을 바라보고 있었다. 밤새 열에 시달려 정신이 몽롱한데다, 렌즈도 안경도 끼지 않은 뿌연 눈이라 진짜 석인인지, 아닌지 분간이 안 되었다. 고열에 시달려 헛것이 보이는 건가?

"아침엔 필히 당신 입에 마스크를 씌워 버려야겠어. 매일 아침 나만 이런 상태가 되는 건, 너무 불공평하잖아."

하지만 다시 한 번 멍한 귓속을 뚫고 전달되어지는 그의 뚜렷한 음성이 점점 그녀의 정신을 현실로 불러내고 있었다. 정말 석인 씨잖아?

"석인 씨가 어떻게……?"

콧속이 간질거리며 재채기가 나오려 하자 강해는 두 손으로 얼른 입을 틀어막으며 '에취—!'를 했다. 그리곤 손을 더듬더듬 협탁 쪽으로 더듬어 티슈 통에서 쭉— 화장지 한 장을 꺼내 얼른 코를 틀어막았다. 콧물이 주르륵 흘러나오는 콧구멍을 훔치며 강해는 몸을 일으켰다. 그러는 내내 강해는 유령처럼 똑바로 앉아 자신만을 바라보고 있는 석인을 빤히 바라보았다. 난시에 근시까지 심한 탓에 그의 흐리멍덩한 모습이 수십 개로 보였지만, 그는 분명 그였다. 정장 차림이 아닌 청바지에 셔츠 차림의 그는 그녀의 화장대 의자에 앉아 그녀를 주시하고 있었다. 강해는 화장대에 놓여 있던 안경으로 팔을 뻗었다.

"웨, 웬일이에요? 이 시간에?"

여전히 갈라지는 음성으로 물으며 그녀는 안경을 썼다. 진하고 두터운 검정색 뿔테 안경은 모양도 색도 평범하기 짝이 없었다. 그럼에도 그녀는 예뻤다. 땀 냄새 나는 몸도, 잔뜩 헝클어진 머리카락도, 세수도 양치도 하지 않은 얼굴에, 볼품없는 옷차림도 모두, 모두 예뻤다. 이대로의 모습을 고이 접어 주머니 속에 쏙 넣어버리고 싶을 만큼. 석인은 손에 들고 있던 약봉지를 들어 올리며 빙긋 웃었다.

"약 먹이러."

"약이요? 무슨……?"

영문 모르고 멍하게 묻던 강해는 어느 순간 깜짝 놀라 되물었다.

"감기약이요? 내 거? 이 시간에?"

"이 시간에, 당신 집에 당신 때문에 오지. 이 집에 감기 걸린 분이 또 있어?"

"……왜요?"

참으로 멍청한 질문이지만 정말로 그녀는 궁금했다. 그녀가 병원에 입원할 정도로 심하게 아픈 것도 아니고, 무슨 중병을 얻어 골골한 것도 아닌데, 이렇게 득달처럼 달려온 그가 이상하게 느껴졌다. 자신의 아픔을 남에게 티내고 알리는 의타적인 태도를 제일 경멸하고 스스로 자제해 왔던 그녀에겐 정말로 이런 일이 어색했다.

"아까 말했잖아. 당신 약 먹이려고 왔다고."

그가 대답했다. 흐르는 콧물을 화장지로 닦으며 그녀는 멍하게 중얼거렸다.

"조금 있다가 병원 가려고 했었어요. 이렇게 올 필요까진 없었는데요."

마치 민폐를 끼쳤다는 투다. 사랑하는 사람이 아프다는데, 모든 일 제쳐 두고 달려오는 건 당연한 일 아닌가. 세상 사람들 모두가 다 아는 진리이거늘, 그녀는 오히려 놀라고 당황하고 있다. 그만큼 배려와 사랑을 받지 못하고 살아왔다고 생각하니 석인은 마음이 좋지 않았다. 세상 그 누구보다도 더 사랑받아야 할 존재인데……. 아무래도 그는 평생 끊임없는 구애와 고백, 표현을 해야 할 모양이다. 지금까지 받지 못했던 걸 보충하기 위해서라도 쭉.

"당연히 올 필요 있었어. 나 지금 화가 무지하게 났거든."

"예?"

영문을 모르겠다는 듯 그녀는 두 눈을 더욱 크게 떴다. 한 손으로 티슈를 들고 코를 막고 다른 한 손으로는 안경테를 들어 올리는 강해는 당장 먹어치우고 싶을 만큼 귀엽고 사랑스러웠다.

석인은 짐짓 화난 손짓으로 약봉지를 침대 위에 내려놓고 그녀의 손에 들린 화장지를 빼앗았다. 강해는 콧물이 묻은 화장지를 그가 빼앗아가자 기겁을 하며 다시 빼앗으려 했다. 하지만 절대 빼앗길 리 없는 그는 오히려 강해의 머리통을 붙잡고는 자기 쪽으로 끌어당겨 안아 그녀의 콧물을 대신 부드럽게 훔쳐 주었다.

"뭐, 뭐 하는 거예요?"

당황한 강해가 창피해 말을 더듬었다. 이게 무슨 추태란 말인가. 콧물이 쉴 새 없이 흘러나오는 콧구멍을 훤히 드러낸 채 버둥거리는 자신의 꼴이 얼마나 추할지 떠올리며 강해는 열심히 머리를 내저었다. 하지만 너무나도 쉽게 그녀는 제지당하고 말았다.

"가만히 있어. 약 먹자고."

그는 엄히 말하고는 그녀의 머리카락을 다정하게 쓸어 올렸다. 커다란 그의 손이 그녀의 볼을 톡톡 건드리더니 그의 입매가 싱긋 위로 올라갔다. 약봉지에서 드링크제와 캡슐로 된 약이 나왔다. 강해는 캡슐이 케이스에서 쏟아져 나오는 걸 멍하게 내려다봤다. 그러다 그가 입을 벌리라 명령하니,

"아."

강해는 저도 모르게 입을 벌리고 있었다. 입안으로 감기약이 쏟아져 들어왔다. 오도독, 드링크제를 여는 소리가 이어 들려왔고 석인의 손이 다시 그녀의 뒤통수를 그러쥐었다.

"마셔."

무뚝뚝한 그의 명령에 반사적으로 강해는 그것을 마셨다. 아직도 따뜻한 감기 드링크제가 목구멍 뒤로 꿀꺽꿀꺽 넘어갔다. 마치 세 살짜리 아이에게 약을 먹이는 듯 자상하고 세심한 그의 태도에 비로소 가슴이 찡해졌다. 내가 걱정되어서 온 거구나, 이 사람. 아침부터 약국을 헤매어 약을 사와 집까지 달려온 게 다 내가 걱정되어서였구나. 생각하니 가슴이 먹먹해지고 두 눈이 따끔거려 왔다. 이 사람을 알고부터, 눈물이 참 많아졌다는 생각을 하며 강해는 두 눈을 정신없이 끔뻑거렸다.

"이젠 아플 생각 하지 마. 감기도 안 돼."

그녀가 드링크제를 마시는 모습을 흐뭇하게 바라보며 그는 사뭇 다정한 목소리로 중얼거렸다. 부드러운 이 명령조는 마치 '절대로 아프게 하지 않을 거야. 감기조차 걸리지 않게 할 거야'라는 것처럼 들렸다. 이명(耳鳴)인가? 아님, 두뇌회로가 고장나서 다른 뜻으로 들리는 건가? 자꾸만 그의 사랑이 느껴져서, 무한애정이 유전 터지듯 콸콸 솟구쳤다. 비록 유전 대신 시커먼 드링크제 액이 뿜어져 나왔을 뿐이지만.

"콜록, 콜록."

한눈팔고 딴생각에 빠져 있다가 그새 사레가 들린 것이었다. 강해는 얼른 고개를 아래로 하고 잔기침을 콜록거렸지만 그의 얼굴은 이미 강해의 뜨뜻한 아밀라아제와 드링크제와 뒤섞인 액으로 흠뻑 젖어 있었다. 그는 찌뿌듯한 얼굴로 그녀를 바라보며 중얼거렸다.

"고맙군."

"미안해요……."

목구멍의 싸한 고통으로 인해 인상을 팍 쓴 강해는 손으로 입을 막고 계속 콜록대고 있었다. 석인은 손으로 얼굴에 튄 액체를 닦아내고는 그녀의 등을 부드럽게 두드리기 시작했다. 기침이 점점 가라앉자, 강해는 아직도 시큰거리는 눈가를 손으로 닦으며 거친 숨을 골랐다. 사레 들림 때문인지, 감격해서인지, 아니면 둘 다 때문인지 눈에는 정체 모를 시큰거림으로 눈물까지 흐르고 있었다. 불쑥 그의 손이 쳐들어와 그녀의 이마를 점령했다. 차가운 그의 손바닥이 느껴지자 강해는 흠칫 몸을 떨었다.

"안 되겠어. 병원에 가야겠으니까 준비해."

"지금요?"

그가 선언하듯 말하자 강해는 놀란 눈으로 그를 바라봤다. 그의 손바닥이 더듬더듬 그녀의 이마를 매만졌다. 열은 없었지만 얼굴이 너무 핼쑥한데다 기침과 콧물을 동시에 흘리는 그녀의 모습을 보고 석인은 걱정을 하지 않을 수 없었다. 무엇보다 어제 비를 너무 많이 맞아서 이렇게 된 거라고 생각하니 더 속이 쓰렸다.

"당연하지."

"약 먹었으니까 괜찮을 거예요."

"괜찮을지 안 괜찮을지는 병원에 가봐야 아는 거야."

"그렇게 걱정이 돼요?"

강해가 조심스럽게 물어왔다. 슬쩍 떠보는 듯한 말투에 그는 그녀를 빤히 내려다보았다. 하도 콧물을 닦아 빨개진 코, 화장기 하나 없는 민낯, 아무렇게나 질끈 묶은 머리카락. 좋게 봐주려야 봐줄 수가 없는 한심한 몰골을 하고 있는데도, 참 이상하지? 왜 이렇게 예쁘게 보이니. 화장지로 콧물을 닦는 와중에도 깜찍하게 구는 서른 살 윤강해. 정말 이 여자는 '내 운명'인가 보다. 눈동자가 하트로 변하기 직전, 그는 일부러 쌀쌀하게 꾸민 목소리로 냉랭히 대답했다.

"걱정돼서 그런 게 아니라 화가 나서 그래. 도대체 왜 아픈 거야?"

"킥. 내가 걱정돼서 화가 난 거네요 뭐."

뻐기는 듯한 말투로 말하며 그녀가 피식거린다.

"그러게 왜 아프냐고. 사람 걱정하게."

"그거야 어제 비를 맞아서 그렇죠."

"그러니까. 비는 함께 맞았는데, 왜 당신만 감기에 걸리느냐고."

"그러게요. 같이 비를 맞았는데 왜 나만……."

가만. 그러고 보니…… 그러네? 강해는 머리 위로 기막힌 아이디어가 반짝 떠오르는 걸 느꼈다. 두 눈을 훌쩍 뜨고 그의 눈치를 보니, 그는 주섬주섬 그녀의 주위에 널린 화장지를 치우고 있었다. 이거 이거, 갑자기 흥미가 동하는데? 감기에 걸리지 않으려고 발버둥을 칠 그를 떠올리니 아주 배꼽이 날아갈 지경이었다. 개구쟁이처럼 히죽 웃음을 머금고 강해는 다시 한 번 코를 훔쳤다.

"석인 씨."

코맹맹이가 된 목소리로 느리게 그를 부르니, 그가 휙 뒤를 돌아 그녀를 본다. 그녀는 이 세상 모든 걸 녹여 버릴 것처럼 사르르한 미소를 띤 채로 그를 바라보고 있었다.

"왜?"

어쩐지 뻣뻣해지는 목소리로 그가 물었다. 그러자 손을 살랑살랑 이리 오라 손짓을 하는 그녀. 이 위험한 분위기는 뭐지? 의심하면서도 쭈뼛쭈뼛 그는 그녀의 옆으로 다가갔다. 그녀는 그가 아주 가까이 올 때까지 기다렸다가 그의 귓속에 훅 바람을 불어넣으며 속삭였다.

"어제 말이에요. 석인 씨의 고백…… 감동적이었어요."

움찔. 그는 진정으로 움찔했다.

"그래서 내가 준비한 게 있어요. 당신을 사랑하고, 앞으로 사랑할 거라고 맹세할 테니까…… 내 선물, 받아줄 거죠?"

나긋나긋 속삭이는 소리에 그는 머리가 다 어질어질해졌다. 그딴 말을 왜 하필 귓속에 대고 속삭이는지, 왜 입김을 불어대서 돌게 만드는지 생각해 볼 겨를도 없었다. 그는 반쯤 풀린 눈으로 그녀를 돌아보며 말했다.

"뭔데?"

“대세요.”

방긋방긋 웃는 얼굴로 그녀가 달콤하게 속삭였다. 대세요, 라니. 뭘 대라는 거?

“입술, 대세요. 내 감기, 나눠 드릴게요.”

선물이 감기라는 건가? 그녀의 말에 그는 아주 황당하다는 표정을 지었다. 더 쭉 찢어지는 입가를 수습하며 강해는 방실방실 웃고 있었다. 어찌나 재미있는지. 그를 당황하게 만들었다는 사실이 너무 짜릿짜릿 신이 나 소리를 지르고 싶어질 정도다. 이제 분명히 싫다고 기겁을 하며 달아나겠지. 제정신이냐고, 떨어지라고 소리를 버럭 지를지도 몰라. 이게 뭐 하는 짓이냐, 눈살을 찌푸릴지도.

하지만 다음 순간, 그가 어떤 반응을 보일지 상상하며 낫낫하게 웃고 있던 그녀는 뚝 웃음을 그치고 말았다. 갑자기 뒤통수가 훌쩍 앞으로 튀어나갔기 때문에. 그가 손으로 그녀의 뒤통수를 감싸고 자신의 품으로 끌어당긴 것이었다. 단박에 목덜미에 힘을 주고 그녀는 버텼다.

“무, 무슨 짓이에요?”

“무슨 짓이라니? 입술 대라며. 키스하려던 거 아니었어?”

그리곤 고개까지 옆으로 트는 임석인 씨.

“지, 진짜로 키스하려고요?”

“그럼 장난이었단 말이야?”

“당연하죠!”

콧물이 다시 흘러내릴 것 같은 다급한 마음에 강해는 얼른 화장지를 콧구멍에 댔다. 하지만 그의 고개는 점점 더 아래로 내려오고 있었다. 그녀는 화장지로 코와 입을 막은 상태로 고개를 내저었다. 안 돼요. 키스는 절대 안 된다고요.

"아직도 당신은 나에 대해서 잘 모르는 것 같아, 윤강해."

그가 사업가 특유의 자신만만한 미소를 지으며 그녀의 턱을 끌어 올렸다. 강해는 정신없이 고개를 가로저었지만 흐르는 콧물에서 화장지를 뗄 순 없었다. 그리고…… 다가오는 그의 입술을 밀어낼 수도 없었다. 석인의 입술이 피식 소리를 내더니 한쪽 끝을 끌어 올렸다.

"공부해. 앞으로 평생 당신 곁을 떠나지 않을 사람이니까."

화장지를 쥔 그녀의 손을 치우며 그가 속삭였다. 강해는 새빨간 코를 그에게 보이고 말았다는 생각에 좌절하며 소리쳤다.

"석인 씨! 지금 나 감기 걸렸다고요. 키, 키스는……!"

감기가 대순가? 석인은 그녀의 입술을 막아버렸다.

강해를 향한 회사 내의 관심은 참으로 지대했다. 사주의 딸이며 홍보이사로서의 경영 능력마저 인정받고 있는 유능한 사원이니 어쩌면 당연한 것이겠지만, 그보다 더 주요한 원인이 있다면 바로 최근 회사 내에서 떠도는 소문들 탓이었다.

몇 달 전, 그녀는 파혼을 했었다. 그것도 회사 내의 실세인 부사장 김선욱과의 파혼이었다. 오 년간이라는 긴 약혼으로 두 사람이 결혼을 하냐 마냐로 많은 사람들의 의혹을 샀던 약혼이었던 만큼, 파혼이 미친 파장은 실로 대단한 것이었다. 왜 파혼을 했을까, 에서부터 시작해서 앞으로 회사의 경영권은 어떻게 될 것인가에 대한 문제까지. 사람들은 다양한 분야에 대해 걱정, 진단, 우려, 예측을 내놓았다. 그리고 얼마 뒤, 김선욱 부사장이 결혼을 발표했다. 상대는 윤강해가 아닌 다른 여자였다.

당연히 윤강해를 바라보는 시선은 '김선욱에게 버림받은 것이 아니냐'는 쪽으로 기울어졌고 그 추측성 소문은 며칠 전 파티에서 벌어졌던 일로 인해 더욱 탄력을 받기에 이르렀다. 그 소문이 맞기라도 하듯 윤강해는 출근을 하지 않기 시작했고, 해외로 발령받을지도 모른다는 말이 어디선가 솔솔 들려오기도 했다. 사람들은 윤강해가 정말로 김선욱에게 버림받아, 그 충격으로 임석인 같은 바람둥이 난봉꾼과 사귀는 '척' 연기한 거란 걸 기정사실로 받아들이는 것 같았다. 일각에선 임석인과 진짜로 만나기 시작했지만 결국엔 버림을 받았다는 말도 설득력있게 제시되기도 했다. 정말로 그들은 윤강해가 불쌍하다고 생각했다. 정확히 오늘 아침까지는.

오늘 아침, 출근길에서 수천 명의 직원들은 진실을 마주했다. 말쑥한 정장 차림의 임석인이 자신의 BMW를 직접 운전해 강해를 태워다 주는 것이 목격되었기 때문이다. 그는 정중하면서도 애정이 깊은 자세로 좌석 문을 열어준 후 그녀가 자동차에서 내리는 걸 도와주었다. 차에서 내린 두 사람은 서로의 손을 꽉 쥐고 한참이나 무슨 말을 주고받더니 연인 사이가 아니면 지을 수 없는 달콤한 미소를 지으며 헤어졌다고 했다. 특히 윤강해가 뒤돌아가는 석인을 불러 그의 볼에 키스했다는 사실은 가히 메가톤급 속도로 퍼져 나가기 시작했다. 점심시간이 되기도 전에 그 소문은 선욱의 귀에까지 들어왔다.

"그렇게 좋아?"

선욱은 회의실로 향하는 엘리베이터 안에서 강해와 얘기를 나누고 있었다. 방금 전까지 사무실에서 그간 석인과 있었던 일에 대해 그에게 모두 털어놓았던 강해는 홀가분한 마음으로 활짝 웃었다.

"그럼. 당연히 좋지."

주체할 수 없는 기쁨이 녹아 있는 그녀의 얼굴은 흡사 십대 소녀마냥 순수했다. 아까도 임석인에 대해 이야기하는 내내 저런 표정이더니만. 임석인이 생각보다 괜찮은 놈인가 보다 싶었다, 강해에게 저런 미소를 선사해 준 걸 보면. 강해를 친동생처럼 아끼고 있는 선욱으로서는 마음이 놓이는 일이었다. 강해가 행복해지는 걸 그는 그 누구보다도 더 간절히 바라고 있었다.

"솔직히 임석인이 너한테 그렇게 지극 정성이라는 게 믿어지지 않는다, 난. 평소 그 사람 이미지와는 정반대잖아."

"이해해. 나도 사실은 안 믿어지거든."

“뭐?”

“실은 나도 그 사람과 내가 사귀고 있다는 게 믿어지지 않아. 아직도 가짜 연인 행세를 하고 있는 것 같아. 그때랑 지금이랑 달라진 게 별로 없거든. 반대로 생각하면, 예전부터 우리가 사귀고 있었다는 말이 되는데. 그건 사귀는 ‘척’ 한다고 하면서 실상은 진짜 사귀고 있었다는 말이 되잖아?”

“무슨 소리를 하는 거야?”

언뜻 말장난처럼 들리는 강해의 말에 이해가 잘 되지 않는지 선욱이 얼굴을 찡그리며 물었다. 강해는 콧잔등을 찡그리며 킥킥거렸다.

“내 짝은 석인 씨였던 것 같다고. 처음부터.”

그래, 말해놓고 보니 확실히 그런 것 같다. 그를 가짜 연인으로 채용하겠다는 발칙한 생각을 하고, 용기를 내서 그를 찾아간 것부터가 그녀에겐 이례적인 일이었다. 상황이 급박했고 그럴 수밖에 없는 정황들이 있었지만, 평소의 그녀였다면 그런 굴욕적인 구걸보다는 무관심을 택했을지도 몰랐다. 자신을 향한 뒷담화들을 싸늘하고 당당하게 씹어주는 도도함을 그녀는 충분히 갖고 있었으니까.

하지만 그랬다 하더라도, 정말 석인과 아무 일도 일어나지 않았을 거라고 확신할 수는 없었다. 두 집안은 서로 너무나 간절히 사돈지간이 되길 바랐고 그 과정에서 두 사람은 불가피하게 만날 수밖에 없었을 것이다. 만약 그랬다면, 과연 그를 사랑하지 않을 수 있었을까? 그 문제에 있어서 그녀는 너무나 확실히 답할 수 있었다. 그를 사랑하지 않을 수는 없었을 것이라고.

"정말 사랑하는구나?"

선욱이 조금은 놀란 듯 두 눈을 키우며 물었다.

"정말이지 않고. 말했잖아, 전에."

"그랬지."

"내 말을 못 믿었던 거야?"

물론 선욱은 그녀가 한 말을 믿었다. 단지 그때는 피상적으로 다가왔던 말들이 지금은 좀 더 현실적이고 직접적으로 느껴졌을 뿐. 마음이 훨씬 편안해졌다. 늘 강해를 보면 가슴에 무거운 돌덩어리를 얹고 사는 기분이었던 선욱은 비로소 마음이 놓이는 기분이었다.

"믿었어."

그는 많은 의미를 담은 어조로 부드럽게 말했다. 흐뭇한 얼굴의 그는 강해가 행복해질 것을 믿어 의심치 않는다고 말하고 있었다. 그를 마주 보는 강해의 얼굴에도 흡족한 미소가 떠올랐다. 지금 이 순간, 그들은 모두 행복했다.

회의실이 있는 층에 도달하자, 엘리베이터 문이 열렸다. 20분 후면 사장이 주재하는 회의가 시작된다. 그들은 아무 말 없이 회의실을 향한 발걸음을 각각 내딛으며 엘리베이터를 나왔다. 말은 하지 않았지만 서로에 대한 생각으로 가슴이 훈훈했다. 강해는 이제야말로 선욱과 리나가 자신에 대해 아무런 죄책감도 갖지 않고 마음껏 행복해하며 살아가길 진심으로 바랐다. 강해가 그들에게 더 이상 죄의식을 갖지 않듯이 그들도 이젠 그래야 했다.

전화가 걸려온 건 그때였다. 회의실로 들어가기 전에 휴대폰의 전원을 끄기 위해 전화기를 꺼내고 있던 강해는 깜짝 놀라 액정을 확인했다. 석인이었다. 이 시간에 웬일이지?

"누구?"

선욱이 물어왔다. 강해는 배시시 웃으며 선욱더러 먼저 가라 손짓을 했다. 그리곤 몸을 돌려 종종걸음으로 복도 반대편에 있는 휴게실로 향했다. 선욱의 흐뭇한 시선이 그녀의 뒤를 따랐다. 해맑은 강해의 표정으로 보아 전화 속 주인공이 누군지 선욱은 대강 짐작을 할 수 있었다. 그는 맹렬히 울리고 있는 휴대전화를 가슴에 품고 복도를 뛰어가는 강해의 뒷모습을 바라보며 피식 웃고 말았다.

'저렇게나 좋을까?'

인연이란 게 정말 따로 있긴 있나 보다. 평소의 강해 이미지로, 복도에서 저렇게 뛰는 행위가 어디 가당키나 한가. 늘 은은한 미소에, 늘 차분한 언행으로 사원들의 모범이 되어왔던 강해다. 저렇게 어린아이처럼 좋아하며 신이 나 뛰는 모습은 처음이었다. 임석인이 어지간히도 좋은 모양이다.

그래, 강해를 저렇게 빛나게 할 수 있는 남자라면 후해져 보자. 지금까지 임석인을 곱지 않은 시선으로 바라볼 수밖에 없었고, 또 그래 왔던 선욱이지만. 강해에게 저만큼 중요하고 소중한 사람이라면 생각을 바꿔볼 수도 있는 문제다. 한 여자를 행복하게 해줄 수 있는 남자라면 인간적으로도 괜찮은 놈이 아닐까. 피식, 미소를 지으며 선욱은 발길을 돌렸다. 갑자기 리나의 목소리가 듣고 싶어지는군. 선욱은 주머니 속 휴대전화를 꺼내 들었다.

휴게실로 급하게 들어선 강해는 통화버튼을 눌러 전화를 받았다.

"석인 씨?"

[아쉽군. 1초만 더 늦게 받았더라면 아주 진귀한 광경을 목격할 수 있었을 텐데.]

석인 특유의 심드렁한 말투가 강해의 귓속을 무례하리만치 당당하게 파고들었다. 빨리 받으려고 달려오느라 숨을 가빠진 강해는 살짝 달궈진 숨소리를 몰아쉬며 순진하게 되물었다.

"응?"

[필러스의 사장이 LS본사로 출근하는 초유의 사태가 일어났을 거야.]

"그게 무슨 소리예요?"

[계속 안 받아서 무슨 일이 난 줄 알았다고. 당장 쫓아가려고 자리에서 일어나려던 참이었어.]

"아아—"

강해는 흐느적거리며 웃어버렸다. 참 바보처럼 샐샐, 잘도 웃음이 흘러나온다. 평소에 전화 통화하면서 이렇게 정신 못 차리고 웃는 여자들 보면 눈살 찌푸리며 못마땅해했었는데, 사람은 역시 오래 살고 볼 일이다. 천하의 윤강해가 남자와 전화 통화하면서 이렇게 히죽거리며 몸까지 비비 꼴 줄 누가 알았을까. 강해는 다리에 힘이 풀리는 기분에 얼른 의자를 꺼내 앉았다.

[뭐 하고 있었어?]

"회의가 있어서 이동 중이었어요."

[윤 이사님도 바쁘시군.]

"임 사장님만 하겠어요?"

강해는 팔꿈치를 세워 손으로 턱을 괴고는 장난스럽게 덧붙였다. 어쩌면 이렇게 말 한마디, 한마디가 다 쏙쏙 마음에 들 수 있지? 예뻐 죽겠잖아, 아주. 강해는 바로 앞자리에 그가 앉아 있는 듯 녹아내릴 것 같은 표정으로 미소를 지어 올렸다. 혹자가 봤다면, 저게 윤강해 맞나? 의심해 마지않을 '애교 듬뿍, 행복 가득'의 표정이었다.

[회의 안 들어가 봐도 돼?]

"아직 시간 있어요."

물론 시간은 있다, 아주 약간. 하지만 평소 강해라면 회의 시작 10분 전에 미리 착석해서 회의 안건을 검토하고 있었을 것이다. 이렇게 휴게실에 앉아 잡담을 하고 있을 게 아니라. 회사 내에선 늘 일이 우선이었고 일에 대해선 철두철미했던 강해였지만, 지금은 모든 게 석인의 위주로 돌아가고 있었다. 이래서 늦바람이 무섭다는 겐가. 하여튼 모처럼 일하는 중간 전화를 걸어온 석인을 그냥 돌려세우고 싶지 않았다.

[음, 잔소리 건너뛰고 본론부터 말해야겠군. 급한 일이 터져서 오늘 당장 출장을 떠나야 해. 삼박사일쯤.]

"출장이요? 또?"

이게 무슨 닭 쫓던 개 지붕 쳐다보는 소린가. 이제 겨우 진짜 사귀게 됐는데 또다시 출장이라니. 일하러 가야 되는 사람에게 이런 소리 하긴 뭐하지만, 정말 너무했다. 혹 가짜로 연애할 때보다도 더 못 만나는 거 아니야? 딴엔 말도 된다. 이젠 연애하는 '척' 할 필요도 없으니 남들에게 보이기 위한 '전시' 연애도 필요없었다. 그러니 당연, 예전처럼 없는 시간 쪼개서 만날 이유도 명분도 없어진 거다. 생각이 여기까지 미치니 기운이 절로 빠졌다. 이럴 줄 알았으면 그냥 가짜 연애만 할 걸. 강해는 휴—한숨을 내쉬었다.

[귀청 터지겠네. 무슨 한숨을 그렇게 쉬는 거야?]

숨소리가 수화기 너머에까지 들렸나 보다. 재미있다는 듯 석인이 물어왔다. 강해는 서운한 티를 내지 않기 위해 얼굴을 살짝 찡그리며 말했다.

"아무것도 아니에요. 잘 다녀와요."

심란해하는 그녀의 목소리가 전파를 타고 수화기 저편, 석인의 예민한 귀로 쏙쏙 들어가 꽂혔다. 사무실에서 와이셔츠를 팔뚝 위까지 돌돌 말아 올리고 휴대폰을 턱과 어깨 사이에 끼우며, 양손으로는 서류를 검토하고 있던 석인은 분주히 움직이던 손길을 딱 멈추었다. 전화 저편에서 들려오는 윤강해의 목소리가 심상치 않다는 걸 감지한 거였다. 아, 이 저주받을 직감이여. 목소리만 들어도, 표정만 봐도 상대의 생각을 읽어버릴 수 있는 이 귀신같은 '감'이 석인은 참 싫었다. 이건 뭐, 그냥 넘어갈 수가 있어야지.

석인은 뒤지고 있던 서류철에서 두 손을 동시에 떼고는 휴대폰을 손으로 쥐었다. 그리곤 의자에 몸을 푹석 뉘며 피식 웃었다.

"그거 알아? 당신, 상대방에게 자신의 기분을 드러내지 않으려고 할 땐 언제나 티가 나는 거."

[내가요? 어떻게요?]

"아까처럼 목소리에 힘이 들어가지. 경직되고 사무적이 되고. 아나운서 말투 같다고나 할까. 잘 다녀오라는 말이, 잘 다녀오든 말든 상관없다는 투로 들려."

[그거…… 재수없다는 뜻이에요?]

강해가 조심스럽게 물어왔다. 석인은 터지는 웃음을 참기 위해 혀끝을 꾹 깨물어야 했다. 이거야 원. 은근히 어디로 튈 줄 모르는 여자라니까. 그 고운 얼굴에서 '재수없다'는 소리가 나오니 우습기도 하고 귀엽기도 하고, 살짝 흥분되기도 했다. 지금 옆에 있었다면 당장 키스감인데.

"재수가 있는지 없는지는 모르겠지만, 긴장은 되는데. 정신
바짝 차려야지 안 되겠어. 여차하면 당신 옆자리에서 떨려 나갈
지도 모르겠다는 생각이 퍼뜩 드는군."

[걱정되면 당장 출장 취소해요.]

오호, 은근히 세게 나오는걸. 주제넘는 참견에 기분이 상해야
정상이지만 석인은 저도 모르게 입가에 길고 환희 듬뿍 담긴 미
소를 짓고 말았다. 여자가 일 못하게 우격다짐으로 그를 주저앉
히는 거, 그거 꽤 기분 좋은 일이란 생각이 들었다. 짜릿한 전율
이 일었다. 이 여자에게 완전히 속해 있다는 뿌듯함 같은.

"공주님이 원하신다면."

[장난 아니에요.]

"누구? 나? 나도 장난 아니야."

[정말 취소할 거예요?]

출장을 취소하라고는 했지만, 진짜로 그가 취소할 줄은 몰랐
는지 강해는 약간 놀란 듯했다. 자기 여자에게 긍정적 쇼크를
주었다는 만족감이 싸하게 그의 이드를 감쌌다. 아무래도 윤강
해의 행복이 곧 임석인의 행복이라는 법칙을 학계에 보고라도
해야 할 듯싶다.

"사업이 장난인가. 당연히 취소하면 하는 거지."

그는 일부러 웃지 않고 엄하게 말했다. 강해는 놀라 더듬거리
며 그를 말렸다.

[그, 그럴 필요 없어요. 그냥 농담해 본 거니까. 나 때문에 회

사 일에 지장을 받으면 안 되는 거잖아요.]

"왜?"

[네?]

"왜 안 되냐고. 당신 때문에 회사 일에 지장이 생기면 안 되는 이유가 뭐야?"

[그거야…….]

너무나 당연하다고 생각했을까? 막상 질문을 받은 그녀는 뚜렷한 이유를 대지 못했다. 그가 왜 이런 걸 물어보는지도 모를 일이고, 왜 예정되어 있는 출장을 돌연 취소하겠다고 하는지도 모를 일이었다. 그녀의 의아함을 풀어주며 그는 태연하게 말했다.

"앞으로 내겐 회사보다 당신이 우선이야. 내 돈보다, 내 야망보다, 내 명예보다도 더. 당신을 위해서라면 출장 같은 건 안 갈 수 있어. 회사는 나 아니어도 잘 돌아가. 서 이사 보내지 뭐."

[…….]

"사실 나도 가기 싫었어. 주말도 없이 빡빡한 일정으로 일하고, 한 달에 한 번 꼴로 가야 되는 출장까지. 무쇠로 만든 사람이 아닌 이상, 나도 피곤하고 힘들다고. 잘됐지 뭐. 이참에 일선 일에서 손을 떼고……."

[석인 씨.]

한참 말이 없던 강해가 조용히 그의 이름을 불렀다. 마시멜로처럼 부드럽고 달콤한 목소리가 수화기를 넘어와 그의 귀를 적

섰다. 척추를 타고 찌릿한 감각이 온몸으로 퍼져 나갔다. 애간
장이 오그라들면서 뜨거운 덩어리가 뱃가죽 아래에서 들끓기
시작했다. 석인은 펄떡거리는 심장을 달래기 위해 숨을 크게 들
이쉬며 입을 벌렸다. 젠장, 이 여자 성대에는 19금(禁) 딱지를 붙
여놓아야 한다니까.

[임석인 사장님?]

그가 대답을 하지 않자, 그녀는 재차 그를 불렀다. 뜨거운 덩
어리가 거센 불길로 타올라 그의 몸속 구석구석을 데우기 시작
했다. 특히 한 부분을 향해 집중적으로 몰려드는 뜨거운 들불
때문에 석인은 숨을 쉬기가 어려워졌다. 그는 한쪽 손을 들어
머리카락을 쥐며 꺾어진 팔꿈치를 책상 위에 댔다.

"말해."

간신히 한마디 하자마자 강해가 나른하게 웃었다. 온몸의 털
이 삐죽 곤두설 정도로 섹시한 목소리에 그는 꼼짝을 할 수가
없었다. 그녀에게 산 채로 포획된 동물이 된 기분이었다. 그런
그를 두고, 그녀는 달큼하게 속삭였다.

[사랑해요.]

'젠장!'

결국, 그는 참는 걸 포기하고 말았다. 흥분할 대로 흥분해 버
린 그의 몸을 제어하기란 이젠 불가능할 것 같았다. 바지를 뚫
어버릴 듯 당당한 위용을 자랑하는 자신의 하체를 내려다보며
석인은 고개를 가로저었다. 완전히 충성을 맹세하고 있군. 강해

가 히틀러였다면 그는 기꺼이 24시간 풀대기조가 되어야 했을 것이다. 그는 지그시 아래를 손으로 누르며 중얼거렸다.

"나도 사랑해, 윤 이사."

꽉 잠긴 그의 목소리는 곧장 날아가 강해의 귓가를 간질였다. 어쩜 사랑 고백도 이렇게 귀엽게 하시는지. 강해는 아이처럼 키득키득 웃었다.

자신 때문에 그렇게나 중요한 일을 포기할 수도 있다는 말에 그녀는 완전히 감동을 먹고 말았다. 100퍼센트 거짓말이라 할지라도 그녀는 좋았다. 말이라도 이렇게 해주는 게 어딘가? 그리고 사실, 그가 일을 포기한다는 건 있을 수도 없는 일이다. 그런 건 그녀도 원치 않는다. 임석인하면 '경영의 귀재'인데 그토록 재능있는 사업에서 손을 뗀다는 건 모두를 위해서 바람직하지 않다. 단지 조금만 줄이면 된다. 그녀를 사랑하고, 그녀의 사랑을 받을 정도의 시간만 있으면 강해는 만족이다.

"출장은 어디로 가요? 몇 시 비행기예요? 내가 갈게요."

아까와는 정반대의 쾌활한 말투로 그녀는 물었다. 뭐가 불만인지 그는 퉁명스럽게 대답했다.

[안 갈 거라니까 그러네. 아까 한 말 못 들었어?]

"못써요, 그러면. 급한 일이라면서요. 당신이 가기로 이미 결정된 일인데, 생각 바뀌었다고 갑자기 다른 사람한테 가라고 하는 건 안 되죠. 오늘은 그냥 가고, 다음엔 꼭 서 이사 보내요."

[아, 이런. 아무래도 내 여잔 천사인가 봐.]

석인이 한숨을 내쉬며 앓는 소리를 냈다. 강해는 이를 드러내며 킥킥 웃었다.

"선물은 꼭 사와요. 비싼 걸로."

[기꺼이 사드리지요, 공주마마. 내게 다시 돌려보내지 않는다고 약속해 주신다면.]

며칠 전, 그녀가 석인에게서 받은 선물을 모조리 돌려보냈던 걸 비꼬아 말하는 것이었다. 배신감에 치를 떨었고, 그래서 너무나 슬프고 분노했지만 실제로 그걸 그녀가 보냈던 건 '정리'가 아니라 '타진'의 성격이 더 컸다. 마지막으로 그의 마음을 떠보고 싶었다. 그가 그녀에 대해 아주 눈곱만큼의 애정이라도 갖고 있었다면 분명히 뭔가 반응이 있을 거라고 여겼다. 물론 반응은 즉각 돌아왔다. 버려, 라는 아주 짧은 회신과 함께 선물이 되돌아왔었다. 그걸 보면서 얼마나 울었는지. 그렇게 무정한 말을 해올 줄, 그녀는 생각지도 못했다.

"버리라고 했던 사람이 누군데? 나 그때 진짜 화났었다고요."

[누군 화가 안 났었나? 김선욱 그 자식과 함께……!]

"아, 됐어요! 김진영이랑 키스한 사람이 누군데."

다시 생각해도 화가 부글부글 끓었다. 아무리 화가 났다고 해도, 그녀와 끝장을 내기로 결심을 했다고 해도, 그러면 안 되는 거였다. 그녀가 보는 앞에서 그런 장면을 연출한 건, 제대로 배신이었다. 그것으로만 따지면 임석인은 죽을죄를 지은 거였다.

[당신 지금 질투해?]

"질투는 여자의 매력이에요."

[남자의 질투는 무기야.]

"그거 경고예요?"

[뭐, 꼭 그런 건 아니지만. 조심해 둔다고 해서 나쁠 건 없겠지.]

"잘난 척하긴."

['척' 하는 거야 내 전공이긴 하지.]

"몇 시 출발이에요?"

방실방실 웃는 얼굴로 강해는 물었다. 회의 시간도 까먹은 채 그녀는 석인과 통화 삼매경에 푹~ 빠져 있었다. 그와 얘기하면 시간 가는 줄을 모른다는 건 정말 큰일이다.

[다섯 시 비행기라고 알고 있어.]

"다섯 시요? 오후 다섯 시?"

그때다. 휴게실 문이 열리고 여사원 둘이 안으로 들어오다 강해를 발견했다.

"어머!"

강해야 회사 내에서 너무나 유명해 모르는 사람이 없었으니, 화장실 수다걸들은 즉각 그녀가 요즘 최대 이슈로 급부상하고 있는 사주의 딸, 윤강해라는 사실을 알아차렸다. 평소 꼿꼿한 자세와 얼음장처럼 차가운 눈빛, 고상한 표정 등으로 유명한 이 상속녀는 한창 일할 시간에 휴게실 책상에 몸을 기울인 흐트러진(평소에 비하면 아주 많이) 자세로 수다를 떨고 있었다. 그것도 전화로. 직원들 눈이 휘둥그레지고 강해 역시 놀라 뒤집어질 것 같은 표정이었다.

"어, 아, 알았습니다, 사장님. 조금 있다가 찾아뵙겠습니다."

대충 얼버무리듯 말하고 강해는 자리에서 냉큼 일어났다.

드르륵, 의자 긁히는 소리를 휴대폰을 통해 듣는 석인이 인상을 찌푸렸다. 그녀의 말투가 갑자기 사무적으로 변한 게 수상쩍어서였다. 또 뭐가 기분 나쁜 건가? 갑자기 왜 이러지?

"여보세요? 혼선인 건가?"

일부러 장난기 섞인 목소리로 그는 물었다. 그러자 수화기 너머에서 강해가 우물쭈물 말했다.

[다른 뜻이 있는 거 아닙니다, 사장님. 제가 지금 회의가 있어서 들어가 봐야 합니다. 근무 중이라서 길게 말씀 못 드리는 거 양해해 주십시오.]

"뭐야? 옆에 누구 있어?"

석인은 큭, 억눌린 웃음을 내뱉으며 물었다. 이거 정말 귀여워 미칠 노릇이로군. 간신히 잠재워 놓았던 그놈이 다시 활개를 치며 고개를 들기 시작하질 않나.

[오해 말아주십시오. 정말 다른 뜻 없습니다. 지금 저 혼자 있는 것도 아니고…….]

"아하, 그렇군. 그런데 그 말을 들으니 갑자기 끊기 싫어지는데."

[사장님, 제발 저…….]

아주 난감한 상황에 처한 게 분명했다. 장난기가 발동한 그는 나른한 웃음을 지으며 몸을 책상 앞으로 바짝 다가세웠다. 그리고는 아주 작고, 뜨겁고, 축축하고, 도발적이면서 야한 목소리로 속삭였다.

"사랑해."

[…….]

그녀의 숨결만 한동안 새근새근 들려왔다. 한동안. 그리고 이내 통화는 끊어졌다. 딱 한마디의 말을 남기고.

[제 생각도 그와 다를 바 없습니다, 사장님.]

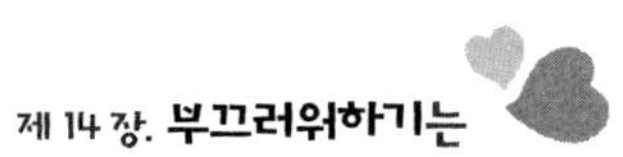

제 14 장. **부끄러워하기는**

　그로부터 한 달 뒤, 운전 중이던 석인은 걸려오는 전화를 받기 위해 갓길에 차를 세웠다. 옆 좌석에 앉은 강해는 이미 전화 통화를 하고 있는 중이었다. 전화기를 확인해 보니 발신자는 기획사의 김 실장이었다. 업무에 대한 거라면 일주일 후, 그가 회사에 복귀한 이후 얘기하자고 그리 말했거늘. 일주일간의 휴가를 받고 목적지를 향해 출발한 지 겨우 세 시간 만에 꼭 이렇게 전화를 걸어 훼방을 놓아야 할까.

　"여보세요."

　[사장님?]

　김 실장이 아주아주 조심스럽게 물어왔다. 그도 이 상황에 전화까지 걸어 업무 문제를 상의하는 건 좀 너무했다고 생각한 거겠다. 이 상황이 어떤 상황이냐고? 그야 임석인과 윤강해가 약혼 기념으로 약혼 여행을 떠나온 상황이다. 일벌레로 소문난 두 사람이 약혼하고 일주일이라는 짧지 않은 휴가를 받아 여행을 떠난다고 했을 때 주변 사람들 모두 경악을 금치 못했다는 후문이 있다. 다된 서류에 사인만 하는 바지사장이 아니라 일선에서 자잘한 일들까지 직접 처리하며 바쁘고 열정적으로 일을 해왔던 석인과 강해가 업무에서 손을 떼니, 회사가 제대로 돌아갈 리가 없었다. 강해도 아까부터 십 분째 비서와 의견을 주고받으며 업무 얘기를 하고 있는 중이었다.

"일주일간 날 찾지 말라고 했을 텐데, 김 실장."

[아, 저⋯⋯. 저도 그렇게 하고 싶었습니다만, 어제 사장님이 처리하지 못한 일 중에 하이젠 건이 있어서요. 하이젠이라면 LS그룹 홍보실에서 추진하는 일이고⋯⋯.]

하이젠이라면 강해가 담당하고 있는 일 중 하나였다. 김 실장은 석인의 약혼녀가 LS그룹의 홍보이사라는 사실을 아주 잘 알고 있었다. 석인은 눈썹을 치뜨며 되물었다.

"하이젠?"

그의 말소릴 들었는지 전화기로 열심히 부하직원과 업무 얘길 나누고 있던 강해가 하던 말을 멈추고 석인을 돌아봤다. 눈치를 보아하니, 아무래도 강해 역시 그와 관련된 얘길 하고 있었던 모양이다. 강해와 석인의 눈이 차 안에서 마주쳤다. 강해는 빤히 그를 바라보다 결국 웃음을 터뜨리고 말았다. 이거야 원, 실무자와 그렇게도 연락을 하고 싶어 안달을 했었는데 바로 옆에 있었잖아?

"전 비서님, 아무래도 그 문제는 제가 해결할 수 있을 것 같네요. 책임지고 해결할 테니 걱정 말고 계세요."

강해는 웃음 섞인 목소리로 전화를 끊었다. 그리곤 '다 안다'는 눈빛으로 석인을 빤히 바라봤다. 자, 알아서 토설하시지요.

"끊어."

석인이 무례하게 일방적으로 전화를 끊었다. 부하직원에게 예의 차리고 자시고 할 여력이 그에겐 없었다. 이런, 어쩌다가 이렇게 꼬이게 된 거지? 사실, 이번 일은 절대적으로 강해가 모르도록 하고 싶었었다.

"언제까지 기다려 줘야 해요, 임 사장님?"

강해가 장난기 가득 담긴 목소리로 물었다. 이미 상황 파악 다 끝났다는 뜻이렷다. 괜스레 멀쩡한 머리통을 북북 긁으며 석인은 한숨을 내쉬었다.

"미안. 숨기려고 했던 건 아니었어."

"서재영 씨한테 압력을 가했던 사람이 정말 임 사장님이시라고요?"

서재영은 LS하이젠 냉장고의 차기 모델로 내정되어 있었다. 영화관 이벤트를 인연으로 서재영에 대해서 관심을 갖게 된 이후, 강해는 하이젠 모델로 그녀가 적격하다는 결론을 내렸고 다행히 서재영 측에서도 관심을 보여 계약을 목전에 두고 있었던 것이다. 하지만 얼마 전 갑자기 뚜렷한 이유도 없이 그녀는 계약을 할 수 없다고 우기기 시작했고, 강해는 그것이 외압 때문이라고 판단했었다. 누군가 그들의 계약을 방해하고 있었다. 그 실세가 누군지는 방금 전까지 전혀 파악되지 않았고, 그 때문에 여행을 떠나왔음에도 계속 비서와 연락을 취하며 경과 보고를 받고 있는 거였다. 그런데 그 '실세'가 바로 임석인이었다?

"이유는, 내가 지금 생각하고 있는 바로 그것?"

두 눈을 반짝이며 강해가 묻자 석인은 두 손을 들어 항복의 의사를 밝혔다.

"애거사 크리스티가 울고 가겠군."

"서재영이 그렇게 마음에 걸렸어요?"

물론이다. 강해가 딱히 뭐라 말을 한 건 아니지만 말을 하지 않아도 그는 알 수 있었다. 그녀가 그의 연예계 사업을 그다지 탐탁지 않아 한다는 걸. 그녀가 원한다면 언제든지 무슨 일이든 그만둘 마음의 준비는 되어 있었지만, 오해를 하게 둘 수는 없었다. 그리고 서재영은 강해가 오해하도록 불씨를 제공한 첫 번째 여자였다. 서재영의 일로 강해가 며칠 동안 그의 연락도 피했다는 걸 감안하면 그녀는 하이젠 모델을 할 자격이 없었다. 마음이 하해와도 같으신 윤강해 이사님은 전혀 그렇게 생각하지 않는 것 같지만.

"난 원래 받는 것만큼 되돌려주는 성미거든."

"서재영 씨가 뭘 어쨌게요? 그분은 내가 마음에 들어서 모델로 발탁한 건데."

"내 마음에 안 들어."

"왜 그래요? 날 위해서 이벤트도 해준 고마운 분인데."

말은 이렇게 하지만 실은 그의 심술이 썩 기분 좋은 강해다. 서재영이 제품 모델로서는 적격이지만 같은 여자로서는 후한 점수를 줄 수 없었다.

"어련하시겠어."

그가 심드렁하게 중얼거렸다. 이건 뭐, 보살님과 한평생을 살아야 할 판이잖아. 이 여자 몰래 벌여놓은 일들이 하나둘이 아닌데, 앞으로 무사히 다 치를 수 있을지가 의문이로군. 일단 오늘 저녁에 있을 파티에선 김진영이 희생될…….

"애먼 서재영 씨 괴롭힐 게 아니라, 날 위한다면 그 혜원기획이나 어떻게 처분하지 그래요?"

그녀가 싱긋 웃는 얼굴로 물어왔다. 석인은 눈매를 가늘게 좁혀 떴다.

"내가 기획사 일 하는 게 그렇게 싫어?"

"아무래도 좀 걸리죠. 예쁜 여자들이 득시글거리는 동네잖아요."

"내 눈엔 윤 이사보다 예쁜 여자 없던데."

"말이라도 고맙네요, 임 사장님."

믿지 않는다는 투로 강해가 말한다. 석인은 생긋 웃었다.

“입에 발린 소리가 절대 아닙니다.”

“믿어드릴게요.”

믿어줄 테니 걱정 말라는 듯 강해는 석인의 어깨를 토닥였다. 석인은 뚱한 얼굴로 퉁명하게 말했다.

“정말이라고.”

“알았어요, 용서해 드릴게요. 서재영 건은 없었던 일로 해드릴 테니까 이제 그만 하셔도 돼요.”

“예쁘다고 해도 믿질 않는군.”

“믿는다니까요.”

“자꾸 그러면 정말 기획사 팔아넘긴다.”

“정말?”

강해의 눈썹이 휙 휘어 올라갔다. 혜원기획에 석인이 얼마나 많은 돈과 관심을 쏟아붓고 있는지 모르지 않는 강해는 그가 정말 연예사업에서 손을 뗄지 심히 의심스러웠다.

“나한텐 연예사업보단 연애사업이 더 중요해.”

그런 생각이 석인은 요즘 부쩍 들었다. 어쩌면 생모인 강혜원의 이루지 못한 꿈이 ‘스타가 되는 것’이 아니라 ‘진정 사랑받는 것’일지도 모른다는 생각. 알코올에 의존해 생활을 연명할 때도 늘 입에 달고 다니던 ‘여자는 사랑을 먹고사는 존재’란 말이 머릿속을 뱅뱅거리는 일도 잦아졌다. 사랑받고 관심받고 싶어서 스타가 되려고 그토록 발버둥 치셨던 게 아닐까. 혹처럼 들러붙은 아들의 굴레를 짐스러워했던 것은 어쩌면 그래서가 아닐까. 그런저런 생각들로 석인은 요즘 머릿속이 복잡했다. 뭐, 아무리 머리가 복잡해지더라도 결론은 하나이지만. 강해에 게 남은 인생 모두를 걸어야 할 때라는 것.

"어이구, 우리 사장님. 철들었네."

강해는 석인의 볼을 손가락으로 꼬집으며 어린애 어르듯 얼 렀다. 당연히 그에게 기획사 일을 그만두게 할 생각은 추호도 없었다. 그 일이 어머니를 추모하는 일종의 의식이라는 걸 이미 현후에게 들어서 알고 있었기 때문이다. 게다가 요즘은 자금결 제 이외에는 거의 직접적인 관여를 하지 않고 있다는 정황을 포 착한 바, 석인이 눈이 휙휙 돌아가게 예쁜 여자들과 직접적으로 얽히게 되는 일은 결단코 없음을 그녀는 아주 잘 알고 있었다. 석인은 전혀 눈치 채지 못하고 있지만 강해는 나름대로 그에 대 한 조사를 철저히 끝마친 후였다. 자고로 내 남자는 내가 잘 지 켜야 하는 법이니.

"당신, 방금 날 애 취급한 거 맞아?"

석인은 운전대를 잡은 자세 그대로 석고상이 되어버렸다. 인 상을 잔뜩 찡그린 그는 사내로서의 자존심이 몹시도 망가진 듯 떨떠름한 모양새였다.

"남자는 원래 애래요. 어머님이 그랬어요."

"아하— 그런 말들이 벌써 오고 갔다 이 말이지?"

석인이 경고의 눈빛을 강해에게 쏘며 나른하게 미소 지었다.

"그럼요. 2주 뒤엔 며느리가 되는데 당연하죠."

　2주 뒤에 있을 그들의 결혼식 준비로 지금 이자경 여사는 눈 코 뜰 새 없이 바쁜 나날을 보내고 있었다. 시집보낸 두 딸과 함께 집이며 혼수 준비를 죄다 시어머니인 이 여사가 도맡아 하겠다고 해서 강해는 거의 손을 놓고 있었다. 윤 회장이 외동딸 시집보내고 적적할까 저어된다며, 몇 년간은 친정에서 살아도 된다는 말을 해서 강해의 눈에서 눈물을 쏙 빼시더니. 하여튼 시댁 식구 하나는 제대로 잘 만난 듯했다. 강해는 지금도 벽지며 가구들을 고르느라 여념이 없을 예비 시어머니를 떠올리며 투덜거렸다.

　"약혼식은 웬만하면 생략하지. 왜 꼭 기어이 하겠다고 해서 이렇게 일을 번거롭게 하는지 몰라. 힘들어 죽겠대요, 어머님이. 내가 도와드려야 하는데, 일 때문에 바빠서 그러지도 못하고. 사실 그거 내가 다 해야 하는 거잖아요."

　"어머니가 하시겠다고 먼저 나서신 거잖아."

　"그거야 내가 혼자 못할 것 같으니까 그런 거죠."

　"그 문제는 그만. 이미 어머니가 꿰차신 일이야. 당신이 일하고 싶어서 자청한 거라고. 하게 해드리는 게 오히려 그분을 위하는 길이야."

　"아무리 그래도 여자 입장은 달라요. 걱정이 안 될 순 없는 거라고요. 내가 해야 할 일을 어머님한테 맡겨두고 이렇게 버젓이 여행을 떠나왔는데 마음이 편할 리 있어요?. 정말 발이 안 떨어졌다고요."

"결혼식을 뒤로 미룰 수는 없었어."

"내 말은, 약혼식을 생략해도 되는 문제였다는 거예요."

"약혼식도 해야 했어, 난."

"으이구, 정말 애가 따로 없다니까. 그게 뭐 그리 중요한 거라고⋯⋯."

석인의 시선이 따갑게 와 닿았다. 낌새가 이상함을 눈치 챈 강해는 슬그머니 석인을 향해 눈동자를 굴렸다. 그가 무표정한 얼굴로 강해를 뚫어져라 바라보고 있었다. 강해는 어색하게 웃으며 미친 듯 머릿속으로 자신이 한 말을 되짚어보았다. 무슨 실수를 한 거지? 뭘 건드린 거야? 석인이 왜 저러는 거냐고.

"으흠, 그러니까 당신은 내가 아이 같다는 생각을 확고하게 굳힌 것 같군. 응?"

"아, 아― 내 말은 그게⋯⋯."

"내가 애인지 아닌지, 증명해야 할 시점인 것 같은데?"

"무슨 소리예요?"

"애는 키스를 못한다는 소리야."

말이 떨어짐과 동시에 그가 잽싸게 다가왔다.

"꺄아―!!"

✻

그날 밤, 김진영은 사선 국회위원 장원용의 딸, 장은서의 귀국 환영파티에 초대되었다. 장은서는 진영과는 중학교 동창으로 영국에서 바이올린을 전공하고 있고 조만간 촉망받는 검사와 결혼도 한다는 말이 있었다. 진영은 자신보다 훨씬 못나고 인기도 없던 은서가 검사 '씩'이나 되는 사람과 결혼을 한다는 사실에 못내 분개했다. 여자는 역시 돈 있고 빽 있어야 남자를 잘 만나나 보다 싶으니 울화통이 터질 지경이었다. 윤강해에게 밀린 직후라서 더 이런 기분이 드는 듯했다.

윤강해는 정말 짜증나게도, 바로 어제 임석인과 약혼을 했다. 어찌나 성대하게 거행했는지, 약혼식장에는 국내외 영향력을 가진 위인들이 죄다 모인 듯했다. 인맥 자랑을 하듯 임석인은 축구영웅 차원웅부터 시작해서 국민MC 유은석, 베니스영화제 여우주연상에 빛나는 전재희까지 연예계와 스포츠계 인사를 두루두루 초대해 약혼식은 그야말로 인산인해를 이루었다. 이후에 있을 결혼식은 비공개로 진행될 거라는 예고가 있어서인지 둘의 약혼식은 거의 결혼식만큼이나 화려하고 빽적지근했다.

그리고 그날 진영은 대한민국 공식 바보 1호가 되어버렸다. 임석인을 유혹해 보겠다고 공언한 지 한 달 만에. 수많은 사람들에게 석인을 자신의 것으로 만들었다고, 대한민국 최고의 남자를 자신이 쟁취했다고 큰소리까지 뻥뻥 친 그녀였다. 두 사람이 짜고 연인 행세를 했는데, 그게 틀어져 찢어지는 걸 두 눈으로 확인까지 했는데, 게다가 그와 키스까지 했는데! 어떻게 이런 결과가 나올 수 있는가. 정말 진영은 뭐가 어떻게 된 건지 도무지 알 수가 없었다.

어찌 됐든 둘은 2주 후 결혼하기로 되어 있었다. 그것은 김진영이 새로운 먹잇감을 찾아보아야 한다는 뜻이었다. 새로운 타깃은 영우조선의 후계자, 권이새였다. 그는 장은서의 약혼자인 박철진과 안면이 있었다. 진영이 평소 친한 사이도 아닌 은서의 환영파티에 자진해서 참석하겠다고 연락한 것도 모두 권이새와 만날 빌미를 만들기 위한 물밑작전 중 하나였다. 하지만 지금 진영은 권이새와 접촉하기는커녕 사람들의 눈치를 보며 파티장을 몰래 빠져나와야 하는 지경에 처해 있었다. 2년 전 잠깐 만나 불같이 사랑했던 천이준을 파티장에서 발견한 것이다.

출판사 박애원의 사장 딸인 박마린의 파트너로 참석한 그를 본 순간 진영은 숨이 막히는 것 같았다. 여전히 섹시하고 여전히 잘생긴 그 남자를 보는 순간, 잊고 있었던 욕구가 다시금 솟구치는 것 같았다. 하지만 찢어지게 가난한 천이준이 이런 파티장에 어떻게 나타날 수 있었는지를 생각하면 결코 몸 달아 흥분할 여력이 없었다. 진영은 틈을 봐 천이준을 살짝 불러냈다.

"대체 어떻게 된 일이야? 너 왜 여기 있는 거야?"

"이거 놓으시지."

이준이 진영이 붙들고 있는 재킷 소매를 휙 떨쳐 내며 짜증스럽게 대꾸했다. 살짝 거만한 그의 말투에 진영은 이를 악물었다.

"빨리 말해. 네 주제에 여긴 어쩐 일이냐고."

"내가 여기 오든 말든, 네가 무슨 상관이야?"

"박마린하고 사귀는 거야, 너?"

진영은 두 눈을 부라리며 다그쳤다. 이준은 풋, 코웃음을 칠수밖에 없었다. 2년 전, 사랑한다 어쩐다 하며 마음껏 이용해 먹고 결국에 가선 쥐뿔도 없이 가난하다는 이유 하나만으로 그를 처참하게 버린 김진영이 이제 와서 질투를 한다니. 생각보다 꽤 통쾌한걸? 임석인이라는 작자가 이번 일을 제안할 땐 그저 그런 기분이었는데 말이야.

"네 알 바 아니라고 생각하는데, 난."

이준은 얄밉도록 즐거운, 그러나 싸늘하기 짝이 없는 표정으로 진영을 깔아보며 말했다. 진영은 어처구니없는 그의 행태에 입을 딱 벌리고 말았다. 2년 전, 헤어질 땐 그녀의 발밑에 무릎까지 꿇으며 그녀에게 사정하던 그가 아니었던가. 한데, 이렇게 멋진 모습으로 이렇게 당당하게 '네 알 바 아니다' 고 감히 그녀에게 대거리를 한다는 게 말이 되는가 말이다.

"너, 너, 너 진짜 웃긴다. 네 주제에 감히 어따 대고!"

"그딴 소리 할 거면 비켜. 네 쓸데없는 소리 들어줄 시간 없어."

"너 정말! 뭘 믿고 이렇게 까부는 거니? 뭐야? 누구야? 박마린 저 계집애야? 쟤가 널 출세시켜 준다고 꼬드겼니?"

"비켜."

"왜? 그 계집애랑 결혼이라도 하시려고? 웃기지 말라고 그래. 박애원 출판사 사장이 머리에 총 맞았니? 머리에 든 거 하나 없이 생기기만 번드르르한 네까짓 걸 사위 삼게?"

"비키라고 했다."

"싫어!"

무슨 오기인지 김진영은 죽여주게 잘생긴 천이준의 앞길을 가로막고 서서 비켜주지 않았다. 아니, 비켜줄 수 없었다. 박마린과 무슨 사이이고 무엇 때문에 그녀의 파트너로 이곳에 왔는지 알기 전엔 절대 못 비킨다. 박마린이 누군가? 윤강해와는 절친하기로 소문난 애 아닌가. 헬스클럽에서 쫓겨나 어머니 수술비 마련하기 위해 공사판을 전전해야 할 천이준이 왜 하필 박마린과 만나고 있는지 너무나 이상했다. 예감이 별로 좋지 않았다.

짜증스러운 얼굴로 이준이 진영을 밀쳤다. 하지만 진영은 이대로 이준을 파티장으로 고이 보내줄 수 없었다. 진영은 이준의 팔을 붙들고 그가 가는 길을 더욱 확실히 막아들었다.

"말하기 전엔 절대 못 비켜. 박마린과 무슨 사이야? 어떻게 알았어?"

"풋!"

이준은 신랄하게 코웃음을 쳐주었다.

"너 진짜 뭔가 단단히 착각하고 있는 것 같은데, 난 너한테 그런 사적인 얘길 해줄 의사도 의무도 전혀 없거든? 제발 이만 비켜주시지."

"숨기는 게 있잖아. 피하려고만 하는 이유가 있는 거 아니야?"

"너, 아직도 이렇게 사니? 세상이 네 중심대로 흘러가는 것처럼 보여?"

"내 앞에 보란 듯이 나타난 이유가 있을 거 아니냐고. 뭐야? 나한테 복수하고 싶었던 거니? 그래서 내 평판 떨어뜨려 보기라도 하겠다는 거야?"

진영은 독살스런 눈으로 이준을 노려보며 추궁했다. 이준도 지지 않고 비아냥거렸다.

"난 너한테 관심없어. 지금 날 붙잡고 있는 건 너야."

"그럼 정말 박마린이랑 그렇고 그런 사이란 말이야?"

"그렇고 그런 사이란 게 정확히 어떤 의미인지는 모르겠지만, 보통 사이가 아니란 것만큼은 확실해."

말도 안 돼! 진영은 믿어지지 않는 사실에 입을 떡 벌렸다. 돈도 빽도 없는 이준이 뭐 볼 게 있다고 박마린이? 하지만 한편으로 조목조목 따져 보면 아주 말이 안 되는 것도 아니다. 김진영 입장에서 천이준은 최악의 조건을 가진 남자지만 박마린 입장에서 보면 달라질 수 있는 문제이기에. 어찌 됐건 지방대학 출신이긴 해도 천이준은 대졸자이고, 박마린도 집안은 좋으나 얼굴도 딸리고 머리도 딸려 집에서 죽치고 노는 백수 처지가 아닌가.

생각이 여기까지 미치자 새로운 분노가 솟구쳤다. 남자들이란. 사랑한다고, 죽도록 좋아한다고 맹세할 땐 언제고, 어떻게 다른 여자 팔짱을 끼고 그녀 앞에서 희희낙락할 수가 있을까.

어떻게? 진영의 두 눈가가 분노로 파르르 떨리기 시작했다.

"어떻게 넌 그렇게 빨리도 변하니?"

진영이 이글거리는 눈으로 옴팡지게 말했다. 이준은 냉정하게 진영의 팔을 뿌리쳤다.

"그만 해. 추하다."

"천이준, 이 나쁜 자식."

"널 다시 만나면 네 목을 내 손으로 졸라 버리겠다고 생각했었던 때가 있었지. 하지만 김진영, 너 지금 보니 그럴 필요 없을 것 같다. 넌 이미 죽었어. 좀비 같아. 돈 많은 남자만 만나면 들러붙는."

"천이준!"

"더 이상 아는 척하지 마."

이준이 진영을 지나쳐 가기 시작했다. 진영은 두 주먹을 불끈 쥐고 이준의 등을 노려보았다. 분하고 분해 참을 수가 없었다. 이준이 이렇게까지 자신을 무시할 수 있다는 게 믿어지지 않았다. 2년 전엔, 자신이 죽으라면 죽는 시늉까지 했던 그가 어떻게 이럴 수가 있는지. 화나고 자존심 상해 진영은 절대 이대로는 그를 보내줄 수 없다고 생각했다. 그녀는 빠르게 걸어 이준의 팔을 잡고 그를 휙 돌려세웠다. 그리고 그의 높다란 목덜미에 두 팔을 걸고 깊은 키스를 퍼부었다.

혀와 혀가 순식간에 얽혀들었다. 그는 그녀가 기억하고 있는 것보다 훨씬 더 섹시한 남자였다. 한동안 잊고 있었던 감각들이

세포 곳곳에서 살아 숨 쉬기 시작하더니 이내 진영은 숨을 헐떡이며 그의 바지춤에 아랫배를 찰싹 들이대고 교묘히 허리를 움직이기 시작했다. 이준은 나무토막처럼 뻣뻣하게 몸을 굳혔지만 그녀의 몸을 떼어내지는 않았다. 그 역시 육체적 욕구에 흔들리고 있다고 생각한 진영은 더욱 그의 몸을 쓰다듬으며 연신 그의 혀를 빨아들였다.

그때였다.

"이게 무슨 짓이야?"

낯익은 여자의 날카로운 고함 소리가 들려왔다. 뒤이어 낮게 소리치는 여자들의 비명 소리도 들려왔다. 마린이 서지희, 조은아와 함께 이쪽을 향해 걸어오고 있다는 걸 알아채는 순간 진영은 이준에게서 거칠게 밀쳐졌다. 비틀거리는 몸을 반대편 벽에 기대어 가눈 진영은 비로소 자신이 덫에 걸렸다는 걸 깨달았다. 도도하고 콧대 높은 김진영이 전직 헬스클럽 매니저이자 박마린의 파트너를 유혹했다는, 이 조작된 정황은 한국 최고의 가십걸들인 서지희, 조은아에 의해 사방팔방으로 퍼져 나갈 것이다. 진영은 윗니로 아랫입술을 깨물었다.

"뭐 하는 짓이야, 이게?"

박마린은 서슬 퍼런 얼굴로 두 사람을 번갈아 보았다. 그녀의 뒤엔 서지희와 조은아가 서로 미친 듯이 속닥거리고 있었다. 진영에 대해 수많은 말들이 오고 가고 있음이었다. 진영은 입술을 퍼드득 떨며 마린을 향해 표독스럽게 말했다.

"그건 내가 묻고 싶은 말인데? 뭐니, 이거? 나한테 물 먹이려는 수작이니?"

마린은 싸늘하게 미소 지었다.

"무슨 말인지 모르겠네. 방귀 뀐 놈이 성낸다고. 지금 누가 누구한테 수작이란 말을 쓰는 거야?"

"아니라고 말 못할 텐데. 저것들을 이리로 데리고 온 의도가 뭐야? 일부러 이런 장면 만들어서 날……."

"저것들이라니. 저것들이라니! 너 정말 말 함부로 하는구나?"

갑자기 마린의 뒤에서 서지희가 발끈하며 나섰다. 진영은 기가 막혀 말이 안 나왔다. 내 옆에 붙어 비위나 맞추던 향단이들 주제에!

"미안한데, 난 애들한테 이분을 소개해 주려고 온 거야."

질색한 진영을 바라보며 마린은 비웃었다.

"이, 이분?"

진영은 어이없어 말까지 더듬었다. 천이준을 두고 이분이라고 했나, 방금? 마린은 모든 사람들에게 친분을 과시하려는 듯 자랑스럽게 이준의 팔짱을 끼고는 회심의 미소를 지었다. 그리고 내내 준비해 두었던 최후의 멘트를 날렸다.

"소개할게. 혜원기획의 천이준 실장님이야. 신인 탤런트 발굴 중이셔."

그 순간, 서지희와 조은아의 눈빛이 찬란하게 발하기 시작했고 진영은 그 자리에서 비틀거렸다.

그 시각, 속초의 한 펜션에서는 약혼 여행을 떠나온 두 남녀가 신나게 말다툼을 하고 있었다. 약혼을 위한 약혼. 단 2주 만에 끝날 약혼 기간을 기념하기 위해 여행을 온 임석인과 윤강해는 생전 처음 언성을 높이며 싸우고 있었다. 심기가 불편하니 서로 자연스럽게 존댓말을 하기 시작하는 신기한 커플이 되시겠다.

"결정적으로 침대가 하납니다. 이건 다분히 의도적인 거 아닌가요?"

"나도 몰랐다고 하지 않습니까? 왜 사람 말을 곧이곧대로 못 믿는 겁니까?"

싸우는 소리를 가만히 들어보니, 다툼의 원인은 아주 간단하다. 펜션이 의외로 작고, 방이 하나고, 침대도 하나라는 사실. 일주일을 여기서 묵기로 했던 두 사람은 첫날부터 당황했다. 이건 두 사람 모두 의도했던 일이 아니었기에.

"그 말을 나더러 믿으라는 겁니까?"

"못 믿을 건 또 뭡니까?"

"펜션을 대신 예약해 준 부하직원이 자기 마음대로 이런 곳을 예약했다는 소릴 어떻게 믿으라는 거예요?"

"왜 못 믿습니까? 그게 진실입니다. 믿으십시오, 윤 이사님."

심히 깐죽거리는 석인. 그는 강해의 태도가 서운했다. 유 비서가 둘이 뜨거운 밤을 보내도록 과잉충성(?)을 보인 것 같긴 하지만, 솔직히 석인은 이게 잘못된 상황이라고는 생각지 않았다. 어차피 2주 후면 결혼할 사이 아닌가? 예비부부가 한 방을 쓰는 건 너무나도 자연스러운 것이다. 그런데도 더러운 세균 덩어리, 추잡하고 그것밖에 모르는 짐승 취급이라니 원. 그는 강해가 이렇게 나올 줄은 정말 몰랐다. 아니, 키스는 그렇게 좋아하면서 왜?

하지만 그의 이런 기분에도 불구하고, 강해는 속으로 열이 뻗치는 걸 참느라 심호흡을 수십 번도 더해야 했다. 그녀는 석인이 펜션 임대와 같은 중요한 문제를 남의 손에 맡겼다는 사실에 더 화가 나 있었다. 남자친구와 여행을 떠나보는 게 소원이라, 일부러 결혼 전 없는 시간 쪼개서 떠나온 소중하고 중요한 여행 길. 그것도 두 사람의 마음속에 길이길이 기억될 약혼 여행을, 어떻게 남의 손에 맡길 수가 있단 말인가? 귀찮아서 떠넘긴 게 아니면 이럴 수는 없었다. 실망이야!

"임석인 사장님."

강해는 두 눈에 힘을 싣고 석인을 똑바로 바라봤다.

"말씀하십시오, 윤 이사님."

그가 비아냥대듯 대답하자 강해는 단호한 어조로 말했다. 휙, 한 팔을 현관문 쪽으로 거세게 움직이며.

"나가세요."

순간 벙진 얼굴이 된 석인은 그제야 상황 파악에 들어갔다.

"윤 이사님."

강해는 자신의 짐을 들고 방으로 향했다. 석인은 곧장 그녀의 뒤를 따라갔다.

"윤 이사, 윤강해!"

하지만 쿵, 문은 닫히고 석인은 그날 밤 소파에서 잠을 자야 하는 신세가 되었다.

이런 젠장할.

그날 밤. 강해는 물을 마시러 잠깐 나왔다가 다시 들어가면서, 방문을 걸어 잠가야 한다는 사실을 인지하지 못하고 다시 잠 속으로 빠져들었다. 긴 자동차 여행에 피곤해서인지 잠은 꽤나 깊이 들었고 달콤한 꿈까지 꾸면서 다음날 아침까지 아주 자알~ 자고 일어났다. 눈을 뜰 때까지는 정말, 정말정말정말 행복한 기분이었다.

"……!"

하나, 고개를 옆으로 돌린 상태로 잠에서 깬 강해는 직감적으로 뭔가 이상하다는 걸 깨달았다. 몸이 무거웠고 짓눌려진 기분이었으며…….

"헉!"

석인과 그녀가 침대 위에 엉켜 있었다. 그녀의 다리 한쪽이 그의 다리 사이에 끼어 있는 데다가 그의 커다란 손은 무례하게도, 아니, 충격적이게도 그녀의 브래지어 안으로 들어와 있었다. 한쪽 가슴이 완전히 드러난 채 그의 손에 쥐어져 있는 광경

을 목격한 강해는 두 눈을 휘둥그레 뜨고는 꺄—악 소리치기 시
작했다. 퍽퍽, 베개를 들어 곤히 자고 있는 석인을 마구 두들겨
패고는 그가 눈을 비비며 일어나려고 하자 강해는 부리나케 화
장실로 들어가 버렸다.

“아, 내가 미쳐!”

화장실 안에서 문을 잠그고 강해는 벌겋게 달아오른 얼굴을
향해 파닥파닥 손부채질을 해댔다. 대체 어떻게 해서 석인이 자
신의 침대에 들어오게 되었는지부터 시작해서, 왜 자신은 그가
자신의 가슴을 주물럭거렸는데도 모르고 잠만 자고 있었을까,
까지. 그녀의 머릿속은 복잡하게 돌아가고 있었다. 아우, 아우,
아우!

“아~~~~우!”

“강해 씨! 윤강해! 강해야!”

잠결에 두들겨 맞은 석인은 무슨 일이 일어난 건지도 모른 채
잠에서 깨어나 화장실 문을 쿵쿵 두들기고 있었다. 그는 자신이
저지른 만행을 전혀 모르고 있을 것이다. 그저 출입금지 구역에
무단으로 들어온 죄밖에 없는 줄 알 테지. 강해는 헝클어진 머
리카락을 더욱 헝클이며 신음했다.

“아— 나 몰라.”

가슴 근처가 따끔거렸다. 얼굴이 시뻘겋게 달아올랐다. 아까
자신이 그와 기분 좋게 누워 있던 그 광경만 자꾸 눈앞에 어른
거렸다. 이건 명백히 그녀도 무의식중에 즐겼다는 증거였다. 이

런 기분으로 과연 그와 일주일을 잘, 무사히 버틸 수 있을까?

"이봐! 이봐, 윤 이사!"

한심하게도 임 사장은 계속해서 화장실 문만 두들겨 댔다. 바보처럼. 그냥 확 부수고 들어와 으스러지게 껴안아 버릴 것이지. 아, 그나저나 어쩌지? 어제 그렇게 틱틱거렸는데…….

강해는 한참 동안 그렇게 울상으로 그 자리에 서 있어야 했다.

그날, 바닷가에 나갔던 강해는 해 질 무렵 펜션으로 돌아오는 길에 석인의 등에 업혔다. 그녀의 피곤하다는 말 한마디에 석인이 막무가내로 그녀를 업은 거였는데, 사실 한 번쯤 남자의 넓은 등에 업히고 싶다는 생각을 해본 적 있는 강해인지라 내심 슬그머니 기분 좋은 미소를 지었더랬다. 그의 등에 한쪽 뺨을 대고 흥얼흥얼 노래를 중얼거리고 있자니 그가 옛날이야기를 꺼냈다. 생모에 대한, 아주 슬픈 이야기. 술주정꾼이 되기 전, 그의 어머니는 그를 이렇게 자주 업어주곤 했었다고 했다.

"내가 아버지에 대해 물으면 늘 말씀하시곤 했어. 우리를 찾아 헤매고 있을 거라고. 미혼모들이 아이들에게 아버지는 죽었다고 말하거나, 멀리 타국에 있다고 말하는 게 대부분인 걸 감안하면 어머닌 좀 특별하셨지."

"동화를 믿으셨나 봐요."

강해는 조용히 속삭였다. 어린 꼬마였을 당시의 석인을 떠올리니 빙그레 미소가 지어졌다. 참 똑똑한 아이였을 텐데. 참 귀엽고 착한 아이였을 텐데. 보통의 가정에서 태어났더라면 지금의 수많은 상처들은 안 받았어도 되었을 텐데. 가슴이 절로 미어졌다.

"별을 꿈꾸시는 분이었어. 언제나 사람들 속에서 빛이 났지."

"임 사장님의 요 빛나는 외모, 다 이유가 있었군요."

강해는 석인의 머리카락을 손으로 쓰다듬으며 장난스럽게 말했다.

"가끔 그런 생각이 들어. 내가 태어나지 않았더라면 어머니는 어떻게 되었을까? 더 행복하지 않았을까? 꿈을 찾아서 훨훨 날아오르지 않았을까?"

"어머니한테 죄책감 갖고 있어요?"

발끈하는 마음에 그녀의 고개는 저절로 들어졌다.

"조금. 나 때문에 많은 걸 포기하셔야 했으니까. 미혼모라는 이름으로 살아가는 거, 지금도 힘들겠지만 그땐 더 힘들었을 테니까."

"그래도 태어난 것 자체를 자책하는 건 좀 그렇다. 석인 씨답지 않아요."

"뭐 꼭 그렇다는 건 아니고. 그냥 가끔 그런 생각이 든다는 거야."

흠— 작은 한숨을 쉬며 강해는 다시 고개를 모로 돌려 한쪽 뺨을 그의 등에 댔다. 따뜻하고 넓고, 생동감 넘치는 그의 등은 그녀의 모든 긴장과 피곤을 한꺼번에 풀어주고 있었다. 그녀는 부드럽게 뺨을 그의 등에 비비며 속삭이듯 말했다.

"당신 어머니는 절대로 후회 같은 거 하지 않았을 거예요. 오히려 자랑스러웠을걸요?"

"재미있는 가설인데?"

석인이 농담을 건넸다. 하지만 그의 진짜 마음은, 찡한 감동을 받고 있는 거라고 강해는 생각했다. 그녀는 정말로 석인을 지지했다. 마음속으로 열렬히.

"장담해요, 사장님. 여자들은, 특히 엄마들은 아기를 사랑할 수밖에 없게 되어 있거든요. 구조상으로. 게다가 이렇게 귀여운 놈을 어떻게 사랑 안 해요?"

"귀여운 놈?"

"난 석인 씨의 어린 시절 모습이 보고 싶어요. 아주 어렸을 때부터 알고 지냈더라면 얼마나 좋았을까, 가끔 그런 생각도 든다고요."

"그랬다면 십팔 년의 당신 짝사랑이 내 몫이 될 수도 있었을까?"

"과연 짝사랑이었을까 싶은데요? 당신이 날 더 좋아했을 게 분명해요."

"난 여자에 관심없었어."

"날 몰랐을 때니까 그렇죠. 알았더라면 달라졌을 거예요."

강해가 애처럼 우겼다. 물론 그녀의 말에 그 역시 동의하는 바이지만 석인의 못 말리는 장난기가 발동되면서 그는 히죽 웃으며 농을 던졌다.

"당신이 남자였다면 친구로서 관심을 가졌을지도 모르겠네."

"뭐예요?"

이 신종플루 같은 대답은 뭐람. 이건 그녀가 듣고 싶은 대답이 아니었다. 미간을 잔뜩 찌푸린 강해는 심술궂게 입술을 오므리더니 그의 옆구리 사이에 두 손을 쫙 펼쳐 끼워 넣기 시작했다.

"이래도 아니란 말이에요?"

그의 등이 움찔했다. 가슴 근처로 슬금슬금 움직이는 그녀의 손바닥이 그의 체온을 훌쩍 올려놓고 있었다. 강해는 벌어진 허벅지에 힘을 주고 그의 몸을 더욱 압박했다. 이래도 아니라고 잡아뗄 거예요?

"이건 반칙이야, 윤 이사."

경고하듯 말했지만 그의 목소리는 이미 뜨겁게 젖어 있었다.

"거짓말은 더한 반칙이거든요, 임석인 사장님. 내 목소리가 뇌쇄적이라고 했잖아요. 목소리만 듣고도 훅 가놓고 무슨."

"너무 일방적으로 대화를 이끌어가는군, 윤 이사."

"아니라면 반론 재기하세요, 임 사장님."

"뭐 딱히 재기할 반론은 없다손 치더라도……."

그럼 그렇지. 강해는 입술을 삐죽거리며 얼굴을 그의 등에 비볐다. 석인에 관한 한, 그녀도 이젠 자신감이 좀 붙었다. 그가 자신을 아주 많이 사랑하고 있다는 거. 자신이 무슨 말을 해도 진심으로 화를 내지는 않을 거라는 거. 영원히 자신의 편이 되어줄 사람이라는 거.

"자꾸 그러면 오늘 밤 내에 숙소로 돌아가는 건 포기하셔야 합니다, 이사님."

그가 나른하게 경고했다. 강해는 킥킥거리며 손을 뻗어 그의 머리카락을 쓰다듬었다. 그리곤 들릴 듯 말 듯, 마치 혼잣말처럼 조용히 속삭였다.

"사랑해요. 앞으로 우리 오래오래 사랑하면서 살아요. 내가 당신이 어렸을 때 받았던 상처들 다 보상해 줄게요."

"난 내가 당신이 못 받은 사랑, 다 보상해 줄 셈이었는데."

그가 히죽 웃으며 대답했다. 느리디느리게 걷고 있던 그의 발걸음은 이제 거의 멈추어 버렸다. 저녁노을이 붉게 진 언덕에 두 사람은 아주 가까이, 서로에게 밀착되어 가장 편안한 마음으로 서 있었다. 강해는 그의 뺨을 부드럽게 어루만지며 말했다.

"서로에게 보상해 주면서 살아요."

"그게 유일한 치료법 같군."

상대를 최선을 다해 사랑하는 것. 나중이라도 후회하지 않을 만큼 마음껏 사랑하는 것. 그것이 곧 자신을 위한 최적의 치료법이었다.

"그 점에 있어서는 의견의 일치를 본 건가요, 우리?"

"그런 것 같은데."

“계약 서류 작성은 사장님이 하세요.”

“조만간 보고를 올리지요, 공주님.”

“이제 슬슬 출발하시죠, 마부님?”

“여부가 있겠습니까?”

강해와 석인은 함께 큭큭거리다가 동시에 크게 웃음을 터뜨려 버렸다. 몇 달 전 처음 단둘이 만나 계약 얘기를 꺼냈을 때가 떠올랐다. 이렇게 유치할 줄이야. 이렇게 닭살스럽고 웃길 줄 알았다면 절대로 이런 짓을 하지 않았을 텐데. 하지만 그때 그녀가 대담하게 그를 찾아 나서지 않았다면, 이렇게 두 사람이 사랑하게 되는 일도 일어나지 않았을 것이다. 정말 사랑은 예기치 못한 곳에서부터 시작되는가 보다.

“아침이 오는 소리에~”

그가 천천히 걷기 시작하며 노래를 부르기 시작했다. 그윽하게 안정된 목소리에 강해는 만면에 웃음을 띄우고 그의 가슴을 꼭 껴안았다. 그가 한마디 한마디 노래할 때마다 그녀의 귓가는 쿵쿵 울렸다. 그의 심장이 뛰는 소리, 그의 마음이 울리는 소리가 그녀에게 고스란히 전달되어졌다. 강해는 저도 모르게 입술을 움직여 그가 부르는 노래를 따라 불렀다.

“너를 사랑해.”

"으음……."

이물감이 주는 야릇한 느낌에 사로잡혀 강해는 신음했다. 처음도 아니건만 그를 받아들일 땐 늘 이렇게 새로운 느낌이다. 새롭게 흥분하고 새롭게 신음하고 새롭게 소리친다. 아직은 결혼한 지 얼마 안 된 새 신부라 그런 거겠지? 강해는 밀려들어 오는 남편의 몸을 받아들이며 허리를 들썩였다. 그의 손에 잡힌 허리가 뒤틀리고 그녀의 다리가 높이 들어졌다가 그의 등을 쓸어내리며 내려오자 석인은 더욱 깊이 침잠해 들어왔다. 으흑, 흐느끼는 듯한 그녀의 신음 소리를 그는 키스로 잠재웠다.

"언제까지 이렇게 힘들까?"

그녀를 달래기 위해 진한 키스를 퍼붓던 그가 한참 만에 고개를 들어 꽉 잠긴 음성으로 물었다. 그는 거칠게 날뛰는 본능의 고삐를 아슬아슬 잡고 있었다. 둘 다 눈코 뜰 새 없이 바쁘다 보니 이런 시간을 갖는 것이 쉽지 않았다. 신혼임에도 불구하고 바빠 관계가 뜸하다 보니 매번 강해는 처음처럼 힘들어했다. 덕분에 석인도 그녀를 가질 때마다 아찔아찔 죽을 고비를 넘기는 것이고. 마음껏 그녀를 취하고 싶어도, 너무나 여린 그녀가 다칠까 봐 그는 마음대로 움직이지도 못했다. 지금도 절반쯤 진입한 후, 날뛰기 시작하는 동물적 감각을 잠재우기 위해 죽기 살기로 노력하는 중이었다.

"힘드니까 천천히 해요."

숨을 크게 헐떡이며 강해가 말한다. 이런. 천천히 하는 게 얼마나 힘든 줄 모르는 아내라니.

석인은 가슴을 크게 들썩이며 한숨을 내쉬었다. 그리곤 고개를 끌어내려 강해의 빨간 입술을 한입에 물었다. 담배 연기를 빨아들이듯 그녀의 입술을 깊고 길게 빨고는 그는 천천히 그녀의 몸 안으로 들어갔다.

꽉 다물려 있던 그녀의 아늑한 세계가 서서히 열렸다. 강해는 두 다리를 넓게 벌려 그의 허리에 감았다. 거대하게 밀려오는 석인의 몸은 어느새 제자리를 찾은 듯 안락하게 그녀의 몸 안에 성공적으로 안착했다. 뿌리 끝까지 채워진 그의 몸을 느끼며 그녀는 희미하게 미소를 지었다. 땀이 송송 맺힌 그의 얼굴을 어루만지며 그녀는 속삭였다.

"벌써 지쳤어요?"

"천만에."

석인은 들릴 듯 말 듯 중얼거리곤 움직이기 시작했다.

"아훗!"

강한 공격에 그녀가 낮게 비명을 질렀다. 석인은 그녀의 다리를 반으로 접어 제 가슴 앞으로 모아 쥐고는 빠르게 움직였다. 밀물처럼 무차별적으로 들어왔다가 썰물처럼 순식간에 빠져나가는 경이로운 동작들이 그녀를 점점 절정으로 이끌어갔다. 땀으로 매끄러워진 그의 피부를 더듬으며 그녀는 점점 더 신음 소리를 높여갔다.

"한 달밖에 안 됐는데 아기 생각하는 건 좀 너무한 것 같죠?"

내일이 비번이라 두 사람은 사랑을 나누고도 잠을 이루지 않고 있었다. 한 시간, 일 분 일 초도 아까워서. 결혼 이후 한 달간 두 사람은 정말 정신없이 바쁜 나날을 보내고 있었기 때문에 이렇게 단둘이 지내는 시간이 그들에겐 너무도 소중했다.

그리스로 짧은 신혼여행을 갔다가 돌아온 직후, 그들은 밀린 일들을 처리하느라 그동안 휴일도 반납하며 일을 해야 했다. 일 중독자들 둘이 결혼하면 이래서 문제라고, 주위에서 혀를 쯧쯧 찰 정도였다. 오죽하면 윤 회장이 강해더러 사표를 내라고 했을까. 하지만 석인은 강해가 오로지 '가정' 때문에 자신의 일을 포기하는 걸 원하지 않았다. 꿈은 여자든 남자든 누구에게나 있는 것 아니겠는가. 어쨌든 모처럼의 휴일인 내일은 절대 밖에 나가지 않을 작정이었다. 침대에서 하루 종일 뒹굴며 시간을 보낼 계획이다.

"음, 적어도 삼 개월은 기다려 봐야 하는 거 아닐까?"

임신에 관한 짧은 지식을 더듬으며 석인은 우스갯소리를 했다. 그녀에게 팔베개를 해주고 있는 그는 그녀의 볼에 쪽, 뽀뽀를 했다.

"신혼여행 때 좀 많이 해둘 걸 그랬나 봐요. 하늘을 봐야 별을 따지."

말이 안 된다는 걸 알지만 강해는 정말 그런 후회가 들었다. 석인과는 하루 종일 일하다가 피곤에 찌들어 귀가한 후에 만나니 서로 수면 취하기에 바빠 아기를 만들(?) 시간이 전혀 없었다.

"과연 임신이 총 횟수와 연관이 있을까?"

심드렁하게 말하는 석인의 말투에는 '빈도수가 중요할걸?' 의 의미가 깃들어 있었다. 사실 피곤한 건 그녀였고 늘 스트레스에 시달리는 사람도 아내였다. 요즘 같은 컨디션이면 그는 소를 열 댓 마리도 더 맨손으로 때려잡을 수도 있을 것 같은데, 아내의 몸을 생각해서 함께 피곤한 척해주는 그였다. 그의 요즘 소원은 쌍코피 한 번 터져 보는 거였다.

"나도 그게 아닌 건 알아요. 하지만 서로 피곤해서 함께할 시간이 별로 없잖아요."

"연애할 때랑 별반 차이가 없다는 것엔 나도 동의해."

"뭐예요? 왜 차이가 없어요? 날마다 함께 자는데."

"잠만 자지."

말 그대로.

"그거야 피곤하니까……."

"으흠, 그래. 그렇다 치자고."

그가 눈을 감고는 아무렇게나 고개를 끄덕였다. 아무래도 이건 동의하지 못한다는 뜻인 것 같은데? 강해는 반듯이 누운 몸을 들썩여 그를 향해 세웠다. 팔이 조금 저려오자 석인은 인상을 찌푸렸다.

"난 진짜 아기를 갖고 싶어요. 당신 닮은 아들."

"난 딸이 더 좋아."

"우리 집엔 딸이 너무 많아요. 양가에선 아들이 태어나길 내심 기대하실걸요?"

"아들놈한테 질투하는 유치한 아버지가 되고 싶진 않은데."

"무슨 말씀. 사랑스런 아버지겠죠. 귀엽고."

강해는 석인의 콧방울을 슬쩍 매만지곤 한쪽 볼을 집어 흔들었다. 아휴, 귀여워~

"내가 귀엽지 않다는 건 아까 다 보여줬을 텐데, 아가씨."

석인의 시선이 강해를 향해 떨어졌다. 강해는 혓바닥을 쏙 내밀고는 더욱 꼭 그의 볼을 집었다.

“똘똘하고 귀엽고 앙증맞은 우리 석인 씨~”

“이건 도전이야.”

시니컬하게 그가 미소했다. 강해는 까르륵 웃으며 그의 입술을 훔쳤다.

“그래 봤자 귀여운 건 귀여운 거예요. 처음 봤을 때부터 당신은 귀여웠다고요.”

“오케이. 귀여운 남자가 마음먹으면 얼마나 터프해질 수 있는지 보여줄 때가 왔군.”

“어머나~ 기대되라!”

야유에 가까운 그녀의 탄성에 석인은 서서히 상체를 일으켜 세웠다. 숨겨놓았던 야수의 모습을 보여줄 때가 드디어 된 모양이다. 석인은 그녀를 내려다보며 경고의 눈빛을 날렸다.

“오늘 밤은 꼬박 뜬눈으로 새야 할 거야.”

“그럼 아기도 가질 수 있는 거예요?”

“오늘따라 부쩍 아기 얘길 하네.”

“당신이랑 풀빵처럼 똑 닮은 아기를 떠올리니까 미치겠더라고요. 갖고 싶어서.”

물론 리나가 임신했다는 소식을 전해 들은 탓도 없지 않아 있다. 하지만 정말 그와 닮은 아기를 품 안에 안는 상상을 하니 너무너무 간절해졌다는 게 더 정확한 이유였다. 사랑하는 남자가 생기면, 그의 아기를 갖고 싶은 건 정말 당연한 수순인가 보다. 그에게 기회를 주고 싶었다. 자신이 어릴 때 충분히 받지 못한 사랑을 자식에게 대신 듬뿍 쏟아부을 수 있는.

"그렇다면 더욱 터프해질 필요가 있는 거로군. 응?"

"말로만 터프하지 말고, 진짜로 한 번 터프해져 봐요."

"각오하는 게 좋을 거야."

그가 눈썹을 치뜨고 씩 웃으며 경고했다. 강해는 매끈한 다리를 움직여 그의 허벅지를 쓸었다.

"I'm ready."

그의 눈동자에 불꽃이 튀었다. 오늘 밤은 다 잤군. 그는 속으로 중얼거리며 그녀의 가슴을 덮고 있는 시트를 젖혔다. 박꽃처럼 맑고 흰 가슴살을 향해 입술을 내리며 그는 속삭였다.

"Me, too."

The End

초등학교 2학년 때 앓던 이를 뺀 적이 있습니다. 특별히 아프지도 않았던 충치였는데, 빼고 보니 왠지 시원하더군요. 신기해서 자꾸 빠진 곳을 만져 보고, 혀로 문질러 보기도 했던 기억이 납니다. 〈척.척.척.〉은 아마도 제게 '초등학교 2학년 때 뺐던 충치'와 같은 글이 될 것 같습니다.

이 글은 처음으로 시도해 보았던 연작의 세 번째 글입니다. 〈일용한 그녀〉와 〈리나가 돌아왔다〉가 김선욱, 지욱 형제의 이야기였다면 〈척.척.척.〉은 선욱의 전 약혼자의 이야기가 되겠습니다. 딱히 붙일 타이틀이 없어서 '네버엔딩 시리즈'라 이름 붙였습니다. 이름 그대로 엔딩이 없는 연작이 될 수도 있을 것 같아요. 욕심으로는 등장인

물 중 마린과 명인의 이야기도 써보고 싶은데, 그건 제 능력치를 좀 더 올린 후에나 가능할 것 같습니다. 요즘 같으면 일상에 지쳐 꾸준히 컴퓨터 앞에 앉아 있는 것 자체마저 사치로 느껴지는 터라, 조만간은 힘들 것도 같아요.

아픔이 있는 여자주인공 이야기는 여러 번 써보았지만, 강해와 같은 경우는 처음인 것 같습니다. 오랫동안 사랑해 왔는데, 사랑하는 사람으로부터 거절당했고, 덕분에 수많은 루머에 휩싸이게 되었으나, 그럼에도 불구하고 상대를 미워할 수 없는 위치, 드러내고 아파할 수도 없는 상황에 처한 안타까운 인물입니다. 그녀는 정말 온 마음을 다해 사랑했습니다. 그 사랑이 보상받을 수 없는 혼자만의 감정이라는 것을 잘 알면서도, 그래서 자꾸만 상처받으면서도 사랑에 매달리고 목을 맸었지요. 이전 이야기를 쓰면서, 자꾸만 강해의 캐릭터가 눈에 밟혔던 건, 아마도 그런 답답함 때문이 아니었을까 싶습니다.

강해에게 새로운 사랑을 제시해 주고 싶었습니다. 늘 자신이 희생하고 배려하고 챙기는 '주기만 하는 사랑'이 아니라, 배려와 아낌을 받아 스스로도 충만해질 수 있는 '주고받는 사랑'을 경험하게 해주고 싶었습니다. 답답하게 바라봐 주지 않는 남자에게 매달려 사랑을 구걸하기보다는, 자신을 사랑해 줄 수 있는, 그래서 사랑받을 자격이 있는 사람과 감정을 공유하는 것이 훨씬 행복한 사랑일 테니까요. 강해는 그럴 자격이 충분히 있잖아요? 우리 여자들 모두, 행복해질 권리와 자격이 충분하잖아요?

아— 그런데, 소설을 모두 마감해 놓은 지금, 갑자기 불안해지네요. 강해가 정말 행복할까? 내가 제대로 이어준 걸까? 싶은 생각에 안달이 납니다. 행복하겠죠? 행복할 거예요. 그럴 겁니다. 그래야죠. 혼잣말로 최면을 걸며, 후기를 마칠까 합니다. 다들 행복하시고, 올 가을엔 강해보다 더 행복한 사랑을 찾으시길 바랍니다.

청어람 출판사, 우리 경화님, 수희님 감사합니다. 기절초풍st. 초고를 보시고 머리 싸매고 얼마나 고민했을지 생각하니 낯이 뜨거워요. 덕분에 힘겨웠지만 만족스러운 수정고가 나왔습니다. 절친 작가님들! 요즘 신간 보기가 어렵네요. 훌륭하신 필력 아껴만 두지 마시고 올해가 가기 전에 제게 책을 주세요.

일과 집안일을 병행하느라 살이 쪽 빠져 버린 언니들. 취업 때문에 힘든 디용아, 힘내! 이만큼 왔잖아. 복잡한 이 지구가 재밌는 그 이유는 하나, 바로 그대들이야. 더불어 노래 가사를 빌어 한마디하고 싶다. 아동성폭행범아. 떠나 버려, 거지같은 녀석!

마지막으로, 가장 사랑하는 로맨스소설 독자 여러분께 마음속 하트를 쏘겠습니다. 번창하소서!

노래 가사 생각 안 나 조카에게 부랴부랴 전화까지 한,
마음만은 소녀시대인,
홍윤정 드림.